jeux d'amour

ROSEMARY ROGERS | ŒUVRES

LE MÉTIS - 1	*J'ai Lu* 929***
LE MÉTIS - 2	*J'ai Lu* 930***
AMOUR TENDRE, AMOUR SAUVAGE	*J'ai Lu* 952****
INSOLENTE PASSION :	
1. La princesse	*J'ai Lu* 1060***
2. L'homme des marais	*J'ai Lu* 1061***
LE DÉSIR ET LA HAINE :	
1. L'enlèvement	*J'ai Lu* 1175****
2. La nuit californienne	*J'ai Lu* 1176****
LE FEU ET LA GLACE :	
1. Anne	*J'ai Lu* 1199***
2. Webb	*J'ai Lu* 1200***
LES INSATIABLES	*J'ai Lu* 1265***
JEUX D'AMOUR	*J'ai Lu* 1371****

ROSEMARY ROGERS

jeux d'amour

traduit de l'américain par Gabriel Pospisil

Éditions J'ai Lu

Ce roman a paru sous le titre original :

LOVE PLAY

1

La voix du chanteur, marquée d'un fort accent, parvenait comme voilée à travers les écouteurs que Sara portait depuis le début du vol. *Bésame, bésame mucho...*

Elle fit une légère grimace tout en fermant les yeux. Les chansons d'amour! C'était tout ce dont elle avait besoin. Et surtout en espagnol : elle revoyait Eduardo, ses yeux tristes fixés sur elle, son regard implorant : « Mais, *tesoro,* je veux vous *épouser*! Quelle objection votre père pourrait-il faire? Vous savez aussi que j'ai assez d'argent, il n'y a donc aucun problème, *si*? Nous pouvons vivre où vous voudrez... »

Non, non, Eduardo! Pauvre Eduardo! Elle aurait dû être honnête avec lui, au lieu d'invoquer de fausses excuses. Son père. Son éducation. Mais comment lui dire qu'elle ne pouvait supporter ses mains, ses mains toujours moites?

La voix du commandant de bord interrompit la musique, rappelant à tous les passagers qu'ils allaient atterrir à l'aéroport Kennedy dans quinze minutes.

Sara se débarrassa du casque d'écoute et se lissa les cheveux. Elle contempla son visage dans un petit miroir qu'elle venait de sortir de son sac et fit une nouvelle grimace. C'était là une mauvaise habitude dont il faudrait qu'elle se corrige.

« Ma chérie, il faut absolument que tu perdes cette habitude? Tu ne veux pas avoir des rides plus tard, n'est-ce pas? Regarde-moi... »

Beaucoup de gens aimaient regarder maman, à en juger par les millions de spectateurs qui, dans le monde entier, allaient voir les films de Mona Charles.

Tout le monde disait que Sara ressemblait à sa mère, cependant personne ne la reconnaissait, bien qu'elles aient toutes deux la même teinte de cheveux.

Le petit miroir renvoyait l'image sans indulgence d'un visage trop pâle, à l'exception d'un peu de couleur aux pommettes. Ses longs cheveux auburn retombaient avec souplesse sur ses épaules et des cils noirs, tout aussi longs que ceux de Mona, recouvraient les yeux d'un même vert émeraude. Mais personne ne lui demandait si elle était Mona Charles – peut-être était-ce dû à sa silhouette mince, presque enfantine, et à sa taille. Maman Mona, elle, avait des *seins* et ne mesurait pas plus d'un mètre soixante. Elle était encore ravissante – malgré cinq enfants et quatre maris.

Et moi, se dit Sara sévèrement en refermant son sac, j'aurai des rides avant même l'âge de trente ans.

Grâce à papa, elle était la fille dont presque personne n'avait entendu parler. Mona avait été mariée durant une courte période à sir Eric Colville – une de ses périodes « rangées »; elle avait décidé alors de tout abandonner pour l'amour et un titre de noblesse anglais. Lorsqu'elle quitta sir Eric pour un acteur shakespearien, elle laissa derrière elle leur fille Sara avec sa nourrice, Nanny Staggs, et un lévrier afghan du nom de Goldie.

Cela ne voulait pas dire que Mona n'aimait pas sa fille Sara. Il y avait toujours ces « visites », – embrassades parfumées et sorties au jardin zoologique, jouets coûteux et nouvelles rencontres. Cela donnait l'impression d'appartenir à deux mondes parallèles. Puis papa insista pour la faire entrer dans une école privée pour éviter toute publicité. Cela se produisit après qu'elle fit la connaissance de sa demi-sœur, dont sa mère disait avec un soupir qu'elle était une enfant de l'amour.

Delight avait dix-huit mois de moins que Sara et pourtant, après quelques étés passés ensemble, Sara se sentait toujours plus jeune qu'elle. Delight avait été partout, connaissait tout le monde, avait pratiquement *tout* fait. Elle était sensuelle alors que Sara était cérébrale. Mais surtout, Delight faisait partie d'un monde entièrement différent et excitant, un monde que papa n'approuvait pas. Mais Sara avait vingt et un ans à présent et pouvait faire ce qu'elle voulait.

Les lumières de la piste d'atterrissage clignotèrent au-dessous d'elle et elle se cala dans son siège. New York! Delight serait là pour l'accueillir. Elle allait rester toute une semaine à New York, avant de s'envoler vers Los Angeles pour y poursuivre ses études. Et comment pourrait-elle s'ennuyer à l'université, puisqu'elle allait partager l'appartement de Delight!

– Chérie! Sara, ma chérie!

Elle n'avait pas reconnu sa sœur jusqu'à ce que celle-ci lui fît signe dans la foule qui attendait. Delight avait une coiffure Afro et d'immenses lunettes de soleil qui lui masquaient les yeux et la plus grande partie du visage. A leur dernière rencontre, Delight avait des cheveux raides qui lui descendaient jusqu'à la taille et n'était pas du tout maquillée. Ce soir au contraire, elle avait un rouge à lèvres brillant et du fard à joues. Elle était plus mince et avait un bronzage merveilleux.

– Bonjour, sœurette!

Elles s'embrassèrent en parlant toutes les deux à la fois, comme pour rattraper trois années de retard.

– Je ne t'aurais jamais reconnue, si tu n'avais pas crié mon nom!

– Tu as besoin de te bronzer! – N'as-tu pas joué au tennis dernièrement?

– Seulement sur des courts couverts. Et toi?

– Attends que je te raconte! Oh là là! Et j'ai un rôle dans un film, un petit rôle seulement, mais cette fois, dans un film convenable.

Le fou rire de sa sœur rappela à Sara l'époque où Delight, à la stupéfaction horrifiée de sa mère, était apparue à l'écran dans des films sexuellement très explicites et interdits aux moins de dix-huit ans. « Ce que l'on fait en privé est une chose, mais se montrer ainsi à tout le monde...! » Pauvre Mona!

– As-tu beaucoup de bagages? Pour l'amour du ciel, quittons cet asile de fous.

Les gens regardaient d'un air curieux ces deux jeunes femmes qui formaient un tel contraste : Sara Colville dans son élégant tailleur Givenchy et Delight Adams dans des jeans moulants rentrés dans ses bottes et un corsage en coton qui épousait un peu trop ses courbes fermes. Elles n'avaient pas l'air de deux sœurs, maintenant que les yeux verts de Delight étaient cachés. Pourtant, quand elles étaient vêtues et coiffées de la même façon, on les prenait pour des jumelles.

– Tu te souviens de la confusion que cela créait? Pauvre Pietro! Il a toujours été mon favori parmi les maris de Mona, parce que je sentais qu'il aimait *vraiment* les enfants.

– Oh, oui. J'aimais Pietro aussi, mais je détestais Virgil! Tout ce poil qu'il avait sur les mains et ces cigares qui empestaient! Je me demandais toujours comment elle pouvait le laisser s'approcher d'elle.

– C'était un monstre au lit. Il lui faisait faire les choses les plus scandaleuses et les lui faisait apprécier. (Delight eut un fou rire en voyant l'expression de sa sœur.) Je les ai vus! Tu l'ignorais, n'est-ce pas? J'avais peur que tu ne rapportes et d'ailleurs, c'était *mon* secret. Je me cachais dans le placard. J'ai appris beaucoup de choses!

– J'en suis certaine! répondit Sara sèchement. (Elle était horrifiée, mais Delight ne ferait qu'en rire si elle le savait. Et elle rirait encore plus si elle apprenait que Sara, bien que plus âgée, n'avait encore jamais couché avec un homme.)

Vierge à vingt et un ans! Je devrais me trouver un homme, n'importe lequel, et en finir une bonne fois pour toutes. Elle se répétait cela sans cesse, mais ne faisait rien. Les hommes qu'elle avait rencontrés ne l'avaient pas vraiment séduite et aucun d'eux n'avait passé ce qu'elle appelait le test numéro deux, lequel consistait à rencontrer et à résister à la toujours éblouissante Mona...

Une heure et demie plus tard, elles étaient assises par terre sur des coussins dans le petit studio de Delight, et Sara se demandait, en observant le visage animé de sa sœur, quel effet cela faisait d'avoir *tout* fait, ou presque, avant d'avoir atteint l'âge de dix-huit ans! La vie ne pouvait certainement pas être ennuyeuse en compagnie de Delight.

– Encore un peu de vin? (Sans attendre la réponse de Sara, Delight remplit son verre.) Tu as encore besoin de te décontracter un peu, dit-elle en ne plaisantant qu'à moitié, puis elle leva son verre pour porter un toast. A la seule chose que je n'ai pas encore essayée... au mariage!

– Au mariage! (Sara n'en croyait pas ses oreilles.) Pourquoi ne m'en as-tu pas parlé plus tôt? Et qui est-ce? Ou bien me mènes-tu en bateau comme d'habitude?

Delight secoua vigoureusement la tête. Ses yeux brillaient de malice.

– Non! Je ne plaisante pas cette fois-ci. Mais tu me connais, je garde toujours les meilleures nouvelles pour la fin. Nous vivons ensemble, mais il a été obligé de retourner en Californie pour accueillir son grand frère qui arrive de Rome par avion. Il est italien et... (Delight embrassa le bout de ses doigts dans un geste très méridional.) C'est un amant fantastique et il est... mon Dieu, attends de le voir. Il est beau! Il est même assez vieux jeu pour vouloir des enfants. Peux-tu imaginer une chose pareille? Nous passerons notre lune de miel aux Indes, j'ai toujours voulu voir le Taj Mahal au clair de lune. Alors, qu'en penses-tu?

– Quelle surprise! A notre dernière rencontre, tu jurais tes grands dieux de ne jamais te marier! Tu disais...

Delight eut un geste d'impatience qui fit tinter ses bracelets en argent.

– Oh oui! Je m'en souviens très bien. J'ai dit que je préférais le changement, que je voulais tout essayer... et c'est ce que j'ai fait – ou presque tout. Tu n'as pas besoin de paraître si choquée. Mais on change. Tu le sais toi-même. Qui aurait pu croire, il y a trois ans, que tu t'enfuirais de chez toi pour venir à l'UCLA (1) au lieu d'aller dans une vieille université guindée comme Oxford ou Cambridge? Je parie que c'est ce que voulait ton père, n'est-ce pas?

La légère rougeur qui apparut sous le teint pâle de Sara apporta la réponse que Delight attendait et celle-ci ajouta pour se faire pardonner :

– Oh, ma chérie, je ne voulais pas être méchante. Tout ce que je voulais dire c'est que... oh, tu le sais bien. Il y a trois ans, j'étais une autre fille. J'étais complètement folle – je le suis encore un peu – et je profitais de chaque instant de la vie pour faire des expériences. Et quand on connaît maman Mona, c'est assez pour vous détourner du mariage. Tu te souviens, nous jurions, à qui voulait nous entendre, de ne jamais nous marier? Je ne croyais même pas à l'amour. Je croyais au simple fait de faire l'amour... ou de baiser, selon les cas et la personne avec qui j'étais. C'est alors que j'ai rencontré Carlo, et soudain... je ne sais pas exactement comment ni quand cela s'est produit, mais soudain je devins amoureuse. Et ce qui est extraordinaire, c'est qu'il l'était, lui aussi. Oh, Sara! n'as-tu jamais été amoureuse? N'as-tu jamais eu le béguin pour quelqu'un?

– J'ai eu le béguin très souvent mais je préfère ne pas tomber amoureuse, non merci. Regarde combien de fois cela est arrivé à maman Mona!

Sara parlait d'un ton badin, espérant que ses yeux ne trahiraient pas son embarras. Delight avait l'air heureuse et elle s'en réjouissait; mais sa sœur était si volage et si versatile, aussi comment croire un seul

(1) Université de Los Angeles.

instant qu'elle puisse se ranger – si c'était vraiment ce qu'elle voulait faire.

– Parle-moi un peu de ton Carlo, reprit Sara. Est-il gentil avec toi? Que fait-il pour gagner sa vie? Et que ferez-vous tous les deux après le clair de lune et le Taj Mahal?

Pour la première fois, elle vit Delight se rembrunir légèrement. Elle se détourna en murmurant :

– Cela ne te gêne pas si j'allume un joint, tout d'abord? C'est une longue histoire et... si je ne te l'expliquais pas de bout en bout, tu ne pourrais pas la comprendre vraiment. Et je tiens absolument à ce que tu la comprennes, Sara. C'est toi la plus posée de nous deux et tu me sortais toujours des situations difficiles, tu t'en souviens? Enfin... (Elle se retourna et offrit à Sara un joint roulé d'une main experte. Elle sourit lorsque Sara refusa.) Ne me dis pas que tu n'en as jamais fumé? Allons, tout le monde l'a fait un jour ou l'autre! Regarde. Voilà tout ce qu'il faut faire. (Elle aspira la fumée âcre dans ses poumons, sous le regard fasciné de Sara. Le plus étonnant, c'est qu'il ne lui arrivait rien. Sara était bien persuadée qu'elle allait perdre conscience sur-le-champ!)

– Allons, viens! Essaie au moins une fois, cela te détendra. Il vaut mieux que tu commences sous ma tutelle et avant d'arriver à l'UCLA. Car il faudra bien que tu y passes là-bas, si tu ne veux pas passer pour une fille excentrique.

– Je pourrais dire que j'y suis allergique, répliqua Sara avec espoir en fronçant le nez à cause de l'odeur âcre.

– Mais oui! Mais alors ils penseront que tu prends quelque chose d'autre comme de la coco. As-tu déjà sniffé?

– Non! et je n'en ai pas l'intention.

– Oh, doux Jésus! Il faut que tu cesses d'être si conventionnelle. Pourquoi n'apprends-tu pas à te détendre et à t'amuser un peu pour changer? Je ne veux pas dire comme moi. Je sais que nous n'avons pas les mêmes goûts, mais il ne faut pas que tu restes toujours en dehors de tout. Il faut que tu fasses quelques expériences, que tu vives un peu, tu sais.

D'autres paroles occupaient l'esprit de Sara tandis qu'elle écoutait sa sœur. « Une si gentille petite fille, mademoiselle Sara! Elle ne fait jamais de bêtises. Et elle est toujours si polie... » Nanny Staggs, cette chère vieille nounou.

Et son père, après une des visites de Delight, avait dit sur un ton approbateur, « Je suis content que tu sois une enfant si calme et si obéissante, Sara. Ne te laisse jamais influencer par les autres. »

Elle comprenait soudain la signification de ces paroles. Elle ne devait pas dévier du chemin qu'il lui avait tracé, ni transgresser les règles et les barrières dont il l'avait entourée. C'était là sans doute sollicitude de sa part... mais elle était adulte à présent et il fallait qu'elle apprenne à vivre avec d'autres jeunes adultes. Elle ne voulait pas rester en marge.

– Regarde-moi encore une fois et essaie de ne pas t'étouffer. C'est vraiment facile et cela ne te fera aucun mal, je t'assure. C'est de la bonne came. Tu te sentiras bien et détendue, tu sais.

Elle ne le savait pas encore, mais elle avait bien l'intention de découvrir ce que c'était, pensa-t-elle avec défi. Elle avait lu assez de choses à ce sujet pour savoir que la marijuana, à petite dose, n'était pas nocive – moins en tout cas que les cigarettes ou l'alcool.

Elle toussa à la première bouffée, mais réussit à

inhaler la deuxième tout à fait bien. Il ne se passa rien. Delight remplit leurs verres de chablis bien frappé et Sara en but une gorgée, se demandant si elle était déçue ou soulagée.

Enhardie, elle aspira une nouvelle bouffée. Puis Delight sortit un fume-cigarette en argent pour finir le joint.

– Tu ressens quelque chose? Oh, cela va venir très vite. Laisse-moi mettre la musique un peu plus fort, on l'apprécie toujours mieux après avoir fumé de l'herbe.

Il lui faudrait apprendre tout un nouveau vocabulaire, se dit Sara en s'installant plus confortablement sur le grand coussin. Enfin Delight se mit à lui parler de Carlo, des circonstances de leur rencontre et de son terrible grand frère. Le vin luisait d'une manière enchanteresse dans son verre en cristal et la musique était merveilleuse, apaisante avec, toutefois, une note de sauvagerie. Wagner ne lui avait jamais paru aussi beau et jamais non plus elle ne s'était sentie aussi détendue.

– Comment s'appelle-t-il? demanda-t-elle soudain, voulant que Delight sache qu'elle l'écoutait vraiment.

– Qui cela?

– Le grand frère... comment as-tu dit qu'il s'appelait?

– Oh, lui! L'arrogant Giovanni. Le loup-garou! (Delight éclata de rire.) Ne dis jamais à Carlo que je l'appelle ainsi. Il l'admire beaucoup et je crois même qu'il en a un peu peur. C'est Giovanni Marco Riccardo Marcantoni – imagine un nom pareil! Carlo lui aussi a deux autres prénoms, mais personne ne les utilise. Carlo est merveilleux, pas comme son frère qui veut commander tout le monde simplement parce qu'il est le fils aîné d'un comte ou d'un duc ou quelque chose de stupide de ce genre. Tout le monde sait que les titres italiens ne valent rien et... qu'étais-je en train de dire?

– Tu disais que le grand méchant Marco devait donner son autorisation pour que Carlo... (Sara se redressa tout à coup, le regard courroucé.) Pourquoi Carlo a-t-il besoin de la permission de son frère? Quel âge a-t-il donc? N'a-t-il pas le courage d'imposer sa propre volonté? Ce n'est donc pas un homme?

– Je te disais justement que ce sont des Italiens et Giovanni Marco – ils l'appellent Marco dans la famille – dirige tout en qualité de chef de famille. C'est lui qui est à l'origine de leur fortune et il contrôle tout. Il est dans l'automobile, la construction navale... dans toutes les affaires que tu peux imaginer. Il est riche et Carlo travaille pour lui. Il manque aussi totalement de scrupules. (Delight eut un frisson théâtral et baissa la voix d'une manière dramatique.) En fait, je ne serais pas surprise s'il était mêlé à... tu sais qui!

– Tu veux dire la Mafia? Oh non, Delight! Sûrement pas!

– Je n'en suis pas si certaine... et bien sûr, Carlo ne m'en dira jamais rien, et c'est la seule chose que je n'oserais pas lui demander. Mais j'ai des soupçons. D'ailleurs, Carlo m'a bien dit que son frère ne reculerait devant rien pour arriver à ses fins. Alors, tu vois ce que nous devons affronter? C'est la raison pour laquelle il *faut* que tu nous aides! Sara, j'ai peur qu'il n'essaie de nous faire rompre. Je me tuerais si cela devait arriver, et Carlo en ferait autant.

Les grands yeux émeraude de Delight s'étaient remplis de larmes.

– Mais pourquoi voudrait-il vous séparer, même s'il en avait la possibilité?

– Parce que... il est à cheval sur les principes. Ce sont des catholiques pratiquants, bien entendu, et Marco ne croit qu'au travail. Pas d'amusements et, quand le moment sera venu – c'est-à-dire quand lui l'aura décidé – Carlo devra épouser une bécasse quelconque issue d'une famille comme il faut, avec de l'argent et pas... (elle étouffa un sanglot) un passé scandaleux comme le mien. Toutes ces choses que j'ai faites, les films, les interviews et les ragots dans les journaux... tu sais bien que je ne l'ai fait que pour m'amuser et pour tenter des expériences. Mais il ne voudra rien entendre. Carlo comprend et cela lui est égal, mais pas son grand frère. Tu vois pourquoi j'ai tellement besoin de toi.

– Pas du tout, objecta Sara.

Elle ne voulait pas que sa sœur s'aperçoive qu'elle l'avait émue. Elle était obligée de cligner des yeux pour pouvoir fixer son regard sur Delight qui pleurait doucement. Pauvre chérie! Bien sûr, elle était un peu sauvage et fantasque, mais cela faisait partie de sa nature et de son charme. Elle agissait sans penser aux conséquences, mais cela ne donnait pas à un étranger arrogant le droit de la mépriser!

Perdue dans ses pensées, Sara n'avait pas écouté sa sœur qui, soudain, lui demanda avec insistance :

– Tu vois donc pourquoi Carlo et moi devons nous enfuir en secret afin qu'il perde notre piste. Et si tu me servais de paravent...

Mais Sara éprouvait une sensation bizarre – pas désagréable, mais étrange –, comme si elle flottait. Elle dit néanmoins à haute voix, en espérant que sa voix n'était pas trop pâteuse :

– Tu sais que tu peux compter sur moi, ma

chérie. Je m'occuperai du tout puissant Marco... et le mettrai au pas, s'il ose dire quelque chose contre toi.

– Oh, Sara! Je t'adore. J'avais bien dit à Carlo que tu le ferais. (Elle la prit dans ses bras et la serra très fort, jusqu'à ce que Sara proteste faiblement.)

– Maintenant que tout est arrangé, pourrais-tu m'indiquer mon lit? Je me sens tout à coup très fatiguée.

2

La découverte de New York et les retrouvailles avec Delight composaient une sorte de kaléidoscope continuel de couleurs et d'activités. Elles allèrent partout, visitèrent une foule d'endroits, dînèrent dans d'obscurs petits restaurants du *Village* (1) et dans les plus renommés de Manhattan. Elles passèrent leur temps à faire des courses dans l'après-midi et à fréquenter les salles de spectacle le soir. Delight donnait vie à New York et faisait découvrir la ville à Sara qui, sans elle, n'eût imaginé les battements électriques et désordonnés de la grande cité.

Sara apprit à rester debout toute la nuit, à prendre quelques heures de repos en passant pour être prête à repartir. Delight lui fit connaître toutes les boîtes de nuit, des plus élégantes aux plus populaires.

– Les habitants de New York ne s'arrêtent-ils donc jamais?

(1) Quartier de New York.

Delight lui répondit par un éclat de rire.
– Presque jamais, ma chérie. Il y a trop à faire. Et moi, si je ne suis jamais fatiguée, c'est grâce à mes vitamines et à mon régime diététique. Comment as-tu trouvé Giacomo, l'ami de Carlo? Je peux t'assurer qu'il en pinçait pour toi.
– Ne fais pas la marieuse, Delight, dit Sara sévèrement.
– Que vas-tu croire! (Delight leva les yeux au ciel pour mimer le désespoir.) Je dis simplement qu'il te trouvait bien et toi tu l'aimais bien aussi. Tu aurais pu lui demander de monter, j'aurais dormi sur le canapé, tu sais.
– Je ne le trouvais pas assez bien pour cela et de toute façon il avait des baisers mouillés comme Eduardo...
– Aha! Eduardo. Tu as donc eu des aventures. Dieu merci! Je commençais à me poser des questions.
– Oh! laisse tomber, répliqua Sara qui commençait à utiliser le jargon local. Quand vas-tu recevoir des nouvelles du divin Carlo? N'aurait-il pas déjà dû te faire signe?
Elle regretta ce qu'elle venait de dire, car le visage de Delight se rembrunit.
– Son grand frère doit le surcharger de travail – exprès, bien entendu. Il est venu à Los Angeles uniquement parce qu'il avait entendu des rumeurs et il lui mène sans doute la vie dure. Mais Carlo est têtu, tout comme moi, et cette fois-ci il ne cédera pas. Il va m'appeler, tu verras.
– Je pensais justement qu'il aurait du mal à te joindre, nous sommes si rarement à la maison.
– Il me téléphonera à 6 heures du matin – c'est ce qu'il fait toujours lorsqu'il s'absente.
Delight avait confiance en Carlo. Elle était amou-

reuse et bien décidée à s'enfuir avec lui. Sara ne pouvait s'empêcher de soupirer intérieurement et se demandait si le plan très compliqué que sa sœur avait élaboré était vraiment nécessaire. Que la famille Marcantoni soit vieux jeu ou non, on était au XXe siècle, et tout ce que Carlo avait à faire, c'était d'envoyer son frère au diable.

Depuis cette première nuit passée à bavarder tranquillement, la volage Delight, considérant la participation de sa sœur comme acquise, n'avait plus abordé le sujet. Pour lors, elles étaient toutes deux dans la minuscule salle de bains. Delight se maquillait; quant à Sara, plongée avec volupté dans un bain chaud, elle espérait que les choses s'arrangeraient d'elles-mêmes, Delight ayant tendance à tout dramatiser.

Comme si Delight avait lu dans ses pensées, elle dit soudain :

– Tu crois que je suis folle d'en arriver à de telles extrémités à cause de ce grand frère, n'est-ce pas ? (Elle se retourna en tenant son bâton de rouge à la main. Son visage avait une expression d'un sérieux inaccoutumé.) Eh bien, non. Je suis... un peu effrayée, tu sais ! Et c'est seulement parce que Carlo a peur – et Carlo n'a peur de rien ni de personne, hormis de son frère Marco. C'est ce que je voulais dire l'autre soir quand... (Puis, cédant à l'une de ces sautes d'humeur qui la caractérisaient, elle se retourna soudain vers le miroir.) Je suppose que cela n'a pas vraiment d'importance. Avant que l'on ne découvre notre disparition, Carlo et moi serons mariés, quelque part dans un coin reculé des Indes. Et quand j'attendrai un bébé, même Marco n'osera plus rien faire, car cet enfant sera un Marcantoni ! Et tu peux être certaine que je ne laisserai personne le toucher !

– Eh bien, à condition que tu me choisisses pour marraine...

Autant capituler avec le sourire, pensa Sara. Et d'une certaine façon, n'attendait-elle pas cette confrontation avec l'arrogant Marco? Oh, elle lui dirait sa façon de penser.

Elles passèrent le reste de la soirée à un concert de rock au Madison Square Garden et elles oublièrent tous leurs soucis. Sara prit même une bouffée d'un joint que quelqu'un fit passer et elle se sentit plus décontractée.

Avec le reste de la bande, tous des amis de Delight du temps où elle était mannequin, elles allèrent dans une boîte de nuit grecque, bruyante et très vivante où la nourriture était excellente. Sara s'enivra légèrement en buvant de la *Demestica* et s'amusa beaucoup. Elle dansa jusqu'à en avoir mal aux pieds. Alors elle se débarrassa de ses chaussures et continua pieds nus sous les applaudissements de Delight.

– J'adore New York! Vraiment. Je vais peut-être décider de rester ici et trouver quelque chose à faire.

– Tu vas d'abord venir en Californie pour m'aider! (Delight prit un ton sévère en imitant Nanny Staggs, ce qui leur donna à toutes deux une crise de fou rire.)

– Mon Dieu! Il commence déjà à faire jour ou est-ce que j'ai la berlue?

– Eh oui, le jour se lève. Cela me rappelle une vieille chanson. Qu'ai-je fait de mes chaussures?

Sara se laissa tomber sur une pile de coussins, à moitié endormie, et entendit à peine la réponse.

– Tu les as aux pieds, bécasse.

A cet instant, le téléphone sonna et Delight se

précipita dans la chambre pour y répondre. Elle dut y rester des heures. Sara, pour sa part, s'endormit réellement et resta ainsi jusqu'à ce qu'un rayon de soleil la réveille. Sa tête lui faisait mal, et une odeur de café et de toasts brûlés lui chatouillait les narines. Pourquoi Delight laissait-elle toujours brûler les toasts?

– Lève-toi, bébé!

Delight lui jeta une serviette et Sara enfouit sa tête dessous en protestant énergiquement.

– Allons, viens! Nous avons un tas de choses à faire. Il y a nos bagages, nos billets à prendre, et tu sais ce que Carlo m'a dit? Je savais bien que j'avais raison en ce qui concerne son frère! Il va s'apercevoir qu'il n'est pas aussi malin qu'il le croit. Eh!... (Elle tira sur la couverture et découvrit la tête ébouriffée de Sara et le visage barbouillé par son maquillage.) Tout ce dont tu as besoin, c'est d'un bon café et de deux aspirines, dit-elle d'un ton compatissant. Après, tu te sentiras mieux. Je vais te les apporter et ensuite tu pourras m'écouter. Il faut que nous parlions, Sara, et que nous préparions un plan. Il faut que tout marche bien car autrement je me tuerais...

– Ce que je ne comprends pas, c'est s'il s'agit du plan A ou du plan B!

Sara, assise à la table de la cuisine, tenait sa tête entre ses mains. Sa tentative de faire de l'humour sonnait faux, même à ses propres oreilles.

– Mais tu as promis de m'aider et tu ne peux pas te rétracter maintenant. Si tu avais pris des vitamines comme moi, tu n'aurais pas mal aux cheveux. Ecoute-moi bien, ma chérie. C'est très important. C'est une question de vie ou de mort – ma mort, si cela ne marchait pas. Tu ne voudrais pas une chose pareille?

– Non. (Sara fit un effort sur elle-même.) Je fais tout mon possible, mais pourquoi ne me laisses-tu pas le temps de reprendre mes esprits? J'ai un mal de tête épouvantable. J'ai du mal à t'entendre.

– L'aspirine va te faire de l'effet dans quelques minutes, je t'assure. En attendant, je vais te répéter tous les détails lentement pour qu'ils rentrent bien dans ton crâne.

Le plan de Delight semblait assez simple en dehors du fait – et Sara frissonna en y pensant – qu'elle devait, elle, Sara, se substituer à sa sœur durant les quelques semaines à venir. Toutes ses objections furent écartées par Delight qui se retranchait derrière la promesse faite.

– Il ne s'agit que de brouiller les pistes pour nous donner le temps de disparaître et pour que Marco ne puisse pas intervenir. Il veut briser notre couple. La preuve en est qu'il veut envoyer Carlo dans la pampa en Argentine, sans lui donner le temps de se retourner. Il a dit à Carlo qu'il ne permettrait à personne de sa famille de se lier avec une personne comme moi. Tu imagines cela?

– Ce n'est pas vrai?

– Si, je t'assure! C'est un poseur et un hypocrite par-dessus le marché. Carlo m'a dit qu'il a des maîtresses un peu partout dans le monde. Mais Carlo a quelques années de moins et ne dispose pas encore de l'argent de son père, ainsi il est obligé de se plier à toutes les volontés de Marco. Il était furieux quand il a appris que nous vivions ensemble et il a formulé toutes sortes de menaces.

– Voyons, Delight, il n'oserait sûrement pas... et de toute façon, je suis désolée de te dire ceci, mais pourquoi Carlo ne tient-il pas simplement tête à son frère et ne refuse-t-il pas de lui obéir? Ce n'est plus un enfant après tout et si ce n'est que l'argent de son frère qui en fait un laquais, pourquoi ne cherche-t-il pas du travail?

– Tu ne comprends pas! éclata Delight. (Elle arpentait la petite cuisine comme une jeune panthère.) Carlo se fiche de l'argent. Dans un an environ, il héritera de sa part qui est énorme. Cependant il se fait du souci. Il connaît son frère et son manque de scrupules. Si c'était nécessaire – ne ris pas – il ferait enlever Carlo, ou bien il s'arrangerait pour qu'il m'arrive quelque chose. Je ne dramatise pas, je t'assure. C'est un tyran de la pire espèce, il a une mentalité du Moyen Age. Du sang sicilien et sarde coule dans ses veines. Son père a fait tuer sa première femme simplement parce qu'il la soupçonnait d'avoir un amant.

– Et tu veux que j'affronte un homme pareil?

– Qui t'a parlé de l'affronter, ma chérie? Tout ce que je te demande, c'est de jouer mon rôle pendant quelques semaines, d'aller dans les endroits que je fréquente d'habitude et de faire ce que j'ai coutume de faire. Il pensera ainsi que je suis restée sur place et ne s'inquiétera pas de savoir si je suis allée rejoindre Carlo quelque part.

– Et quand il s'apercevra que c'est exactement ce que tu as fait et que c'est moi qui l'ai berné... c'est contre moi qu'il organisera quelque accident malheureux, tu ne crois pas?

– Bien sûr que non. Tu es la personne respectable de la famille et il ne te fera jamais rien. Et d'ailleurs il n'y a aucune raison qu'il se doute de quelque chose. Tu n'auras qu'à redevenir toi même et personne ne s'apercevra de rien.

– Ce n'est pas si facile que ça!

Sara essaya de prévenir sa sœur. Elle avait le

pressentiment que quelque chose tournerait mal. Le plan de Delight, d'une simplicité enfantine, reposait tout entier sur le rôle qu'elle devait y jouer. Et comment pourrait-elle se faire passer pour Delight pendant deux semaines entières? En dehors d'une ressemblance superficielle qu'elles avaient héritée de leur mère, elles étaient deux femmes très différentes.

Devant l'air renfermé et buté de Delight, Sara fit encore une tentative.

– Ma chérie, réfléchis bien. Cet homme, s'il est aussi malin que tu le prétends et s'il a pris des renseignements sur toi, connaît mon existence. S'il découvre que je suis aussi à Los Angeles et que nous vivons dans le même appartement...

– Mais il ne découvrira rien de semblable. (Delight avait un accent triomphal.) Je suis désolée, ma chérie, mais nous ne pouvons pas partager mon appartement. Il faudra que tu ailles à la cité universitaire, ou à l'hôtel si tu préfères. Et on ne nous verra pas ensemble. En ce qui te concerne, pourquoi se soucierait-il de savoir si j'ai une demi-sœur ou non? Il n'a pas eu besoin de faire des recherches bien compliquées : je ne me suis jamais cachée de la vie que je menais, n'est-ce pas? Non. Nous resterons chacune de notre côté, jusqu'au moment où tu prendras ma place et...

Se raccrochant à des détails, Sara l'interrompit et lança sans conviction :

– Mais le film! Tu m'as dit que tu avais un petit rôle dans un film convenable et tu étais folle de joie. Tu ne vas tout de même pas y renoncer?

Delight sourit d'un air cruel.

– Y renoncer? Certainement pas! Cela ne me ressemblerait pas du tout. Mais s'ils tardent à tourner, eh bien... ne t'es-tu jamais demandé, chère petite sœur, si tu n'avais pas hérité du talent de maman Mona?

3

Los Angeles, au début de l'automne, était écrasée sous une température torride. Les plus légers vêtements de coton que possédait Sara étaient encore bien trop chauds pour cette chaleur pesante qui semblait la pénétrer jusqu'à la moelle et lui enlevait toute énergie et toute volonté. Sinon, se serait-elle laissé entraîner sans résister dans cette folle aventure? A plusieurs reprises, Sara avait essayé de convaincre sa sœur de la folie de cette entreprise, mais Delight avait refusé de l'écouter.

– Bien sûr, cela va marcher et ne t'avise pas de croire le contraire. Cela va marcher, parce qu'il n'y a pas d'autre solution. Je vais devenir folle si je ne peux pas voir Calo, ou si je ne peux pas lui parler au téléphone, pendant qu'il est perdu dans un coin sauvage en Argentine.

– Ma chérie, je conçois très bien ce que tu dois endurer mais... cela semble sorti tout droit d'un roman, tu sais. Si ton Carlo a l'intention de conquérir son indépendance, qu'est-ce qui t'empêche de... (Voyant le visage de sa sœur se rembrunir, Sara soupira et acheva sans grande conviction :) Je ne vois pas ce que ce grand frère monstrueux pourrait te faire.

– Tu ne le connais pas! dit Delight d'un air sombre. Je t'ai dit qu'il est capable de tout, jusqu'à arranger un accident si besoin est. Il faut me croire, Sara, c'est la seule solution.

Cela signifiait qu'elles ne pourraient plus se voir ni rien faire ensemble. C'est pourtant ce que Sara avait espéré en venant poursuivre ses études à l'Université de Los Angeles. Cela signifiait aussi qu'elle devrait vivre au même rythme endiablé que sa sœur, sitôt que celle-ci partirait rejoindre son amant. La situation de Sara était tout à fait mélodramatique; elle se raccrochait à l'idée que maman Mona, d'une nature romantique, aurait approuvé. Ce qui ne serait le cas de papa. Sara frissonna à la pensée qu'il pourrait le découvrir. Plus que jamais, elle regretta de s'être laissé entraîner dans cette aventure absurde. Cela lui paraissait de plus en plus ressembler à une mauvaise intrigue d'un film de Hollywood, surtout qu'elles ne devaient plus communiquer que par téléphone. Et Delight appelait toujours d'une cabine : elle prétendait que Marco pouvait très bien faire surveiller sa ligne pour savoir si elle était en contact avec Carlo!

– Encore heureux que tu aies renoncé à fumer ces cigarettes au goût épouvantable; c'est une des choses que j'aurais absolument refusé de faire, même pour toi, ma petite sœur chérie. Tu me confies une mission vraiment impossible!

– J'ai arrêté parce que Carlo n'aimait pas que je fume, c'est-à-dire des cigarettes. (Delight partit d'un fou rire irrépressible.) Bon, dis-moi le nom de mon coiffeur à présent et le montant du pourboire que je lui donne d'habitude?

– Tu ne crois pas que tout cela est un peu ridicule? Marco ne t'a jamais rencontrée et il ne sait sans doute rien de ton coiffeur ou de ta vendeuse préférée chez Fiorucci... et il doit s'en moquer. Vraiment, Delight...

– Tu n'as aucune idée de ce qu'est le grand frère de Carlo. (Sara pouvait imaginer la moue de sa sœur.) Il est du genre à ne négliger aucun détail. Il n'aura pris que trop de renseignements, Sara, et il ne faudra pas que tu relâches ton attention un seul instant, tu comprends? Plus il croira que tu es moi, plus nous serons en sécurité, Carlo, moi et notre enfant qui va naître.

C'était là l'atout de Delight et, bien sûr, cela mit fin à tous les arguments de Sara et réveilla immédiatement sa sympathie et son instinct de protection.

– Pourquoi ne m'en as-tu pas parlé plus tôt? Oh, ma chérie, ce que tu dois endurer! Et moi qui t'en fais voir de toutes les couleurs. Cesse de te faire du souci. Je ne te laisserai pas tomber et je me chargerai de cet affreux... *gangster* aussi longtemps qu'il le faudra. Et crois-moi, je lui dirai ce que je pense de lui quand tout sera fini. Mon Dieu! (La voix de Sara s'altéra soudain.) Je n'arrive pas à croire que je vais être tante!

Le jour suivant, elle fut brutalement plongée dans son nouveau rôle. Son esprit fourmillait de toutes les informations que Delight lui avait données et dont elle devait se souvenir.

Comme elle aurait souhaité que Delight soit encore là, ou qu'elle-même n'ait jamais quitté le milieu auquel elle appartenait! Elle avait oublié de demander à sa sœur si elle montait à cheval. Sans doute pas. C'était plutôt le genre à faire de la moto.

Le téléphone sonna, la faisant sursauter. Elle se sentait nerveuse et à juste titre. Elle prit l'écouteur en espérant que ce serait Delight au bout du fil. Une voix masculine l'interpella :

– Alors... bébé! J'ai appris que tu étais de retour

et tu ne m'as pas appelé. Que se passe-t-il? Tu as quelqu'un d'autre maintenant?

Elle déglutit avec effort.

– Je ne...

Elle espéra qu'elle parlait comme Delight. Que faire à présent? Elle ne pouvait pas donner le change aux proches amis de sa sœur, et d'ailleurs, qui était ce clown?

– Hé! C'est Andy qui te parle. Le bon vieux Andy, ton vieil étalon. Tu te souviens de la dernière fois que nous l'avons fait ensemble?

Sara rougit malgré toutes ses résolutions.

– C'était bien la dernière fois, Andy. Au revoir!

Elle raccrocha le récepteur. Il valait mieux qu'il ne rappelle pas. Pour s'en assurer, elle débrancha le téléphone. Il était préférable d'être lâche que d'avoir à faire face à ce genre de situation.

Pour ne pas avoir trop à réfléchir, Sara pensa à ce qu'elle dirait si quelqu'un lui demandait pourquoi elle n'avait pas répondu au téléphone.

– Vous savez à quel point j'ai besoin de mes huit heures de sommeil. Je savais qu'il faudrait que je me lève de bonne heure, alors...

Elle se mordit la lèvre, mue par un souvenir désagréable. Il faudrait qu'elle se lève vraiment très tôt demain matin. Par un tour bizarre du destin, elle devait se présenter à la place de Delight pour le premier jour du tournage de *Mohave,* le nouveau film de Garon Hunt. Elle se souvint des paroles quasi prophétiques de sa sœur avant leur départ de New York :

" Ne t'es-tu jamais demandé, ma chère petite sœur, si tu avais hérité du talent de maman Mona? "

Eh bien! Sara se retourna pour contempler son visage grave et peu assuré dans la glace. En avait-elle hérité ? Le visage que lui renvoyait le miroir ne ressemblait même pas au sien. Involontairement, Sara se passa la main dans les cheveux. C'était extraordinaire à quel point la coiffure « naturelle » de Delight changeait son apparence. Effaçant son air apeuré, elle s'exerça à sourire comme sa sœur, de ce petit sourire malicieux qui faisait apparaître une fossette sur sa joue. C'était jouer la comédie, n'est-ce pas ? Comparé à son rôle – celui de sa sœur exubérante et volage, le tournage sous l'œil de la caméra allait lui paraître bien facile.

Le lendemain matin, elle se sentait comme un zombi et sommeillait au fond de la limousine que quelqu'un avait eu la prévenance de lui envoyer. Le chauffeur semblait la connaître et c'était en partie pour éviter ses sourires pleins de sous-entendus qu'elle avait décidé de garder les yeux fermés jusqu'à leur arrivée aux studios.

– Je dois dire que j'ai apprécié ce que vous avez fait dans *Fun and Games*. Est-ce de la publicité pour ce nouveau film que vous allez faire ?

Sara rougit et répondit d'une voix glaciale.

– Non.

Elle espérait qu'il comprendrait. Il y eut une longue pause, durant laquelle elle faillit s'endormir.

– Fatiguée ?

– Hmm.

Elle aurait voulu qu'il se taise. Qu'aurait fait Delight ? Elle étendit ses jambes sur le siège et murmura d'une voix qu'elle voulait ensommeillée :

– Soyez un amour et réveillez-moi à l'arrivée !

Elle s'endormit et ne se réveilla qu'à la grille où un garde contrôla leur identité. Puis la limousine s'arrêta devant un bâtiment à l'aspect miteux qui paraissait tout petit à côté du hangar de prise de vues qui se trouvait juste derrière.

– Ils ont dit que vous deviez aller tout d'abord au maquillage. Bonne chance.

Sara se sentait légèrement coupable et lui adressa un sourire.

– Merci de m'avoir laissé dormir.

C'était un homme jeune et il la regarda disparaître dans le bâtiment. Elle ne ressemblait pas du tout à ce qu'elle était dans ses films. Il était difficile de deviner si elle avait ce corps sensuel qu'il avait désiré sous ce gros tricot qu'elle portait ce matin. Mais il aurait bien aimé le découvrir. C'était donc cela, Delight Adams! Curieux comme elles étaient toutes décevantes quand on les voyait de près, surtout de bon matin...

– Delight!

Un homme se précipita vers elle. Il avait les traits marqués, un visage lugubre et un accent britannique. Sara lui adressa un sourire. Lew Weisman était aussi l'agent de sa mère et, sur les instances de Mona, il était venu s'occuper de Delight pour le tournage de *Mohave*.

“ Il est toujours en train de se plaindre et il me met hors de moi. Mais je l'aime bien quand même, lui avait confié Delight. Au moins je suis certaine qu'il n'essaie pas de me posséder – dans tous les sens du mot! ” (Elle avait ri de l'expression scandalisée de Sara.)

– Bonjour, Lew!

Il ne lui sourit pas et la dévisagea d'un air accusateur.

– Elle me dit, bonjour, Lew, comme si de rien n'était! Comme si nous ne devions pas dîner ensemble hier soir. Et quand j'ai essayé d'appeler, vous n'étiez pas à la maison. Alors, quelle excuse avez-vous cette fois-ci?

Ses yeux scrutaient son visage, et pendant un court instant, Sara craignit qu'il ne découvre la supercherie. Elle dut se rappeler que Lew et Delight ne s'étaient encore jamais rencontrés depuis que Mona lui avait demandé de devenir son agent. Il ne la connaissait donc pas vraiment.

– J'ai débranché le téléphone. (Dans le doute, il valait mieux dire la vérité! Sara le regarda d'un air limpide, puis baissa les yeux.) J'ai... j'ai reçu plusieurs coups de fil de raseurs et je voulais dormir un peu.

– Ha! (Elle n'aurait pu dire d'après ce grognement s'il la croyait ou non – mais quelle importance? Delight ne se laissait faire par personne.) On ne vous a jamais dit que le temps d'un agent était précieux? J'ai d'autres clients, ma jolie, ne l'oubliez pas.

– Comme Garon Hunt? Mmm... il est merveilleux. Vous allez nous présenter?

Elle *devenait* Delight avec beaucoup d'aisance! Elle lança à Lew un regard de défi. A sa surprise, il hocha la tête d'un air navré.

– Mon Dieu! Vous ne pouvez penser qu'à cela? Je suis vraiment fou de vous prendre en charge.

Elle posa sa main sur son bras.

– Allons Lew, essayez d'être gentil. Je suis désolée pour hier soir, mais j'avais vraiment besoin de me reposer; j'étais un paquet de nerfs.

– Bon sang... tout ce que je dois supporter! Vous ressemblez plus à votre mère que je ne l'aurais supposé, vous savez. Mais ne me refaites jamais un coup pareil, vous m'entendez? Je n'ai pas de temps à perdre, mademoiselle Adams.

– Je suis vraiment désolée. J'ai l'intention de me

conduire convenablement. J'ai décidé de changer, de renaître en quelque sorte, vous comprenez?

Elle avait peut-être exagéré un peu, se dit Sara devant l'expression perplexe de Lew.

– N'en parlons plus, dit-il enfin d'une voix bourrue. Prouvez-leur seulement que j'avais raison d'insister pour qu'ils vous donnent le rôle de Fran. Il faut que vous fassiez mieux encore que durant votre bout d'essai, sinon je serai la risée de tout le monde.

Elle n'avait rien fait jusque-là que de rester assise et d'attendre. Viendrait-elle ainsi tous les matins se faire habiller et maquiller, jusqu'au jour où ils commenceraient à tourner les scènes dans lesquelles elle devait jouer? Mais ce n'était pas nouveau pour Sara qui avait déjà eu l'occasion d'assister aux tournages des films de sa mère. Elle n'avait même plus le trac qui l'avait tenaillée toute la soirée précédente.

Sara se rendit compte qu'elle pouvait même rire et cela la rendit soudain optimiste. « Je suis, peut-être, encore plus ressemblante à maman Mona que vous n'auriez pu le supposer, Lew. J'ai l'intention d'être bonne dans ce rôle, si bonne que je vais attirer leur attention à tous! »

4

La scène d'amour, courte mais cruciale, entre Garon Hunt qui jouait le rôle d'un policier subalterne et Delight Adams dans celui de Fran, fille riche et gâtée dont le père était à la tête d'un réseau de drogue, durait plus longtemps que prévu.

– Qu'est-ce qui lui prend à cette petite dinde? Elle s'est déjà déshabillée devant les caméras et maintenant elle ne veut pas montrer ses seins! Pour l'amour du ciel, parlez-lui, Lew.

Dan Raymond, qui dirigeait cette scène, était sur le point de s'arracher le peu de cheveux qui lui restaient. Il y avait eu une modification de dernière minute du script, mais c'était l'idée de Garon et Garon était le producteur.

– Dan, vous savez très bien que Delight voulait ce rôle, parce que c'était un rôle convenable – différent de ce qu'elle a fait jusque-là. Elle veut montrer au public qu'elle sait jouer et pas simplement montrer ses jolis nénés et ses fesses. Et son contrat stipule...

– Lew a raison, Dan. Et je suis certaine que Garon ne dira rien... c'était juste une idée de dernière minute pour essayer de changer l'atmosphère de la scène. Vous savez à quel point il est perfectionniste.

Lew Weisman remercia d'un sourire Sally Lockwood, la femme de Garon Hunt et sa partenaire depuis quinze ans qui venait de lui apporter là un soutien inespéré. Leur mariage était un des plus stables de Hollywood. Sally ne montrait jamais de jalousie, même quand Garon s'amusait parfois ailleurs. Leurs intimes disaient que c'était la raison pour laquelle elle avait réussi à le garder.

– Merci, Sal.

Elle sourit, tandis que Dan s'éloignait d'un air furieux.

– Ce n'est rien. Garon est obnubilé par les seins et il voulait savoir si les siens sont réels ou non. Je pense qu'à présent ce qui l'intrigue, c'est pourquoi elle s'est montrée si têtue et ne voulait pas enlever sa blouse durant cette scène... oh, mon Dieu!

– Elle ne sortira pas avec lui. Elle est amoureuse. Un jeune homme qu'elle va épouser. Elle m'a dit que c'était la raison de sa... disons métamorphose.

– C'est touchant. Elle semble très gentille. J'ai toujours aimé Mona, vous savez. Garon a toujours eu un faible pour elle – depuis le tournage de *Bianca*, vous vous souvenez? Nous étions jeunes mariés à l'époque et elle l'a éconduit. Delight lui ressemble beaucoup, vous ne trouvez pas?

– Oui... et moi j'ai toujours eu un faible pour vous, vous l'ai-je déjà dit?

Pendant que l'on réglait l'éclairage et que le maquilleur lui faisait des retouches, Sara pouvait voir Sally et Lew bavarder gaiement. Quelle chance elle avait d'être l'épouse de Garon Hunt... et d'avoir une telle confiance en lui! Il fallait qu'elle s'efforce d'oublier le moment où Garon lui avait déclaré d'un air très naturel :

– Pourquoi n'essaierions-nous pas encore une fois, mais sans votre blouse, mon petit?

A présent, il revenait vers elle, un sourcil plus haut que l'autre. Dieu merci, il n'était pas fâché.

– Bon, nous allons recommencer, et puisque vous ne voulez pas enlever votre blouse, que diriez-vous si je vous demandais de déboutonner quelques boutons pour moi? (Il avait des yeux d'un bleu intense et Sara se sentit hypnotisée par leur éclat, tandis qu'il parlait à Dan par-dessus son épaule.) Essayons de cette manière, Dan. Je commence à la déboutonner tout en lui parlant – n'ayez pas peur, je ne découvrirai pas la pointe des seins – puis nous enchaînons la suite.

Delight n'aurait pas été gênée. Elle aurait sans doute enlevé sa blouse avec nonchalance, sans s'inquiéter de qui pouvait la voir. Sara se mordit la lèvre inférieure, ce qui fit bondir le maquilleur qui se précipita vers elle en grommelant. Elle essaya de soutenir le regard amusé de Garon d'un air insouciant.

– Allons! Silence, s'il vous plaît!

C'était la sixième prise de vues et elle espérait bien, la dernière. Elle savait jouer. Grâce à Mona, elle avait cela dans le sang. Et, comme elle l'avait promis à Lew, elle allait leur prouver qu'elle était une actrice, à tous et particulièrement à Garon Hunt.

C'était curieux comme les scènes devenaient réelles, surtout quand on s'efforçait d'y croire vraiment. Sara, d'un naturel timide et inexpérimentée, s'effaçait derrière l'image plus assurée et brillante de Delight. Cette dernière jouait le rôle de Fran, une jeune femme un peu perdue, qui avait grandi trop vite en faisant trop d'expériences. Delight avait des affinités avec cette jeune femme et aurait su tout de suite comment Fran aurait réagi devant cet homme si excitant et dur qui voyait à travers son jeu provocant.

Le temps se transformait en vagues de chaleur et de lumière. Sarah n'avait plus conscience d'elle-même. Mais elle joua son rôle intensément, jusqu'à répondre au baiser qui n'était pas feint, car il écarta ses lèvres en les écrasant contre ses dents, étouffant sa protestation instinctive. Quand elle se ressaisit, elle rencontra le regard pénétrant de Garon – dont les yeux bleus semblaient voir à travers sa fine blouse en soie jusqu'à son cœur qui battait la chamade.

De ses doigts tremblants elle se reboutonna, espérant qu'il n'y prêterait pas attention. Mon Dieu, il n'avait laissé qu'un bouton en place!

– Eh bien, dit-il à mi-voix posant son regard intense sur le visage empourpré de Sara, peut-être pourrons-nous reprendre cette scène un peu plus tard avec quelques modifications? Je vous passerai un coup de fil.

– Bien sûr!

Sara répondit un peu trop vite, mais, espéra-t-elle, d'un ton assez badin. Bien entendu il ne pensait pas ce qu'il disait et de toute manière il n'avait pas son numéro de téléphone. Mais elle avait bel et bien été embrassée par Garon Hunt. Elle ne s'étonnait plus que les femmes soient folles de lui.

Tout le monde se réunissait à présent et Garon avait disparu. Sara fut soulagée quand Lew apparut et l'entraîna avec lui.

– Vous avez été formidable, mon petit. Ce rôle peut être le début d'une nouvelle carrière pour vous, si vous le désirez.

– M. Hunt, Garon, m'a facilité les choses...

Sara répondait machinalement, consciente toutefois qu'elle eût dû paraître plus excitée. Mais elle ne désirait qu'une chose : pouvoir s'isoler quelque part pour analyser ses sentiments. Que ferait-elle si Garon parvenait à se procurer son numéro de téléphone et qu'il l'appelait? On ne l'avait pas souvent embrassée auparavant et ce baiser était bien différent de ce qu'elle connaissait. Elle avait senti ses genoux faiblir et... oh, et puis il pensait qu'elle était Delight, bien sûr! Croyait-il que...

– Delight, je veux que vous fassiez la connaissance de Sally Lockwood. C'est une vieille amie de Mona.

Oh, ciel! La femme de Garon! Sara espéra qu'elle n'avait pas rougi d'un air coupable.

– Vous avez été excellente, ma chérie. Je suis heureuse que vous n'ayez pas laissé Garon vous brimer.

– Oh, merci. J'espérais que ma nervosité passerait inaperçue.

Sally Lockwood avait un beau sourire.

– Nous avons tous dû en passer par là, je suppose. Mes mains deviennent toujours glaciales quand je dois affronter les caméras et il m'est arrivé d'oublier mon texte.

– Pas bien souvent! Bonjour, Sally, Lew et...?

– Voici Delight Adams. Paul Drury, notre directeur de production. Mon cher Paul, qu'est-ce qui vous amène de si bonne heure?

L'homme, râblé, avec des cheveux noirs bouclés, avait l'allure d'un ancien joueur de football américain, et il l'était probablement. Il fit un signe de tête à Sara, accompagné d'un regard incisif, avant de se pencher sur la chaise de Sally pour l'embrasser sur la joue.

– L'argent! Quoi d'autre? Ce film dépasse le budget prévu et j'ai pensé qu'il fallait en avertir Garon. Je voulais aussi lui présenter un vieil ami qui est prêt à investir quelques millions de plus dans *Mohave*, ce qui nous permettrait ainsi d'ajouter les scènes de poursuite.

– Mais c'est merveilleux, Paul. Cela va mettre Garon de bonne humeur et peut-être aurai-je enfin mes boucles d'oreilles en diamant!

Se sentant de trop, Sara fit un petit signe à Lew et s'éloigna.

– Hé! Pas si vite, mademoiselle Adams!

Elle pensait que Paul Drury ne l'avait pas remarquée. Soudain, tous les regards se tournèrent vers elle et Sara sentit ses joues se colorer.

– L'ami dont je parlais... il veut faire votre connaissance. C'est un de vos admirateurs.

– Oh? (Elle ne savait que répondre. A présent,

elle comprenait ce que cela voulait dire.) Eh bien...

Sara se tourna vers Lew, mais il ne faisait pas attention à elle : il était entièrement absorbé par Sally Lockwood.

Comment Delight aurait-elle réagi? Le fait de se faire passer pour quelqu'un d'autre facilitait les choses. Sara renversa la tête en arrière et se passa la main dans les cheveux, imitant un geste familier à Delight et sourit d'un air provocant.

– Eh bien, pourquoi pas? Qui est cet ami? Je devrai sans doute être très gentille avec lui, n'est-ce pas, surtout s'il doit investir de l'argent dans notre film?

Les yeux de Paul Drury la parcoururent d'un air scrutateur, mais Sara soutint son regard. Heureusement qu'il ne pouvait pas lire dans ses pensées! Si son ami lui ressemblait un tant soit peu...

– Il est *très* riche, mademoiselle Adams, et il aimerait vous inviter à dîner ce soir, si vous n'êtes pas déjà prise.

Sara décida qu'elle n'aimait vraiment pas Paul Drury et qu'elle n'aimerait sans doute pas son ami non plus. Mais Delight aurait accepté l'invitation, et comme elle se faisait passer pour elle...

– En fait, j'avais l'intention de me laver les cheveux, mais...

– Garon parlait d'étoffer votre rôle, vous savez. D'augmenter vos dialogues et votre participation à l'action. Je suppose que nous pourrions nous permettre de rallonger un peu le métrage, maintenant que nous sommes assurés du financement. Je vais en parler à Lew, voulez-vous? Et en ce qui concerne le dîner, est-ce que 8 heures vous conviendrait? Nous pourrions passer vous prendre, ma femme et moi.

Elle parvint à cacher sa surprise. L'invitait-on à un dîner convenable? Peut-être s'était-elle trompée au sujet de Paul Drury! Et si ce n'était pas le cas, elle aurait toujours le plaisir de leur montrer que Delight Adams n'était pas la compagne d'une nuit de n'importe qui.

Sara sourit d'un air affecté.

– Ce serait très gentil de votre part, monsieur Drury. Ma voiture est au garage en ce moment.

Ce fut une autre limousine qui la ramena chez elle, conduite par un homme âgé aux cheveux grisonnants qui ne lui adressa la parole que pour lui demander son adresse. Sara s'installa à l'arrière et fut contente de pouvoir allonger ses jambes pour se détendre. Elle regrettait à présent d'avoir accepté cette invitation à dîner. La matinée avait été une épreuve suffisante.

Mais tu sais jouer, Sara! Ils l'ont tous dit. Même Garon Hunt...

Elle se redressa à ce souvenir et évoqua la manière dont il l'avait embrassée, comme s'il était vraiment sincère – la manière dont ses yeux bleus l'avaient regardée, comme s'il était désireux de recommencer et de ne pas en rester là.

Depuis qu'elle s'était retrouvée petite fille solitaire dans une grande maison, Sara, à qui sa mère chaleureuse, parfumée et frivole manquait, avait pris l'habitude de se parler tout bas à elle-même. Pour lors, elle se réprimanda sévèrement. C'est un homme marié, souviens-toi de cela, idiote! Et tu n'es plus une petite fille. Des baisers même comme celui-là, ne veulent rien dire, surtout pour un homme comme Garon Hunt qui peut avoir n'importe quelle femme s'il le veut vraiment. Tu ferais mieux de changer d'état d'esprit, si tu ne veux pas en pâtir!

Il faisait chaud et lourd à l'intérieur du petit appartement et Sara s'empressa d'ouvrir les portes-fenêtres qui donnaient sur la minuscule terrasse. L'air extérieur n'était pas beaucoup plus frais. Los Angeles baignait dans une brume rose qui faisait paraître les montagnes, à l'horizon, floues et irréelles. Le bruit de la circulation semblait amplifié à cette hauteur et à côté, quelqu'un écoutait de la musique disco avec les basses si amplifiées qu'elles semblaient battre contre ses tempes.

Sara se refugia à l'intérieur et brancha le conditionnement d'air. Elle enleva ses vêtements, s'étira et savoura le sentiment de liberté que cela lui procurait. Comme il serait agréable de se promener toute nue et de sentir l'air frais lui caresser le corps! Mais elle n'était pas Delight et elle conservait un reste de pudeur. Elle transigea en mettant un minuscule short et un corsage qui appartenaient à sa sœur.

Paul Drury et sa femme devaient passer la prendre à 8 heures pour dîner, ce qui lui laissait quelques heures pour lire les journaux. Pourquoi Delight n'avait-elle que des revues, et pas un seul livre?

Elle se versa un Perrier glacé avec un zeste de citron et s'installa sur le canapé pour réfléchir à sa situation. Il ne faisait aucun doute que Delight et elle avaient des goûts et des habitudes très différents. Combien de temps serait-elle capable de continuer cette ridicule mascarade?

5

Sara souffrait d'un léger mal de tête et n'avait toujours pas résolu son dilemme quand la sonnerie de l'interphone retentit. Fichu appareil! Elle ne savait toujours pas sur quel bouton il fallait appuyer.

La voix qui lui répondit semblait âpre et méconnaissable et elle dut faire répéter pour comprendre ce qu'elle disait.

– Mademoiselle Adams? Paul Drury... pour vous emmener.

Son chauffeur? Une autre limousine des studios?

– Je descends tout de suite, cria Sara dans l'appareil. (Elle était irritée. Paul Drury ferait bien d'être accompagné par sa femme!)

Elle se regarda encore une fois dans la glace avant d'éteindre la lumière. Elle avait beaucoup de maquillage bien sûr, mais pas trop voyant. Une robe en soie à fleurs de chez Calvin Klein qui s'arrêtait juste au-dessous des genoux. D'immenses boucles d'oreilles de chez Elsa Peretti et une chaîne d'or autour du cou. Elle portait des chaussures à talons aiguilles très hauts. Pourvu qu'elle ne se rompe pas le cou!

Delight ne lui avait rien dit quant à sa façon de s'habiller et, en passant la fine courroie de son sac disco de chez Louis Vuitton à son épaule, Sara espéra qu'elle n'en faisait pas trop. Mais Delight s'habillait toujours avec recherche, surtout le soir, quand elles allaient dans des endroits comme chez Régine à New York. Elle espérait faire bonne impression sur Paul Drury – ou sur sa femme.

L'entrée de l'immeuble n'était pas très accueillante avec ses plantes vertes en pots et les chaises rangées autour de la table en formica. L'homme qui se tenait là laissa tomber une vieille revue qu'il était en train de feuilleter lorsque Sara sortit de l'ascenseur.

Ce n'était certainement pas un chauffeur! Le riche ami de Paul Drury? Les idées de Sara s'embrouillèrent, tandis que son regard se posait sur des yeux noirs et ardents qui fixaient les siens. Il n'était certainement pas américain – en tout cas, il ne ressemblait en rien aux Américains qu'elle avait rencontrés jusqu'alors. Son costume sortait de toute évidence de chez un grand tailleur. Ses cheveux étaient d'un noir de jais et un peu bouclés, ni trop courts, ni trop longs. Mais, hormis sa beauté assez voyante, ses traits avaient une dureté implacable, ainsi que sa voix.

– Il n'y a pas de portier ici, mademoiselle Adams? C'est imprudent, dans une ville telle que celle-ci!

Sara le regardait médusée, quand ses paroles la rappelèrent à la réalité de son rôle.

– Il n'y a aucun danger. Vous n'auriez pas pu entrer si je n'avais pas déverrouillé la porte depuis l'appartement, et vous avez mentionné le nom de Paul Drury, n'est-ce pas?

Il était de ces hommes à l'arrogance intolérable. Elle comprit cela à sa manière de lever un sourcil, puis elle remarqua à son menton une petite cicatrice.

– Je suppose que j'oublie que vous êtes américaine et que les femmes ici sont très indépendantes. Pardonnez-moi, mademoiselle Adams, eh oui, j'ai dit à Paul que je vous conduirai au restaurant – sa femme, Monique, est toujours en retard.

Sara, irritée, répliqua sèchement :

– J'espère que cela ne signifie pas que M. et Mme Drury ne seront pas là.

Elle regretta ses paroles en voyant les muscles de son visage se contracter et ses yeux lancer des éclairs.

– Vous formalisez-vous parce que nous n'avons pas été présentés, mademoiselle Adams? (La douceur veloutée de sa voix évoqua pour Sara la patte de velours d'un grand félin, prêt à bondir sur sa proie.) Mais, voyez-vous, Paul m'a assuré que vous étiez d'accord pour me rencontrer. J'ai donc pensé que vous ne verriez pas d'objection à faire la connaissance d'un étranger qui est aussi un admirateur de... vos talents. Cependant, permettez-moi de me présenter – je suis le duc di Cavalieri.

Il s'inclina avec une correction parfaite sur la main glacée de Sara, mais ses lèvres étaient si brûlantes qu'elle dut se retenir pour ne pas la retirer brusquement.

Elle restait sans voix et, visiblement il se délectait de son trouble. Il eut un sourire – ou était-ce un rictus? – et reprit :

– Vous êtes de toute évidence Mlle Delight Adams, n'est-ce pas? Et puisque nous sommes en Amérique et qu'ici l'on est moins conformiste qu'en Europe, vous pouvez m'appeler Riccardo – si vous me permettez de vous appeler Delight? Quel prénom inhabituel... comme une promesse...

– Ce n'est, j'en ai bien peur, qu'une des fantaisies de ma mère!

Sara, qui avait enfin retrouvé l'usage de la parole, s'exhortait au calme. Quant à Riccardo, il l'observait comme un prédateur assuré de sa proie. Eh bien, elle allait lui montrer qui elle était! Et d'abord, elle ignorerait ses sous-entendus. Mais il lui fallait retrouver la calme impudence de sa sœur pour le repousser. Elle fit la moue et posa la main sur son bras. Aussitôt ses muscles d'acier se contractèrent.

– Je suis désolée d'avoir été désagréable, mais une jeune femme doit apprendre à se méfier dans cette ville. C'est gentil d'être venu me prendre... Riccardo. Pouvons-nous tout recommencer à partir de maintenant ?

Un duc, rien de moins? L'était-il vraiment? Paul Drury avait dit qu'il était riche. Elle avait toujours cru que la noblesse italienne était ruinée.

– Nous pouvons commencer où vous voudrez, Delight.

Encore une de ces remarques équivoques, pensa Sara avec colère. Cependant, elle ne protesta pas quand il la prit fermement par le coude pour la conduire jusqu'à l'endroit où était garée sa voiture – une Lamborghini, gardée par un jeune garçon plein d'admiration et à qui Riccardo donna un pourboire.

– C'est une sacrée machine, monsieur!

– Oui, mais difficile à conduire ici à Los Angeles. Une voiture de ce genre est faite pour la vitesse, surtout celle-ci, car j'ai fait modifier le moteur pour la course.

– Vous avez déjà fait des courses avec?

– Quelques-unes, mais pas encore dans ce pays.

– Eh bien, bonne chance!

Tandis qu'ils s'éloignaient, Sara ne put s'empêcher de murmurer :

– Un duc démocratique?

Se concentrant sur la circulation, il ne la regarda pas, mais haussa légèrement les épaules.

– Nous avons quelque chose en commun : l'amour des belles machines et celui du risque.

– Je serais heureuse que vous gardiez cela pour

les circuits. C'est déjà assez risqué de conduire dans Los Angeles, surtout aux heures de pointe.

– Cela dépend du conducteur, bien sûr. Est-ce que vous conduisez... Delight? (Elle eut l'impression qu'il prononçait son nom avec répugnance. Sans doute le trouvait-il trop frivole à son goût!)

– Je n'ai qu'une petite Volkswagen, répondit Sara en haussant les épaules. Je ne peux pas encore me permettre d'acheter une voiture comme celle-ci.

– Mais peut-être espérez-vous pouvoir le faire un jour?

Sa voix ne semblait pas contenir de sous-entendu, mais Sara restait crispée. Elle avait l'impression, elle n'aurait su dire pourquoi, qu'il jouait au chat et à la souris avec elle. Elle se força pour répondre d'un ton normal.

– Bien sûr, tout le monde fait des rêves, n'est-ce pas? Mais je crois que je choisirais une Mercedes SL, coupé sport blanche.

– Et puis-je vous demander, sans paraître indiscret, quels sont vos autres rêves? Je suis certain qu'une ravissante jeune femme comme vous n'aura aucune difficulté à obtenir ce qu'elle désire.

– Il est certain que j'essaie d'être objective! affirma Sara avec légèreté. (Mais, désirant changer de sujet, elle ajouta aussitôt:) Où allons-nous dîner?

Cette fois, elle vit qu'il lui lançait un bref regard, avant de s'absorber à nouveau dans la conduite.

– Je suis descendu à l'Ermitage – en avez-vous entendu parler? C'est un hôtel de style européen, avec un excellent restaurant qui n'admet que les clients de l'hôtel, et leurs invités, bien sûr. Paul et Monique doivent nous attendre dans ma suite à cette heure-ci et, après avoir bu un verre, nous irons tous dîner.

Tous les soupçons de Sara refirent surface.
– Nous allons dans... votre suite?
Elle l'entendit soupirer avec impatience.
– Mademoiselle Adams, je ne sais pas ce qui vous rend soudain si... disons, prudente. Mais je vous assure que je n'ai aucune intention de vous attirer dans ma suite pour vous séduire. Croyez-moi, Paul et Monique Drury seront là, et s'ils n'y sont pas, nous pourrons laisser un message et aller directement au Café Russe, si vous vous y sentez plus en sécurité!
Heureusement qu'il ne put voir la rougeur qui avait envahi son front. C'était un homme arrogant, impossible et elle détestait la façon qu'il avait de la rendre ridicule.
– Je suis tout à fait capable de me défendre toute seule, merci, répliqua-t-elle d'un ton glacial. Et je suis certaine que l'assassin ou le sadique moyen ne se promène pas en Lamborghini!
– Oh, mais vous avez raison d'être prudente. J'ai entendu dire que le fameux Jack l'Eventreur n'était autre que l'héritier du trône d'Angleterre!
Sara serra les dents.
– Quelle nouvelle intéressante! Cependant, je suis sûre qu'aucune de ses victimes ne pratiquait le karaté. Il se trouve que j'ai passé ma ceinture noire.
– Voilà qui est admirable. Peut-être pourrions-nous nous entraîner ensemble un de ces jours. Je suis cinquième dan.
Autant pour son esbroufe! Reste calme, Sara!
– Merci, répondit-elle à haute voix, mais je suis vraiment très occupée la plupart du temps et mon instructeur...
– Oh, mais je suis aussi un instructeur qualifié. Et puisque Los Angeles semble être une ville dange-

reuse pour les jeunes femmes séduisantes comme vous, peut-être pourrais-je vous enseigner quelques prises utiles pour vous défendre contre d'autres experts en karaté?

– Non, merci. D'ailleurs, je le fais principalement pour l'exercice.

– Je vois. Et quels autres exercices aimez-vous pratiquer? (Il avait certainement vu son mouvement d'indignation, mais il continua tranquillement, sans daigner même la regarder.) Tous les jours, de ma fenêtre, je vois les gens faire du jogging. Est-ce le sport à la mode en ce moment?

Se souvenant du rôle qu'elle jouait, Sara répondit brièvement :

– Je n'aime pas vraiment me lever de bonne heure, à moins d'y être contrainte par mon travail, et le jogging est bien trop fatigant pour moi.

Ils auraient dû être arrivés à l'hôtel à présent, ou bien conduisait-il avec une lenteur calculée? Peut-être prenait-il le chemin le plus long, afin de pouvoir la tourmenter avec ses questions et ses sous-entendus déplaisants?

– Le jogging n'est pas la forme d'exercice la plus gracieuse, sans doute. Mais je suppose que vous aimez danser. Le disco, par exemple?

Elle faillit se trahir.

– Je ne... c'est-à-dire, j'adore danser, mais je ne peux pas le faire très souvent. Je ne peux pas me permettre de me coucher tard, si je veux me lever tôt et être fraîche et pimpante.

– Vous semblez uniquement préoccupée par votre travail. Quel dommage, avec un nom comme le vôtre!

Elle préféra ne pas répondre à ce qui pouvait bien être une pointe.

– Je suis contente que vous aimiez mon nom,

répondit-elle. Il est plutôt inhabituel, n'est-ce pas? Mona m'a avoué avoir bu pas mal de champagne le jour où elle a choisi mon prénom!

– Mona?

– Ma mère. Mona Charles. Ce n'est pas le genre de mère que l'on appelle maman.

– Je vois.

Pour une raison inconnue, sa voix semblait menaçante. Mais à cet instant, Sara aperçut avec soulagement l'hôtel.

Je suis presque certaine qu'il me déplaît, pensa-t-elle. Mais quel homme étrangement complexe. Plein de contrastes. A certains moments, elle aurait pu jurer qu'il flirtait avec elle, il lui faisait des remarques suggestives et, l'instant d'après, il la soumettait à un interrogatoire en règle, et ce, d'une voix méprisante. Pourquoi avait-il voulu faire sa connaissance? Comment avait-il pu devenir un de ses admirateurs, selon l'expression de Paul Drury?

Puis, tout à coup, Sara comprit que ce n'était pas elle que le duc di Cavalieri avait voulu rencontrer, mais sa sœur, Delight, dont le nom le fascinait et qui portait en lui une promesse, selon son propre aveu!

– Nous voici arrivés!

Avant que le chasseur en tunique rouge n'ait eu le temps d'ouvrir la portière, il se pencha sur elle pour la déverrouiller lui-même. Sara sentit son bras ferme contre ses seins et une onde électrique la parcourut des pieds à la tête. Elle se sentait – même après que le jeune garçon l'eut aidée à descendre et qu'elle se retrouva debout sur le trottoir en attendant que Riccardo fasse le tour de la voiture pour la conduire à l'hôtel – comme si elle était toute nue et qu'il l'eût touchée délibérément. Elle aurait voulu le gifler et s'enfuir, mais elle resta là, extérieurement détendue, jusqu'à ce qu'il la reprenne par le bras.

– Venez! dit-il de sa voix rude.

Et tout ce qu'elle put faire fut de le suivre, docile à sa volonté.

6

Le sentiment de soulagement qu'éprouva Sara à la vue de Paul Drury et de sa femme s'évanouit bien vite. Les Drury ne lui seraient d'aucune aide en cas de nécessité. Ils étaient tous deux bien trop impressionnés par le titre et la richesse de Riccardo. Mais du moins étaient-ils là et Sara fut soulagée quand, après les politesses d'usage, Monique avoua qu'elle mourait de faim.

Monique Drury ne ressemblait pas du tout à une Monique, pensa Sara, tout à fait irrationnellement, dans le cabinet de toilette où elles s'étaient retirées. Monique, grande, maigre et légèrement voûtée, coiffait sans grande efficacité ses cheveux blonds et raides.

– Il faut vraiment que je change de coiffeur. Quel est le vôtre?

Se souvenant des recommandations de Delight, Sara sourit.

– C'est une de mes amies homosexuelles qui me coiffe, à ses moments perdus.

– Oh! vraiment?

Le visage de Monique dans la glace parut effrayé. Cela m'est égal, si je la choque, songea Sara. Elle est si vulgaire et si prétentieuse. Elle s'arrangeait tout le temps pour que l'on sache de quel côté venait leur fortune.

Durant toute la première partie de ce qui s'annonçait un dîner interminable, elle n'avait cessé de dire, « papa avait l'habitude de faire comme ceci », tandis que Paul Drury se renfermait dans un silence sinistre et que le duc di Cavalieri arborait un sourire sarcastique sur son visage taciturne. Sara pouvait presque sentir ce qu'il pensait : une Américaine typique! Cela l'ennuyait tellement qu'elle avait délibérément encouragé Monique à se vanter.

– Il faut que j'aille aux toilettes.

C'était une dérobade devant les questions indiscrètes de Monique. Mais que lui importait ce que pensait cette femme?

Ce que Sara essayait de faire, c'était de ne pas penser au duc di Cavalieri, ni aux sentiments contradictoires qu'il avait provoqués chez elle. A quoi bon se répéter qu'il lui déplaisait souverainement? Elle n'en demeurait pas moins fascinée comme un oiseau par un serpent. Elle pouvait à peine détourner son regard de lui. Il possédait quelque chose de magnétique et de primitif, à peine voilé sous un vernis de civilisation. Et il la traitait comme une proie hypnotisée qu'il tenait à sa merci. Pourquoi avait-il tenu à la rencontrer? Pourquoi s'était-il donné tant de mal pour organiser ce dîner, était-ce seulement pour l'observer à travers la table de ses yeux impénétrables?

Les deux jeunes femmes retournèrent à la table en silence et les hommes se levèrent par politesse à leur arrivée. Encore une fois, Sara sentit les doigts forts et bronzés frôler son dos nu et put à peine réprimer un frisson d'appréhension.

– Aimeriez-vous danser après dîner? Vous avez la

silhouette d'une bonne danseuse et vous marchez avec légèreté.

Sara se força à sourire d'un air provocateur.

– Aimez-vous le disco? C'est le seul genre de danse que j'apprécie et c'est un merveilleux exercice physique.

Monique frissonna avec ostentation tout en faisant la moue.

– J'aime regarder danser... le ballet. Paul et moi, nous assistons à toutes les nouvelles créations du New York City Ballet. Mon père était un habitué.

Monique était utile après tout. Sara lui adressa un sourire éblouissant.

– Je n'aime pas beaucoup regarder. Je préfère la musique rythmée qui donne envie à mon corps de bouger.

Que disait-elle donc? En fait, elle adorait le ballet et encore plus l'opéra. Mais cet homme avait voulu faire la connaissance de Delight et il fallait qu'elle agisse comme elle.

– Vous préférez donc participer plutôt que regarder – je parlais de danse bien sûr, mademoiselle Delight. Et qu'en pensez-vous, Paul, et vous, Monique? Voulez-vous que nous allions dans une disco ce soir? Je vous laisse le choix de l'endroit, à vous ou à ma délicieuse partenaire, puisque je suis quasiment un étranger dans cette ville.

– Je n'ai pas vraiment envie de me coucher très tard ce soir. Merci tout de même.

Sara venait de se souvenir avec effroi que Delight était une danseuse merveilleuse, tandis qu'elle-même ignorait si elle serait capable de faire comme sa sœur. Et elle ne doutait pas un instant que lui dansait merveilleusement bien, à en juger d'après sa démarche qui lui faisait songer à un lutteur ou à un escrimeur. Il était ceinture noire, cinquième dan de karaté, avait-il dit. Il était hors de doute qu'il dansait parfaitement aussi. Eh bien! Elle n'allait pas se laisser impressionner.

– C'est vous qui vous plaignez toujours d'avoir à vous lever tôt le matin... (Paul et Monique se parlaient à voix basse en l'ignorant. Riccardo se pencha vers elle, levant les sourcils d'un air inquisiteur.) J'ai tout lu sur vous dans la presse, mais si je ne vous connaissais pas mieux, je croirais que vous... avez peur pour une raison quelconque. Je ne mords pas, signorina, mais je n'ai pas non plus pour habitude de forcer une femme qui n'est pas consentante.

Sara pouvait sentir la chaleur de son corps tout près du sien, ainsi que celle qui envahissait ses joues. Pour dissimuler sa rougeur, elle pencha la tête en feignant de chercher quelque chose dans son sac et lança sur un ton léger :

– Alors, c'est parfait. Je puis vous faire confiance pour me raccompagner chez moi, sans risquer les ennuis habituels, n'est-ce pas? (Elle leva enfin les yeux et découvrit son regard furieux.) Ce n'est pas que je n'aie pas apprécié le dîner, mais pour moi, le travail passe avant tout et 6 heures du matin est vite arrivé!

– Vous êtes très habile pour vous dérober, n'est-ce pas? A première vue, vous paraissez le type même de la jeune femme américaine libérée, mais je crois que vous avez peur devant un homme différent de vos fréquentations habituelles.

– N'êtes-vous pas en train de vous flatter, duc?

Sa vulgarité intentionnelle fut récompensée par la contraction des muscles de la mâchoire et par le regard cinglant qu'il posa sur elle.

Elle ne voulait pas et ne pouvait plus reculer à présent, mais elle prit conscience avec gêne que

Paul et Monique s'étaient tus pour les écouter, avec une curiosité à peine dissimulée.

– Vous avez peut-être raison, mais je ne le crois pas. Dès les premiers instants de notre rencontre, j'ai senti votre hostilité – où est-ce un jeu que vous jouez? Votre attitude est-elle destinée à vous rendre intéressante auprès d'un homme?

– Oh!

Sara retint sa respiration et ses doigts se serrèrent sur le napperon qu'elle tenait. Elle aurait bien aimé le lui lancer à la figure, si personne ne l'avait observée.

– Vous ai-je froissée? Est-ce possible? (Le ton de fausse contrition qu'il employait était méprisant. Il s'adossa confortablement avant de poursuivre sur un ton sarcastique.) Je suis désolé si ma franchise vous offense, signorina Delight. Mais j'ai depuis longtemps passé l'âge de jouer à des jeux stupides. Il n'y a aucune raison pour qu'une entière franchise entre un homme et une femme constitue une telle atteinte à la personnalité de l'un ou de l'autre qu'il s'en trouve diminué, vous ne croyez pas?

– Je pense... je pense...

Du coin de l'œil Sara surprit le regard fasciné de Monique Drury et elle retrouva ses esprits en même temps que la volonté de ne pas se laisser faire par cet homme monstrueux. Elle respira profondément, se tourna pour boire une gorgée de vin, puis croisa ses jambes fines.

Elle fut récompensée par l'étincelle qui jaillit dans ce regard d'épervier et elle lui sourit.

– Je suis tout à fait de votre avis. C'est une perte de temps, ces jeux stupides. Simplement, ma mère m'a inculqué le respect des personnes plus âgées. Mais nous ne faisons pas de charades et nous ne jouons pas à « Qui a peur de Virginia Woolf », n'est-ce pas? Et je suis lasse de toutes ces allusions malveillantes et de votre grossièreté, signor duc.

Son visage était devenu impassible, comme un masque sculpté dans de l'acajou, mais ses yeux demeuraient vivants, tels deux charbons ardents qui la clouaient sur place, malgré son intention de repousser sa chaise et de partir.

Il dit, d'une voix crispée, en articulant difficilement ses mots :

– Je n'avais pas l'intention d'être grossier, signorina. Mais si c'est l'impression que je vous ai donnée, j'accepte votre rebuffade. En tant que votre aîné, et étranger de surcroît, je ne m'étais pas rendu compte que vous vous mépreniez sur mes paroles et sur mes intentions.

– Oh, tout ceci est stupide! s'écria Monique sur un ton agressif. Honnêtement, Paul, je ne comprends pas pourquoi tu n'as encore rien dit. Pourquoi devenons-nous soudain tous si guindés? Nous sommes tous ici parce que Riccardo voulait faire la connaissance de Delight et maintenant que c'est fait, ils ne cessent de s'envoyer des piques. Cela signifie-t-il que vous vous plaisez, ou non? Cela ne me concerne pas vraiment, mais il se fait tard et le serveur n'arrête pas de tourner autour de nous. Alors j'aimerais savoir qui rentre avec qui. Paul et moi habitons à Malibu et cela fait un bon bout de route.

– Tais-toi, Monique! (Paul avait parlé sans acrimonie, mais ses yeux interrogateurs passèrent d'un visage à l'autre. Il ajouta, avec un humour forcé :) Maintenant que vous avez fait connaissance – et que vous vous êtes mesurés – qu'allons-nous faire? J'ai l'impression qu'ils aimeraient fermer cet endroit, mais vous pouvez bien sûr passer la nuit chez nous.

A ce point, la dernière chose que Sara souhaitait, c'était d'entendre la voix de Monique ou de Paul. Et cela lui était indifférent, s'ils lui enlevaient son rôle dans le film. Cette pensée lui rendit du courage.

– Je peux prendre un taxi... dit-elle, pendant qu'au même instant son partenaire proférait, les machoires serrées :

– Je vais appeler le garçon pour régler, et c'est moi qui ramènerai la signorina Delight chez elle, puisque c'est moi qui l'ai conduite ici.

Sur un signe de lui, le garçon accourut.

Pendant qu'il signait le chèque, Sara se tint toute droite sur le bord de sa chaise, se demandant si elle devait se lever tranquillement et s'en aller, ou si cela ressemblerait trop à une fuite. Elle voulait avant tout qu'il ne s'imagine pas qu'elle avait peur de lui – quelle idée ridicule!

Après cela, Sara ne se souvenait plus comment ils s'étaient retrouvés hors de l'hôtel. Fallait-il accuser la deuxième bouteille de Puligny-Montrachet? Elle respira à pleins poumons l'air chaud du soir et, tout à coup, elle se rendit compte que Paul et Monique Drury avaient disparu et qu'on la faisait monter une fois de plus dans la Lamborghini.

Elle s'appuya contre le repose-tête et ferma les yeux un instant. Plus d'escarmouches, se dit-elle, qu'il se taise ou qu'il...

Elle se reprit vivement à cette pensée à demi formulée, ne voulant surtout pas qu'il puisse se douter de sa faiblesse. Sans doute avait-il l'habitude de voir les femmes lui tomber dans les bras, il devait se croire irrésistible. Certaines femmes aiment les hommes arrogants et énergiques, mais ce n'était pas son cas.

Sara s'aperçut soudain qu'il venait de dire quelque chose, qu'il lui avait posé une question. Il la répéta sur un ton exagérément patient.

– Je vous demandais, signorina, si vous vouliez toujours aller dans une discothèque? Mais vous paraissez trop fatiguée – ou trop ennuyée.

– Ennuyée? Oh non, voyons. La soirée a été si amusante et j'ai trouvé Monique et Paul adorables. Mais vous devez comprendre, signor, – est-ce ainsi qu'il faut dire? – que je n'ai pas beaucoup dormi la nuit dernière et que j'ai dû me présenter aux studios ce matin à 6 heures. D'habitude je fais la fête, mais ce soir...

La voiture démarra si brutalement que Sara crut que sa nuque allait se briser, en raison de la violence avec laquelle elle fut rejetée sur son siège. Elle eut un hoquet et sentit presque immédiatement son bras qui la retenait, lui coupant la respiration.

Elle l'entendit jurer entre ses dents, puis, avec courtoisie, il dit :

– Je suis désolé. Je conduis habituellement très vite et ici, j'oublie toujours qu'il y a des limitations de vitesse. Tout va bien?

– Il est inutile de me tenir. Je vais très bien. Je ne m'attendais simplement pas à...

– Non? (Sa voix devint irritée.) Je me demande ce que vous attendiez de cette soirée, mademoiselle la noceuse? Vous adorez danser et, quand je vous invite dans une discothèque, vous êtes trop fatiguée – prétexte : la soirée précédente! Est-ce bien cela? J'essaie de vous épargner un choc violent, et vous protestez parce que mon bras vous touche. De quoi avez-vous peur? De vous-même? Ou d'avoir rencontré un homme qui est un homme, et pas un de vos fantoches si faciles à manipuler?

– Vous êtes vraiment prétentieux, vous ne trouvez pas? (La voix de Sara était chargée de colère.) Vous vivez en plein Moyen Age. J'accepte une invitation à dîner et vous vous comportez comme si j'étais votre propriété pour toute la soirée. Eh bien, vous vous trompez. *Capisce?* Je m'appartiens à moi-même et à personne d'autre. Et je... choisis mes amants! Si cela vous déplaît, vous pouvez me déposer ici, je m'arrangerai pour rentrer toute seule.

– Comment? En faisant de l'auto-stop? Ce serait une invitation au viol – à moins que, comme certaines femmes, cela ne soit votre secret désir.

L'indignation coupa le souffle à Sara.

– Vous êtes vraiment malade. Je suis sûre que vous lisez *Playboy, Penthouse* et d'autres revues encore plus inavouables, dès que vous en avez l'occasion. Vous avez certainement beaucoup de choses à apprendre sur les femmes – je veux dire celles qui ne courent pas après l'argent... ou Dieu sait ce que vous leur promettez. Je suis une actrice, pas une call-girl, signor duc. Ne comptez pas sur moi pour réaliser vos phantasmes!

– Quel caractère! Votre accent devient très anglais, lorsque vous êtes en colère : le saviez-vous? Est-ce l'influence de votre mère?

Il se moquait d'elle. Presque aveuglée par la rage, Sara tendit la main vers la portière mais, avec la rapidité d'un puma, il saisit sa main, lui serrant douloureusement les doigts sur la poignée.

– Non, ce serait stupide! Et vous ne semblez pas du type suicidaire. Rassurez-vous, je ne crois pas au viol, seulement à la séduction. Je vous déposerai saine et sauve à la porte de chez vous, croyez-moi.

Elle crut que ses doigts allaient se casser sous la pression de sa main, mais il relâcha son étreinte – comme avec dédain.

– Je vous en prie, adossez-vous et tâchez de vous détendre. Il n'y en a plus pour longtemps. Je vous assure que je n'ai aucun goût pour les scènes mélodramatiques.

Des larmes de rage envahirent les yeux de Sara et elle fut bien aise d'être dans l'obscurité, afin qu'il ne puisse pas s'en rendre compte. Pourquoi, mais pourquoi pleurait-elle toujours quand elle était furieuse? Mais elle se retiendrait. Elle préférerait mourir sous la torture que de lui donner la satisfaction de savoir à quel point il la faisait souffrir.

Muette et crispée à présent, elle se rencogna dans son siège, s'efforçant d'ignorer sa présence. Elle respira profondément, ce qu'elle faisait toujours au tennis quand elle affrontait un adversaire redoutable et cela l'aida dans le cas présent.

Du coin de l'œil, Sara s'aperçut qu'il la regardait, mais elle feignit l'indifférence. Il n'était pas seulement d'une arrogance insupportable, ce duc di Cavalieri, mais malgré son titre et sa fortune, c'était aussi l'homme le plus grossier et le plus antipathique qu'elle ait jamais rencontré. Pourquoi avait-il tant insisté pour la rencontrer, puisque de toute évidence il la considérait comme une fille facile? Et la laisserait-il, à présent qu'elle lui avait fait comprendre que ce n'était pas le cas?

– Avez-vous assez chaud? demanda-t-il brusquement, interrompant le fil de ses pensées comme s'il avait pu les deviner.

– Cela va très bien, merci.

Elle souhaitait qu'il se dépêche; la route lui semblait interminable.

– Bien. (Il poussa quelques boutons et une musique douce vint combler le vide qui s'était installé entre eux. La mélodie envoûtante de la *Pastorale* de Beethoven les saisit aussitôt et Sara eut un recul instinctif en raison de la dangereuse virilité de l'homme qui se trouvait à ses côtés.) Cette musique ne vous convient pas? demanda-t-il sur un ton sardonique. Vous préférez quelque chose d'autre?

Elle ouvrit la bouche pour protester, mais se souvint à temps qu'elle était Delight et se força à hausser les épaules d'un air indifférent.

– Cela n'a aucune importance. Nous sommes presque arrivés, n'est-ce pas?

– Quel genre de musique aimez-vous, Delight? demanda-t-il avec insistance.

Cette fois, elle se contraignit à se tourner vers lui et ses traits arrogants lui apparurent à la lumière des phares d'une voiture qu'ils croisèrent.

– Oh... n'importe quelle musique avec du rythme! Du jazz, par exemple.

– Je vois. Et quels sont vos autres goûts?

Elle se sentit soudain prise au piège. Pourquoi l'interrogeait-il?

– En quoi cela vous intéresse-t-il? Il semble tout à fait évident depuis le début de cette soirée que vous n'approuvez pas ma façon d'être. Je suis désolée de vous décevoir, mais un rendez-vous manqué reste un rendez-vous manqué, même à Hollywood!

Il freina avec une telle brutalité que Sara fut projetée en avant et ne dut qu'à sa poigne d'acier de ne pas s'être fracassé le crâne contre le pare-brise. Elle aurait voulu repousser son bras, mais il la maintint clouée contre son siège – sensation terrifiante, renforcée par la proximité dangereuse de son visage, sombre et crispé par la colère.

– Alors dites-moi, signorina, pourquoi vous allez à ces rendez-vous manqués comme vous les appelez? Vous êtes une jeune femme séduisante, mais vous n'avez ni mari ni amant. Pourquoi? Est-ce parce que vous préférez le changement?

Nonobstant sa panique et une forte envie de le griffer avec ses ongles pour lui faire relâcher son étreinte, Sara s'efforça de garder son calme et le défia du regard.

– Vous n'avez aucun droit de me questionner, pas plus d'exiger que je vous réponde. Vous êtes non seulement grossier, mais en outre le plus...

– Quoi que vous puissiez dire, nous éprouvons tout de même un attrait l'un pour l'autre, n'est-ce pas? (Il eut un rire bref qui fit passer des frissons de peur dans tout le corps de Sara.)

– Vous êtes fou. J'ignore quel jeu vous jouez, mais sachez bien que je ne marche pas. Vous ne me plaisez même pas, vous êtes un ignoble...

– Cela ne sied pas à une jeune femme de jurer, l'interrompit-il. (Puis il se tourna vers elle et l'emprisonna pour de bon. Ses doigts se refermèrent sur son épaule nue, et il déclara avec une douceur trompeuse :) Quel rapport y a-t-il avec ceci?

Ceci n'avait rien de commun avec le baiser de Garon Hunt. Le baiser de ce sombre étranger ne donnait pas, il prenait... capturait, ensorcelait. Sara sentit son esprit emporté par un tourbillon et son corps, incapable de résistance, fondre comme de la cire.

Les doigts de Riccardo caressaient sa nuque et l'obligèrent à lever son visage vers lui. Pendant tout ce temps, il maintint sa bouche captive. Au début de façon brutale comme un conquérant barbare, il lui écarta les lèvres de force puis, sentant sa résistance faiblir, il devint presque tendre, et lui embrassa le coin de la bouche avant de reprendre possession de ses lèvres.

Mais quand ses mains descendirent pour lui caresser les seins, elle retrouva un semblant de bon sens à ce contact brûlant.

Elle avait l'impression d'être droguée et sa voix même semblait ne plus lui obéir.

– Non! Je vous en prie.

– Delight... *cara.* Vous voyez à quel point nous nous désirons? Montons vite chez vous. Vous avez raison. Cet endroit est trop peu abrité pour y faire l'amour.

Ces derniers mots la ramenèrent à la réalité. Elle ouvrit les yeux et s'aperçut qu'il avait garé la voiture devant son immeuble. Et il venait de l'appeler Delight!

– *Cara...* venez.

Elle tremblait des pieds à la tête et fit tomber son porte-monnaie qu'elle dut rechercher à tâtons, heureuse de cette diversion qui lui permettait de cacher son trouble.

– Non! et je vous en prie, ne me touchez plus. (Il fallait qu'elle continue de parler pour le garder à distance, tandis qu'elle luttait pour retrouver le contrôle d'elle-même.) Vous avez fini par abattre vos cartes! Ainsi donc, il y aurait une certaine attirance physique entre nous! Mais honnêtement, vous vous imaginiez qu'il suffirait d'un baiser pour que je couche avec vous? Je ne suis pas aussi facile. Et je ne suis pas pour les aventures d'une seule nuit.

Elle ignorait quelle allait être sa réaction. La rage? Des paroles blessantes? Au point où elle en était, cela lui était indifférent – elle ne désirait que s'éloigner de lui. Ses lèvres la brûlaient encore et les pointes de ses seins s'étaient durcies sous ses caresses.

Elle retenait son souffle dans l'attente de ce qu'il allait faire, et essaya de voir l'expression de son visage. Pourquoi ne disait-il rien?

A sa grande surprise, elle constata avec quelque

dépit qu'il répondait d'une voix calme, avec une politesse à peine teintée de regret.

– Vraiment? Alors je suis navré. Il me faut pourtant avouer qu'il y a maintenant quelque chose de possible entre nous à l'avenir. Non?

Sans lui donner le temps de répondre, il ouvrit la portière et descendit pour faire le tour de la voiture afin de l'aider à sortir. Sara ressentit soudain quelque irritation devant son indifférence après l'échec de sa tentative de séduction. Il semblait à présent pressé de se débarrasser d'elle.

– Bonne nuit!

Il l'accompagna dans l'entrée jusqu'à l'ascenseur. Elle crut un moment qu'il regardait ses lèvres, mais l'instant d'après ses yeux redevinrent impénétrables.

– Bonsoir, dit-elle d'une voix claire. Merci pour le dîner.

– Grâce à vous, la soirée a été très intéressante.

Sara se retrouva toute seule pour méditer sur ces paroles quand les portes de l'ascenseur se refermèrent. Riccardo avait déjà fait demi-tour.

7

Avant de s'endormir, Sara remarqua dans le ciel une faible lueur annonciatrice de l'aube. Elle avait tout essayé pour s'endormir. Elle s'était préparé une tasse de thé brûlant, s'était lavée, démaquillée, et avait même essayé de lire des scripts envoyés à Delight par Lew Weisman. Mais quand elle parvenait à s'imaginer dans le rôle principal d'un film, aussitôt son partenaire prenait les traits du duc di Cavalieri!

Comment osait-il envahir ainsi son imagination? Fermant les yeux, Sara songea à tout ce qu'elle aurait pu lui dire ou dû faire pour le remettre à sa place, une fois pour toutes.

A quel moment s'endormit-elle et quand le rêve prit-il le relais de la pensée consciente? Il l'avait embrassée et elle l'avait giflé de toutes ses forces. Elle s'enfuyait devant lui et ses talons résonnaient sur les marches. Pourquoi n'avait-elle pas pris l'ascenseur? Elle était si fatiguée qu'elle ralentit pour reprendre son souffle, mais soudain elle l'entendit derrière elle. Mon Dieu! Il y avait quelque chose d'implacable dans la manière dont il la poursuivait, comme un loup sur les traces d'une biche blessée.

Sara aurait voulu hurler mais il ne lui restait plus de souffle. Elle se traîna impuissante, sur les marches, la main crispée sur la rampe.

– Pensiez-vous pouvoir m'échapper aussi facilement?

Elle réussit enfin à crier, mais il fondit sur elle, la prit dans ses bras et la porta jusqu'en haut des marches. Il ouvrit la porte d'un coup de pied, traversa la pièce en quelques enjambées et la jeta sur le lit.

– Non, non! Oh, je vous en supplie. Oh, que me voulez-vous?

– Petite idiote! Que pensez-vous donc?

Il n'y avait pas à se tromper sur le sens de ses paroles. Quand elle voulut se débattre, s'échapper, elle se trouva prise au piège des couvertures qui la maintenaient comme des cordes. Il l'écrasa de son poids et ses baisers lui ôtèrent toute force de résistance.

– Non!

Trempée de sueur, Sara se redressa d'un bond dans son lit : le son de sa voix et le bruit malveillant du réveil résonnaient à ses oreilles. Son cœur battait, sa tête lui faisait mal. Elle avait rejeté les couvertures au bas de son lit et celles-ci s'étaient emmêlées autour de ses pieds.

Etait-elle vraiment en train de rêver? Il n'y avait personne d'autre dans la pièce. Elle était seule et la petite lampe était toujours allumée sur sa table de nuit. Le script qu'elle était en train de lire était tombé sur le tapis au pied du lit avec un de ses oreillers.

– Oh zut! dit Sara à voix haute.

Elle se frotta les yeux comme une gamine. Combien de temps avait-elle dormi? Deux heures? Trois? Et quel cauchemar! Elle se sentait encore tout affaiblie!

Elle rougit et se secoua pour sortir de sa torpeur. Assez de cela! Elle n'allait plus perdre de temps avec ce mauvais rêve, ni avec celui qui l'avait provoqué. Et il ne lui restait plus qu'une heure et demie pour se préparer avant de partir aux studios.

Cette fois-ci, Lew n'était pas là, mais Sara trouva le chemin jusqu'au salon de maquillage. Elle arborait fermement le masque de sa sœur pour cacher sa propre faiblesse.

– On n'aura probablement pas besoin de vous aujourd'hui. Garon tourne quelques-unes des scènes avec Lockwood. (Mike, le maquilleur, gloussa de façon réprobatrice en voyant les cernes sous les yeux de Sara.) Vous êtes vraiment affreuse ce matin, ma chérie! Vous avez passé une nuit agitée? J'espère que cela en valait la peine?

Il commença à lui passer un produit blanc sous les yeux et Sara haussa les épaules d'une manière qu'elle espérait désinvolte.
– Ce n'était qu'un rêve.
– Quel veinard! Salut tout le monde! Mike, si nous prenions un café bien chaud avant de commencer?
Sara aperçut trop tard Garon Hunt en personne dans le miroir. Il souriait à la vue de son masque de clown et son sourire s'accentua en voyant qu'elle rougissait.
Sara aurait voulut se cacher le visage, tandis qu'il se laissait tomber dans le siège à côté du sien.
– Bonjour!
– Bonjour! (Sara était sur la défensive.)
Garon Hunt! Et il fallait qu'il la voie dans cet état. Si elle avait osé, Sara aurait fait la grimace à son image dans la glace.
– Hé! Vous ne trouvez rien de mieux à me dire que simplement bonjour?
La voix de Garon était taquine. Il mit un doigt sous le menton de Sara et tourna doucement son visage vers lui. Sara parcourut des yeux la pièce brillamment éclairée avec un début d'appréhension. Ils étaient seuls : Garon Hunt et elle!
Qu'aurait fait Delight? Cette pensée la sauva.
– Eh bien..., je pourrais dire « bonjour Garon Hunt »...!
– Bonjour Delight Adams. (Il lui souriait de son célèbre sourire.) Que se passe-t-il ensuite?
Elle essayait de réfléchir fébrilement. J'espère qu'il ne va pas essayer de m'embrasser! Dans cette position, si je bougeais, je tomberais sans doute par terre et lui aussi.
Elle sourit d'un air provocant.
– N'est-ce pas à vous de donner la réplique?

– Si nous dînions ensemble ce soir?

Elle fut paralysée par la surprise. Même Delight aurait été interloquée dans ce cas-là, sûrement! Elle perdit la voix et ne put que regarder Garon en se demandant si elle avait bien entendu.

Elle ne s'était pas trompée. Prenant son silence pour un accord, Garon lui prit la main et la baisa doucement.

– Ecoutez – avant que Mike ne revienne – Sally part de bonne heure cet après-midi et nous arrêterons sans doute le tournage vers 4 heures. Soyez à la sortie à 5 heures précises. Je vous y rejoindrai et vous proposerai de vous raccompagner, d'accord? (Il lui sourit, cette fois avec plus d'insistance, en la fixant de ses yeux bleus qui la fascinaient.) Je vais attendre cette soirée avec impatience et saisir cette occasion pour mieux vous connaître.

– Eh bien! (Mike se trémoussait de curiosité après le départ de Garon Hunt.) De quoi s'agissait-il?

– Que voulez-vous dire? répondit Sara sur un ton évasif, et se pencha en avant, feignant d'examiner son maquillage.

– Comme si vous ne le saviez pas! Vous croyez que je ne sais pas de quoi il s'agit, quand il vient de bonne heure et me demande d'aller chercher du café? Je ne suis pas supposé revenir avant au moins cinq minutes. Je suis dans la boutique depuis assez longtemps!

– Eh bien...

– Il vous a invitée à sortir, n'est-ce pas? Cela signifie une autre soirée tardive, je suppose. Venez très tôt demain matin, que j'aie le temps de réparer les dégats – pendant que vous me raconterez tout.

– Je suis sûre que vous connaissez déjà tous les détails, murmura Sara en s'en allant.

Garon Hunt! Sara était si troublée qu'elle resta indifférente aux insinuations perfides de Mike. Garon l'avait invitée à sortir et il allait la prendre cet après-midi même à 5 heures précises...

Bien sûr que j'irai! Sara répondit à la question qu'elle se posait. Elle se sentait à la fois heureuse et effrayée. Delight n'aurait certainement pas refusé un rendez-vous de Garon Hunt!

La matinée interminable passée dans l'inaction, lui donna le temps de réfléchir et même de s'assoupir. Il faisait de plus en plus chaud sur le plateau de tournage.

Elle resta étendue sur le petit canapé de la loge qu'elle partageait avec deux autres filles. Il était bon de rester ainsi allongée, détendue et se sentant flotter vers l'inconscience...

Elle repoussa avec agacement une main qui lui secouait l'épaule sans douceur. Puis elle s'avisa qu'elle devait se tenir prête au moindre appel et se redressa avec regret.

– Eh bien, je vois que vous êtes enfin vivante. Je suis désolé d'avoir été un peu brutal, signorina, mais j'ai frappé et suis entré car je ne recevais pas de réponse. (Bien sûr, il ne regrette rien du tout, pensa amèrement Sara, en entendant cette voix dure et en rencontrant ces yeux froids. Il poursuivit sur un ton moqueur :) Vous êtes pâle comme une morte. Vous n'avez pas bien dormi la nuit dernière?

C'était lui, lui, la bête noire de son cauchemar! Sara repoussa les cheveux de son front et le défia du regard.

– Que faites-vous ici? C'est ici une loge privée.

– Ah, mais voyez-vous, il se trouve que je suis propriétaire d'une part de ce film. Je suis donc une personne privilégiée, j'en ai bien peur.

– Pas assez pour être en droit d'entrer ici sans frapper, répliqua Sara avec vigueur, oubliant ce qu'il avait dit quelques instants plus tôt. Ceci est ma loge et...

– Je savais bien entendu que c'était votre loge, sinon pourquoi serais-je venu? J'ai pensé que je pourrais vous emmener déjeuner, puisque tous les autres sont à la cafétéria. A moins que vous ne fassiez jeûne et abstinence par pénitence pour vos péchés?

– Mes péchés? Oh, mais... écoutez-moi bien...

– C'est dommage que l'on n'apprenne pas dans les écoles américaines qu'il ne faut jamais laisser les phrases inachevées. Lorsque vous commencez à exprimer quelque chose, il faut aller jusqu'au bout. Mais peu importe. Il est encore temps d'aller déjeuner si vous vous dépêchez. Venez!

Il lui avait déjà parlé sur ce ton impérieux et s'imaginait qu'elle allait le suivre. Mais cette fois...

– Non! s'écria Sara à voix haute, en espérant que son refus avait été suffisamment catégorique.

Il était sûrement capable de comprendre ce simple mot.

Eh bien non! Il lui avait déjà saisi le poignet et l'attirait à lui sans le moindre effort. Son poignet semblait paralysé et ses jambes obéir à cette volonté étrangère. Sara aurait voulu crier de rage et d'humiliation. Pourquoi était-il venu la tourmenter comme un démon sorti de son rêve? Pourquoi ne combattait-elle pas avec plus de détermination son arrogance et ses présomptions?

– Il est évident que vous êtes de ces femmes qui désirent que l'on décide pour elles. Je suis certain que vous n'avez pas eu le temps de prendre votre petit déjeuner ce matin et vous n'êtes guère en état de pouvoir vous passer d'un autre repas.

Ses yeux noirs la toisèrent, comme si elle était une enfant stupide qui avait mérité d'être réprimandée.

– Cela... ne vous regarde pas si je saute un repas ou non!

Il choisit d'ignorer son indignation et l'entraîna impérieusement.

– Nous y voici.

Il parlait sur un ton très prosaïque. Sur la porte, elle lut sur une plaque le nom de Paul Drury.

Encore un repas avec Paul et Monique! Incapable de prononcer une seule parole, Sara secoua vigoureusement la tête et résista dans un dernier sursaut d'énergie.

Cette fois, en fronçant les sourcils, il passa son bras autour de sa taille pour l'entraîner à l'intérieur.

– Vous agissez de façon étrange, Delight. Avez-vous bu, à moins que ce ne soient ces pilules que tout le monde prend à présent?

Elle n'aurait pas daigné répondre à ses sarcasmes, même si elle en avait été capable. Elle se détourna de lui après qu'il l'eût lâchée et se laissa tomber sans grâce dans un fauteuil.

– Paul est assez bon pour me laisser l'usage de son bureau lorsque j'en ai besoin. Malheureusement il ne sera pas là cet après-midi, mais le déjeuner est déjà commandé et je suis certain que vous le trouverez meilleur que ce qu'on vous sert à la cafétéria.

Un verre de vin blanc frappé apparut soudain

devant elle; de minuscules gouttelettes d'eau ruisselaient sur ses parois. La main qui le tendait était nerveuse et bronzée – quelques poils noirs, bouclés, ombraient son poignet et son avant-bras. Il portait une curieuse bague à cacheter, rehaussée de diamants.

Sara détourna la tête et s'efforça de reprendre sa respiration.

– Vous ne seriez pas essoufflée comme cela, signorina Delight, si vous preniez un peu plus d'exercice et surtout si vous vous couchiez plus tôt le soir.

Sara redressa la tête à ces mots.

– Oh! Mais de quel droit me donnez-vous des conseils et m'entraînez-vous ici sans me demander mon avis?

– Vous saviez très bien, en nous séparant hier au soir, que je viendrais vous chercher aujourd'hui, n'est-ce pas? Voyons Delight, cessons ces petits jeux d'approche. Nous avons chacun marqué des points mais, maintenant, c'est à votre tour de faire un mouvement.

Il glissa ses doigts sous ses cheveux et lui maintint la tête pour qu'elle ne détourne pas son regard.

Sara ne comprenait pas ce qui la retenait ainsi, lui ôtant toute force. Elle se sentit envahie par la même sensation de faiblesse langoureuse que le matin même au réveil. Pourquoi ne pouvait-elle détourner son regard de ce visage aux traits presque mauresques? Quelque chose de cruel et d'impitoyable dans son expression la faisait frissonner tout en la fascinant. Etait-il capable de cruauté? Pourquoi la poursuivait-il avec l'acharnement féroce d'une panthère? *Que lui voulait-il?*

Sara se mit à trembler cependant que la terreur l'envahissait. Il resserra son étreinte.

– Delight... (Elle vit qu'il regardait sa bouche et frissonna à sa voix devenue rauque.) Votre bouche détient toutes les promesses contenues dans votre nom. Pourquoi perdons-nous du temps à ces jeux inutiles?

Il se pencha sur elle et elle sentit ses lèvres frôler sa bouche avec une douceur trompeuse, tandis qu'elle percevait la tension passionnée dont il vibrait tout entier.

Cela l'effraya tant qu'elle eut la force de le repousser avec désespoir.

– Arrêtez! Arrêtez immédiatement! Je ne marche pas. Et... (elle se souvint que dans les mêmes circonstances, sa sœur aurait employé un langage plus vigoureux) fichez-moi la paix et laissez-moi tranquille!

Il la relâcha mais resta le dos contre la porte. Malgré son attitude menaçante, il ne parut nullement décontenancé par sa rebuffade... simplement intrigué.

– Pourquoi dites-vous des choses que vous ne pensez pas?

Elle eut peur qu'il essaie de la toucher encore, mais il se contenta de croiser les bras et de l'observer d'un air détaché.

– Et pourquoi craignez-vous de me répondre? (Puis d'une voix radoucie, il ajouta :) Je pense que vous ressentez la même chose que moi. Mais parce que vous êtes une jeune femme américaine *libérée*, vous vous défendez contre vos instincts. Je m'attendais à trouver une jeune femme plus ouverte et plus courageuse, signorina Delight Adams. Une femme ressemblant plus à votre mère qui, avec tous ses défauts, est au moins une vraie femme.

Si ses sarcasmes étaient destinés à provoquer la colère de Sara, il avait atteint son but.

Elle jaillit de son fauteuil et se dressa devant lui, les mains sur les hanches. Elle s'aperçut dans la glace, mince et élancée. Avec ses cheveux tirés en arrière, elle ressemblait plus à un adolescent qu'à... n'avait-il pas dit une « vraie femme »?

8

Après coup, Sara se demanda ce qui serait arrivé s'il avait interrompu sa tirade enflammée, proférée dans un langage dont elle avait honte, mais qui aurait sans doute recueilli l'approbation de Delight.

– Ecoutez-moi bien pour une fois, espèce de mufle arrogant, prétentieux et méprisable...

Au début, il l'écouta les bras croisés, avec une expression de tolérance mêlée d'ennui. Mais quand Sara lui eut assené quelques vérités bien senties (oh, comme sa nourrice eût été fière d'elle!), son visage devint un masque de fureur contenue. Il lui rappela un animal sauvage prêt à bondir sur sa proie pour la déchirer. Lorsqu'elle s'arrêta pour reprendre son souffle, il demanda avec une douceur menaçante :

– Est-ce tout ce que vous avez contre moi pour l'instant?

Sara sentit sa colère redoubler.

– Certainement pas! (Elle but son verre de vin d'un trait pour s'humidifier la gorge.) En fait...

Cette fois il l'interrompit en plantant ses ongles

dans sa chair à travers le tissu léger de sa manche.

– En fait, vous êtes ivre et incapable de bon sens. Vous n'avez pas remarqué que j'ai débouché une deuxième bouteille de vin durant votre tirade? Peut-être l'avez-vous fait sciemment? Vous aimez trop le vin, et êtes incapable de supporter les quantités que vous avalez. Taisez-vous maintenant! (Il la secoua violemment pour l'effrayer.) Cessez de vous conduire comme une fille de bas étage que j'aurais ramassée sur un trottoir de Hollywood.

Sara était horrifiée à la fois par elle-même, (avait-elle vraiment bu tant de vin?) et par la rage qu'elle avait provoquée chez lui. Mais elle n'arrivait pas à tenir sa langue.

– Je pourrais appeler le service de sécurité et vous faire expulser pour m'avoir molestée. Vous m'entraînez ici de force en m'insultant tout au long du trajet, et puis... oh!

Il la secoua de nouveau et elle crut que sa nuque allait se briser.

– Voulez-vous vous taire? Je vous moleste, vraiment – si c'est le viol que j'avais à l'esprit, je vous aurais prise par terre dans cette entrée sombre où nous nous sommes vus pour la première fois. Vous comprenez? Etes-vous sensible à la séduction, ou préférez-vous une approche plus directe?

– Cessez...

Sa voix était à peine plus audible qu'un murmure et il l'interrompit sans aucun égard.

– Cessez! (Il lui fit écho sur un ton moqueur tout en approchant les lèvres de sa bouche.) Il n'y a qu'une seule façon pour vous faire taire, n'est-ce pas? Et nous la connaissons tous les deux...

A la cruauté de ses baisers s'ajoutait l'humiliation de sentir son corps plaqué contre le sien et... tout ce qu'il voulait qu'elle perçoive sans aucun doute. Elle ressentit une terreur panique, comme si elle se consumait et était dévorée par la flamme de sa passion et de sa colère. Puis vint un étrange calme, une résignation, presque un abandon.

Laisse-toi aller! *Delight* l'aurait fait! Une voix diabolique, cynique résonnait dans son esprit. Quelle sensation cela procurait-il de serrer un homme contre soi, d'attirer sa tête arrogante vers la sienne?

Avec un soupir, Sara laissa ses bras qui n'obéissaient plus à sa volonté, glisser vers la nuque de Riccardo. La manière dont il l'embrassait la privait de toute raison. D'ailleurs elle ne voulait plus être raisonnable, mais jouir de ce qu'elle ressentait à présent : une chaleur, puis un froid glacial se succédaient, maintenant qu'elle abandonnait son corps inexpérimenté contre celui de cet homme.

Oh, Sara, le moment est peut-être arrivé! La voix familière qui résonnait dans son esprit semblait extatique et non plus raisonnable.

Que serait-il arrivé si la porte ne s'était pas ouverte? Il y avait un divan confortable contre un des murs de ce grand bureau qui aurait pu être un salon.

Sara éprouva des sentiments contradictoires en essayant par la suite d'analyser ce qui s'était passé.

– Mon Dieu! Je suis désolée. Je pensais que Paul m'attendait et il n'y avait personne dehors...

La femme qui se tenait là, aux traits expressifs et aux cheveux roux, avait un air familier, même pour Sara qui regardait rarement la télévision. C'était Brenda Rowan, la célèbre productrice de télévision. Elle ne faisait aucun geste pour sortir, mais les observait tour à tour de ses yeux inquisiteurs.

Le duc, sans se laisser décontenancer, maintint fermement Sara par le bras. Qu'allait-il se passer à présent?

– Vous êtes un ami de Paul? Et je reconnais Delight Adams, bien sûr... (Sara sentit sur elle le regard de Brenda qui se tourna ensuite vers Riccardo.) Ne nous sommes-nous pas déjà rencontrés quelque part?

– C'est possible! (Il était d'une politesse évasive et il manœuvra pour entraîner Sara vers la porte.) Mais je ne suis pas Paul Drury. Voulez-vous l'attendre? J'allais justement accompagner Mlle Adams sur le plateau.

Brenda Rowan sourit tout à coup de toutes ses dents.

– Oh! Mais bien sûr! Je vous reconnais maintenant. Est-ce une nouvelle romance? Est-elle secrète?

– C'est...

Sara voulut répondre, mais il l'interrompit en souriant avec grâce à Brenda.

– C'est un secret, bien entendu. Delight et moi avons besoin d'un peu de temps pour voir clair en nous.

Ils quittèrent la pièce et Sara se tut jusqu'à ce qu'ils soient hors de portée d'une oreille indiscrète.

– Que vouliez-vous dire par ce... ce...

Il avait retrouvé son ton sarcastique.

– Vous n'allez pas qualifier ce que j'ai dit à cette vilaine colporteuse de ragots? N'étions-nous pas en train de... clarifier nos sentiments? Et surtout vous, *carissima*! Si vous continuez à mentir, je finirai par ne plus rien croire de ce que vous me dites.

– Cela m'est parfaitement indifférent. Et maintenant, je vous prierai de bien vouloir me lâcher!

La voix de Sara tremblait, mais elle ne se souciait plus qu'il le remarque ou non.

– Il y a quelques instants, vous vous accrochiez à moi. Pourquoi luttez-vous ainsi contre vous-même?

Piquée au vif, Sara chercha des paroles qui l'éloigneraient, ou du moins le tiendraient à distance. Delight! *Elle était censée être Delight;* il ne fallait pas qu'elle l'oublie.

Elle échappa à son étreinte et, le regardant droit dans les yeux, elle dit :

– Il se trouve que je suis amoureuse de quelqu'un – je ne sais si vous êtes capable de comprendre ce que cela veut dire. Je suis fiancée à l'homme que j'aime et n'ai besoin de personne d'autre.

– En êtes-vous certaine? Vous n'avez pas déjeuné, alors pourquoi n'en parlerions-nous pas en dînant ensemble? Vous semblez être une jeune femme très désorientée.

– Je n'irai certainement pas dîner avec vous. Vous êtes bien présomptueux et, d'ailleurs, je dîne avec quelqu'un d'autre ce soir.

– Vraiment? Avec qui?

– Cela ne vous... (Sara s'interrompit, fascinée : à l'entrée des studios, Garon Hunt disait au revoir à sa femme. Etaient-ils amis ou amants? Ou les deux, comme on le prétendait? Il se pencha vers Sally, lui embrassa le bout du nez et lui donna une tape sur les fesses, tandis qu'elle franchissait la porte en riant.)

– Avec *lui*? (La voix de Riccardo était incrédule.)

Sara rougit à sa plus grande honte et répondit avec froideur :

– Je ne vois vraiment pas en quoi cela vous regarde! Et maintenant, si vous permettez...

Sans un mot, il recula d'un pas pour la laisser passer et Sara n'osa regarder en arrière – bien trop heureuse d'être à nouveau libre de réfléchir à sa situation. Que lui importait ce que cet homme pouvait penser d'elle. Après tout, Garon l'avait seulement invitée à dîner. Sans doute voulait-il ainsi exprimer sa gratitude envers Mona qui lui avait donné son premier grand rôle en le choisissant comme partenaire dans *Bianca*.

Pour une fois, Sara fut contente de trouver les deux autres occupantes de la loge. Evitant leurs regards curieux et un peu maussades, elle s'assit dans le seul fauteuil disponible, replia ses jambes sous elle et ferma les yeux, s'efforçant de ne pas penser. Elle s'accordait un répit jusqu'à 5 heures, heure à laquelle il lui faudrait prendre une décision.

– A demain! (Tout le monde s'en allait, on éteignait les lumières. Elle ne pouvait plus se cacher ici.)

Elle eut quelque crainte mais, en sortant, elle ne trouva plus trace du duc di Cavalieri. Dieu merci! Peut-être la croyait-il prise et la laisserait-il en paix. Ah, ces Italiens et leur fierté!

Elle fit un effort pour ne plus y penser et se hâta vers le parc de stationnement des limousines. Elle n'avait aucune idée de l'heure, mais elle était certaine que Garon était parti. Elle avait traîné délibérément, se souvenant avec un sentiment de culpabilité de la gentillesse que lui avait témoignée Sally. Quelle inconséquence d'avoir laissé croire à Garon que...

Je vous dépose quelque part?

Il l'avait attendue, ou le tournage avait duré plus longtemps que prévu. Sara sentait le regard du gardien posé sur elle, plein de curiosité. Il savait certainement ce qui se passait et que cette rencontre, en apparence fortuite, avait été prévue.

– Eh bien... (Sara hésita.) Je ne sais pas si la limousine...

Les yeux bleus de Garon la clouèrent sur place. Il se pencha pour déverrouiller la porte de sa dernière Maserati décapotable.

– Montez! dit-il d'un ton péremptoire. Sara, se sentant comme une feuille ballottée au gré du vent, obéit sans soulever la moindre objection.

C'était bien là Garon Hunt, elle ne devait pas l'oublier. Elle avait rêvé de lui deux ans auparavant. A cette époque, elle découpait tous les articles et les photographies le concernant. C'était son idole... et l'un de ses fantasmes les plus secrets était qu'il lui prendrait sa virginité. Elle avait choisi cet homme pour l'initier au monde des jeunes femmes sophistiquées et libérées. C'est elle qui faisait ce choix, elle n'avait donc aucune raison de se sentir la proie d'un prédateur à l'affût.

– Fermez la portière, voulez-vous? (Garon parlait sur un ton neutre comme pour donner le change et faire croire qu'il n'avait obéi qu'à une impulsion, par gentillesse pour elle. Et peut-être était-ce le cas – pourquoi se faisait-elle des illusions?)

Encore une fois, Sara dut faire un effort pour prendre conscience de la situation dans laquelle elle se trouvait. Elle n'était pas elle-même, mais cette jeune sœur brillante et volage qui ne se laissait démonter par rien. Et elle ne ressemblait pas assez à Delight pour se faire passer pour elle à moins d'adopter sa manière d'être. Elle s'était presque trahie avec Riccardo, duc di Cavalieri. Il ne fallait pas que cela arrive avec Garon.

Garon Hunt conduisait d'une main avec désinvolture. Son autre main avait saisi celle de Sara et, de temps à autre, il la pressait contre sa cuisse comme pour lui rappeler ses intentions.

Détends-toi! N'est-ce pas ce que tu désires depuis des années? Garon conduisait très vite, peut-être devrait-elle attacher sa ceinture de sécurité! Mais elle ne pouvait l'atteindre sans dégager sa main ce qui aurait accentué son embarras.

– Mettez-nous un peu de musique, ma jolie.

Sara broncha, lorsqu'il dépassa un camion et se rabattit à la hâte pour éviter une autre voiture.

Elle trouva une station qui diffusait du Pink Floyd. Delight avait chez elle tous leurs albums. Qu'allait-il se passer à présent?

Garon lui adressa un de ces sourires qui faisait chavirer le cœur des femmes dans le monde entier.

– Encore fatiguée? J'ai pensé que nous pourrions aller à Malibu, chez un de mes amis, un fameux cuisinier. Une table m'y est réservée en permanence. Vous aimerez Ted. Nous sommes de très vieux amis.

– Cela me semble parfait, lança gaiement Sara.

Il y avait une toute petite chance pour que Garon ne l'ait invitée que par gentillesse et que son ami cuisinier reste avec eux. Et si ce n'était pas le cas, Garon Hunt n'était-il pas exactement l'homme séduisant, viril, pas compliqué, et de surcroît marié. Que pouvait-elle demander de mieux? Se souvenant de la scène tendrement passionnée du film *Deal in Death* dans laquelle il faisait l'amour pour la première fois avec sa jeune épouse indienne, Sara se sentit rassurée. Si cela devait se produire, n'agirait-il pas de même? Ne disait-on pas que Garon Hunt n'avait nul besoin d'être un acteur, puisqu'il jouait toujours son propre personnage?

9

Qu'avait-elle imaginé? Sara n'aurait pu le dire après coup. Une petite maison au bord de la plage, peut-être? Mais elle n'avait guère eu le loisir de penser pendant ce trajet durant lequel Garon se faufilait entre les voitures à toute vitesse. Elle songea aux articles qu'elle avait lus sur sa passion pour les voitures de course. Du moins se concentrait-il sur sa conduite, ce qui lui laissait un peu de répit.

Elle fut soulagée quand Garon ralentit enfin, et même surprise de le voir s'arrêter devant une grande grille presque entièrement cachée par des arbres en fleur.

– Excusez-moi juste une minute.

Sara le regarda s'approcher de la grille et parler dans un interphone. Quel système de sécurité! Il revint vers la voiture en souriant de toutes ses dents, avec l'air d'un magicien venant de sortir un lapin de son chapeau. Et à son grand étonnement, les grilles s'ouvrirent silencieusement.

En regardant par-dessus son épaule, Sara les vit se refermer et elle fit un effort pour repousser le léger sentiment de malaise qui menaçait de gâcher son plaisir.

– Cela me rappelle la caverne d'Ali Baba, dit-elle, et cela fit rire Garon.

– C'est ce que j'ai pensé aussi la première fois que Ted me l'a montrée. Je suppose qu'il faut s'y habituer. (Il lui adressa un de ses sourires charmeurs et Sara sentit son cœur battre plus vite.) En fait, il y a un ordinateur – que Ted appelle la

Grande-Mère – qui reconnaît ma voix et déclenche l'ouverture des portes. Mais il y a aussi des gardes avec leurs chiens, même si on ne les voit pas toujours.

Ils suivirent une longue avenue bordée de cyprès – à l'aspect très grec, ou italien. En tout cas sinistre, pensa Sara avec un petit frisson.

– A quelle distance se trouve la maison, pour l'amour du ciel?

Garon lui donna une petite tape rassurante sur la cuisse, avec un air presque absent.

– Après le... prochain tournant. Vous voyez, là-bas? Elle est juste au bord de la mer. Avec une plage privée. (Il eut une expression admirative.) J'aimerais vous amener un jour dans l'après-midi. Vous aimeriez beaucoup l'endroit. Après la fin du film, peut-être?

Sara l'entendit à peine, car elle était fascinée par la maison.

– D'abord la caverne d'Ali Baba et, à présent, on se croirait dans un décor d'*Autant en Emporte le Vent*. (Elle ne s'aperçut pas qu'elle avait parlé à haute voix, jusqu'au moment où elle entendit Garon rire.)

– J'aime votre sens de l'humour, mignonne. Mais ne vous tracassez pas. Malgré tout son fric, Ted est vraiment un type épatant. C'est aussi un fan du football, comme vous. Il me semble avoir lu cela quelque part!

Garon l'aida à descendre de voiture et Sara s'efforça de cacher son désarroi. Le football? Et bien sûr, il voulait parler du football américain. Mon Dieu! Comment allait-elle se sortir de cette épreuve?

– Oh... oui. Mais c'est le tennis qui me passionne

cette année. J'en ai assez du football maintenant.

– Le tennis? C'est aussi ma passion. Peut-être pourrions-nous y jouer tous les deux un de ces jours?

S'avançant avec la tranquille assurance d'un homme qui sait qu'il n'a pas beaucoup d'efforts à faire et qu'il a tout son temps, Garon lui passa le bras autour de la taille et déposa un léger baiser sur sa tempe.

– Mmm!

Elle ne trouva rien d'autre à dire. Qu'était-elle censée faire à présent? Heureusement, quelqu'un les attendait sur le pas de la porte.

Sara reçut le premier choc désagréable de la soirée en reconnaissant la voix qui leur souhaitait la bienvenue. C'était Théodore Kohler – un des hommes les plus riches du monde, disait-on. Il avait été le proche ami de sa mère et aussi de son père. L'oncle Théo de son enfance qui, bien sûr, repartait toujours en Amérique.

– Hé, Ted! (Sara resta en arrière pour donner à ses nerfs le temps de se calmer. Elle n'avait pas revu oncle Théo depuis au moins cinq ans et elle avait beaucoup changé depuis – Delight aussi d'ailleurs. Mais Garon fit les présentations.) Ted – Delight. Delight – Ted. Et maintenant, je prendrais un verre avec plaisir.

– Il vous attend!

Théo n'avait pas changé: grand, légèrement voûté, seule sa chevelure était devenue entièrement argentée.

Sara ne pouvait plus rester en retrait. Garon la fit avancer en la regardant d'un air légèrement surpris.

– Que se passe-t-il? Vous avez déjà rencontré Ted, n'est-ce pas?

– Ted fait partie de la famille. Qu'y a-t-il, jeune demoiselle? Vous avez oublié votre oncle Théo?

Sara déposa un baiser sur sa joue barbue.

– Certainement pas! Mais je ne savais pas si vous aviez oublié... j'étais une petite fille, n'est-ce pas?

– Vous vous connaissez tous les deux? Epatant! Et maintenant, où est ce verre, Ted?

– Je vous ai dit qu'il vous attendait – et vous savez où le trouver. Allons, venez, Delight. Savez-vous que j'ai essayé de persuader votre mère de ne pas vous appeler ainsi? Bien sûr, elle n'a pas voulu m'écouter. Et que faites-vous donc avec Garon?

– Il m'a simplement invitée à dîner, c'est tout.

– C'est tout? Je ne comprends plus rien aux jeunes à présent – et je ne cherche pas à comprendre. Faites ce que vous voulez... si vous êtes sûre que c'est ce qu'il vous faut.

Garon se tourna vers eux, l'air surpris et le regard interrogateur.

– Vous semblez vous connaître très bien tous les deux! Comment cela se fait-il?

– Oh, c'est une longue histoire. J'ai été amoureux de Mona et j'ai fini par devenir son meilleur ami.

Ted Kohler haussa les épaules de façon significative.

– Oui, je comprends. Mona est une femme extraordinaire. (En souriant, Garon passa son bras autour de la taille de Sara et l'attira contre lui.) Ne trouvez-vous pas que la petite Delight ressemble beaucoup à sa mère.

Ted poussa un grognement.

– Cela, je l'ignore. Mais je peux vous dire une chose : *tous* les enfants de Mona lui ressemblent.

Sara s'efforça de sourire avec impudence, sous le

regard soudain inquisiteur de Théo, puis elle poussa un soupir de soulagement, quand il déclara qu'il aurait juré, pendant un instant, qu'elle lui rappelait davantage sa sœur!

S'aventurant sur une corde raide, Sara répliqua d'un air mutin :

– Ma *demi*-sœur, oncle Théo. Moi, je suis la fille indépendante, n'est-ce pas, Garon?

Je suis une meilleure actrice que Delight ou que n'importe lequel d'entre eux. Sara se sentait transportée par l'exaltation, en s'installant dans son rôle pour la soirée. Garon paraissait vraiment intrigué, bien plus qu'il ne l'avait été au début. Ses doigts frôlèrent légèrement les seins de Sara et il la regardait *vraiment,* ses yeux bleus brillants fixés sur les siens.

– Votre demi-sœur avait bien plus de bon sens que vous et je pense que cela doit toujours être le cas. (Voyant qu'ils l'avaient à peine écouté, Ted Kohler haussa les épaules. Il n'avait pas la charge des enfants de Mona, et celle-ci paraissait ne pas manquer d'expérience.) J'ai bien peur d'avoir déjà quelques invités ici, dit-il en se tournant vers Garon qui haussa les épaules.

– Des gens que je connais?

– Des personnes de confiance. Alors ne vous en faites pas et mettez-vous à l'aise.

– Venez, nous allons voir qui est là et ensuite, je vous montrerai les courts de tennis au clair de lune. (Garon sourit de toutes ses dents à Sara.)

– Comme c'est romantique!

Sara parlait d'un ton léger, mais se sentait déjà en danger. Combien de temps réussirait-elle à tenir Garon à distance? En y pensant, elle se rendit compte qu'elle n'avait aucune envie que Garon lui fasse l'amour. Même si Delight l'avait voulu. Si elle devait perdre sa virginité, elle voulait que ce soit dans des circonstances tout à fait exceptionnelles. Pas avec un homme marié qui aurait toujours un œil sur la pendule, même s'il s'appelait Garon Hunt! Mais comment le dire à Garon sans trahir sa couverture?

Ce fut au moment où elle était préoccupée par ces pensées que Sara reçut le second choc de la soirée.

– Mon hôte, le duc di Cavalieri... (Si Garon ne l'avait pas retenue...

– Nous nous sommes déjà rencontrés.

Sa voix était complètement indifférente, son regard dur. A son bras, il avait la plus belle femme qu'elle ait jamais vue – une blonde aux cheveux d'or, avec un teint de nacre et qui portait des bijoux d'une grande valeur.

Très bien, pensa-t-elle avec indignation. Qu'il s'en prenne à une autre. Quel soulagement! Elle passa à côté de lui en souriant d'un air vague, comme si elle essayait de se souvenir.

Et pourquoi ne pas se laisser séduire par Garon Hunt, après tout. Il fallait bien que quelqu'un soit le premier! Sara se mit à imaginer la scène. Ils partiraient bientôt. Il y aurait des fleurs, du champagne et de la musique douce. Mozart, peut-être. Elle espéra que Garon aimait Mozart.

Un serveur passa avec un plateau et Sara tendit machinalement la main. Il valait mieux qu'elle soit légèrement grise; cela lui faciliterait les choses. Il fallait qu'elle apprenne à se décontracter. Un second verre l'aiderait peut-être, car le premier ne contenait que du jus d'orange.

– Peu de gens peuvent boire un deuxième Harvey Wallbanger en une gorgée tout en restant debout.

Mon... amie et moi avons parié sur vous, signorina Delight.

Sara serra les dents en entendant la voix de Riccardo. La jeune femme lui sourit d'un air un peu condescendant. Elle parlait avec un léger accent français.

– J'ai misé sur vous, bien sûr. Deux cocktails... Oh là là! Ce n'est pas trop, malgré le nom qu'on leur a donné?

– Bien sûr! Mais vous ne courez aucun risque, je vous assure.

Elle se moquait de son expression sarcastique. Elle était ici avec Garon Hunt qui s'occupait d'elle ce soir – et de plus d'une façon sans doute.

Le duc di Cavalieri s'éloigna avec sa compagne et Sara dut résister à la tentation de lui tirer la langue. Elle était effarée par sa propre conduite. Jamais de sa vie elle n'avait fait quelque chose d'aussi vulgaire. Peut-être était-elle déjà une peu grise?

– Vous avez envie d'aller à la découverte?

Dieu merci, Garon était là pour la sauver. Sara lui adressa un sourire éblouissant.

– J'en serais ravie. Surtout si nous allions sur le court de tennis.

– Cela tombe bien.

Sara se demanda plus tard ce qui serait arrivé si les autres ne les avaient pas suivis.

– De quel pari s'agit-il, demanda quelqu'un, mais Sara haussa les épaules.

– Comment le saurais-je?

Mais elle commençait à se douter de quelque chose. Ce fut plus qu'un soupçon, quand oncle Théo les rejoignit en fronçant les sourcils.

– J'ai parié sur vous bien que ce soit votre sœur Sara la championne de tennis. J'espère qu'elle vous a enseigné quelques bons coups.

– Oh, elle m'a appris tout ce qu'elle sait faire.

Sara soupesait la raquette choisie parmi les cinq que Ted lui avait présentées. Elle espérait paraître aussi cocasse que les paroles qu'elle prononçait.

– Contre qui dois-je jouer?

Elle aurait dû se douter que Riccardo lui répondrait. Que faisait-il avec cette femme? Sara se tourna vers lui et le regarda droit dans les yeux.

– Mais contre votre *innamorata*, bien entendu. Le défi était entre vous deux – bien que, franchement, je ne comprenne pas, signorina, pourquoi vous vouliez défier un homme au tennis. Car de toute façon vous serez la perdante.

– Un défi? Qui ai-je défié?

Il n'avait pas besoin de répondre et peut-être était-ce aussi bien. De l'autre côté du filet, Garon lui fit un signe.

– Allons-y, mignonne et souvenez-vous que vous m'avez promis de ne pas m'en vouloir si j'étais trop brutal. Le tennis pour moi, c'est comme les voitures. Une fois que j'ai commencé une partie, rien ne compte plus que de gagner.

– C'est la même chose pour moi.

Les choses iraient certainement très vite. Elle laisserait Garon la battre en lui offrant assez de résistance pour ne pas paraître ridicule. Quant à sa grâce, le duc di Cavalieri, elle espérait qu'il avait misé beaucoup d'argent sur elle!

Le premier jeu débuta et Sara oublia tout, sauf sa concentration.

« Vous pourriez être une professionnelle. En fait, vous gaspilleriez vos talents si vous n'essayiez pas au moins de jouer dans des tournois d'amateurs. »

Des bribes de ce que lui disait Pat, qui lui avait

appris à jouer, lui revenaient à la mémoire. Elle portait des nattes à l'époque.

« Vous savez bien que papa ne voudrait pas en entendre parler. Il m'empêcherait de jouer même pour mon plaisir et ne me permettrait plus de prendre des leçons s'il s'avisait un jour que je prends cela au sérieux. Et j'aime trop jouer pour risquer cela, Pat. »

– C'est à vous de servir.

Ce dont elle se souvenait le mieux, dans ce premier jeu, c'est la surprise de Garon quand elle envoya la première balle juste dans le coin du court. Elle vit ses yeux bleus briller d'excitation.

– Ainsi vous êtes bonne joueuse! Je l'aurais juré depuis le début...

Il lui laissa le temps de comprendre le double sens de ses paroles tout en lui souriant. Quand ce fut son tour de servir, il ne lui fit pas de cadeau et la fit courir après la balle. Sara sentit la joie l'envahir. Il jouait bien. Serait-elle capable de se souvenir qu'elle devait perdre cette partie?

10

– Quel jeu! Elle sait vraiment jouer au tennis!

Après une telle partie, mieux valait se souvenir des accolades que de sa soif. Encore des Harvey Wallbangers. Elle ne voulait plus jamais tremper ses lèvres dans ce jus d'orange.

Sara gémit de douleur sur l'oreiller. Elle avait mal partout et sa gorge était irritée. Elle se souvenait vaguement d'avoir lutté en vain contre la nausée.

Elle avait aussi le souvenir flou de Garon, penché sur elle, avant qu'il ne commence à la déshabiller...

Elle se redressa soudain, trempée de sueurs froides. Même ses yeux lui faisaient mal lorsqu'elle les bougeait. Mais elle avait aperçu ce qu'elle cherchait : de l'autre côté du grand lit où elle avait dormi, il y avait l'empreinte d'une tête sur l'oreiller à côté du sien !

Et elle ne se souvenait de rien. Elle se recoucha et se prit la tête entre les mains, s'efforçant de réfléchir. Elle ne se sentait pas différente. Elle ne sentait rien. Peut-être avait-elle perdu connaissance, *avant* qu'il n'ait fait quelque chose !

Elle rouvrit les yeux avec précaution. Pas de sang – rien. Garon s'était conduit correctement malgré tout. Cela n'avait sans doute pas d'importance, car il ne chercherait plus à la voir :

– Oh, mon Dieu! Je suis contente. M. Kohler s'inquiétait vraiment pour vous. Il m'a fait venir ici pour veiller sur vous après le départ de votre ami.

C'était la servante qui venait de franchir la porte.

Sara aurait voulu gémir tout haut. Elle allait devoir affronter oncle Théo à présent. Et Garon devait être dégoûté d'elle. Elle frissonna en se souvenant qu'elle avait vomi. Plus jamais de Harvey Wallbangers !

Des doigts experts lui frôlèrent le front, tâtèrent son pouls.

– Tout va bien. Vous aurez peut-être un peu mal aux cheveux, mais je vais vous apporter quelque chose qui vous remettra d'aplomb.

– Eh bien...! Il m'a fallu vous enlever pour vous

voir quelques instants... Je suis surpris que votre mère ne vous ait pas dit de prendre contact avec moi. (Oncle Théo parlait d'une voix bourrue, puis son visage s'éclaira d'un sourire.) Du moins êtes-vous une excellente joueuse de tennis... Sara, n'est-ce pas? J'ai bien remarqué que vous avez laissé Garon gagner la dernière manche.

Il fallait qu'elle parle d'une voix qui ne tremblait pas.

– Non, oncle Théo, je ne suis pas Sara. Je suis Delight, vous vous souvenez? La brebis galeuse!

Ses yeux, alertes et intelligents, la scrutèrent. Puis il haussa les épaules avec impatience.

– Delight ou Sara, cela n'a pas vraiment d'importance. Vous êtes toutes les deux les filles de Mona. Et vous lui ressemblez.

– Quand Garon est-il parti?

C'était là un coq-à-l'âne délibéré, mais Sara n'en était plus à cela près!

– Juste après que vous vous êtes endormie, je suppose. Il a reçu un coup de fil de Sally – un problème quelconque avec les enfants. Mais il m'a demandé de vous dire qu'il aimerait vous revoir.

– Oh...

Elle s'était couverte de ridicule. Et ce pauvre Garon qui avait dû se montrer gentil!

– Je crois... (Sara se massa les tempes avec précaution.) Je crois que je devais me présenter sur le plateau aujourd'hui. Mon Dieu! Lew va être furieux.

– A quoi croyez-vous que sert mon argent? Personne ne va vous attendre. Vous avez une semaine de congé, pendant qu'ils tournent les scènes de poursuite.

Sara se souvint que oncle Théo avait des intérêts

un peu partout. Comme son père. Elle fit la grimace à cette pensée.

– Formidable. Je crois que je vais hiberner.

– Si c'est vraiment ce que vous voulez, vous pouvez rester ici. Je me sens un peu seul parfois.

– Je n'en crois pas un mot. (Elle le taquina gentiment, sachant qu'il s'entourait toujours d'amis.) Et d'ailleurs, vous avez un invité.

– J'aime bien Riccardo... mais il ne reste jamais longtemps.

– Vous n'aimeriez pas cela, n'est-ce pas?

Il éclata de rire.

– On dirait vraiment Sara. Elle me contredisait toujours. Mais venez à présent. Je vous ai préparé une de mes omelettes spéciales.

Plus tard, Sara se demanda pourquoi elle n'était pas restée plus longtemps à jouir du confort et de la familiarité que lui offrait oncle Théo. Elle pouvait se reposer, être elle-même, se retrouver... Mais oncle Théo avait un invité. Et quel invité! Ce détestable Riccardo, duc di Cavalieri! Et puis elle voulait réfléchir sérieusement à Garon et à l'attitude qu'elle devait adopter avec lui à l'avenir.

Sara passa le reste de l'après-midi à se dorer au soleil. Pour un observateur, elle aurait donné l'impression de dormir, mais son esprit était occupé par la pensée de Garon... Allait-elle avoir avec lui une aventure ou non? Sous la chaleur du soleil, l'esprit de Sara flottait entre sa personnalité propre et le rôle qu'elle jouait. Mais en ce qui concernait Garon, elle était définitivement Delight l'extravertie, et non Sara la renfermée. Cela lui donnait-il le droit en toutes circonstances de faire tomber les barrières et d'agir comme l'aurait fait sa sœur?

Elle aurait voulu rester indéfiniment sous les

rayons du soleil, remettre à plus tard les décisions, les questions et les réponses – sans autre souci que celui de se mettre tantôt sur le ventre, tantôt sur le dos. Elle aurait voulu et pu peut-être rester ainsi; mais soudain, une ombre recouvrit son corps et une voix grinçante l'arracha de sa quiétude.

– Vous paraissez vous donner en offrande au soleil. Malheureusement, je ne suis pas Apollon – je me sens plus proche d'un citoyen de l'enfer que des cieux. Etes-vous éveillée?

– Je le suis, à présent. Et vous êtes Pluton, pas Apollon. Que voulez-vous?

– De toute évidence, on ne vous a pas enseigné les bonnes manières!

– C'est vrai. Je ne suis jamais restée assez longtemps au même endroit pour que l'on m'apprenne quoi que ce soit. Alors j'ai simplement évolué – à ma manière.

Elle était Delight. C'est ce que Delight ressentait, mais elle ne l'avouait pas, barricadée qu'elle était dans sa fierté têtue et fragile. Depuis sa plus tendre enfance, Delight avait été ballottée à droite et à gauche, sans domicile fixe et sans une nourrice comme Nanny Staggs pour remplacer sa mère volage. Et l'absence de père lui fit cruellement défaut.

Comment cet homme ou quiconque osait-il la critiquer?

Dans sa volonté de l'ignorer, lui et sa sombre arrogance, Sara se tourna sur le ventre et enfouit son visage entre ses bras. Il s'en irait peut-être, si elle ne faisait plus attention à lui!

– Je suis sûr que vos psychanalystes ont aidé à cette évolution, comme vous l'appelez. Ainsi que pour vos nombreuses expériences...

– Allez-vous-en! (Sara fut fière du ton égal de sa

voix.) Cela ne vous regarde pas. En fait, puisque nous sommes francs l'un envers l'autre, sachez que vous ne me plaisez même pas.

– Est-ce une provocation ou une incitation?

– Quelle présomption! s'écria Sara avec colère. (Puis elle retint son souffle, car il s'était baissé vers elle. Pour quelque obscure raison, il voulait engager le combat avec elle.) Pourquoi ne me laissez-vous pas tranquille? J'espérais trouver un peu de calme et de paix...

– ... et, pauvre fille, vous êtes la victime de demandes abusives de la part d'un ogre. Ou bien me comparez-vous à un loup solitaire dans les méandres de votre imagination?

– J'essaie de ne pas penser à vous du tout, répondit Sara d'un air glacial en détournant la tête. Et j'y parviens la plupart du temps. Où est oncle Théo? Je crois que je devrais rentrer à la maison.

– C'est la raison pour laquelle je me suis permis de venir troubler votre paix, ainsi que vous l'appelez. Notre hôte a été obligé de s'absenter pour une affaire urgente qui va lui demander quelques heures, peut-être la journée entière. Il m'a demandé de vous dire qu'il serait ravi si vous restiez ici; mais si vous voulez rentrer chez vous, une voiture est à votre disposition. (Sa voix se transforma en un murmure trompeur.) J'ai bien peur d'avoir déjà disposé d'Albert, le chauffeur de Ted, pour reconduire mon amie chez elle. Cela va prendre du temps – elle habite à San Diego. Mais je serai heureux de vous conduire si vous désirez partir.

Voilà pour la relaxation et la détente! Sara se prépara au combat, faisant un effort de volonté pour ne pas bouger. Puis, en silence, elle chercha une réponse caustique. Il se méprit sur ses raisons et sa main se posa sur son épaule d'une façon presque possessive. Il la caressa légèrement tout le long du dos jusqu'à la courbe de la hanche; de là il remonta, et ses doigts suivirent sa colonne vertébrale.

– Pourquoi ne cessez-vous pas de me combattre et de vous combattre vous-même? Garon est un homme marié – tout ce qu'il veut, c'est un peu de... vous autres Américaines, avez pour cela une expression trop crue que je n'emploierai pas... je pense que vous voyez ce que je veux dire. Pourquoi ne l'oubliez-vous pas?

Ses doigts chauds et forts massaient son dos et sa nuque. Oh! mon Dieu, il serait trop facile de se rendre. De le laisser faire et se laisser emporter par la vague qu'elle sentait se former en elle. Se laisser aller, sans penser à ses sensations. Elle n'avait qu'à se laisser aller, jusqu'à ce que cette vague la submerge.

La main de Riccardo se glissa sous la fragile protection du cordon de son maillot de bain. Si elle ne réagissait pas, si elle laissait cette sensation prendre possession d'elle, elle découvrirait peut-être alors de quoi l'amour était fait.

Mais le soudain afflux des émotions la fit se redresser brusquement et elle rajusta les bretelles de son soutien-gorge.

– Bas les pattes! Je ne suis pas une « Marie-couche-toi là ». Il vaut mieux que vous le sachiez tout de suite.

Dans sa légère chemise de coton et ses jeans serrés, il avait l'air d'une bête de proie, si sûr de sa victime qu'il lui permettrait de s'enfuir – aussi loin qu'il le choisirait, avant de la rattraper, s'amusant de la voir se débattre, avant de...

Sara le toisa d'un air furieux, défiant son regard.

– Je ne comprends pas très bien d'où vous venez – et cela m'est parfaitement indifférent. Je me sentirais simplement beaucoup mieux si vous me laissiez tranquille, *capisce*? Je suis votre Américaine typique – la femelle exécrable et libérée, vous vous en souvenez? Et vous, signor duc, vous pouvez, j'en suis sûre, avoir autant de femmes que vous le voulez : soumises et dociles, trop heureuses de se coucher et de se laisser faire par vous! Pourquoi ne prenez-vous pas ce qu'on vous offre de bon cœur?

A son grand dépit, il éclata de rire, parcourant son corps des yeux d'une façon qu'il voulait insultante.

– Pourquoi? Mais je suis certain que vous le savez. Vous me provoquez délibérément.

Il allait vraiment trop loin. Sara sentit la colère qu'elle avait essayé de dominer lui monter à la tête et lui brûler les joues. Et pourtant elle fit un effort pour choisir ses mots et les lui jeta à la face avec un mépris calculé.

– J'ai toujours pensé que la meilleure façon de connaître les intentions de mes semblables était de les leur demander. Mais afin de vous éviter une inutile dépense d'énergie, je puis vous dire dès à présent que je n'essaie pas de vous provoquer – même si c'est ce que vous croyez. Je ne sais pas ce que vous pensez de moi et cela m'est indifférent, mais laissez-moi vous dire une chose : je n'ai guère de goût pour les passades. Il se trouve que je suis amoureuse de quelqu'un qui veut m'épouser et... je n'ai pas besoin d'autre chose, merci bien!

– Ainsi, vous pensez au mariage? J'ai entendu dire qu'en Californie, on se mariait sous le régime de la communauté même si la femme n'a rien fait pour avoir l'argent auquel la loi lui donne droit. Il n'est pas surprenant que le mariage soit quelque chose d'aussi désirable – surtout pour une femme!

Sara ouvrit de grands yeux d'une candeur calculée, principalement pour cacher sa colère qui menaçait d'éclater à tout instant.

– Comme vous êtes vieux jeu. N'avez-vous jamais entendu parler de réciprocité? Si je me marie, cela signifie que je renonce à ma liberté. Cela signifie en outre avoir des enfants. Cela implique un engagement... mais c'est une chose que vous ne pouvez pas comprendre, n'est-ce pas? Je suis certaine que vous réagissez encore comme au Moyen Age, quand la place des femmes était derrière leur seigneur et maître.

Il lui répondit d'une voix dangereusement douce.

– Quelle pitié que nous ne soyons plus au Moyen Age! On vous aurait mariée à quinze ans et vous auriez déjà deux ou trois enfants pour vous occuper maintenant. Et vous n'en seriez que plus femme!

Ce n'était plus un duel, mais la guerre ouverte. Refusant de baisser les yeux devant son regard chargé d'ironie et de se soustraire à la menace subtile de sa présence toute proche, Sara le toisa avec mépris.

– Je suppose que je devrais être reconnaissante de vivre dans un pays plus civilisé où je n'ai pas à prouver que je suis une femme en étant mère à l'âge de seize ans. Et si j'ai un enfant, ce sera parce que je le veux, et non parce que les circonstances me l'auront imposé.

La manière dont il crispait la mâchoire l'avertit de sa fureur et l'empêcha de poursuivre. Elle se détourna de lui délibérément et s'étendit à nouveau sur le tapis de bain. Elle dit d'une voix qu'elle voulut aussi légère que possible :

– Oh, je vous en prie, allez-vous-en! Il n'y a aucune raison pour que vous vous sentiez responsable de moi – ou pour que nous nous disputions. Après tout, nous sommes des étrangers l'un pour l'autre et je pense qu'il serait préférable que cela reste ainsi.

– Etes-vous bien sûre que c'est ce que vous voulez?

L'aigreur de sa voix la mit mal à l'aise, lui rappelant la précarité de sa position, malgré l'assurance qu'elle affichait. Elle ne put retenir un frisson d'appréhension. Quelle étrange voix, tour à tour dure puis douce comme de la soie! Quel monstre que cet homme!

– Delight... je n'ai aucune envie de me disputer avec vous, bien que vous provoquiez constamment ma colère. *Dio mio*! Je suis venu seulement pour vous transmettre un message et vous offrir de vous raccompagner chez vous, si vous désirez rentrer. Ou préférez-vous rester ici avec moi? C'est un endroit très intime...

Sara refusa de croiser son regard, s'obligeant à rester immobile dans la position détendue qu'elle avait prise.

– Oui, n'est-ce pas? C'est la raison pour laquelle je suis ici. Merci pour votre proposition, mais je suis sûre que je trouverai un moyen pour rentrer plus tard – c'est-à-dire si je n'accepte pas l'offre d'oncle Théo.

Un point pour moi! pensa Sara, bien que le silence qui suivit son discours insolent la laissa un peu craintive. Que se passerait-il s'il... De quoi avait-elle peur? C'était un homme méprisable, détestable, mais il était l'hôte d'oncle Théo et le fier duc di Cavalieri pouvait difficilement la prendre de force, ici à l'extérieur, malgré toute son arrogance!

– Très bien. (Sa voix devint coupante et contredisait l'apparente politesse de ses paroles.) Je ne vais pas, dans ce cas, perdre mon temps à attendre que vous preniez une décision. Vous trouverez votre moyen de transport qui vous attend dehors, si vous décidez de partir. Informez simplement les serviteurs. Je vous souhaite un agréable après-midi au soleil, mademoiselle Delight Adams.

11

« Je vous souhaite un agréable après-midi au soleil... » Ah, vraiment! De la manière dont il l'avait dit, il aurait sûrement préféré la vouer au diable.

Il espère sans doute que je vais m'endormir et que j'attraperai un coup de soleil! songea Sara haineusement. Elle s'imagina l'air avec lequel il la contemplerait dans ce cas.

Cette pensée la sortit de sa léthargie, peu de temps après. Elle s'assura qu'il n'était plus en vue et retourna dans sa chambre, souhaitant pouvoir s'étendre sur un lit bien fait et dormir – sans cauchemars pour la troubler, merci! Mais oncle Théo n'était pas encore de retour et l'idée d'être enfermée dans la même maison que Riccardo la rendait lâche. Il valait mieux qu'elle parte, pendant qu'elle était encore en sécurité... et c'est avec cette idée étrange qu'elle prit sa douche et qu'elle s'habilla rapidement, avant d'appeler un de ces serviteurs coréens si souriants.

– Ah oui, une voiture est à votre disposition si vous voulez partir. Cela ne prendra qu'un instant.

La voiture l'attendait devant la maison. Blanche, brillante et neuve, avec une capote que l'on avait déjà enlevée pour elle. C'était une Mercedes-Benz SL 450 coupé sport, la voiture dont rêvait Sara.

Oncle Théo... une surprise... mais comment pouvait-il connaître la voiture de ses rêves? Et pourquoi aurait-il...

– C'est un cadeau. Pour vous.

Delight aurait bondi en bas des marches avec un cri de joie. Sara fronça les sourcils :

– De qui? D'oncle... de M. Kohler?

L'homme secoua la tête.

– Oh non, mademoiselle. De l'autre monsieur. Il m'a demandé de vous dire que les clefs étaient à l'intérieur.

Sara jeta un long regard plein de sagesse sur la voiture. Puis elle se détourna en espérant que sa voix ne trahirait pas ses sentiments.

– Il m'est impossible d'accepter des cadeaux de ce genre. Dites-le à ce monsieur, avec mes remerciements, bien entendu, pour cette délicate attention. Pourriez-vous m'appeler un taxi, s'il vous plaît, Kim?

L'homme ouvrit de grands yeux étonnés tout en secouant la tête.

– Je suis désolé, mademoiselle. Les taxis ne sont pas admis ici.

Se souvenant des dispositifs de sécurité, Sara fronça les sourcils de déception. Pas de taxis. Bien sûr, il devait le savoir. Et maintenant il était assuré de l'avoir mise dans une position intenable. Soudain son visage s'éclaira d'un sourire qui rassura le pauvre Kim.

– Bien sûr. J'aurais dû m'en souvenir. Eh bien, cela ne me laisse pas beaucoup de choix, n'est-ce pas? Je vais devoir accepter le moyen de transport qui m'est proposé – mais à titre de prêt, bien entendu. Pas comme cadeau. Ne manquez pas de le dire au duc.

Elle espéra qu'il serait furieux. Surtout quand elle lui renverrait la voiture avec un mot désinvolte disant quelque chose du genre, « merci pour la belle promenade »...! Quel mufle de toute façon, de croire qu'il pourrait l'acheter...

Seule la colère permit à Sara de rentrer sans encombre malgré la circulation. La Mercedes, bien sûr, se conduisait comme dans un rêve, mais Sara n'avait nulle intention de se laisser séduire. Pour des raisons qu'il était le seul à connaître, le duc di Cavalieri la poursuivait – alternant provocations, insultes et tentation. Il s'était souvenu de sa remarque fortuite à propos de la voiture qu'elle avait toujours désirée. L'argent pour lui n'avait aucune valeur sinon comme moyen de parvenir à ses fins.

« Une proie! » Le mot lui vint à l'esprit et un frisson d'appréhension lui fit crisper les mains sur le volant. Qu'est-ce qui avait fait qu'il la désirât? Et pourquoi fuyait-elle devant lui? L'attaque était la meilleure forme de défense, disait-on – et sa sœur, habituée à toutes sortes d'hommes, serait restée pour l'affronter. En arrivant à proximité de l'appartement, Sara ralentit, le front barré par un pli en partie caché par les lunettes immenses de Delight. A présent, elle était furieuse contre elle-même d'être partie avec autant de précipitation. Elle aurait pu rester pour lui montrer à quel point sa présence lui était indifférente. Elle n'aurait pas dû se laisser emporter, surtout en raison de ses affirmations selon lesquelles elle se montrait inaccessible par provocation. A présent, vaniteux comme il l'était, il pouvait imaginer qu'elle s'était enfuie pour être poursuivie. Oh, zut!

Si elle avait eu quelque hésitation, l'atmosphère étouffante du petit appartement aurait suffi à entériner sa décision. Ici, entourée de toutes les affaires de Delight, il lui était plus facile de s'imprégner de la personnalité de sa sœur – de devenir une jeune femme effrontée, impudente, qui ne craignait rien ni personne et qui osait faire toutes les expériences par jeu. Non, Delight n'aurait certainement pas fui devant les avances d'un duc italien décadent.

En y réfléchissant, c'était une phrase très bien tournée. Sara s'applaudit et se mit à entasser quelques affaires indispensables dans son sac de voyage. Duc décadent... c'était parfait. La vieille habitude qu'elle avait de se parler toute seule l'aidait à oublier sa nervosité. Elle respira profondément en fermant la porte de l'appartement derrière elle. Allons-y! Et cette fois, se dit-elle, avec l'aide de Dieu, je vais réellement me comporter comme Delight. Je vais le remettre à sa place de la façon dont elle l'aurait fait.

Elle avait, par provocation, garé la voiture dans un endroit interdit devant l'immeuble. Peut-être l'avait-on emmenée à la fourrière! Mais si elle était toujours là, elle la lui rendrait – avec un beau discours et quelques mots de remerciement hypocrites dont il ne serait pas dupe. Un espoir grandissait en elle, tandis qu'elle franchissait la porte de l'immeuble.

Elle avait retenu son souffle, mais, dehors, elle poussa un soupir. La voiture était toujours là, à l'endroit où elle l'avait garée. Un homme dans la trentaine, avec un appareil photo autour du cou, faisait le tour de l'élégante voiture avec intérêt. Les talons de Sara martelèrent le trottoir et il se tourna en arborant un sourire à la fois rusé et admiratif.

– Bonjour. C'est à vous cette petite merveille? J'étais en train de l'admirer. Elle est flambant neuve, n'est-ce pas?

Heureusement, il y avait encore beaucoup de circulation et même quelques piétons – circonstance inhabituelle à Los Angeles où tout le monde se déplace en voiture. Sara se retint de l'envoyer promener, parce qu'elle essayait toujours de réagir comme sa sœur – de voir les choses sous une perspective différente.

– Bonjour. C'est une jolie voiture, n'est-ce pas?

Elle estima s'être bien débrouillée. Lui adressant un vague sourire sous ses immenses lunettes, elle se mit à fouiller dans son sac pour trouver ses clefs. Elles devaient être quelque part. Elle se souvenait...

– Vous êtes Delight Adams, n'est-ce pas? J'ai entendu l'histoire de Brenda Rowan à votre propos ce matin à la télévision. Cela ne vous dérange pas si je vous prends en photo avec la nouvelle voiture? C'est peut-être le cadeau d'un certain duc italien?

De surprise, elle leva les yeux – mais il était déjà en train de prendre des photos. Il allait très vite, comme un photographe professionnel, remarqua-t-elle avec dépit.

– Vous n'avez pas le...

Il ne lui laissa pas le temps de finir et lui tendit sa carte.

– Merci pour les photos. Je m'appelle Gordo Rapp. Et vous êtes une fille vraiment gentille. La publicité ne vous fera pas de mal, n'est-ce pas?

Tout ce dont elle – ou Delight – avait besoin, c'était des *paparazzi!* Comment cet homme s'était-il trouvé là et qu'avait-il voulu dire...

Un grincement de freins juste derrière elle et le claquement d'une portière firent sursauter Sara, au moment où elle s'apprêtait à exprimer son indignation. Gordo Rapp lui aussi eut un mouvement de recul.

– Est-ce que vous importunez cette dame?

Oh, non! Pas Riccardo! Pas maintenant!

Avec une indifférence qu'elle espérait altière, Sara lança froidement :

– Je cherchais les clefs...

Au même instant, elle sentit la chaleur de ses doigts contrastant avec le froid des clefs qu'il pressait dans sa main. Il la maintint avec force quand elle essaya de lui résister.

– Je vous ai amené des clefs de rechange. Veniez-vous me retrouver ou aviez-vous deviné que je viendrais vous prendre? (Ses yeux noirs impénétrables scrutèrent son visage indigné, puis se posèrent sur le photographe, lui disant d'une voix suave :) Quant à vous... à votre place, je m'en irais.

– Bien sûr. Tout ce que vous voudrez, duc. Mais laissez-moi prendre juste une dernière photo. Je vous promets de vous envoyer les épreuves. Bon, bon!

Comme il disparaissait au coin de la rue, Sara se tourna avec indignation vers l'homme qui la tourmentait.

– Est-ce que vous vous rendez compte que cet homme... que notre photo va sûrement paraître dans toutes les rubriques à scandale du monde entier? Et vous lui avez laissé croire que vous... que je...

Comment osait-il encore lui tenir la main? Mais s'il l'avait lâchée, ne lui aurait-elle pas jeté les clefs à la figure!

– Ah! Vous auriez voulu que je le poursuive? Que j'écrase son appareil-photo, peut-être? Mais alors, pensez à toute la publicité que vous auriez perdue. (Sa voix, chargée de sarcasme, fit bondir Sara de rage.) Je ne pensais pas que vous vouliez que je fasse quoi que ce soit de violent à votre... ami. Après tout, vous n'aviez pas l'air mécontente de poser pour lui au moment où je suis arrivé.

Folle de rage, Sara tenta de dégager sa main. Son autre main était prête à le frapper. Seule une longue habitude de discipline et de contrôle de soi la retint.

– Vous êtes... comment osez-vous me suivre jusqu'ici. Insinuer que je... la dernière chose dont j'avais besoin était que l'on répande la rumeur que vous... que vous et moi... lâchez-moi!

Il se comportait comme s'ils étaient seuls au monde, avec un mépris total pour les voisins de Delight qui entraient et sortaient de l'immeuble.

Avec une patience outrée, comme s'il s'adressait à une enfant, il dit :

– Si vous renoncez à faire un scandale public qui ferait sans doute revenir votre ami photographe pour reprendre d'autres photos, je vous libère sur-le-champ. Et pas de prétendue hystérie. Après tout, petite aguicheuse, n'étiez-vous pas en train de me revenir?

Il fallait absolument qu'elle garde le contrôle d'elle-même! Cet homme était de toute évidence monstrueusement égocentrique.

– J'étais sur le point de vous ramener votre voiture, dit Sara entre ses dents. J'avais aussi l'intention de rendre visite à oncle Théo – en privé! ajouta-t-elle. Et maintenant...

Elle regarda sa main qu'il tenait toujours emprisonnée dans la sienne et souhaita qu'il ne puisse sentir à quel point elle était énervée.

– Et maintenant, si je lâche votre main, dans quelle direction allez-vous vous enfuir?

Sa voix était moqueuse; il saisit son autre main et l'attira vers lui, comme s'il était son ami ou son amant.

– Arrêtez!

– De quoi avez-vous peur? Jouez-vous à quelque jeu d'intrigues?

– J'ai essayé de vous le dire à plusieurs reprises. Je... je suis fiancée et je l'aime profondément. Quant à vous, signor duc, je ne vous fuis pas, j'essaie seulement de vous éviter, voilà tout. (Elle renversa sa tête en arrière pour mieux affronter son regard et ajouta d'une voix légère :) N'en soyez cependant pas trop dépité – si je n'avais pas rencontré Carlo, si je n'étais pas tombée amoureuse de lui, j'aurais peut-être pu m'intéresser à vous.

Sa voix était devenue glaciale. Il la relâcha sans prévenir, si bien qu'elle faillit tomber à la renverse.

– Carlo? Un nom italien! Je vous préviens, chère

Delight, s'il est du pays, il doit être jaloux et exigera la pureté de sa fiancée... Vous avez l'intention de vous marier, c'est bien cela?

– Oui. Et dans très peu de temps. Après le tournage de ce film, j'irai le rejoindre.

La clef de la Mercedes semblait brûler la main de Sara. Elle essaya de la lui rendre.

Quel homme étonnant! A présent, il agissait comme si sa colère n'avait jamais existé. Il haussa les épaules et la regarda d'un air indifférent.

– Puisque vous allez chez votre oncle, vous pouvez ramener la voiture. Je ne peux pas en conduire deux à la fois.

Il pouvait changer aussi vite qu'un caméléon. Sara le regarda d'un air soupçonneux, mais comme elle restait, hésitante, sur le trottoir, il remonta dans la Lamborghini.

– Vous souvenez-vous du chemin ou dois-je vous précéder?

Elle avait vraiment envie de lui jeter les clefs à la figure et de rentrer chez elle en le laissant se débrouiller avec la Mercedes. Mais Delight reculerait-elle devant un combat? Jamais!

– Merci! Je vous suivrai, si je peux.

Sara avait parlé d'un ton très enjoué, tout à fait dans le style de sa sœur. Intérieurement elle était toujours secouée par des émotions contradictoires qu'elle n'avait pas envie d'analyser à présent. Mais il n'en pouvait rien savoir. Et cette fois-ci, elle n'allait certes pas fuir!

12

Le lendemain, les journaux étaient pleins de potins. Le valet de chambre d'oncle Théo les lui apporta, bien rangés sur un plateau. Son visage resta impassible, même quand il lui annonça que Brenda Rowan avait encore fait allusion à elle dans son émission télévisée du matin et que M. Hunt l'avait appelée.

Garon? Sara rougit en songeant à lui. Oh, mon Dieu! Que devait-il penser d'elle? Et maintenant, tous ces potins ridicules...

– Eh bien! Dois-je vous féliciter? (La voix de Garon était sèche et elle avait du mal à deviner ses pensées.) Je vous appelle simplement pour vous annoncer que vous pouvez prendre encore quelques jours de congé – au moins pendant le week-end. Nous avons des problèmes avec la météo qui s'annonce mal.

Sara eut de la peine à soutenir la conversation. Comment contester les ragots, quand Garon ne lui avait posé là-dessus aucune question! Elle ne pouvait non plus lui dire qu'elle avait envie de le revoir, car elle n'en était pas bien certaine. Et comment aurait-il envie de la revoir, quand on racontait des horreurs sur son compte? En tout cas, à son grand dépit, Garon lui parlait sur un ton amical et tout professionnel.

– Dites à notre ami Riccardo que je l'appellerai sans doute plus tard, voulez-vous? Et vous, amusez-vous bien!

Sara reposa le combiné avec dépit. Puis elle tendit la main vers les journaux où la première chose qu'elle aperçut avec un frisson, fut une photographie d'elle en train de fouiller dans son sac. Avec ses lunettes de soleil, elle ressemblait à une pilleuse de banque. Une autre photo était encore pire. Elle levait la tête vers Riccardo d'un air adorateur, tandis qu'il lui tenait la main.

C'était insupportable. Peut-être oncle Théo saurait-il ce qu'il fallait faire. Peut-être pouvait-elle les poursuivre en justice – particulièrement cet hypocrite de Gordo Rapp. Puis elle tomba sur un article qui faillit la faire hurler de colère et d'impuissance.

« A quoi jouaient Paul et Monique Drury en présentant le multimillionnaire duc di Cavalieri à Delight Adams, modèle et actrice débutante? Ce fut le coup de foudre, lors d'un dîner au Café Russe, puis au cours d'un déjeuner très intime sur le plateau de tournage, dans le bureau de Paul Drury. Et à présent, Delight Adams se promène dans une Mercedes SL 450 – cadeau d'un admirateur. Oserons-nous deviner son identité? »

Le téléphone à côté du lit se mit à sonner. Sara tendit la main presque avec soulagement. Mais un instant plus tard, elle faisait la grimace en reconnaissant cette voix déplaisante qui la poursuivait jour et nuit.

– Avez-vous vu les nouvelles? C'est de la bonne publicité, non? Cependant, je trouve choquantes les libertés prises par votre presse.

Il ne pensait sûrement pas... il ne pouvait pas croire... Sara se sentit devenir toute rouge et ne put s'empêcher d'élever le ton de sa voix.

– Tout cela est de votre faute. C'est vous qui avez insisté pour me rencontrer et c'est vous qui... Je n'ai certainement pas besoin de ce genre de publicité, permettez-moi de vous le dire. (Se souvenant de son rôle, elle fit une pause pour reprendre son souffle et ses esprits.) J'ai un fiancé très jaloux qui... nous tuerait tous les deux, s'il pensait jamais que tous ces vilains ragots sont vrais.

– Ah, oui. C'est ce Carlo dont vous voulez parler? Je serais heureux de rétablir la vérité, si je venais à le rencontrer. Peut-être devrais-je lui conseiller aussi de ne pas laisser trop longtemps seule une aussi séduisante fiancée...

– Carlo ne vous regarde pas. Et si vous n'aimez pas ce que racontent les journaux, pourquoi ne faites-vous pas publier un démenti? Je suis certaine que vous êtes une sorte de séducteur international, mais sachez que je ne m'intéresse pas à vos petits jeux!

Le silence s'installa entre eux, tendu. Etait-elle allée trop loin? Ses bracelets tintèrent contre le récepteur. N'allait-il rien dire de plus? A son étonnement, elle l'entendit rire doucement et son rire ressemblait au grognement d'un grand félin. Elle sursauta.

– Pourquoi? Parce que ce n'est pas vous qui en dictez les règles? Il faut prendre des risques parfois... Delight.

– J'en prends tout le temps. (La colère lui donnait une voix agressive.) Mais dans le cas présent, je n'ai pas choisi de m'impliquer. Et je n'aime pas lire des mensonges imprimés sur ma vie privée.

– Non? (Puis, brusquement, comme s'il se lassait soudain de ce jeu, il dit :) Je ne suis plus chez M. Kohler. Je suis revenu à mon hôtel. Je vous appelais pour vous proposer une nouvelle rencontre – en privé – pour décider comment mettre fin à ces rumeurs. Voulez-vous rappeler et laisser un message, pour me dire l'heure qui vous conviendrait le mieux?

Pourquoi n'avait-elle pas refusé? Plus tard, Sara ne comprit pas pourquoi elle avait fait preuve d'autant de faiblesse quand il lui avait fait cette demande qui ressemblait bien plutôt à un ordre. Elle ne voulait plus jamais le revoir, redoutant le désarroi que provoquait en elle sa présence sombre et arrogante. Delight ne se serait pas sentie menacée par lui. Mais Sara éprouvait ce sentiment, en même temps qu'une attirance qu'elle déniait, mais néanmoins réelle.

Les papillons sont attirés par la flamme et finissent toujours par se brûler les ailes. Elle avait beau prétendre être Delight, c'était Sara qui vivait cette aventure et elle ferait bien de prendre garde si elle ne voulait pas en souffrir.

Durant le trajet jusqu'à la maison d'oncle Théo, Sara eut le temps de réfléchir à quoi elle s'engageait. Mais l'accueil des gardes lui donna un sentiment de sécurité. Quant à oncle Théo, il se trompait complètement sur la nature de ses relations avec son ancien hôte – avec lequel elle était supposée dîner le soir-même.

– Vous pouvez vous rencontrer ici – c'est plus tranquille et je suis certain que vous savez ce que vous faites à présent. Vous êtes depuis assez longtemps dans cette ville. Vous auriez dû prendre contact avec moi plus tôt, vous savez.

Oncle Théo était bourru, mais prêt à lui venir en aide. Sara se jeta spontanément dans ses bras.

– Je sais. Je suis désolée. Je voulais y arriver

toute seule et je ne savais même pas que vous habitiez si près.

– Eh bien, à présent, vous n'avez plus d'excuses, si vous ne venez pas me voir.

Oncle Théo était un amour, mais que dire de Riccardo, duc di Cavalieri? En se préparant, elle y réfléchissait, se demandant pourquoi elle se donnait tout ce mal. Elle se mit un soupçon de fond de teint, maquilla discrètement ses yeux et souligna ses lèvres d'un trait de rouge.

Vraiment, Sara, tu devrais avoir honte! Elle réprimanda son image dans la glace, mais sans grande conviction. En fait, ce double jeu l'amusait. Il croyait qu'elle était Delight, mais c'était elle, Sara, qui le mystifiait! Au lieu d'en avoir honte, elle s'en réjouissait. Elle se glissa dans la robe de Missoni qui lui allait comme un gant. Puis se contempla dans la glace sous tous les angles. Cette robe lui appartenait, ce n'était pas celle de sa sœur, et elle était heureuse d'avoir fait des emplettes avant de quitter l'Europe pour New York. Elle mit ses escarpins aux talons hauts. Une fine chaîne en or entourait chacune de ses chevilles et elle virevolta une dernière fois devant la glace. La robe lui couvrait à peine les genoux. Elle ressemblait encore plus à sa mère qu'auparavant. Moins cependant à Delight, et encore moins à Sara – la sage et raisonnable Sara qui n'avait pas que l'aspect de la virginité.

Fais bien attention! Sur cette dernière recommandation qu'elle se fit à elle-même, elle quitta la pièce, traversa rapidement la galerie de tableaux, un petit patio, puis un autre, plus vaste, dans lequel se trouvait la piscine. C'est là qu'ils devaient dîner en raison de la chaleur et de la nature romantique d'oncle Théo.

On avait dressé une table, couverte d'une nappe

immaculée avec des bougies dans des chandeliers de cristal et un vase contenant des roses rouges. Les bougies étaient allumées et faisaient étinceler l'argenterie et la porcelaine fine, en harmonie avec le cristal. Deux serveurs en veste blanche s'affairaient discrètement à l'arrière-plan et il y avait aussi un guitariste ambulant.

Sara se retint pour ne pas éclater de rire. Que signifiait cette mise en scène? Cela ressemblait au décor d'un vieux film de Audrey Hepburn – mais était-elle capable de jouer le rôle principal?

Elle arrivait à dessein en retard et Riccardo était déjà là, ne montrant aucun signe d'impatience. Il se précipita pour l'accueillir, levant son verre à sa santé.

– Delight. Vous êtes charmante.

– Merci.

Bien entendu, elle devait ignorer la façon insolente dont il la déshabillait du regard. Elle ne devait pas perdre ses moyens. Elle avait accepté l'invitation de ce soir pour lui montrer qu'il ne l'intimidait pas le moins du monde.

Un des serveurs lui avança une chaise et elle demanda du Perrier en plus du vin. Le guitariste se mit à chanter doucement une vieille mélodie italienne sentimentale. Vraiment, oncle Théo allait un peu trop loin! Peut-être ne regardait-il plus que les vieux films...!

– Comment trouvez-vous cette musique désuète? Il me semble avoir lu quelque part que votre musique préférée était le rock and roll – ou le punk rock!

– Vous ne devriez pas croire tout ce que l'on écrit! (Sara leva son verre et goûta le vin qui était excellent – sec et bien frappé.) Je croyais que nous étions là pour décider de la meilleure tactique à employer pour mettre fin à ces ragots? Vous pourriez peut-être menacer de poursuivre en justice les responsables? Je suis certaine que cela est plus à votre portée qu'à la mienne.

Il haussa les épaules.

– Une plainte ne donnerait naissance qu'à de nouveaux ragots – et à un surcroît de publicité.

Il parlait d'une voix neutre, mais la surveillait attentivement.

– Puisque nous ne désirons ni l'un ni l'autre cette publicité, que suggérez-vous?

– Vous voulez vraiment le savoir? (Il ne la quittait pas du regard, guettant ses moindres réactions.) Eh bien, je vais vous le dire. Pourquoi se soucier des ragots? Un démenti ne fait que les accréditer. Et après tout, vous et moi savons ce qu'il en est... n'est-ce pas? Si votre fiancé a confiance en vous, cela ne posera pas de problème. Il vous fait confiance, je présume?

– Bien entendu! affirma Sara avec chaleur. Nous nous aimons...

– Ah, oui. L'amour. Vous vous aimez – il vous fait confiance. Mais où est-il, ce Carlo? Pourquoi n'est-il pas ici pour vous protéger contre tous ces ragots?

– Il a dû partir. Pour affaires. Mais il va me rejoindre bientôt – ou c'est moi qui irai le rejoindre. Et alors, nous nous marierons.

– Oui, il me semble que vous l'avez déjà dit.

On les servit. Sara commença son cocktail de crevettes. Elle n'allait pas le laisser prendre l'avantage. Après tout, il était ici pour la même raison qu'elle. Elle était là par défi. Parce que c'était un mâle prétentieux, incapable d'admettre qu'une femme puisse rester insensible à sa séduction.

– Je vous demande pardon?

Avait-elle pensé à haute voix? Elle posa sur lui de grands yeux innocents tout en continuant à picorer ses crevettes.

– C'est délicieux.

– Vous ne l'avez pas encore goûté. Seulement votre vin.

– Vous êtes très observateur. J'aimerais que vous cessiez de regarder ainsi fixement.

– Vous ou votre salade?

– Les deux.

Elle se mit à manger. Cette fois, c'est elle qui menait le jeu. Ce qu'il fallait c'était l'ignorer. Alors peut-être la laisserait-il en paix et s'en irait-il!

Malheureusement c'est le moment que choisit le guitariste pour se rapprocher en chantant ce qui, de toute évidence, était une chanson d'amour – à en juger par les accents langoureux de sa voix et par la manière quasi théâtrale dont il fermait les yeux. Sara prétendit l'écouter avec ravissement et nota du coin de l'œil que Riccardo n'appréciait guère – son visage s'était rembruni et ses longs doigts fins et musclés jouaient nerveusement avec le napperon. Les yeux de Sara s'arrêtèrent sur sa bague et sur une gourmette en or qui ne faisait qu'accentuer sa virilité.

Elle leva les yeux un instant et surprit son regard qui l'observait. Elle baissa vivement les paupières et l'entendit jurer entre ses dents. Il dit quelque chose au guitariste qui disparut dans l'ombre. Je ne sais pas ce qui m'arrive... pensa Sara avec lucidité, avant que celle-ci ne l'abandonne.

– Je crois que nous perdons tous deux notre temps, dit-il doucement.

Puis il lui prit la main, et la fit se lever sans effort. Le guitariste jouait toujours – mais ne chantait plus. Et, de l'autre côté de la piscine, on avait allumé un feu dont les flammes jouaient avec les nerfs de Sara.

Sans dire un mot, Sara s'abandonna aux événements. Où étaient partis tous les serveurs? Il ne restait que le guitariste dont on entendait la musique. Elle était là où elle voulait être – entre ces bras forts qui la maintenaient fermement contre une autre raideur de son corps. Ses doigts saisirent ses cheveux avec impatience. Il releva son visage pour prendre sa bouche. Puis il l'embrassa avec avidité, ne lui laissant aucun loisir de protester.

C'était comme d'être emporté à la dérive par une tempête. Sans le vouloir, elle s'agrippa à lui – peut-être pour se retenir. Ses baisers étaient à la fois doux et violents. Ses mains, à présent qu'il était certain qu'elle ne voulait plus fuir, parcouraient son dos, sa taille, la courbe de ses hanches et ses cuisses. Puis il l'attira brutalement contre lui.

Elle n'avait jamais rien ressenti de semblable. Elle ne s'était jamais sentie ainsi fondre, jusqu'à ne plus être que sensation. Quand il se mit à caresser ses seins, écartant la fine étoffe de sa robe, quand elle sentit le contact de ses doigts sur sa peau, elle ne put prononcer les paroles de protestation qui se formaient en elle.

– Venez!

Ce seul mot. Et le dîner? Mais quelle importance avait le dîner ou toute autre chose, au regard de ce degré de sensation? Elle trébucha et – comme dans une scène de film – il la saisit et l'emporta dans ses bras.

Ils arrivèrent dans la chambre de Sara dont il ouvrit la porte d'un coup d'épaule. Une lampe était allumée près du lit où il la déposa.

Qu'allait-il se passer à présent? Il ne la tenait plus dans ses bras et elle se sentit toute bête, allongée là.

Inconsciemment, elle tira sa jupe vers le bas en serrant les genoux. Qu'était-elle supposée faire à présent? Il avait fermé la porte et se tenait au pied du lit, dégrafant sa cravate, enlevant son veston. Ses yeux noirs impénétrables étaient posés sur elle et sa voix était indifférente, contrastant avec la passion de ses baisers.

– Pourquoi ne vous déshabillez-vous pas? Glissez-vous dans le lit. Je vous rejoins dans un instant.

Pour Sara, cette remarque prosaïque fut comme un verre d'eau froide qu'il lui aurait jetée à la figure. Il s'imaginait déjà qu'elle lui appartenait. Il la traitait de la même manière désinvolte et vulgaire dont il avait l'habitude de traiter ses conquêtes. Tous ses gestes, tout son comportement n'étaient que calcul depuis le début de la soirée. Il avait sans doute soigneusement minuté chaque phase. Et à présent qu'il était sûr d'atteindre son but, quelle indifférence il affichait!

Elle le regarda avec incrédulité déboutonner sa chemise. Après le rêve, cette scène, trop réelle, lui faisait l'effet d'une douche froide.

– Delight... que de promesses contenues dans ce nom. Attendez-vous que je vous déshabille? Ou préférez-vous être prise avec vos vêtements?

Il se tenait là comme un animal sauvage, muscles vibrants sous sa peau hâlée. Il était de ces hommes qui satisfont leurs désirs sans aucun égard pour les sentiments des autres. *Et si elle essayait de reculer maintenant, il la prendrait de force...* Son instinct l'en avertissait, tandis qu'elle fixait son regard implacable.

Trouve quelque chose, Sara! Et vite! Ce n'est pas un homme patient.

Il s'était approché après avoir enlevé sa chemise et Sara découvrit, dans la lumière tamisée, son sourire sarcastique qui, à bien y regarder, n'était pas un sourire du tout.

Ses mains se posèrent sur sa ceinture et Sara détourna les yeux.

– Je crois qu'il vaudrait mieux que nous ne...

– Qu'y a-t-il? Vous pensez toujours à votre Carlo? Je suis certain qu'il comprendrait. Après tout, vous êtes une femme d'un genre un peu spécial. Est-il au courant des films très érotiques dans lesquels vous avez joué?

– Bien sûr. Carlo est au courant de tout ce qui me concerne. Et je suis heureuse que vous m'ayez parlé de lui, parce que... j'ai changé d'avis en ce qui vous concerne. Je suis désolée. Je ne voulais pas vous provoquer, mais... vous avez réussi à m'envoûter avec vos paroles. Je vous en prie...

Il se tenait debout, le regard posé sur elle, pareil à une panthère noire prête à bondir. Elle s'éloigna aussi loin de lui que le permettait la largeur du lit. Mon Dieu. La violerait-il maintenant? Etait-il capable d'un tel acte?

Elle se mit à parler avec précipitation pour le tenir à l'écart.

– Est-ce que vous comprenez? J'ai changé d'avis. Je ne peux pas... avec quelqu'un d'autre, alors que je suis amoureuse de Carlo. Je suis désolée. Je suppose que je m'éprouvais moi-même pour être sûre. Et maintenant, je le suis.

– Vous vous éprouviez? C'est très américain. Mais êtes-vous certaine qu'un Italien comprendrait cela? Parlerez-vous à Carlo de ce petit incident? Le ferai-je, moi?

– Que voulez-vous dire? Vous me... menacez? Vous voulez me faire chanter?

Il reprit, pensivement, comme s'il ne l'avait pas entendue :

– Si j'écoutais mon instinct et le vôtre – oui, le vôtre, malgré toutes vos dénégations! – je vous prendrais tout de suite et ce ne serait pas un viol. Je trouve que vous vous laissez séduire trop facilement, chère Delight... cette Delight de tant d'autres hommes avant moi, et celle de Carlo! Mais comme vous, je suis blasé et j'aime les défis. Sachez donc que je ne vous prendrai jamais par la force, car si moi ou quelqu'un d'autre voulait faire l'effort nécessaire, vous donneriez volontiers ce qu'à présent vous refusez. Pourquoi? (Il lui jeta ce mot au visage comme une insulte.) Ne vous ai-je pas offert assez? Fallait-il vous faire présent d'une Rolls Corniche au lieu d'une Mercedes? Préféreriez-vous un compte ouvert dans une banque? J'ai remarqué que vous portiez des vêtements élégants et des bijoux de prix. Me suis-je trompé? Ne vous ai-je pas assez offert?

Ses mots lui faisaient mal, comme autant de poignards plantés dans son orgueil. Ils provoquèrent chez Sara un réflexe d'autodéfense et refoulèrent ces émotions plus troubles qui avaient failli la perdre.

– Vous ai-je offert trop peu? Me serais-je trompé?

Sara respira profondément et fut heureuse que la pénombre dissimulât son visage.

– Les deux, dit-elle d'un ton sec. Mais pas comme vous vous l'imaginez. Et à présent, si vous permettez...

Longtemps après son départ – il ferma la porte derrière lui avec une douceur calculée – Sara fut incapable du moindre mouvement. La rigidité adoptée pendant la scène ne la quittait pas et son regard restait fixé sur la porte, comme s'il allait revenir importuner son corps aussi bien que ses sens, si faciles à émouvoir. Mais il ne revint pas et elle retrouva ses esprits. Enfin elle éclata en sanglots, ce qui ne lui était guère habituel. Ce n'était que de la rage, se dit-elle. Et de la frustration, car c'est Delight qu'il voulait, et pas toi, lui répondit sa voix intérieure, ce qui la fit pleurer de plus belle. Elle se détestait autant qu'elle le détestait, lui.

13

Certaines femmes peuvent pleurer jusqu'à s'endormir et se réveiller fraîches et roses le lendemain matin. De toute évidence, ce n'était pas le cas de Sara. Elle fit la grimace en voyant ses yeux rougis par les larmes et s'aspergea résolument le visage avec de l'eau froide. C'était une des vieilles recettes garanties de Nanny Staggs, sa nourrice, pour guérir les yeux enflés. Et, comme la plupart des recettes de Nanny, elle était efficace.

– Y a-t-il quelqu'un dans la maison? demanda Sara au serveur.

Celui-ci lui apportait un petit déjeuner tardif sur la terrasse où elle était en train de prendre un bain de soleil. Elle espéra que sa question paraîtrait innocente.

– Seulement le maître. L'autre monsieur est parti la nuit dernière.

Il était parti! Elle en ressentit un immense soulagement. Naturellement, il ne chercherait plus à la revoir et c'était aussi bien ainsi. Une femme qui se respecte ne peut et ne doit faire confiance à de tels hommes, et les fuir comme la peste. Du reste, dans des circonstances normales, Sara n'aurait jamais dû le rencontrer. Il était grand temps qu'elle redevienne elle-même, songea-t-elle avec désespoir. Combien de temps avait-elle promis à Delight de tenir ce rôle? Quinze jours? Un mois?

Il ne faut pas y penser maintenant, se dit-elle en se retournant sur le dos. Il valait mieux rester dans la chaleur du soleil, entre le rêve et la réalité.

– Eh bien! Etes-vous endormie ou non? Cela peut être dangereux de rester ainsi au soleil, ma chérie!

– Oncle Théo!

– Qui d'autre espériez-vous? Vous êtes ma seule invitée en ce moment et j'ai pensé que c'était le moment ou jamais de renouer connaissance – c'est-à-dire, si vous en avez envie.

Pourquoi son cœur battait-il si vite? Bien sûr, elle était contente que ce soit oncle Théo qui l'ait surprise ainsi, bras et jambes écartés, comme si elle s'offrait au dieu du soleil. Un autre aurait pu...

Sara s'interdit de finir sa pensée. Elle était déjà restée trop longtemps au soleil aujourd'hui. Heureusement, sa peau brunissait facilement et elle ne prenait que rarement de coups de soleil grâce à une arrière-grand-mère italienne!

Se redressant gaiement, elle dit :

– Offrez-moi un Perrier citron glacé et je vous suivrai n'importe où.

C'était le genre de remarque que Delight aurait faite. Mais pourquoi, pendant leur conversation, oncle Théo se trompait-il tout le temps et l'appelait-il Sara au lieu de Delight?

Il lui fit visiter sa galerie de peintures tout en bavardant gaiement.

– Pourquoi enfermer toutes ces beautés en lieu sûr? Je veux pouvoir regarder ces tableaux chaque fois que j'en ai envie.

Malgré son caractère fantasque, Delight aurait su

apprécier ces tableaux. Sara ne chercha pas à dissimuler son enthousiasme et, d'ailleurs, elle n'aurait pu le faire. Oncle Théo était ravi.

– J'ai toujours aimé la beauté. (Peut-être était-ce la raison pour laquelle il avait tant aimé Mona.) Et puis, il y a ce Gainsborough que votre père a mis en sûreté. Quel dommage! Personne ne peut l'admirer. Vous ne pourriez pas le persuader de me le vendre?

– Certainement pas, d'autant plus que je l'ai persuadé de me le donner et qu'il est actuellement dans ma chambre! répondit Sara avec chaleur.

Puis elle aurait voulu se mordre la langue. Mais oncle Théo, Dieu le bénisse, ne fit que soupirer sans ajouter un mot.

Il l'emmena dans le patio où se trouvait la piscine et, comme par enchantement, des verres de cristal remplis de vin glacé apparurent.

– Eh bien, prenez un peu de vin. Vous avez été bon public et je m'aperçois, grâce à vous, combien je suis seul. Qu'en pensez-vous? (Puis, sans lui laisser le temps de répondre, il poursuivit, sans autre préambule :) A propos, pourquoi ne passeriez-vous pas quelque temps ici? Vous pourriez avoir votre coin à vous, aller et venir à votre guise. Vous n'avez pas besoin de me donner une réponse maintenant. Pensez-y simplement.

Elle était très surprise et bégaya quelques mots de remerciement.

– Ce serait merveilleux... Vous êtes un amour de me le proposer, mais... je vais recommencer à travailler lundi, vous savez... le film... le film de Garon...

Il lui répondit sur un ton neutre :

– Oh, je voulais vous en parler plus tôt! J'ai reçu un coup de fil de Garon ce matin. Ils ne vont plus avoir besoin de vous. (Il leva la main pour l'empêcher de protester, bien que Sara eût été incapable de dire un mot à ce moment-là.) Bien entendu vous serez payée selon les termes du contrat et cela n'a rien à voir avec vous – Garon m'a demandé de vous dire que vous êtes une excellente petite actrice et qu'il aimerait tourner avec vous dans son prochain film. Mais ils ont des ennuis avec le montage. Les séquences de poursuites s'avèrent trop longues et l'un des auteurs a proposé de ne conserver qu'une seule scène avec vous. Celle où vous êtes censée vous suicider sera jouée par une cascadeuse professionnelle.

Il la regarda d'un air inquisiteur, supputant la raison pour laquelle elle restait muette.

– Vous ne vous imaginez pas que vous êtes amoureuse de Garon, j'espère? Je ne pense pas... vous avez trop de bon sens pour cela. Quant à... enfin, passons. Je me suis promis de ne pas me mêler de vos affaires. Je suis prêt à vous confirmer cette promesse, si vous vous décidez à tenir compagnie à un vieil homme solitaire. (Il ajouta, d'un air rusé :) Vous pourriez épousseter les tableaux dans la galerie, si vous tenez absolument à vous rendre utile, vous savez. Et il faut me rappeler de vous montrer ma collection de boîtes à priser. Sans compter...

Cette fois Sara avait repris suffisamment le contrôle d'elle-même pour l'interrompre.

– Cela s'appelle de la corruption. Et par-dessus le marché, vous êtes un homme solitaire. Vraiment!

Il rit de bon cœur.

– Ha! ha! C'est Nanny Staggs qui refait surface, n'est-ce pas? Pensiez-vous vraiment que je m'étais laissé tromper?

– Je... n'en étais pas sûre. Mais ne me trahissez pas, je vous en supplie. Avec personne.

Il poussa un grognement.
– Et pourquoi ferais-je une chose pareille? Pour gâcher le spectacle? Croyez-moi, ma fille, je m'amuse plus en observant le petit jeu que vous jouez que je ne me suis amusé depuis des années. Vous ne vous en tirez pas mal du tout, d'ailleurs. Vous avez réussi à faire croire à tout le monde que vous êtes votre demi-sœur, n'est-ce pas? Eh bien, tant mieux pour vous, quel que soit le plan fantastique que vous avez conçu et pour des raisons que j'ignore! Je suppose que Delight est à l'origine de tout. Mais, comme je vous l'ai déjà dit, je ne veux pas m'en mêler.

Heureusement qu'elle avait oncle Théo! Qu'aurait-elle fait s'ils ne s'étaient pas retrouvés? Sara retourna songeusement dans sa chambre. Elle avait envie de rester pour se laisser aller au farniente pendant quelque temps, mais en même temps elle ne voulait pas reculer devant le défi. Et d'ailleurs, elle avait promis à Delight. Ce qu'elle ferait du temps libre qui lui restait n'avait plus grande importance. A l'heure actuelle, Delight devait être en sécurité en Inde et si Carlo était aussi résolu que sa sœur le croyait, il devait être en route pour la rejoindre. Sara pouvait leur faire gagner du temps – si elle parvenait à continuer cette mascarade.

Elle s'était presque décidée à renoncer et à se laisser dorloter dans le luxe, quand le téléphone la tira brutalement de sa sérénité.
– Cavalieri à l'appareil.

Son cœur fit un bond, ses doigts se crispèrent sur l'appareil. Pourvu que sa voix ne trahisse rien.
– Oh, bonjour. Je ne m'attendais pas à vous entendre...

Sa voix était aussi dure et intransigeante que d'habitude.

– Je n'en doute pas. Cependant, il y a une chose dont nous devons parler. Tous ces articles dans les journaux, par exemple.

– Je...

– Je ne vous blâme pas, poursuivit-il, comme s'il n'avait pas entendu. Je suis certain que vous y êtes habituée. Moi non. Mais un article doit paraître demain dans une revue à scandales hebdomadaire, d'après ce que l'on m'a dit. Il serait important de se rencontrer pour discuter de certains points. Vous comprendrez, quand je vous aurai expliqué. Et je vous en prie, ne craignez pas que la scène d'hier soir se reproduise. Vous pouvez choisir un endroit aussi public que vous le désirez.

– S'il y a quelque chose dont vous voulez me faire part à propos de cet article qui doit paraître demain – et d'ailleurs, comment êtes-vous au courant? – pourquoi ne me le dites-vous pas au téléphone.

– Il y a des choses dont on ne parle pas au téléphone. Mais craignez-vous un tête-à-tête...?

C'était à la fois un défi et une gifle donnée avec un gant de velours. Il savait exactement ce qui la ferait réagir. Peur de le rencontrer? C'était ridicule! Peur de quoi? Certainement pas d'elle-même...

– Je n'ai pas peur du tout. (Sara s'en voulait d'avoir l'air sur la défensive.) C'est simplement que je serai peut-être prise ce soir.

– Pensez à Carlo, votre fiancé. Est-ce juste envers lui, ce rendez-vous que vous avez ce soir? Au moins si vous êtes avec moi dans un lieu public, vous pourrez lui dire sans mentir qu'il ne s'agissait que d'un rendez-vous d'affaires. Alors – où voudriez-vous aller? Au polo? A El Padrino? Il y a toujours foule à ces deux endroits et vous vous sentiriez en sécurité.

Bien sûr, elle ne devrait pas y aller. Elle ne devrait pas se laisser emporter par la colère qu'il éveillait en elle. Et pourtant, Sara savait qu'elle irait, pour entendre ce qu'il avait à lui dire. Et contempler, en toute sécurité, son visage sombre et dangereux, sachant qu'il ne pourrait étendre le bras et l'emporter, cette fois-ci. Peut-être avait-elle besoin de le revoir pour se débarrasser de cette stupide fixation qu'elle faisait sur lui. Elle le regarderait, l'écouterait lui dire qu'il ne pouvait plus tolérer de ragots. Il était sans doute *marié*. Pourquoi n'y avait-elle pas pensé plus tôt? Tant mieux. Elle serait hautaine et dédaigneuse. Elle l'écouterait en sirotant un Perrier citron d'un air ennuyé, puis elle partirait et se ferait reconduire par le chauffeur dans la Rolls d'oncle Théo. Point final.

Elle raccrocha machinalement le téléphone. Elle espérait s'être montrée suffisamment indifférente – voire distraite et impatiente. Il faudrait qu'elle soit ainsi, ce soir, en face de lui, le duc di Cavalieri. Qu'aurait-il été, dans le passé – pirate ou mercenaire, un poignard passé dans sa ceinture, plutôt qu'aristocrate italien qui passait son temps dans des salons snobs!

Arrête, Sara! Tu deviens stupide, ma fille. Ressaisis-toi! Ces exhortations l'aidèrent. Nanny Staggs lui aurait conseillé une bonne douche froide pour lui remettre les idées en place. Sara sauta du lit et se dirigea vers la salle de bains d'un pas décidé. Elle avait deux bonnes heures pour se rendre présentable pour cette entrevue au polo.

En fin de compte, elle arriva avec un quart d'heure de retard, mais son maquillage était discret et sans défaut. Il ne saurait jamais combien de ses robes restaient dédaignées sur son lit. Grâce à l'efficacité policée qui entourait oncle Théo, elle avait maintenant toute une garde-robe à sa disposition. On la dirigea vers une table près de la baie vitrée et elle espéra que son sourire était aussi éclatant que son rouge à lèvres. Il se leva, la dominant de toute sa taille et lui fit un baise main désinvolte.

– Je vous remercie d'être venue.

Ses paroles étaient d'une politesse toute formelle.

– Oh, cela n'a pas d'importance. Mais je suis très pressée, vous savez. J'ai promis à des amis d'aller patiner avec eux ce soir. Au Flippers. Vous savez où cela se trouve?

– J'ai entendu parler de cet endroit.

Le ton qu'il employa mit un point final à ces échanges badins.

Les yeux de Sara étaient attirés par ses mains : ses longs doigts musclés, sans autre ornement que la bague qu'elle avait déjà remarquée auparavant. Tout ce qu'elle pouvait faire, c'était de se retenir de ne pas frissonner pour ne pas se trahir.

– C'est un endroit surtout fait pour les jeunes, je suppose.

Cette fois, elle fut récompensée par l'irritation qui brilla dans ses yeux noirs. Mais au lieu de répondre par un sarcasme, il inclina la tête.

– Sans doute. Ce n'est certainement pas le genre d'endroit que je choisirais pour aller danser. Mais que pense Carlo de vos sorties sans lui?

Sara ne put s'empêcher de rougir de colère.

– Cela ne vous regarde vraiment pas!

Elle le détestait cordialement, après tout.

Il avait commandé une bouteille de vin et jouait

distraitement avec un des verres à pied. Puis, sans lui demander son avis, il emplit son verre.

– Au contraire, dit-il lentement d'un ton neutre. Cela me regarde de très près. Il se trouve que Carlo est mon jeune frère!

– Votre...!

Sara crut pendant un instant qu'elle allait s'étouffer. Sa remarque exprimée d'une voix parfaitement froide, mit un certain temps avant de s'incruster dans son esprit.

Il fit l'erreur de pousser son avantage, reprenant d'une voix sarcastique :

– Vous saviez sûrement que Carlo avait une famille? A-t-il négligé de vous dire qu'il travaille pour moi et qu'aucun argent ne lui appartient en propre?

Le vin, qu'elle fut enfin capable d'avaler, lui monta au cerveau, lui rappelant qu'elle n'avait rien mangé depuis le déjeuner. Mais cela l'aida à le regarder en face.

– Carlo m'a tout dit! s'écria-t-elle avec dignité. (Puis, elle ne put s'empêcher d'ajouter :) Alors c'est vous le grand méchant frère! Giovanni, n'est-ce pas? Comment préférez-vous vous faire appeler? Riccardo? Ou est-ce seulement un pseudonyme? Marco...

– Cela suffit! dit-il d'une voix cinglante et, si elle n'avait pas été tellement en colère, elle aurait flanché.

– Vraiment? Je ne crois pas. C'est vous qui avez commencé, souvenez-vous. Vous m'avez demandé de venir vous rejoindre ici, parce que vous aviez quelque chose à me dire. Qu'est-ce qui vous a décidé à mettre fin à cette petite mascarade?... Riccardo?

Il tendit la main par-dessus la table pour saisir la

sienne, dans un geste qui eût paru affectueux à un observateur, mais Sara dut réprimer un cri de douleur sous la forte pression de ses doigts. Malgré la violence et la cruauté étudiée de son geste, sa voix demeurait froide et menaçante.

– Essayez de baisser la voix. Une scène publique dans cet endroit nuirait très certainement à votre carrière.

Elle lutta pour garder le contrôle d'elle-même, se disant que lui du moins croyait toujours qu'elle était Delight.

– Lâchez ma main, s'il vous plaît. Vous me faites mal. Vous n'avez pas besoin de prouver votre force.

– Je suis désolé.

Il retira sa main et Sara se frotta les doigts. Cela lui fournit une excuse pour ne pas le regarder.

– Eh bien? Qu'avez-vous d'autre à me dire? Et qu'est-ce que c'est cette histoire d'article qui doit paraître demain matin? Une autre de vos inventions?

– Non, malheureusement! (Elle avait l'impression qu'il parlait entre ses dents.) L'article doit paraître demain et il dit, en substance, que vous aimez rester en famille. D'abord le jeune frère et – en son absence – le frère aîné. J'ai pensé qu'il valait mieux que vous me disiez la vérité, avant de lire cela dans la presse.

Sara se frottait toujours les doigts.

– Comme c'est délicat de votre part! répondit-elle d'un ton froid. Est-ce tout? La voiture m'attend et, comme je vous l'ai dit, cette nuit sera longue. Vous voulez venir pour vous assurer que je me conduis bien?

Elle le regarda et vit les muscles de sa mâchoire

se contracter, lui donnant un air plus dangereux que d'habitude.

– Non, ce n'est pas tout. Pourquoi ne cessons-nous pas de jouer. Nous avons fait tomber les masques. Vous savez qui je suis et je sais... ce que vous êtes. Carlo peut être épris de vous, mais il ne vous épousera jamais. Vous a-t-il dit qu'il était déjà fiancé ?

– A vous entendre, on croirait que nous sommes à l'époque féodale. Carlo et moi avons été parfaitement honnêtes l'un envers l'autre depuis le début, et je sais qu'il n'est pas fiancé... Sinon à moi. Vous aimeriez le pousser dans un mariage sans amour qui vous conviendrait, n'est-ce pas ? Eh bien, cela ne se produira pas. Carlo et moi allons nous marier et nous n'avons pas besoin de votre bénédiction. Je peux subvenir à nos besoins jusqu'au moment où il trouvera sa voie.

– Jusqu'au moment où il touchera son héritage ! Il vous en a certainement parlé aussi. Très bien, mademoiselle Adams. Venons-en au fait. Combien voulez-vous pour laisser Carlo tranquille ? Je vous promets que ce sera beaucoup plus intéressant pour vous que vos cachets d'actrice ou de modèle.

C'était le moment ou jamais et elle saisit l'occasion. Si elle était restée, elle aurait fait un scandale. Se contrôlant parfaitement, elle posa son verre et se leva.

– Je n'ai pas du tout l'intention de rester à échanger des insultes avec vous. Cependant, retenez bien ceci – je ne suis pas à vendre. *Capisce* ? Je me marierai avec Carlo et, qui plus est, je vais faire un communiqué à la presse à cet effet. Je pourrais aussi parler de votre attitude... disons médiévale... Et tout le monde aime les amoureux, n'est-ce pas ?

Toutes les sympathies seront pour nous, Carlo et moi.

A sa surprise, il ne manifesta ni la colère ni la déception qu'elle attendait. Il se leva avec une souplesse qui la surprit, la main tendue pour l'arrêter. Il arborait un sourire un peu contraint sur ses lèvres.

– Attendez. J'étais en train de mettre l'amour que vous éprouvez pour mon frère à l'épreuve. Il vaut mieux que nous soyons amis qu'ennemis, ne pensez-vous pas? Je suis certain que Carlo est de cet avis. Il est plutôt gâté et habitué à un certain style de vie. Vous ne l'avez pas remarqué?

Interdite, Sara le regarda avec suspicion. Il changeait d'humeur et de propos avec une facilité déconcertante.

– Delight...! (Sa voix était presque caressante.) Apprenons à être amis, au lieu d'être ennemis. Attendez-moi ici une minute, jusqu'à ce que j'aie trouvé le serveur et je vous reconduirai chez vous, ou à votre discothèque favorite, si vous préférez. Cela vous convient-il? Je crois que nous avons beaucoup de choses à nous dire et vous avez beaucoup de choses à apprendre sur ma famille. Peut-être hésiterez-vous à en faire partie, quand j'aurai sorti tous les squelettes des placards.

Il avait réussi en quelques instants à percer l'armure de son indignation, la laissant ahurie et incertaine quant à ce qu'elle devait faire. Que faire? Son instinct lui commandait de s'enfuir, que ce soit lâche ou non. Mais si elle était censée être Delight et qu'elle pouvait aider sa sœur en s'attirant la sympathie du frère aîné de Carlo... Il fallait adopter une attitude rationnelle.

– Eh bien..., dit-elle en hésitant.

Un serveur apparut à ce moment-là. Peut-être ne

s'apercevait-il pas qu'il lui tenait toujours la main! Il aurait sans doute semblé grossier de la retirer, après les propositions pacifiques qu'il venait de lui faire.

Pourquoi ne se sentait-elle pas soulagée, songea Sara en marchant à ses côtés, toujours consciente de la ferme prise qu'il avait sur elle. Plus de conflit, plus de tensions. Delight et Carlo seraient heureux et elle – eh bien, elle pourrait se remettre à ses études – la raison première de sa présence ici. Et elle pouvait espérer qu'il n'apprendrait jamais la part qu'elle avait prise dans cette histoire. Elle ne le verrait jamais plus, et cette pensée devrait la rendre heureuse. Pourquoi se sentait-elle donc envahie par un grand vide? Pourquoi lui permettait-elle toujours de tenir sa main, alors qu'ils étaient sortis maintenant et que plusieurs curieux les observaient?

14

– Veuillez attacher vos ceintures, s'il vous plaît...

Les mots parvenaient à Sara comme à travers un brouillard. Elle l'avait sûrement fait?

– Attachez votre ceinture, s'il vous plaît, lui avait recommandé Riccardo, avant de mettre le contact de la Lamborghini.

Elle fut heureuse un instant après lui avoir obéi. Puis il avait sorti une bouteille de champagne de quelque part. Du meilleur, naturellement. Il porta un toast à son futur mariage et à son frère, légataire universel.

– A la santé d'un beau-frère compréhensif.

Avait-elle vraiment prononcé ces paroles, ou n'était-ce qu'un rêve? Après combien de coupes de champagne l'avait-il reconduite chez elle?

Chez elle – où était-ce? Où était-elle? Pourquoi ses paupières étaient-elles comme du plomb? Elle entendit très vaguement l'écho d'un gémissement qui était le sien. Elle voulait se réveiller, mais n'y parvenait pas.

– Dormez, *cara*. Vous avez besoin de sommeil. Je vous réveillerai à notre arrivée.

Mon Dieu, même dans son sommeil, elle reconnaissait cette voix sèche sous sa feinte douceur. Pourquoi l'appelait-il *cara*? Elle n'était pas son amour; elle était la fiancée de son frère.

Cela n'avait sans doute pas d'importance. Les Italiens sont particulièrement démonstratifs. Ils ont tous des femmes et des maîtresses – et qu'était-elle dans tout cela? Femme, maîtresse ou une combinaison des deux? Choix embarrassant! Il lui devenait de plus en plus pénible de penser et elle se recroquevilla sur son siège, se laissant emporter par ses songes.

A son réveil, elle reprit conscience brutalement. Quelqu'un la secouait par l'épaule.

– Venez – nous avons atterri. Nous avons une heure d'escale, le temps qu'ils vérifient les moteurs et qu'ils remplissent les réservoirs de carburant.

Sara parvint enfin à soulever ses paupières. Elle posa les yeux sur ce visage sombre et saturnien qui arborait une expression caustique et battit des paupières pour être sûre qu'elle n'avait pas de visions.

– Riccardo?

Sa voix ressemblait à un croassement. Que lui arrivait-il? S'était-elle évanouie? L'avait-il ramenée chez elle et était-il resté? Elle aurait dû demander où elle était, mais cela aurait paru trop stupide. Mais où se trouvait-elle?

Il se pencha vers elle avec impatience pour défaire sa ceinture de sécurité et l'aida à se lever. Il passa son bras autour de sa taille pour l'aider à maintenir son équilibre, car elle chancelait.

– Venez. Vous avez sans doute besoin de boire quelque chose et aussi de refaire votre maquillage. Nous n'avons pas beaucoup de temps et il faut vous dépêcher.

– Je... je ne comprends vraiment pas. Qu'est-ce que je fais ici? Et où sommes-nous?

– Alors, vous ne vous souvenez de rien? Je m'en doutais. Si vous voulez vous souvenir de ce que vous faites, vous ne devriez pas boire autant de champagne.

Il l'entraîna vers l'autre extrémité de l'avion, confortablement aménagée. Sara essaya de résister, mais il la maintenait fermement de son bras autour de sa taille.

– Mais... (Il y avait la porte des toilettes et Sara l'indiqua avec désespoir.) Arrêtez. Il faut que j'y aille, sinon vous le regretteriez.

Pendant un instant, elle crut qu'il n'allait pas l'écouter. Puis il la relâcha et lui ouvrit la porte avec une galanterie qui ressemblait plus à du mépris.

– Très bien. Mais je vous donne seulement cinq minutes. J'ai la clef de cette porte – souvenez-vous-en.

Elle claqua la porte avec dépit et ferma le loquet. Comment osait-il? Pour qui se prenait-il? Et, ce qui était pire, que faisait-elle avec lui dans un avion?

Elle ne connaissait pas la réponse à ces questions. Arborant toute la dignité dont elle était capable, elle voulut passer devant lui en l'ignorant. Il la contempla d'un air sarcastique.

– Vous vous êtes rafraîchie? Bien. Je suis heureux de constater que vous n'êtes pas de ces femmes qui passent un temps inutile à se pomponner. Venez! Il vaut mieux vous détendre un peu. Nous avons un long vol devant nous.

– Arrêtez de me tirer ainsi. Et pourriez-vous me dire ce que je fais ici? Où allons-nous?

– Très bien... (Il l'entraîna dans un petit bureau bien meublé où se trouvait une jeune femme qui disparut prestement.) Vous vous sentez mieux à ce que je vois. Assez pour poser des questions. Je suis tout de même étonné que vous ne vous souveniez de rien.

– Que je me souvienne de quoi, pour l'amour du ciel?

– Mais... (Il l'avait entraînée vers un divan sur lequel il l'obligea à s'asseoir. Puis il la regarda avec un semblant de sourire.) Mais... nous rentrons à la maison, bien sûr. Hier soir, vous avez exprimé le désir de visiter le domicile ancestral de Carlo qui se trouve être également le mien. Vous allez l'attendre là-bas.... vous devez certainement vous souvenir de quelque chose?

Elle avait l'impression qu'il se moquait d'elle, mais sa tête commençait à la faire souffrir à tel point que rien n'avait plus d'importance que de soulager cette douleur.

– Je ne me souviens de rien du tout, murmura-t-elle.

Oh, non! Elle n'aurait pas fait une chose pareille, non! Elle prit sa tête entre ses mains, essayant de chasser la douleur et souhaitant que tout ceci ne soit qu'un mauvais rêve.

– Peut-être devriez-vous cesser de boire autant, dit-il sévèrement et sans aucune sympathie. Carlo est-il au courant, ou bien lui avez-vous caché cet aspect de votre nature?

C'était sans doute le moment de lui dire qu'il faisait erreur et qu'il se trompait sur son identité. C'est elle qui rirait la dernière, alors... n'est-ce pas?

Sara ouvrit la bouche, puis la referma, décidée à l'ignorer. Elle n'osait pas. Il était capable de tout. Elle croyait Delight maintenant. Il était même capable de la tuer pour sauver son orgueil.

– Oh! j'aimerais bien que vous cessiez de me houspiller, murmura-t-elle en se massant les tempes. Ne pouvez-vous me trouver un peu d'aspirine? Et de l'eau glacée? Cela me ferait beaucoup de bien.

Il n'était pas habitué à servir quelqu'un – cela se voyait. Mais, sans doute pour obtenir qu'elle se calme, il satisfit ses désirs. Puis il s'installa derrière un bureau et engagea une conversation téléphonique à voix basse que Sara, malgré tous ses efforts, ne parvint pas à comprendre. Elle parlait l'italien, mais était incapable de comprendre le dialecte qu'il employait. Elle ferma les yeux, s'appuya au dossier du canapé, essayant de rassembler son courage et ses facultés mentales. Dans quel piège s'était-elle laissé prendre à présent?

L'aspirine soulagea ses maux de tête, mais elle se sentait encore tout étourdie. Elle se laissa entraîner vers le petit avion sans plus de résistance, trop fatiguée pour demander où ils s'étaient arrêtés pour faire le plein.

Son siège, réglable, pouvait se transformer en couchette et dès que le signe permettant de détacher les ceintures de sécurité s'alluma, elle s'installa confortablement. Un jeune homme lui apporta une couverture, puis disparut. Elle remarqua, entre ses paupières, que Riccardo consultait un épais dossier. Il semblait avoir oublié sa présence, puis, tout à coup, sans lever les yeux, il dit de sa voix grinçante :

– Il y a un rideau que vous pouvez tirer pour vous isoler. Il y a aussi une sonnette si vous avez encore besoin de Damon. Essayez de vous installer confortablement. Nous en avons encore pour huit heures de vol.

Sans un mot, Sara tira les rideaux. Huit heures! Il l'emmenait en Italie, à la demeure ancestrale... N'est-ce pas ainsi qu'il avait dit? Et il croyait toujours qu'elle était Delight. A présent, elle pouvait frissonner sans crainte de se trahir. Qu'avait-il vraiment l'intention de lui faire?

Dans son enfance, elle rêvait d'aventures. Grâce à son imagination, elle était toujours princesse ou pour le moins fille d'un duc. Elle se faisait enlever par un pirate ou un bandit de grand chemin, lui-même duc, et tous ses fantasmes trouvaient une fin heureuse. Dans chacun de ces épisodes, elle se faisait enlever sans jamais se faire violer tout à fait. Les jeunes filles innocentes finissent toujours par dominer le bandit-héros qui en fin de compte devient leur esclave soumis. Un baiser passionné et le rêve s'évanouissait. Que se passait-il après? Sara se retourna nerveusement pour faire taire son imagination fiévreuse. Il lui fallait seulement penser au temps qu'elle faisait gagner à Delight et à Carlo. Et à présent, elle les soutenait avec ferveur. Quelle arrogance insupportable chez cet homme! Comme elle serait heureuse de voir son visage, quand il apprendrait la vérité – qu'il s'était donné tout ce mal pour enlever la sœur de Delight!

Elle avait dû s'endormir, et dormir d'un sommeil profond, si étonnant que cela puisse paraître.

– Attachez vos ceintures, s'il vous plaît...!

N'était-ce pas ainsi que ce rêve avait commencé? Encore somnolente, Sara apprécia l'aide du jeune homme qui s'assura que son siège était de nouveau en bonne position et que sa ceinture était bien attachée. En l'absence du rideau maintenant tiré, elle ne pouvait s'empêcher d'observer l'homme qu'elle continuait à appeler Riccardo.

L'épais dossier qu'il avait étudié si attentivement était mis de côté à présent et c'est elle qu'il observait d'un air énigmatique. Elle détourna la tête et prétendit regarder par le petit hublot. Dans peu de temps, ils atterriraient en Italie. Si les circonstances avaient été différentes, elle s'en serait réjouie.

Dante et Béatrice. Roméo et Juliette. Les fontaines, la lumière et l'espace intemporel. Elle avait toujours rêvé de visiter l'Italie, mais son père n'avait jamais voulu en entendre parler. Chaque fois qu'elle le taquinait à ce sujet, il rejetait la responsabilité sur les communistes. Mais ses préjugés venaient sans doute de Pietro, un ex-mari de sa mère. Avec un sentiment qui frisait la culpabilité, Sara appréciait Pietro, toujours gentil et chaleureux avec elle et qui la portait sur ses épaules en se prétendant un étalon féroce. Delight, elle aussi, avait aimé Pietro.

– Nous allons atterrir dans quelques minutes et ensuite nous prendrons un hélicoptère. J'espère que vous n'êtes pas du genre nerveux.

Il fallait toujours qu'il intervienne et la ramène à la réalité.

– Je ne suis pas du tout nerveuse. Mais toutes ces heures de vol ne sont pas reposantes, vous savez. J'espère qu'il n'y en a plus pour longtemps.

– Une fois dans l'hélicoptère, il nous restera une trentaine de minutes. Carlo vous a-t-il dépeint notre maison ? Elle n'est pas très accessible et les routes ne sont pas très praticables. Mais elle a d'autres charmes.

– Et le confort moderne, j'espère, rétorqua Sara par défi.

Elle eut la satisfaction de voir les muscles de sa mâchoire se crisper.

– Nous ne sommes pas exactement arriérés, même en Sardaigne. Je suis certain que vous serez installée confortablement. Si vous aimez nager, nous avons deux piscines. Il y a aussi quatre courts de tennis, où vous pourrez vous entraîner en attendant Carlo. Vous jouez assez bien, m'a-t-il semblé.

Comment osait-il prendre un ton si condescendant ? Assez bien... vraiment !

Sara sourit d'un air doucereux.

– Du tennis – parfait. C'est le sport le plus complet, vous ne pensez pas ? J'espère que vous pourrez jouer de temps en temps. (Puis, reprenant son rôle elle poussa un soupir.) Comme j'aimerais que Carlo se dépêche. Ce n'est vraiment pas gentil de votre part de l'avoir envoyé si loin. Mais je suppose que vous vouliez nous mettre tous deux à l'essai. Voir quelle était la force de notre attachement réciproque! Mais il ne faut pas vous faire de soucis. Carlo et moi, nous nous aimons – et j'ai toujours voulu avoir un grand frère.

Elle était peut-être allée un peu trop loin.

Sara vit ses traits se durcir, sa mâchoire se serrer. Ses yeux noirs impénétrables la scrutèrent attentivement, tandis que sa lèvre se plissait en un sourire méprisant.

– Vous cherchez un frère?

Elle n'aurait su dire s'il y avait là une pointe de sarcasme.

– J'ai deux frères, du premier mariage de maman. Mais ce sont des archéologues – ou quelque chose d'aussi ennuyeux – ce sont des jumeaux, vous savez. Et je ne les connais pas, n'ayant jamais vécu avec eux. Ceci est donc une expérience toute nouvelle. Carlo ne m'avait jamais dit à quel point vous étiez protecteur et... prévenant. C'est si aimable à vous d'avoir fait préparer mes affaires par les femmes de chambre d'oncle Théo...

Jugeant, à son expression, qu'elle était allée suffisamment loin, Sara lui fit un dernier sourire faussement sincère, puis prétendit s'absorber dans le paysage, tandis que l'avion amorçait une courbe pour atterrir.

15

– Comment les gens se déplaçaient-ils ici avant qu'il n'y ait des hélicoptères?

– Très lentement, répliqua-t-il, d'une voix chargée d'un humour macabre. Il y a une route, bien entendu, mais elle est très mauvaise. Elle n'est pas faite pour le genre de voitures que l'on fabrique aujourd'hui.

– Mais...

– De nos jours, il y a aussi des terroristes, des assassinats et des enlèvements – des hommes qui ont faim et qui sont en colère. Pourquoi prendre des risques inutiles?

– Pourquoi, en effet!

Afin d'éviter son regard, Sara regarda au delà de la balustrade en pierre de la terrasse où on leur servait des rafraîchissements.

Le palais avait été construit sur une hauteur et la vue était magnifique. On apercevait même l'océan, en contrebas. Il avait été bâti des siècles auparavant, pour repousser les envahisseurs maures et les armées mercenaires qui pillaient le pays, à la recherche de butin et de femmes. La demeure ancestrale du duc di Cavalieri était entourée de hauts murs, défendue en outre par un réseau de fils barbelés électrifiés. C'était une forteresse médiévale, mais bénéficiant de tout le luxe et de tout le confort du XXe siècle. Il y avait des courts de tennis et même un terrain de golf miniature. Le maître des lieux avait installé Sara dans une suite qui donnait sur un magnifique jardin. Elle sentait le parfum des fleurs qui montait dans l'air chaud, tandis qu'elle admirait la vue. Une magnifique piscine couverte par des tuiles bleues avait un éclairage astucieusement dissimulé qui lui donnait un air de grotte enchantée. Deux escaliers de marbre menaient à une salle de bal au centre de laquelle se trouvait une pièce d'eau.

La visite du palais avait été rapide et superficielle. Sara s'était efforcée d'en retenir une image ingénue. Il était peut-être préférable qu'elle rentre ses griffes – tout au moins jusqu'au moment où elle comprendrait pourquoi il l'avait fait venir ici. Ce n'était pas chose facile...

Sara porta délibérément son regard sur ce visage implacable qui lui devenait familier et, à son tour, il la dévisagea. Elle sentait la brûlure de ce regard jusqu'à sa chair au travers de sa fine robe de cotonnade. La manière qu'il avait de la regarder augmentait son sentiment de solitude et de vulnérabilité. Cependant, elle eût préféré être soumise à la torture que de lui laisser soupçonner sa faiblesse.

Sara s'obligea à sourire, tout en sirotant son eau minérale parfumée au citron.

– C'est vraiment très beau, ici... et très aimable de votre part de m'y avoir amenée. Et maintenant que je sais dans quelle forteresse vous vivez, je me sens en sécurité. Quand pensez-vous que Carlo arrivera?

– Qui sait? (Il haussa les épaules d'un air indifférent.) Ces derniers temps, mon jeune frère est devenu vraiment imprévisible. Cependant, je suis certain que s'il apprend que sa *fiancée* l'attend ici avec impatience, il aura hâte de venir vous rejoindre.

Baissant les yeux pour ne pas rencontrer son regard, Sara dit, en faisant la moue :

– Mais en attendant, quelle est la ville la plus proche? Qu'y a-t-il à faire? J'adore vraiment danser et j'aime aussi rencontrer des gens. Carlo ne m'en voudra pas si je m'amuse un peu, j'en suis sûre.

Son expression parut se durcir un instant, mais il fit un effort pour se contrôler.

– Vous distraire? Ah, oui. Je suppose que vous êtes habituée à la télévision et nous n'en avons pas ici. Pour ce qui est de danser, il n'y a pas de discothèque au village le plus proche qui se trouve à une centaine de kilomètres. Nous sommes tout à fait isolés ici et le seul moyen pour se rendre quelque part sans courir de risques est d'y aller en hélicoptère. Mais y a-t-il quelque chose qui vous déplaise?

– Qu'y a-t-il donc à faire ici?

– Si vous voulez des distractions, je suis certain que vous les trouverez ici. Il y a deux piscines et les courts de tennis. Je serai heureux de jouer avec vous et de vous distraire, mais bien différemment de votre idole Garon Hunt. Il s'est conduit de façon fort galante l'autre soir et je vous avertis que je n'en ferai pas de même.

Son ironie se voulait blessante, mais cette fois-ci, il était tombé à côté.

– De la galanterie? Je n'en attends pas de votre part. Merci pour l'offre, cependant, et ne vous attendez pas non plus à ce que je vous fasse de cadeau. Il se trouve que j'aime aussi gagner.

Sara soutint son regard d'un air de défi, sans s'apercevoir que sa colère et le soleil qui se couchait derrière elle donnaient des reflets acajou à ses cheveux et semblaient se réfléchir dans ses yeux verts, rappelant à Riccardo l'image d'un jeune chat sauvage. Cela l'intriguait et l'énervait à la fois, de constater que cette jeune femme, qu'il méprisait bien avant leur rencontre, avait réussi à le défier. Qu'elle aille au diable! L'enquête qu'il avait fait faire sur elle la présentait comme la jeune femme américaine typique, dépourvue pour ainsi dire de tout sens moral et de la plus élémentaire pudeur. Elle s'était mise nue devant des caméras indiscrètes aussi facilement que dans le lit d'une bonne douzaine d'hommes. Que s'imaginait-elle en se montrant difficile avec lui? Etait-ce ainsi qu'elle avait pris au piège son jeune demi-frère si impressionnable?

Il fronça ses sourcils noirs, tandis qu'il l'étudiait avec une expression qui fit frissonner Sara malgré elle. La vraie raison pour laquelle il l'avait amenée ici restait suspendue entre eux. Que voulait-il faire d'elle? Combien de temps pourraient-ils continuer tous deux à prétendre qu'il l'avait amenée ici pour attendre son frère? Amenée! Vraiment. Sara rectifia pour elle-même. Cela ressemblait plus à un enlèvement! Mais le plus important était de ne pas lui laisser deviner qu'elle avait peur de lui.

Elle se détourna légèrement et demanda d'un air naïf et provocant :

– J'essaie d'imaginer ce que ce palais devait être il y a quelques siècles. Il est bâti comme une forteresse, n'est-ce pas? Contre qui vos ancêtres devaient-ils se protéger?

Il s'adossa confortablement, l'observant à travers ses paupières légèrement fermées, comme pour juger de l'effet de ses paroles.

– Mes ancêtres ont construit ce palais pour chasser les pirates maures qui pillaient la côte, emportaient nos plus belles femmes en esclavage et en faisaient parfois leurs épouses. La légende veut que l'homme qui a fondé notre lignée était en partie maure lui-même, comme l'Othello de Shakespeare. En tout cas, il construisit cette forteresse imprenable pour protéger sa famille et les paysans qui cultivaient ses terres contre d'autres mercenaires de son espèce. Carlo ne vous a rien dit de l'histoire de notre famille?

– Non... mais ce n'est pas difficile à imaginer. Mis à part les courts de tennis, les piscines et l'électricité, il serait facile de se croire encore dans le passé et non pas au XXe siècle.

– Et vous découvrirez, j'en ai peur, que de bien des façons, c'est encore le cas.

Il enleva sa veste et sa cravate et déboutonna sa chemise. Sur la toison épaisse qui recouvrait sa poitrine, Sara aperçut un lourd médaillon en or sur lequel était gravé un loup prêt à bondir. Comme cela lui allait bien!

Comme s'il avait deviné ses pensées, il toucha la médaille du bout des doigts.

– Ceci vous intéresse? Elle est très vieille. La légende veut qu'elle ait appartenu à cet ancêtre dont je vous ai parlé, qui était un loup de mer. Il avait enlevé une jeune fille de quinze ans qui le persuada de venir s'installer ici, dans cet endroit sauvage et magnifique qui seyait à leurs tempéraments. Ces yeux me rappellent les vôtres...

Il se jouait d'elle, bien sûr, et il ne fallait pas s'y prêter. Sara tendit la main vers son verre et émit un rire lèger qui dissipa toutes les ombres du passé.

– J'ai les yeux de ma mère. J'aimerais qu'elle soit ici, quand Carlo et moi nous nous marierons. Au fait, est-ce ici que nous serons mariés? Je préférerais Los Angeles où se trouvent tous mes amis. A moins que cela ne soit là une tradition familiale, et que toutes les épouses Marcantoni doivent être amenées ici. C'est un peu isolé, vous ne trouvez pas?

Elle s'était changée et avait revêtu une robe vert pâle en coton avec un décolleté qui laissait entrevoir la naissance de ses seins. Il l'observait comme ses ancêtres avaient dû le faire avec les jeunes vierges qu'ils voulaient enlever. Pourtant, il dit sur un ton cassant :

– Ce sont des problèmes que vous devriez discuter avec mon frère, pas avec moi. Et peut-être changerez-vous d'avis après avoir passé quelques semaines dans cet endroit isolé. Nous vivons de façon très simple ici.

Feignant de ne pas comprendre la véritable signification de ses paroles, Sara reprit, avec vivacité :

– Mais vous voyagez beaucoup, n'est-ce pas? On ne peut pas être véritablement isolé avec un hélicoptère. Et j'ai entendu dire qu'il se passait toujours mille choses sur la Costa Smeralda. A propos, vous avez un yacht?

– Je n'ai pas souvent le temps de faire de la navigation de plaisance. Je ne crois pas que ce soit une bonne politique de laisser les hommes de loi s'occuper de ses affaires à sa place et il y a toujours beaucoup à faire. Lorsque Carlo sera prêt, il sera dans le même cas. J'espère que vous ne vous ennuierez pas trop.

Sara haussa les épaules sans perdre son sourire.

– Je suis sûre que je ne me laisserai pas... je n'ai pas l'intention de devenir une épouse conventionnelle, vous savez. J'ai l'intention de voyager partout avec mon mari et de m'intéresser à tout ce qui l'intéresse.

– Vraiment? J'espère que votre futur époux est au courant de vos ambitions. Les Italiens, surtout ceux du Sud, ne se laissent pas manipuler aussi aisément que les Américains.

Petite garce, pensa-t-il. Etait-elle en train de le faire marcher délibérément? Et si oui, pour quelles raisons? Il avait de la difficulté à se dominer, d'autant plus qu'il avait la désagréable impression que c'était elle qui menait le jeu en ce moment. S'il n'avait pas été blasé par la facilité avec laquelle il satisfaisait toutes ses envies, il aurait été tenté de mettre sa profession de foi pour son frère à l'épreuve en l'obligeant à lui céder... Il regarda sa bouche avec une insolence non dissimulée et fut récompensé par une légère rougeur de Sara. Mais non, pensa-t-il. Ce serait trop facile. Ce qu'il voulait, c'est qu'elle se rende sans violence. Qu'elle succombe aux désirs de sa nature passionnée. Lorsqu'il serait parvenu à ses fins, elle ne pourrait pas dire à Carlo que son frère aîné l'avait violée. Il voulait prouver à Carlo à quel point il était facile de vaincre cette femme nommée Delight. Et cela ne devrait pas prendre trop de temps... Une veine battait à la base de son cou qui trahissait l'agitation qu'elle essayait de dissimuler. Il fallait lui laisser quelques jours d'inactivité et des nuits romantiques au clair de lune avec un homme pour satisfaire ses désirs sexuels... et elle deviendrait facile.

Le soleil couchant jetait une tache sanglante sur les vieilles pierres de la demeure. Sara se souvint de l'histoire que lui avait racontée Delight, de la malheureuse femme du dernier duc di Cavalieri, tuée comme Desdémone, pour avoir regardé, comme elle, un autre homme avec un peu trop d'insistance...

Devant elle se trouvait le fils de ce Sarde à l'humeur sombre, aux origines mauresques fièrement proclamées et visibles par la couleur de son teint, la noirceur de ses cheveux et la cruelle sensualité de ses lèvres.

– Je ne cherche à manipuler personne, repartit brutalement Sara pour briser la tension étrange qui s'était installée entre eux. (Comme le soleil semblait se coucher vite, suivi par des ombres froides!) Je commence à me sentir un peu fatiguée. Je crois que je vais rentrer et essayer de trouver ma chambre.

A sa grande surprise, il se leva avec courtoisie pour prendre congé d'elle.

– Bien sûr – pardonnez-moi. Et si vous n'avez pas envie d'un dîner trop copieux, je suis certain que Sérafina veillera à ce qu'une femme de chambre vous apporte un plateau.

16

La veille, Sara avait ouvert les volets des grandes fenêtres grillagées car l'atmosphère de la pièce lui était devenue trop pesante. Au matin, elle fut éveillée par le soleil qui inondait la pièce, l'obligeant à ouvrir les yeux.

Entre le sommeil et l'instant où elle s'éveilla, il y eut un moment d'incertitude où elle se demanda à quel endroit elle se trouvait. Rêvait-elle encore? Tout lui paraissait étranger, depuis l'énorme lit à baldaquin où elle était couchée, jusqu'à l'éclat du soleil et les cris perçants des oiseaux au dehors. Puis elle se souvint qu'elle se trouvait en Sardaigne dans un palais ducal, une ancienne forteresse médiévale. Elle était la captive d'un duc italien, lui-même personnage tout droit sorti du Moyen Âge.

« Allons, allons! Tout paraîtra moins sombre demain! » C'était une des phrases favorites de Nanny Staggs, mais elle manquait d'à-propos ce matin-là! Sara se redressa et constata avec soulagement qu'elle était seule. La mémoire des événements lui revint, renforçant l'impression d'irréel qu'elle avait ressentie à son réveil. Elle cligna des yeux et aspira une grande bouffée d'air frais qui sentait en partie l'océan, en partie les herbes sauvages de la montagne.

Ressaisis-toi! Elle laissa son regard errer dans la chambre, afin de se familiariser avec elle.

La pièce était meublée en style Régence, période qu'elle avait toujours aimée. Les murs étaient tendus de brocart d'un motif richement orné, où l'or ressortait sur un fond vert pâle, avec des touches d'ivoire et de pourpre. Son lit avait un baldaquin d'ivoire et d'or qui s'accordait avec les lourds rideaux encadrant chaque fenêtre. Chaque pièce du mobilier était exquise et aurait valu une fortune chez Sotheby's. Des tapis d'Orient recouvraient le sol.

Une ouverture en arcade donnait sur un boudoir avec un canapé Directoire. Au-dessus dudit canapé était suspendu le portrait d'une belle jeune femme aux cheveux noirs, étendue sur ce même canapé, le menton appuyé sur une main, tandis que l'autre jouait avec un lourd pendentif en or qui reposait entre ses seins. La veille, tout avait été éclairé par des lumières tamisées et Sara était trop fatiguée pour observer tout dans le détail. Mais aujourd'hui le soleil éclairait tout et elle sauta du lit pour aller admirer de près l'image de cette femme, morte sans doute depuis longtemps, mais qui cependant paraissait toujours vivante. Qui était-elle? Le portrait n'était pas signé.

– Désirez-vous prendre le petit déjeuner, signorina? (Sara n'avait entendu personne entrer et elle se retourna vivement, le cœur battant. Il lui semblait se souvenir d'avoir fermé la porte à clef. N'avait-elle droit à aucune intimité, comme une femme dans un harem? Elle aurait voulu répondre sèchement, mais la petite servante au teint foncé n'était guère plus qu'une enfant et paraissait nerveuse.)

– Je... (Sara soupira avec impatience.) Oui, je veux bien du jus d'orange, si vous en avez. Sinon du café.

Devant l'air étonné de la fillette, elle reprit en italien. Mais la petite devait parler le dialecte et Sara choisit de se faire comprendre par les gestes.

– A propos, qui est cette femme? Celle du portrait. Elle est très belle.

Debout près de la porte, la fillette avait l'air effrayée, comme si elle avait préféré ne pas avoir à répondre.

– C'est... la première femme du duc, signorina. La mère du duc actuel.

Sa mère – cette femme que le précédent duc di Cavalieri avait assassinée. La porte se referma et sara resta avec toutes ses questions. Elle se tourna à nouveau vers le portrait avec un regain d'intérêt. Etait-il possible que cette femme à la peau de nacre soit la mère du sombre Marco? Que lui était-il réellement arrivé et pourquoi? Sur le portrait, elle semblait très sûre d'elle et de sa beauté, et ses doigts fins jouaient avec une médaille semblable à celle de Marco. Elle avait peut-être été trop négligeante et trop sûre de son charme – et le loup qu'elle croyait apprivoisé se retourna contre elle et la mordit sauvagement, mettant fin à toute cette beauté. Comment était-elle morte?

La servante revint pour lui faire couler un bain et Sara se détourna avec un frisson du portrait qui semblait la mettre en garde. Mon Dieu! Elle n'allait tout de même pas devenir morbide! Après tout, elle n'était pas mariée à un Sarde au teint foncé dans les veines duquel coulait le sang féroce de ses ancêtres sarrasins. Elle n'était même pas mariée à son frère. Elle ne faisait que jouer un rôle à la demande de Delight et elle pouvait se débarrasser de son masque simplement en lui disant...

En lui disant que tu t'es moquée de lui? Elle eut un frisson rien qu'en songeant à sa réaction. Eh bien, Sara, tu t'es mise dans un drôle de pétrin, cette fois-ci!

Cela ne servirait à rien de se lamenter. Il fallait qu'elle compte sur son esprit pour se sortir de cette situation impossible où elle s'était mise. Enlevée par un duc! Qui la croirait? Plongée dans son bain parfumé, assez grand pour y organiser une orgie, Sara s'efforça d'analyser sa situation rationnellement. Mais les réponses qu'elle trouvait la déprimaient encore davantage. En la poursuivant publiquement et ostensiblement pour alimenter les potins de Hollywood, il avait ingénieusement préparé le terrain pour leur disparition simultanée. Il l'avait même libérée de ses engagements dans le film de Garon. Et sa fuite en avion avec un aristocrate italien serait considérée comme une des réactions impulsives dont Delight Adams était coutumière.

Tout en se frottant le dos, Sara se contempla dans

la glace qui recouvrait le mur de sa salle de bains privée. Elle se trouvait dans ce qui aurait pu être le décor typique d'un film de Hollywood. Quelques mois auparavant, elle se plaignait de la monotonie de sa vie toute tracée devant elle, y compris un mariage futur avec un prétendant agréé. Pauvre papa qui faisait tout ce qu'il pouvait pour qu'elle ne devienne pas comme sa mère ou sa sœur Delight! Comme il l'avait protégée contre la publicité et ce qu'il considérait comme des influences néfastes. Ses intentions étaient bonnes et il l'avait aimée à sa façon qui était réservée mais elle devait avoir plus de sang de sa mère qu'ils ne l'avaient cru l'un et l'autre.

Sara se fit un chignon. Quelques mèches s'en échappaient et se plaquaient contre sa nuque et ses tempes humides. Ses cheveux commençaient à défriser et elle se sentait plus elle-même, capable de faire face à n'importe quoi. Il fallait simplement qu'elle ne se trahisse pas et aussi qu'elle ne pense pas trop à l'avenir. Ce fut plutôt un pressentiment qu'un bruit qui révéla à Sara qu'elle n'était plus toute seule. Instinctivement, elle se laissa glisser dans l'eau autant qu'elle le put sans toutefois se noyer, et ses yeux verts lançaient des éclairs d'indignation.

– Ainsi, vous vous cachiez? Vous êtes en retard pour notre partie de tennis.

– Allez-vous-en! Je prends un bain. N'ai-je pas le droit d'avoir un peu d'intimité?

– Certainement! Mais comprenez ma surprise devant votre soudaine pudeur. Après tout, vous avez dit, dans une interview que j'ai lue, que vous avez un corps splendide. Pourquoi auriez-vous honte de le montrer?

Il se tenait dans l'arcade – sans porte, hélas! – qui

donnait dans la salle de bains. Il portait une culotte de cheval et des bottes qui laissaient croire qu'il avait été se promener à cheval. Il arborait un sourire sarcastique qui le rendait absolument odieux.

– Ne vous occupez pas de mon corps. Cela ne vous regarde pas. Peut-être ai-je oublié de vous dire que j'étais la fiancée de votre frère?

Delight ne serait sans doute pas restée plongée dans l'eau jusqu'au cou – elle le lui aurait sans doute montré par défi, tout en lui rappelant qu'elle appartenait à Carlo. Mais elle n'était pas Delight.

– Ne craignez rien, je n'ai pas oublié. (Puis, avec un rire cassant :) Pensiez-vous que je voulais enlever la fiancée de mon frère? Croyez-moi, je n'ai jamais eu besoin d'avoir recours au viol pour obtenir ce que je voulais d'une femme. Pourquoi se donner le mal de prendre par force ce qui est offert gracieusement? Tout du moins à notre époque.

Comment osait-il être si arrogant, la traiter avec tant de mépris.

Sara sentit la rage s'emparer d'elle, lui ôtant la raison et toute retenue. Si elle avait eu un pistolet, elle l'aurait tué; si elle avait eu un poignard comme les femmes sardes en portaient pour garder leur vertu, elle le lui aurait planté en plein cœur. Mais dans les circonstances présentes, elle n'avait que l'eau de son bain dont elle l'éclaboussa comme l'aurait fait un enfant en colère.

Des taches d'eau se répandirent sur sa culotte immaculée et sur ses bottes brillantes. Que lui importait ce qu'il pensait d'elle? Pourquoi devrait-elle être la seule à se conduire poliment et de façon civilisée?

– Croyez-moi, je ne vous offre rien... et je ne l'ai jamais fait... vous n'avez aucune raison d'entrer ici pendant que je prends un bain. Sortez, s'il vous plaît!

Pendant quelques instants, Sara crut qu'il allait sauter dans le bain où elle s'était accroupie d'un air de défi – la rejoignant pour punir son insolence. Son visage s'était fermé et les mots qui sortaient de ses lèvres serrées étaient des mots italiens – certainement pas ceux que l'on enseigne à l'école.

– C'est moi qui devrais vous accabler d'injures, lui rappela-t-elle. Les lois de l'hospitalité n'existent-elles pas dans cette partie du monde? Je croyais que j'étais votre invitée...!

Il aurait aimé lui tordre le cou, bien sûr. Elle le comprit à son regard, avant qu'il n'incline la tête d'un geste raide. Son visage s'était durci à l'instar d'un masque sculpté dans du bois.

– Je vous présente mes excuses. J'ai eu le privilège de voir tous les films dans lesquels vous vous êtes produite et j'avais l'impression d'une certaine familiarité avec vous. N'y avait-il pas une scène avec une baignoire dans *Love's Essence* où vous ne faisiez pas preuve d'autant de pudeur qu'à présent?

Love's Essence! Quel horrible titre! Sara aurait voulu flancher, mais pas devant lui. Restant plongée autant qu'il lui était possible sous la surface de l'eau, elle décida d'ignorer ses insinuations.

– Je ne suis pas à l'écran maintenant, n'est-ce pas? J'apprécierais si vous sortiez enfin, pour que je puisse m'habiller. Je suis certaine que Carlo n'approuverait pas que je me promène toute nue devant vous... il a tant de respect pour vous.

Elle marquait un point. Du moins cette fois-ci. Assise devant le miroir, Sara se demandait si elle devait se maquiller ou non et se préparait à l'affronter de nouveau.

Elle était frappée par l'invraisemblance de la

situation dans laquelle elle se trouvait. Combien de temps lui faudrait-il encore jouer le rôle de Delight? Et que se passerait-il quand cette mascarade prendrait fin?

Tu auras le temps d'y penser demain, se dit-elle, en constatant qu'elle était bien trop pâle et qu'elle avait besoin d'un peu de rouge. Il n'aimerait pas cela. Cette pensée la poussa à s'appliquer un peu de fond de teint et du rouge à lèvres de Lancôme afin de rendre sa bouche plus provocante.

Ses cheveux lui tombaient sur les épaules en lourdes vagues. C'était la fin de sa permanente « naturelle » qu'elle s'était fait faire pour ressembler à Delight. Elle espérait que sa sœur et Carlo s'étaient bien retrouvés et étaient mariés à présent. Que dira Delight, quand elle apprendra ce qui s'était passé?

Elle éclatera probablement d'un rire hystérique. Sara mit un fichu sur sa tête pour tenir ses cheveux hors de son visage, se leva et virevolta devant la glace pour admirer sa robe de tennis vert pâle. Elle savait qu'elle était jolie et elle se sourit. Elle préférait ne pas penser au delà.

– Excusez-moi, signorina...

Sara se tourna en rougissant vers la servante.

– Si vous êtes prête, j'ai reçu l'ordre de vous mener à l'extérieur. Il est difficile de trouver son chemin lorsqu'on est ici depuis peu.

– Merci...

Que pensait réellement cette femme au visage de marbre? Depuis combien de temps était-elle au service de la famille du duc di Cavalieri? Suivant une impulsion soudaine, Sara ajouta :

– Connaissez-vous Carlo, mon fiancé?

Le visage de la femme resta inexpressif.

– Depuis sa plus tendre enfance. Voulez-vous me suivre, signorina?

– Mon Dieu. Il est vraiment difficile de s'y retrouver. C'est vraiment gentil de votre part d'être venue me chercher.

– J'en ai reçu l'ordre, répondit-elle avec raideur, bien qu'elle semblât se détendre un peu.

– De la part de Marco? L'avez-vous connu dans son enfance, lui aussi? Quel genre de garçon était-ce?

Sara ne savait pas très bien pourquoi elle continuait à questionner la gouvernante qui se hâtait devant elle, mais elle fut récompensée par un regard de celle-ci.

– Je suis arrivée dans la famille en même temps que la seconde duchesse... le duc avait alors sept ans. Attention aux marches, signorina...

Sara eut l'impression qu'elle n'arriverait jamais à retrouver seule son chemin dans ce labyrinthe qu'était le palais. Des pièces débouchaient sur des couloirs qui eux-mêmes donnaient dans d'autres pièces. Elles arrivèrent soudain dans une galerie de très vieux portraits. Les deux escaliers de marbre jumeaux menaient dans la grande salle de bal, au centre de laquelle se trouvait une pièce qui ressemblait à des bains romains. Des marches descendaient dans la partie la moins profonde et une corniche bordait trois des quatre côtés. L'intérieur était fait de tuiles bleues donnant l'illusion d'une mer miniature.

– Comme c'est merveilleux!

Une ravissante cascade avait été aménagée dans la partie profonde. L'eau jaillissait du mur et dévalait dans la pièce d'eau par-dessus de vieilles pierres usées.

– L'eau vient d'une source dans la montagne. Elle

est d'abord captée dans une citerne sur le toit où elle est chauffée par le soleil. Si la signorina désire se baigner, l'eau est toujours assez chaude.

– C'est le chauffage solaire. Comme c'est merveilleux!

– Par ici, s'il vous plaît...

Le soleil était aveuglant, après la pénombre de l'intérieur. Sara s'abrita les yeux de la main pour se protéger de ses rayons.

Du côté des courts de tennis, une zone relativement ombragée était plantée d'arbres et d'immenses parasols abritaient des tables et des chaises.

Marco, duc di Cavalieri, se leva avec une politesse exagérée.

– Comme c'est aimable de vous joindre à moi. Je vois que vous êtes en tenue pour jouer au tennis. Parfait. *Grazie*, Sérafina!

La femme inclina la tête et disparut dans la fraîcheur relative de la maison. Sara s'installa sur la chaise qu'il avança pour elle. Etaient-ils censés oublier leur première rencontre de cette journée? Cela valait sans doute mieux. Elle remarqua qu'il s'était changé et avait mis un short blanc qui le moulait presque trop. Sa chemise bleu pâle était déboutonnée. Avec son air de corsaire, il était remarquablement beau, pensa Sara, qui s'en voulut de se laisser ainsi aller. Elle ne devait pas oublier qu'il était son ennemi. Ni qu'il y avait entre eux un défi non encore formulé.

– Vous avez bien dormi?

Sara dut arracher ses yeux du médaillon qui brillait au soleil.

– Oui, merci. J'étais très fatiguée.

Elle parlait sur un ton dégagé, mais ses doigts jouaient nerveusement avec l'ourlet de sa jupe finement plissée.

– Et à présent? Je pense que votre bain a dû vous rafraîchir?

Sa voix exprimait le souvenir qu'il conservait de sa silhouette dans la baignoire de marbre, avec ses cheveux s'échappant d'un chignon fait à la diable, le contour de ses épaules et de ses seins fermes que l'eau dissimulait à peine. Dans la profondeur de ses yeux noirs, Sara devina le fauve prêt à bondir sur sa proie.

Serait-elle capable de lui échapper?

17

– Je suis surprise que vous n'ayez pas de douves et un pont-levis pour vous couper réellement du monde! (Sara prit un morceau de melon glacé avec sa fourchette et le porta à sa bouche.) Comment pouvez-vous être certain que vos murs sont assez hauts et votre grille assez solide pour vous protéger... de je ne sais trop quoi? Y a-t-il vraiment des bandits dans cette partie du monde?

Son visage était légèrement rouge, à la fois à cause de la chaleur écrasante du soleil de Sardaigne et du match qu'elle venait de disputer et de... gagner. Cela l'avait rendu furieux, mais à présent il jouait avec le pied de son verre avec désinvolture et il lui répondit paresseusement :

– Des bandits? Quelques fugitifs peut-être qui vivent de ce qu'ils volent à ceux qui travaillent pour le gagner. Mais les grilles et les gardes armés sont là pour éloigner les terroristes qui, moins romantiques que les bandits, sont beaucoup plus dangereux. Pourquoi posez-vous toutes ces questions?

S'est-il passé quelque chose qui vous ait rendue nerveuse?

– Je ne suis pas du tout nerveuse, simplement curieuse. J'ai lu un livre sur l'histoire de la Sardaigne, c'est tout. Vous avez quelques beaux livres... (Puis, se souvenant soudain de son rôle, elle ajouta à la hâte :) Surtout ceux avec des illustrations.

– Je vois! Vous lisez l'italien?

Comme elle détestait son air ironique!

– Un des maris de ma mère – Pietro Ferrero – était italien et il est resté assez longtemps avec ma mère pour que j'apprenne quelques mots par-ci, par-là.

– Comme c'est pratique! Mais si vous êtes intéressée par l'histoire de la Sardaigne, peut-être puis-je vous aider. Par exemple...

– Oh, je suppose que l'histoire n'a pas une grande importance. (Sara sourit gaiement en voyant qu'elle avait réussi à le blesser encore une fois.) Ce qui m'intéresse vraiment, c'est la Costa Smeralda. J'ai entendu dire que c'était un endroit où l'on s'amusait beaucoup. Ne serait-il pas possible d'y aller? (Elle fit la moue.) Cela fait une éternité que je n'ai pas dansé et je suis certaine que Carlo n'y verrait aucun inconvénient – si c'était avec vous. D'ailleurs, il me semble que je suis ici depuis des siècles...

Il fallait qu'elle continue à se faire passer pour sa sœur et à le garder à distance par son attitude indépendante et la causticité de ses propos. Ce matin, elle s'était levée de bonne heure et s'était aventurée sur une petite terrasse attenante à sa chambre. Elle voulait se bronzer un peu et il l'avait surprise, dans son plus petit bikini. Elle avait encore une fois failli oublier son rôle. Elle ne s'attendait pas à le rencontrer de si bonne heure. Elle était encore à moitié assoupie et écoutait un opéra à la radio. Il avait bien entendu fait un commentaire ironique, mais elle prétendit que le programme avait dû changer pendant son sommeil. Puis, comme s'il cherchait la moindre occasion pour la quereller, il lui avait fait un sermon sur les dangers de s'endormir au soleil et sur les conséquences que cela pouvait avoir.

Pendant tout le temps qu'il parlait, Sara avait été consciente de son regard qui la parcourait avec une insolence calculée, s'arrêtant à la naissance de ses seins, s'attardant sur l'ombre entre ses cuisses. Elle n'avait pas de serviette pour s'envelopper et elle avait dû réprimer sa colère, surtout quand le rythme de son cœur s'était accéléré et quand sa gorge s'était serrée.

– Vous devriez mettre de l'huile solaire, si vous avez l'intention de rester plus longtemps au soleil, avait-il fini par dire. Et mettez la radio plus fort sur une station qui passe une musique qui vous gardera éveillée.

Une musique rock assaillit ses oreilles et, avant qu'elle n'ait pu réagir, il avait saisi la bouteille d'huile solaire.

– Je n'ai pas besoin de... avait-elle protesté.

Elle aurait dû savoir qu'il ignorerait ses protestations!

– Tournez-vous! (Elle lui avait obéi à contrecœur. Sinon il l'aurait sans doute prise par l'épaule et obligée à se tourner.) Vous ne pouvez pas vous appliquer l'huile sur le dos vous-même. Restez immobile, je le ferai.

La pression de ses doigts était forte et assurée. Il lui massait le dos pour faire pénétrer l'huile dans la peau brûlante de son dos. Elle aurait voulu fuir cet homme et son arrogance exaspérante, sa subtile cruauté, et se réfugier dans sa chambre. Mais y avait-il un endroit, dans ce palais fortifié, où elle pourrait l'éviter?

Il avait remarqué le frisson d'appréhension qui l'avait parcourue et avait ri de son rire moqueur.

– Aviez-vous peur que je vous batte, parce que vous avez été une méchante petite fille? Pas cette fois-ci. Détendez donc vos muscles. N'aimez-vous pas que l'on vous masse? (Sa voix se faisait superficiellement douce. Ses mains, dures et pourtant douces, lui massaient la nuque et descendirent le long de sa colonne vertébrale jusqu'à l'endroit où étaient noués les deux minuscules rubans de son soutien-gorge.) Qu'avez-vous besoin de porter ce ridicule semblant de soutien-gorge? Je suis étonné de l'hypocrisie des femmes et surtout de celles qui prêchent la libération et l'égalité. N'avez-vous pas déclaré dans une de vos interviews que vous preniez toujours vos bains de soleil toute nue, parce que vous vouliez que votre peau soit partout de la même couleur? Je veillerai, si vous le désirez, que l'on ne vous dérange pas ici, pour que vous puissiez le faire tous les jours. (Ses mains glissèrent plus bas et frôlèrent ses fesses tendues. Il ignora son cri de protestation et lui caressa le dos des jambes pour remonter ensuite sur la peau tendre entre ses cuisses tandis qu'il murmurait doucement :) Je sens la vibration sous votre peau. De quoi avez-vous peur? Que, vous ayant encouragée à enlever vos vêtements afin d'offrir votre corps au soleil, j'en profite pour jouer les apollons et que je vous viole? Quand vous êtes venue ici ce matin, j'étais le seul à pouvoir vous trouver : eh bien, pensez-vous que ce que vous avez sur vous m'aurait empêché d'exercer mon droit de cuissage, si j'en avais eu l'intention?

Sentant le frôlement léger de ses doigts contre

son intimité, elle eut comme un choc électrique qui lui fit reprendre conscience.

– Non!, s'écria-t-elle vivement en se redressant d'un coup pour le toiser avec indignation.

– Non quoi?

Sa voix était méprisante et son regard fixa une petite veine qui battait à la base de son cou avant de venir se poser sur sa bouche.

S'il la touchait, elle hurlerait... Il n'y aurait sans doute personne pour l'entendre ou pour réagir, si on l'entendait. Mais il ne l'avait pas touchée. Il s'était éloigné d'elle avec une brusquerie qui l'avait effrayée.

Et ce soir-là, Sara découvrait la même expression tendue sur son visage. Elle apparut un instant, puis disparut, laissant son visage sans expression.

– Les discothèques vous manquent? Que feriez-vous si je transférais Carlo dans quelque coin isolé du monde? En certains endroits, où il est susceptible d'aller, il n'y a même pas d'électricité.

Il voulait l'éprouver une nouvelle fois?

– N'est-ce pas dans un endroit de ce genre où vous l'avez envoyé cette fois-ci? L'Argentine... pouah! Mais je suppose que je survivrais – comme je survis ici.

– Je suis heureux de vous l'entendre dire. Mais puisque vous vous ennuyez avec ces bains de soleil et ces parties occasionnelles de tennis, je m'efforcerai de vous procurer quelques distractions qui vous conviennent.

– Merci. (Il récompensa son effort d'amabilité par un froncement de sourcils et Sara poursuivit joyeusement :) Je commençais à avoir l'impression d'être enfermée... dans le château de Barbe-Bleue, ou quelque chose d'approchant – cela dit sans vouloir vous offenser.

– Barbe-Bleue...!

– Oui, poursuivit Sara. Vous vous souvenez de cet homme qui avait l'habitude de tuer ses femmes lorsqu'il s'en lassait et qui gardait leurs corps mutilés dans une pièce dont il était le seul à posséder la clef, et...

– Assez! Je vous en prie. (Son regard s'assombrit encore.) Oui. J'ai entendu l'histoire de ce Barbe-Bleue, mais je dois dire que je ne saisis pas le rapprochement entre sa dernière femme et vous. Je n'ai pas de pièce où je cache les corps de toutes mes *innamorate* passées, afin que vous puissiez les découvrir. D'autre part – sa voix se fit légèrement menaçante – si je voulais un jour me débarrasser de vous, vous pourriez toujours faire une chute accidentelle du haut d'une de ces hautes tours jusqu'aux rochers en contrebas, battus par les vagues...

– Est-ce que... vous me menacez?

Sara espéra que sa voix n'avait pas tremblé. Elle le contempla en essayant de contrôler les battements de son cœur. Après tout, il avait dans les veines le sang cruel des Maures et des Espagnols. L'avait-il amenée ici, pensant qu'elle était Delight, afin de la soustraire à Carlo à tout jamais?

Avec ses yeux verts, parsemés d'une fine poussière d'or! Ses hautes pommettes rougies par le soleil, qui ombraient son visage et sa bouche... *Dio*! jura-t-il en lui-même. Pourquoi regardait-il toujours sa bouche, avec l'envie de l'écraser sous la sienne – et se souvenir ensuite que bien d'autres hommes l'avaient fait avant lui...

Elle le provoquait depuis des jours, au point de lui donner envie de la saisir par les épaules et de la secouer violemment.

Elle avait eu enfin la témérité de le battre au

tennis – son jeu préféré – déjouant, comme une amazone, ses feintes les plus savantes. Il avait grondé de façon désagréable :

– Je dois confesser ma surprise devant votre habileté – mais je suppose que j'aurais dû me souvenir que le tennis est à la mode ces temps-ci.

Elle était trop contente à ce moment-là pour tenir compte de ses commentaires venimeux. Mais à présent il avait réussi à lui faire peur – et il avait l'intention de la maintenir dans cet état d'esprit. La petite garce le méritait bien. Non seulement il s'était vu contraint de l'amener ici, mais, malgré la façon dont elle avait répondu à ses baisers, elle continuait à proclamer sa dévotion à son frère. Elle en voulait à l'héritage de Carlo, sans aucun doute. Elle n'avait presque aucune fortune et son père, un homme célèbre, ne s'était même pas donné la peine de la reconnaître. Il l'avait conduite ici pour lui donner une leçon et obliger son frère à découvrir quel genre de femme il avait l'intention d'épouser.

– Oh!

Indignée par son silence et la manière dont il la regardait, Sara se dressa debout, rompant ainsi la tension qui s'était installée entre eux par son cri d'impatience.

– Oh... vous! Si vous croyez que vous pouvez me faire peur, vous vous trompez. Et si je vous disais ce que je pense de vous, cela me prendrait sans doute toute la nuit. Je n'ai pas envie de dîner, merci. En fait, j'aimerais bien partir demain matin de bonne heure.

Elle était tellement pressée de quitter la pièce qu'elle faillit renverser sa chaise et elle ignora le valet de pied qui se précipita pour la retenir. Il était encore pire que ce qu'en avait dit Delight. A présent, il fallait absolument qu'elle s'échappe.

– Vous vous conduisez d'une manière épouvantable. Revenez!

S'il s'imaginait qu'il allait l'arrêter, il se trompait!

– Allez au diable! lança-t-elle par-dessus son épaule.

Qu'il essaie donc de la jeter en bas du mur de pierre. Elle s'agripperait à lui et l'entraînerait dans sa chute vers la mer.

Aveuglée par la rage, elle atteignit les portes sculptées sans entendre le commandement qu'il donna dans le dialecte parlé par ses serviteurs. Elle s'arrêta devant les portes, se demandant pourquoi les serviteurs, qui normalement auraient dû les ouvrir, les obstruaient. Puis elle comprit la signification de l'ordre qu'il venait de donner.

– Vous vous rendrez encore plus ridicule si vous persistez à essayer de fuir. Revenez vous asseoir ici.

Sara demeura devant les portes. Elle ne voulait pas se retourner. Il ne pouvait l'y obliger.

– Et... si je ne veux pas? Si je refuse, donnerez-vous l'ordre à vos serviteurs de me porter jusqu'à ma chaise? Je veux partir d'ici. Cet endroit... et votre présence! Comment osez-vous me traiter comme... une femme d'un harem maure qui n'a aucun droit à la liberté?

– Si vous étiez vraiment une femme de harem, ma chère Delight, vous ne chercheriez pas à partir, trop occupée à devenir la favorite de votre maître. Mais si vous vous montriez entêtée, alors vous seriez fouettée ou noyée. Vous devriez être contente, car je n'ai l'intention de faire ni l'un ni l'autre – à moins que vous ne me poussiez à bout. Et à présent, revenez ici, s'il vous plaît. Pourquoi vous humilier inutilement?

Personne ne l'aiderait. Certainement pas les deux hommes qui fixaient quelque point au-dessus de sa tête! Elle soupesa ses possibilités pendant une fraction de seconde puis, avec amertume, prit la seule qui s'imposait.

– Très bien. Vous ne me laissez pas le choix, n'est-ce pas?

Redressant les épaules comme un jeune soldat lors d'une revue, Sara se retourna, faisant virevolter sa robe de soirée. Elle reprit sa place, le dos bien droit et le visage impassible. Qu'escomptait-il, en agissant avec un tel arbitraire? Que croyait-il pouvoir l'obliger à faire?

18

– Est-il dans vos habitudes de forcer les femmes à vous tenir compagnie pendant votre dîner? Ou bien... de les enlever pour vous distraire? Quelle est la véritable raison de ma présence ici?

De l'autre côté de la table, son regard semblait percer ses faibles défenses.

– Pourquoi? D'après vous, Delight? Peut-être n'ai-je pu résister à l'envie de savoir si vous étiez digne de votre nom... peut-être voulais-je savoir exactement à quel point vous aimez mon frère. Mes deux raisons vous troublent-elles? Je vois votre gorge se crisper. Voyons, soyons honnêtes l'un envers l'autre, *carissima*. Après tout, je ne vous ai pas vraiment enlevée. Je me souviens, même si vous le niez, que vous m'avez suivi de votre plein gré... N'avez-vous pas dit vous-même que mon invitation vous paraissait très amusante? Vous avez même laissé un message sur le répondeur automatique de votre oncle Théo... vous vous en souvenez sûrement? J'ai dû vous rappeler que si vous ne cessiez pas de rire, il ne comprendrait pas un traître mot. Alors, pourquoi êtes-vous soudain si pressée de me quitter? Ou bien ces sautes d'humeur sont-elles une manière typiquement féminine de me rappeler que je devrais vous consacrer plus de temps?

Sara inhala une grande bouffée d'air dans ses poumons et releva la tête avec un air de défi. Non, elle ne le laisserait pas jouer au chat et à la souris avec elle. Elle lui ferait face quoi qu'il puisse essayer de lui faire.

– Vous me dites des choses qui sont destinées à me faire du mal et à m'humilier, n'est-ce pas? Je me demande pourquoi. Etes-vous vexé d'avoir perdu au tennis? Ou parce qu'il est évident que je préfère votre frère à vous?

Après avoir prononcé ces mots, Sara se demanda si elle n'était pas allée trop loin. Ses yeux noirs lançaient des éclairs et elle l'entendit prendre sa respiration. Pour ne pas flancher devant sa colère, elle prit elle-même les devants.

– Bien sûr, je suis une faible femme et je ne peux m'opposer à vous physiquement – et vous avez en plus vos serviteurs qui vous obéissent aveuglément, n'est-ce pas? Maintenant que vous m'avez complètement à votre merci, puis-je vous demander ce que vous avez l'intention de faire de moi? Me tuer ou me violer?

– Assez! (Il planta le couteau qu'il tenait à la main dans la table.) Assez de questions, d'accusations, d'insinuations. Ne jouez plus avec vos charmes que vous découvrez constamment à mes yeux. Laissez-moi vous dire ceci... (Retirant le couteau de la table, il le dirigea vers elle de telle façon que Sara se demanda s'il n'allait pas le lui planter dans le cœur.) Laissez-moi vous rappeler que je n'ai aucune intention de vous violer... quoi que vous puissiez faire pour m'inciter à un tel acte. Et laissez-moi vous dire que je finirai par vous avoir, frère ou pas frère, et qu'alors ce sera autant par votre volonté que par la mienne.

Sara ne put s'empêcher de rougir en comprenant le sens de ses paroles. Elle le fixa, haletante, les lèvres légèrement entrouvertes exactement comme un lapin hypnotisé par un serpent.

Il eut un rire bref.

– *Maledizione!* Vous ai-je ôté la parole? Vous me regardez comme si j'étais sur le point de bondir de cette chaise et de vous sauter dessus... comme ce loup que je porte autour du cou. Avez-vous peur, ou êtes-vous fascinée, ma belle et inconstante Delight?

– Votre... *votre*... comment osez-vous! Je ne suis pas à vous et ne le serai jamais, même si vous étiez le dernier homme sur terre. Jamais de mon propre gré!

– Est-ce un défi ou une nouvelle manifestation de votre hypocrisie? Pour une jeune femme qui a votre expérience, vous agissez d'une manière bien pudibonde – à moins que vous ne cherchiez à m'impressionner?

C'était vraiment l'homme le plus méprisable et le plus vaniteux qu'elle ait jamais rencontré. Et avec cette habitude qu'il avait de déformer toutes ses paroles...

– J'aimerais beaucoup vous jeter quelque chose à la figure. Quelque chose de lourd ou de mouillé de préférence. Mais on m'a appris à me conduire convenablement, même en compagnie de mufles.

– Vous savez bien votre rôle. Vous êtes une

excellente actrice. Et vous avez raison en ce qui me concerne, Delight. Je ne suis pas un homme convenable. Ce pays ne produit pas d'hommes doux et ne tolère pas la faiblesse. Ici, il n'y a que les extrêmes dans la nature – et cela est vrai en ce qui concerne les Sardes. Vous feriez bien de ne pas l'oublier.

A certains moments, ses yeux verts étaient comme des éclats de verre, aussi coupants. Marco se recula dans sa chaise pour observer tout à loisir. Elle finirait bien par céder, mais dans l'immédiat, elle avait réussi à le surprendre avec son entêtement et son caractère.

Elle avait à présent choisi d'ériger entre eux un mur de silence glacial et elle s'était détournée de lui en haussant les épaules pour jouer avec une petite cuillère en argent. Qu'elle aille au diable! Elle n'était rien d'autre qu'une petite sauteuse – une fille amorale, avec un joli corps qu'elle savait utiliser pour parvenir à ses fins. Comment osait-elle troubler sa vie et se montrer si têtue qu'il avait dû se résoudre à l'amener ici? Elle jouait un jeu avec lui, bien entendu : l'attirant par sa prétendue timidité et sa coquetterie, puis le repoussant avec ses crises de mauvaise humeur et sa diabolique maîtrise d'elle-même. Il voulait qu'elle se rende à lui sans conditions. Qu'elle admette la subtile chimie qui les attirait l'un vers l'autre et qui, par moments, provoquait entre eux une véritable tension électrique. Alors, alors seulement, il pourrait lui montrer ce qu'elle était vraiment. A quel point sa prétendue fidélité à son frère n'était que mensonge.

Dans l'immédiat, il aurait voulu écraser son corps frêle contre le sien, la contraindre à ouvrir ses lèvres pour accueillir les siennes, et plonger ses mains dans ses cheveux brun-roux. Il lui faudrait en passer par là, pour mettre fin à cette farce inutile qu'elle essayait de prolonger. Quand il l'aurait possédée et qu'il lui aurait prouvé ce qu'elle était, il retournerait à ses affaires et rejoindrait Francine, sa maîtresse, qui l'attendait à Paris.

– Vous êtes resté à me regarder fixement depuis au moins cinq minutes. Ne préféreriez-vous pas contempler un tableau qui, lui, ne peut pas répondre? Sincèrement, je suis fatiguée et j'aimerais bien aller dans ma chambre.

Sara fut surprise de le voir se lever et s'incliner cérémonieusement devant elle, tout en la dévisageant d'un air méprisant.

– Certainement. Vous devez trouver la vie ici bien ennuyeuse, n'est-ce pas?

Etait-ce pour lui prouver qu'il aurait pu en être autrement qu'il avait insisté pour la raccompagner?

Sara n'était que trop consciente de sa présence sombre et virile à ses côtés. La pression de ses doigts sur son coude semblait l'avertir de l'inutilité de toute tentative de fuite. Et lui, était-il conscient de sa fragilité et de sa crainte de perdre tout contrôle sur elle, au point de succomber à tous les rêves romantiques qui avaient bercé son enfance? S'il la prenait, comme il menaçait de le faire, cet arrogant duc sarde, ce serait sans amour et sans égards. Il voudrait se servir de son corps comme d'un instrument pour son plaisir et pour la punir. S'il murmurait un nom, ce ne serait même pas le sien.

Sara lutta contre le sentiment d'inéluctable qui s'emparait d'elle. Non, il ne fallait pas qu'elle cède! Elle ne céderait pas, quelle que soit la force des sentiments qui menaçaient de l'emporter.

– C'est très aimable de m'avoir raccompagnée, mais à présent je peux très bien trouver mon chemin, merci. Il y a de la lumière dans ma chambre et...

– Vous ne voulez pas faire un tour sur la terrasse et admirer les étoiles pendant un instant? Elles sont toujours exceptionnellement brillantes, vues d'ici.

Il essayait de faire du charme à présent?

– Non, merci, répondit Sara fermement. Si Votre Grâce le permet, ajouta-t-elle avec emphase, votre invitée aimerait se retirer pour la nuit.

La laisserait-il partir? se demanda-t-elle avec appréhension.

Devait-il faire cesser ce jeu stupide ou le laisser se prolonger encore quelque temps? se demanda Marco. Il la regarda de ses yeux mi-clos, puis haussa les épaules. Pourquoi se presser? Elle était ici, et qu'elle le sache ou non, elle ne pouvait partir sans son consentement. Il était toujours ennuyeux de gagner trop facilement.

– Alors... peut-être demain?

Il prononça ces mots à voix haute pour lui donner le choix de l'interprétation.

– Ma délicieuse invitée a-t-elle tout ce qu'il lui faut pour cette nuit?

– Votre gouvernante est très efficace, merci.

Sara s'exprimait de façon délibérément neutre, souhaitant qu'il se lasserait et qu'il s'en irait enfin.

– Alors, bonsoir..., Delight.

D'un doigt léger, il caressa sa joue et sourit d'un air moqueur, quand elle bondit en arrière comme s'il l'avait brûlée.

– Si vous changez d'avis – en ce qui concerne les étoiles – je travaillerai tard dans mon bureau. Tout ce que vous avez à faire, c'est de décrocher le téléphone qui se trouve à la tête de votre lit et de faire le numéro sept. Bonne nuit, dormez bien!

Sur ces mots, il la quitta.

Indifférente à ce qu'il pouvait penser, Sara s'enfuit vers sa chambre et une fois à l'intérieur, s'appuya contre la porte qu'elle ne pouvait fermer, sentant ses jambes se dérober sous elle en raison de l'émotion qui l'étreignait. Ce n'est qu'une réaction, se dit-elle. Si elle gardait la tête froide, comme dirait Delight, elle trouverait le moyen de se sortir de cette situation ridicule. Après tout, ce n'était qu'une question de temps. Son bourreau (elle ne put s'empêcher de sourire) découvrirait que son frère Carlo n'était plus en Argentine et qu'il s'était trompé de sœur en l'enlevant. Puis elle pensa qu'il la tuerait de toute façon, pour qu'on ne puisse se rendre compte à quel point il s'était fait avoir.

Effrayée à l'idée qu'il puisse changer d'avis, Sara fit rapidement sa toilette et mit une chemise de nuit qui lui descendait jusqu'aux chevilles – faite sur le modèle d'une chemise du XIXe siècle, avec de la dentelle blanche et des rubans bleus.

Regarder les étoiles avec lui! Certainement! Sara se brossa les cheveux. Ce serait le désastre. Il n'y avait rien de romantique chez Giovanni Marco Riccardo Marcantoni, duc di Cavalieri, malgré son titre. Non, ce n'était pas un gentilhomme. Mais un homme cruel et sans scrupules, habitué à prendre ce qu'il voulait sans se préoccuper des moyens qu'il employait. S'il l'avait emmenée sur la terrasse dont le carrelage était encore chaud, il aurait...

Elle devait être folle de s'abandonner à de telles pensées! Se levant d'un bond, Sara jeta sa brosse. Il valait mieux qu'elle pense aux moyens de l'éviter demain, se dit-elle en éteignant la lumière à côté de son lit. Et elle pouvait admirer les étoiles toute seule, ce qui serait bien moins dangereux!

Elle se mit au lit, mais en ressortit aussitôt,

poussée par une impulsion. Elle écarta les lourds rideaux et se tint sur le bord de la terrasse, respirant l'air parfumé de la nuit. Le sol était chaud sous ses pieds et les étoiles brillaient d'une manière fantastique dans le ciel noir. Une vague de désir la submergea, un désir sans objet, ou qui lui échappait – et c'était peut-être mieux ainsi. Ou bien n'était-ce pas un désir qu'elle avait ressenti, mais une sensation de *déjà vu*? Le sentiment curieux d'avoir déjà vécu cet instant, d'être restée là, hésitante, déchirée entre le désir d'avancer et une certaine retenue. Elle avait envie de sortir et de s'appuyer contre le mur chaud pour contempler les étoiles et s'imaginer ce que ce serait de flotter parmi elles. Et si quelqu'un sifflait et l'appelait d'en bas, elle ne tournerait pas la tête, bien sûr. Elle resterait où elle était, regardant le ciel et les étoiles, pareilles à des gouttes de vif-argent qu'elle ne pourrait jamais attraper.

C'était comme si ses pieds l'avaient portée malgré elle. Elle avait l'impression que chaque geste, chaque pas qu'elle faisait n'était qu'une répétition d'un geste, d'un pas du passé. L'atmosphère était humide et l'air salé de la mer se mêlait aux autres senteurs de la nuit. Debout, appuyée contre les pierres séculaires, le visage tourné vers les étoiles, Sara se rendit compte qu'elle attendait. Elle attendait le signal. (Pourquoi avait-elle eu cette idée?) Elle attendait quelque chose – ou quelqu'un.

19

Le coup de sifflet qui la surprit aurait pu être émis par un oiseau nocturne. Sara ne réagit pas, mais elle avait la chair de poule, et l'étrange impression d'avoir été attirée ici par une nécessité inconnue. Le sifflement se renouvela et ses mains devinrent moites. Cela ne pouvait être qu'un oiseau. De toute manière, elle allait retourner au lit.

– *Pssst!*

Ce n'était pas un oiseau et elle tourna brusquement la tête. Ses pieds étaient rivés sur place.

– Ne criez pas! Tout ce que je veux, c'est vous parler – faites-moi confiance!

Sara dut fermer les yeux et les rouvrir avant de se convaincre qu'elle ne rêvait pas. Du fond de la nuit sarde, un accent de Brooklyn, New York? C'était inconcevable. Cet affreux Marco avait dû droguer son vin et elle était sous l'effet de l'acide ou de quelque chose d'aussi dangereux...

Cette voix appartenait-elle à quelqu'un, ou à un fantôme? Puis, tout à coup, du coin de l'œil, elle aperçut une forme se détacher du toit et se laisser tomber avec légèreté à ses pieds.

– Bonjour, lança la voix avec une gaieté inattendue. Vous êtes gentille de ne pas avoir crié. Je suppose que vous vous demandez qui je suis et ce que je fais ici.

Il gardait ses distances et ne paraissait pas vouloir l'attaquer. Sara reprit courage et murmura :

– Je suppose que c'est par là que vous devriez commencer. Vous... m'avez fait vraiment peur, vous savez. Je croyais que ce palais ducal était tout à fait imprenable.

– Vous m'avez fait une drôle de peur aussi! Pendant un instant, j'ai cru que c'était son fantôme. Mais... vous n'êtes certainement pas un fantôme. Vous êtes celle que je suis venu voir. Juste pour vous parler, bien sûr. Je vous promets que je n'essaierai jamais rien d'autre. Je ne suis pas du genre à tirer avantage de la situation. Okay?

– Si vous ne me dites pas...

– Oui, oui. J'y arrivais, mademoiselle Adams. C'est bien Delight Adams, n'est-ce pas? Une des filles de Mona Charles? Eh bien, je suis un parent du duc. (Sara crut entendre un rire étouffé, puis il ajouta :) Mon nom est Angelo, et les gens disent qu'il ne me sied pas. Et au cas où vous vous demanderiez où j'ai appris à si bien parler américain, sachez qu'ils m'ont envoyé à l'école là-bas. J'avais un oncle à New York et puis papa et moi avons décidé que je devrais essayer d'y aller, moi aussi, comme je vous le disais, la famille nous a payé le voyage. C'est-à-dire, la famille de ma mère. Ils avaient des relations. J'ai vécu à New York pendant plus de quinze ans, puis j'ai décidé de revenir ici. Et maintenant, ils ne me laisseraient pas repartir de toute façon.

Sara aperçut l'éclat de ses dents blanches et décida qu'elle n'avait rien compris.

– Eh bien... Angelo... (Sara choisit soigneusement ses mots pour ne pas l'offenser.) Ce que je ne comprends pas très bien c'est ceci : qui donc ne veut pas vous laisser partir d'ici si vous en avez envie?

– Oh, je suppose que c'est parce que l'on me considère comme un de ces bandits dont on parle toujours dans les journaux. (Il ajouta rapidement comme pour la rassurer :) C'est pourquoi il vaut mieux que vous ne me voyiez pas de trop près, vous comprenez? Mais tout le monde dit que je ressemble à Marco – le duc. C'est mon demi-frère, vous savez.

– Non, vraiment, je l'ignorais. Est-ce qu'il sait?

Sara se demanda si elle paraissait aussi hystérique qu'elle avait l'impression de l'être.

– Marco? Bien sûr qu'il est au courant. Mais c'est quelque chose qu'il n'aime pas admettre et à laquelle il préfère même ne pas penser... étant donné les circonstances de ma naissance. (Il rit encore de cette même façon silencieuse.) Ce n'est pas que je lui en veuille – cela doit être embarrassant de se souvenir qu'un de vos parents n'était pas vraiment satisfait de son conjoint et qu'il est allé chercher ailleurs... vous voyez ce que je veux dire?

– Oui, du moins, je le crois. Mais pourquoi...

En dehors du fait qu'il était un acrobate, capable de franchir des parapets, de grimper sur les toits et d'escalader des murs infranchissables, cet Angelo devait aussi savoir lire dans les pensées.

– Vous vous demandez pourquoi je voulais vous parler? Je suis un fan de Mona Charles, voilà pourquoi. Je l'ai toujours été et je le suis encore. J'ai même réussi à l'approcher de vraiment près un jour – d'assez près pour sentir son parfum, celui qu'elle met toujours, même au lit, dit-on. Elle m'a aussi écrit une lettre, très gentille, que j'ai toujours, avec sa photographie qu'elle m'a dédicacée. Et vous êtes sa fille – vous lui ressemblez aussi un peu, n'est-ce pas? J'ai vu des tas de photos de vous aussi. Mais pas beaucoup de votre sœur anglaise.

Mon Dieu! Les fans de Mona avaient coutume d'apparaître dans les endroits les plus insolites mais ceci dépassait l'imagination. Et il connaissait toute l'histoire de la famille. Epatant! Mais que se passerait-il, s'il la reconnaissait vraiment?

Heureusement, il faisait nuit, et il ne la voyait pas plus qu'elle ne le voyait.

– Vous êtes un fan de Mona? Merveilleux! Je ne

manquerai pas de lui parler de vous la prochaine fois que je la verrai. Et... je suppose que vous n'avez pas d'adresse – je veux dire à cause *d'eux*, bien sûr – mais si vous en aviez une je pourrais lui dire de vous écrire de nouveau et de vous envoyer une photographie plus récente. Vous savez, elle serait sûrement contente de vous rencontrer.

– Elle va tourner son nouveau film ici. Je pensais que vous étiez au courant – mais vous l'ignorez? Eh bien, ils vont tourner des scènes à Cagliari – c'est notre capitale – et aussi à Sassari, qui n'est pas trop loin d'ici. J'ai pensé que si vous avez l'intention de voir votre mère pendant qu'elle est ici, ce dont je suis certain maintenant que vous savez qu'elle vient, et si vous avez besoin d'une escorte ou d'un garde du corps, eh bien, personne n'ose se frotter à moi et c'est une chose que même mon demi-frère le duc ne peut nier. Pourquoi croyez-vous qu'il fait semblant d'ignorer mon existence? Il a du moins le sens des liens familiaux, et tant que je fais semblant de m'introduire ici en fraude, je peux venir quand je veux. A New York, j'étais déjà ce qu'on appelle un monte-en-l'air et la plupart du temps personne ne sait quand je viens et quand je pars.

– Je... je vois, acquiesça Sara faiblement.

Elle avait oublié de quoi ils parlaient en essayant de suivre ce qu'il disait. Comment s'y reconnaître dans ces bribes de discours? Un bandit, un monte-en-l'air, le demi-frère du duc. Que dirait Marco s'il apprenait qu'elle était ici avec lui? Elle eut un frisson. Il la tuerait sans doute, puisqu'il avait déjà commencé à la traiter comme une odalisque de son harem!

– En tout cas, comme je vous le disais, j'espère que vous me ferez savoir quand vous déciderez d'aller voir votre mère. Je donnerais beaucoup pour pouvoir la rencontrer et lui parler. Si vous pouviez me voir, vous diriez que je ne suis pas laid du tout et je conserve la forme physique, comme vous avez pu vous en apercevoir. Je peux me libérer n'importe quand... les affaires ne marchent pas beaucoup ces temps-ci – comme partout ailleurs, je suppose.

Sara était obligée de lutter contre une envie d'éclater de rire – ce qui eût fait de lui un ennemi mortel sans doute. Ne t'occupe pas des affaires et pense à tous les avantages que peut te procurer cette rencontre inattendue. Ce cher Angelo pourrait être à la hauteur de son nom et te sauver à l'occasion. Cette pensée lui donna de l'assurance.

– Comment puis-je vous prévenir si... quand je déciderai d'aller voir Mona? Et... (Elle hésita, mais finit par le dire tout de même) que se passera-t-il si Marco ne veut pas que je parte? Vous n'avez sans doute pas envie qu'il se fâche contre vous?

Sa stratégie porta ses fruits immédiatement. Il se redressa comme un coq.

– Merci. Ah! Ne vous inquiétez pas de cela. Je ne sais pas ce qu'il y a entre Marco et vous, et cela ne me regarde pas. Mais si vous voulez voir votre mère qui est – il se signa rapidement – l'amour de ma vie, j'en fais mon affaire. Et pour vous prouver à quel point j'ai confiance en Mona Charles et en sa fille, je vais vous raconter ma vie et vous expliquer comment vous pouvez m'envoyer un message. Envoyez-le-moi et je viendrai tout de suite.

Sara finit par s'endormir, épuisée de faire des plans et de spéculer. Son sommeil fut agité; elle s'éveilla fatiguée et n'eut pas envie de se lever. Elle n'avait pas le courage d'affronter l'homme qui la tourmentait par une matinée aussi chaude. Mais ne lui avait-elle pas promis d'aller se promener à cheval avec lui?

– Vous avez prétendu, dans une interview, avoir peur des chevaux. Alors que signifie ce nouveau caprice? Je n'ai pas de temps à perdre à donner des leçons d'équitation à de timides starlettes de Hollywood.

– Mais... je voudrais vraiment surmonter ma peur. C'est juste une stupide phobie que je pourrais rapidement surmonter... si vous consentiez à me donner quelques conseils bien entendu. Essayez, s'il vous plaît, j'apprends très vite, je vous assure.

Elle avait vraiment dû le supplier pour qu'il y consente. Mais elle avait vu ses chevaux, tous des pur-sang, et l'envie de remonter à cheval avait été la plus forte. Le plus difficile serait de convaincre Marco qu'elle n'était jamais montée à cheval auparavant et que par un de ces hasards du destin, elle était une cavalière-née.

Sara poussa un profond soupir et ferma les yeux pour se protéger des rayons du soleil qui s'infiltraient à travers les volets. Le destin était une chose bizarre, même si elle n'avait jamais cru à la prédestination. C'était aussi un mot utile pour expliquer sa présence ici et sa rencontre avec Angelo hier au soir. Elle ne pouvait cependant s'expliquer pourquoi elle avait été irrésistiblement attirée sur la terrasse ce soir-là et pourquoi elle avait quasiment su à l'avance ce qui allait arriver. Elle fronça les sourcils. Pas tout à fait. Ce n'était pas Angelo qu'elle attendait.

– Je vous prie de m'excuser, signorina, mais j'ai été chargée de vous transmettre les excuses du duc qui ne pourra monter à cheval avec vous ce matin. Il a dû s'absenter pour affaires pendant quelques heures. Voulez-vous dormir encore un peu?

Sara ouvrit les yeux et sursauta. Elle n'avait pas entendu la gouvernante arriver.

– Oh...

Elle se demanda pourquoi elle se sentait si déçue, alors qu'un instant plus tôt elle envisageait de lui faire dire qu'elle ne pourrait pas monter!

– Y a-t-il autre chose que vous aimeriez faire, signorina?

Durant les derniers jours, Sérafina s'était montrée bien plus aimable, surtout quand elle comprit que le duc ne venait pas visiter le lit de son invitée. Elle avait même montré à Sara des photos de Carlo quand il était petit garçon et sur lesquelles elle avait dû s'extasier. Il y en avait une sur laquelle apparaissait Marco, et sa façon de froncer les sourcils d'un air menaçant ne datait pas d'hier.

Ne voulant pas gâcher sa matinée en pensant à ses disputes avec le duc di Cavalieri, Sara s'étira langoureusement et sourit à Sérafina en s'excusant.

– Je suis désolée, mais j'ai bien peur de ne pas être encore tout à fait éveillée. Je n'arrivais pas à m'endormir hier soir et il me fut impossible de résister à l'envie de regarder les étoiles. Finalement, j'ai...

Sara s'interrompit, quand la gouvernante demanda avec un air de sévérité qui ne lui était pas coutumier:

– Vous... vous n'êtes pas sortie, signorina?

Elle regardait fixement Sara dans l'attente de sa réponse.

Pourquoi? Sérafina était-elle elle aussi au courant des visites nocturnes d'Angelo? Pour quelle raison était-elle soudain si nerveuse?

Sara choisit soigneusement ses mots pour ne pas trahir Angelo qui avait offert de l'aider.

– Eh bien, si... Mais ne vous inquiétez pas. Je suis seulement sortie sur la terrasse pour admirer les étoiles et, après un moment, je suis rentrée et me suis couchée, c'est tout.

Sérafina continua à la dévisager intensément.

– C'est tout? répéta-t-elle avec emphase. (Puis, comme si elle se souvenait soudain de son rang, elle baissa les yeux et dit brusquement :) Vous auriez pu prendre froid avec cette fine chemise de nuit, signorina. Les nuits peuvent devenir fraîches quand le vent tourne et vient de la mer... tout est alors différent. Vous auriez pu perdre pied...

– Mais il n'y avait rien de dangereux, objecta Sara d'une voix rassurante. (Que pouvait-il y avoir pour troubler ainsi l'impassible Sérafina? Angelo? Quelque chose d'autre?) En fait, je n'avais même pas l'intention de sortir. J'ai juste ouvert les rideaux pour avoir un peu d'air et j'ai senti...

– Vous avez senti quoi, signorina?

– Oh, je suis certaine que cela vient de la beauté de la nuit à laquelle je ne suis pas accoutumée. Il y avait le parfum des fleurs, de la mer, des pierres chaudes... vous devez me croire folle, mais j'ai senti... j'avais l'impression que je ne pouvais m'empêcher de... que je devais répéter des gestes que j'avais déjà accomplis... (Sara fronça les sourcils, car elle n'arrivait pas à exprimer exactement ce qu'elle avait ressenti avant qu'Angelo ne tombe du ciel avec si peu de cérémonie.) Comme si j'attendais quelque chose. C'est bête, n'est-ce pas?

– Non, non, ce n'est pas bête. *Madre di Dio*, que vous ressentiez une chose pareille et vous ne faites pas encore partie de la famille...

L'agitation de Sérafina augmenta et elle saisit son rosaire.

– La famille? Ressentir quoi? Je vous en prie, je

vois que vous êtes bouleversée et j'aimerais que vous me disiez pourquoi.

Sérafina serra les lèvres avec obstination et secoua la tête.

– Le signor duc dirait que je suis une vieille femme stupide, superstitieuse et il me renverrait.

– Je ne lui dirai rien, je vous le promets... Mais vous ne pouvez pas ne pas me le dire, maintenant. Je mourrais de curiosité et j'imaginerais sans doute le pire. Est-ce que quelqu'un s'est jeté du haut de la terrasse? Est-ce pour cela que... (Sara mit ses bras autour de ses genoux dans un geste presque craintif.)

– Non, non, dit Sérafina, presque avec colère. (Il était clair qu'elle regrettait d'en avoir tant dit.) Ce n'est rien de la sorte. (Sa voix se fit soumise et elle poussa un soupir.) La petite terrasse a été le théâtre de... *bêtises*, plutôt que de violences, signorina. Puisque vous devez épouser le signor Carlo, je suppose que vous entendrez l'histoire de toute façon. Il y a toujours des racontars...

– Quelle histoire? demanda Sara avec toute la patience dont elle était capable. Je vous en prie, dites-moi de quelles bêtises il s'agit et le rapport entre cette vieille histoire et ce que j'ai ressenti – ou cru ressentir?

Sérafina se redressa et fit un geste résigné.

– Je vois que je vais devoir parler. Mais d'abord, je vais m'assurer qu'il n'y a personne susceptible de nous entendre.

20

– Elle était espagnole, voyez-vous, très belle et très jeune. Elle était aussi de bonne famille – sinon le signor duc ne l'aurait pas épousée. Vous avez remarqué son portrait dans la pièce à côté et vous m'avez demandé qui elle était, n'est-ce pas? Cet appartement était le sien et elle l'utilisait quand le duc était en voyage – et il s'absentait souvent. J'étais moi-même jeune fille à l'époque et l'une des femmes de chambre chargées de ses appartements. Parfois elle me parlait, quand elle se sentait trop seule. (Le visage de Sérafina sembla s'adoucir pendant quelques instants.) La duchesse n'aimait pas rester seule. Elle avait eu un enfant dès la première année de son mariage – un fils – parce que c'était son devoir. Mais les nourrices s'occupaient de l'enfant et comme son mari était très souvent absent, la duchesse passait une grande partie de son temps toute seule. Elle prit l'habitude de passer de nombreuses heures sur la terrasse durant les longues nuits chaudes d'été. Elle s'enfermait après avoir renvoyé sa femme de chambre. Elle y passait trop de temps peut-être. Elle aussi aimait les étoiles et les parfums de la nuit.

La voix de Sérafina était soudain devenue plus dure et elle fit une pause lourde de sens. Et soudain, Sara comprit. Bien sûr. Un amant. La duchesse solitaire avait pris un amant qui venait la retrouver la nuit pendant les absences de son mari. C'était certainement une jeune femme passionnée et sensuelle qui cherchait l'amour et qui avait commis l'erreur de le chercher là où il ne fallait pas.

Sara dit à haute voix d'un air de défi :

– Pauvre femme ! Combien de nuits a-t-elle dû passer là, dehors – et probablement effrayée, attendant le signal de son amant. Comme dans un opéra !

Le visage de la vieille femme prit une expression bizarre et elle serra plus fort son rosaire entre ses doigts.

– Alors, vous avez ressenti la même chose ? Oui, signorina, elle attendait qu'il siffle comme un oiseau. Ensuite elle allait le rejoindre par un escalier qui est muré maintenant. D'autres fois, c'est lui qui venait la rejoindre. Au bout d'un certain temps, il était inévitable qu'ils se fassent surprendre. D'abord par les serviteurs. Puis, plus tard...

Sara n'avait pas envie d'entendre le reste. L'inévitable fin tragique d'une magnifique histoire d'amour romantique. Elle interrompit Sérafina.

– Mais qui était cet homme, son amant ? Après tout, le duc n'était certainement pas un saint, lui non plus. Il avait sans doute des maîtresses partout, mais il exigeait cependant que sa femme fasse son devoir et continue de lui donner des enfants – lorsqu'il daignait s'occuper d'elle. Oh, je suis désolée, signorina. Vous n'êtes sans doute pas d'accord... mais après tout, ceci s'est passé il y a environ trente ou quarante ans, n'est-ce pas ? Et le divorce n'était pas chose inconnue...

– En Sardaigne, le divorce n'est toujours pas admis. Le scandale serait encore immense de nos jours mais à l'époque... Venant d'Amérique, vous ne pouvez pas comprendre, signorina. L'infidélité d'une femme mariée est déjà une chose assez grave, mais si la femme est une duchesse et que son amant est un paysan des montagnes et son ancien palefrenier... vous comprenez les conséquences ?

Sara avala sa salive et dit d'une voix tendue :

– Elle est morte, n'est-ce pas? Et il l'a tuée en faisant passer cela pour un accident... et il n'a pas été inquiété, parce que c'était un homme. Cela n'avait pas d'importance qu'il ait des bâtards comme Angelo, mais elle...

S'apercevant tout à coup qu'elle en avait trop dit, Sara aurait voulu se mordre la langue. Heureusement, Sérafina, qui avait eu l'air choqué devant ses accusations, prit seulement un air résigné en entendant le nom d'Angelo.

– Ah, cet Angelo! J'aurais dû me douter qu'il trouverait le moyen de communiquer avec vous. Mais il ne faut pas dire des choses pareilles sur le duc, signorina. Seul Dieu sait ce qu'il a dû ressentir quand il rentra et apprit que sa femme s'était enfuie dans les collines avec un paysan. Et le pire, c'est que tout le monde était au courant.

– Elle s'est enfuie avec son amant?

– Oui. (Sérafina inclina la tête avec raideur.) Et ce n'est pas le pire. Le comble, c'est qu'elle a eu un enfant dans la montagne, dans une des huttes où les brigands se cachent. L'enfant de son amant qui, d'après la loi, portait le nom de son mari.

C'est même mieux qu'un opéra, pensa Sara. Peut-être Delight avait-elle été mal informée : l'histoire se finissait bien malgré tout.

– Qu'est devenu l'enfant? Et la duchesse, qui a tout abandonné par amour?

– La pauvre duchesse est tombée malade et elle est morte. Elle n'était pas habituée au froid qui règne dans la montagne, ni à dormir par terre dans une hutte de pierre. (La voix de la vieille femme était dure et sans pitié.) Quant à l'enfant, signorina, vous l'avez rencontré. C'est probable, puisque vous connaissez son nom.

– Angelo? Vous voulez dire qu'Angelo est son fils et pas celui du duc? Mais le duc? Je croyais qu'il était...

– Après qu'elle l'eut quitté, le duc ne s'en est plus soucié. Personne ici ne l'a blâmé lorsqu'elle est morte. Et elle, pauvre femme, aurait dû avoir plus de fierté : elle lui a envoyé un message, lui demandant de lui envoyer un médecin et de la reprendre, elle et son enfant. Ah, c'était une triste affaire et il vaut mieux l'oublier.

Il valait mieux qu'elle aussi oublie toute cette affaire, se dit Sara fermement après le départ de Sérafina. Assurée que sa bête noire n'était pas là pour la tourmenter, elle se laissa glisser dans sa baignoire de marbre, goûtant voluptueusement la caresse de l'eau sur son corps.

Pauvre duchesse négligée, qui était morte abandonnée : quelle fin ironique, pour une existence brève et malheureuse. Et quelle différence entre la vie des deux fils de la duchesse – de la première duchesse di Cavalieri!

« Ils » s'étaient occupés d'Angelo en l'envoyant à New York pour essayer d'oublier son existence. Pour effacer le scandale. Dans l'espoir peut-être aussi qu'Angelo ne survivrait pas dans la jungle de New York. Mais Angelo les avait tous possédés, n'est-ce pas? Tant mieux pour lui. Quant à Marco, il était probablement l'ombre de son père et avait dû être élevé dans le mépris de toutes les femmes, à l'exception d'une seule.

– Quel enfant sauvage et malheureux il a été! avait dit Sérafina. Mais après l'arrivée de la deuxième duchesse – la mère de signor Carlo – les choses ont changé et en mieux. La duchesse Margharita est du nord de l'Italie et son fils est blond comme elle – mais bien sûr, vous savez cela, signorina. La nouvelle duchesse a tout changé ici. Et elle est devenue la vraie mère de notre duc. Il la vénère comme la Sainte Vierge et ferait n'importe quoi pour elle.

C'était typiquement freudien, bien entendu! Toute sa colère revenait lorsqu'elle pensait à lui. Sara se sécha vigoureusement. Elle n'allait tout de même pas s'apitoyer sur lui. Quelle que soit l'enfance qu'il ait vécue, il était devenu un homme détestable. Si sûr de lui, si certain de pouvoir manipuler tout le monde pour obtenir ce qu'il voulait. Sauf elle. A ce point de la situation, étant donné tout ce qu'elle savait sur lui, quand lui ignorait tout de Sara, c'est elle qui avait l'avantage.

Cette nouvelle confiance en elle ne quitta pas Sara quand elle descendit un peu plus tard. Elle avait passé un bon moment devant sa glace et avait pu se persuader qu'elle était tout à fait bien. Si bien disposée d'ailleurs, qu'elle passa outre son manque de courtoisie à l'occasion d'une lettre qu'il lui avait fait parvenir, l'avisant, sans même lui demander son avis, de l'engagement qu'il avait pris pour eux ce soir. Il était rentré de son court et mystérieux voyage de quelques heures et voulait l'emmener sur la Costa Smeralda pour une sortie nocturne comme elle en avait exprimé le désir. Cette concession était assez importante pour lui faire lever les sourcils et la laisser dans l'étonnement.

– Parfait! Je suis content que vous soyez presque à l'heure. (Marco regarda sa montre avec impatience.) L'hélicoptère a déjà refait le plein et il attend.

Pour la première fois depuis qu'il avait pris sa

main pour la baiser cérémonieusement au pied des marches, Sara vit qu'il la regardait.

Elle avait choisi une robe avec soin, avait mis du temps à se maquiller en essayant de se souvenir des conseils qu'elle avait lus dans un livre chez Delight. A présent, toujours forte de cette nouvelle confiance en elle, elle soutint son regard insondable et virevolta devant lui en lui adressant un sourire enjôleur.

– Alors? Suis-je présentable? C'est-à-dire, cette robe convient-elle pour les discos de la côte?

La robe venait de chez Halston. Taillée dans un tissu flamboyant, elle lui découvrait une épaule et tout le côté gauche. C'était une robe de Delight, mais Sara avait décidé que cette nuit serait la nuit de Delight. Et le trophée, s'il y en avait un, appartiendrait à sa sœur.

Il répondit d'une voix particulièrement sèche.

– Elle correspond parfaitement à votre personnalité. Avez-vous un châle pour vous couvrir?

Il faisait bien plus frais après le décollage et Sara apprécia l'opulent châle espagnol qu'il avait obligé à mettre sur ses épaules. Ils gardèrent tous deux le silence. Elle, car elle n'avait pas tout à fait confiance dans l'hélicoptère et lui – mais pourquoi s'inquiéterait-elle de ses humeurs s'il la laissait en paix?

Plutôt que de le regarder, Sara préféra laisser errer son regard sur les ténèbres qu'ils survolaient, percées de quelques points lumineux – huttes de paysans ou *nuraghi* de pierres entassées construits par les habitants préhistoriques de la Sardaigne et encore habités quelquefois par des sans-abri. Mais pourquoi le duc s'inquiéterait-il de la pauvreté qui voisinait avec la richesse de son palais, de ses terres et de ses comptes en banque? Il avait été élevé par un père implacable qui n'avait pas répondu aux appels désespérés de sa femme-enfant, laquelle le suppliait de lui fournir une aide médicale pour lui sauver la vie. Oui, le duc actuel avait pris modèle sur son père et n'avait ni la faiblesse ni les sentiments humains de sa mère. Il avait grandi, intolérant vis-à-vis des autres, dans l'admiration de sa belle-mère. Intérieurement, il était sans doute aussi aride et dur que les déserts d'où ses ancêtres étaient venus pour conquérir la moitié du monde connu.

– Vous semblez fascinée par les crêtes dentelées des montagnes au-dessous de nous. En avez-vous peur?

Sa voix était toujours aussi caustique, mais cette fois Sara décida de ne pas se laisser impressionner.

Fixant délibérément son regard sur le plancher, elle haussa les épaules.

– Pourquoi aurais-je peur? Vous êtes ici, vous aussi, n'est-ce pas? Et je suis certaine que votre pilote est aussi efficace que tous les gens dont vous vous entourez.

Pour quelque raison inconnue, la réponse polie et indifférente de Sara rendit Marco furieux. Mais cette fois-ci, pensa-t-il, il resterait calme et contrôlerait sa colère. Elle se trahirait bientôt d'elle-même et montrerait qu'elle n'était qu'une petite traînée, prête à se mettre au lit avec n'importe quel homme qui le lui demandait – excepté lorsqu'elle avait l'espoir d'épouser l'héritier d'une famille riche, en l'occurrence Carlo. Pour qu'elle lui résiste aussi longtemps, il avait fallu que Carlo soit assez stupide pour lui parler de son héritage.

Marco dut lutter contre l'impulsion qui le poussait à lui dire exactement ce qu'il pensait d'elle. Mais non – la petite garce provocante, dans sa robe voyante, offerte certainement par l'un de ses riches amants, descendrait de son piédestal ce soir. Il avait tout arrangé. Son idée astucieuse était née durant la nuit blanche qu'il avait passée la veille. Elle, pendant ce temps, dormait très certainement du sommeil des hypocrites qui se prennent pour des justes. Ce soir, il en était certain, elle n'aurait aucune envie de dormir. Il s'était assuré qu'elle fût trop occupée.

Sans s'en rendre compte, il sourit – plus une grimace qu'un sourire, d'ailleurs. Il avait perdu trop de temps avec elle, l'heure de la vérité avait sonné. Cette pensée transforma son visage en un masque démoniaque que Sara surprit par hasard.

Si elle avait eu un rosaire comme Sérafina, elle l'aurait égrené subrepticement. Mais qu'il le veuille ou non, elle était décidée à ne pas se laisser faire.

21

Les lumières des yachts ancrés à Porto Cervo, les hôtels chics, les villas apparemment modestes des gens riches grandissaient et brillaient, à mesure que l'hélicoptère descendait pour atterrir.

Sara feignit être saisie d'une excitation naïve qu'elle était loin de ressentir.

– Oh, c'est merveilleux. Enfin la civilisation, et je vais pouvoir danser. Comme c'est gentil de votre part!

– Nous allons à la villa d'un de mes amis qui donne une soirée, expliqua-t-il avec brusquerie. Mais n'ayez crainte, ce sera animé à votre goût, j'en suis sûr. Il a sa propre discothèque – toute l'installation, y compris les flashes. C'est une de ses manies.

– Oh, c'est une manie épatante. C'est un original!

Elle allait tenir son rôle fermement, ce soir. Elle ferait attention à ce qu'elle boirait et mangerait. Elle ne faisait aucune confiance à Marco et à son humeur. Et puis elle gardait à l'esprit sa remarque selon laquelle cette nuit serait pour elle un moment décisif. La nuit précédente avait déjà été suffisamment étrange, merci bien. Elle chassa de son esprit toutes les questions qui la poursuivaient depuis. Plus tard, il serait temps de raisonner. Dans l'immédiat, il fallait se tenir sur ses gardes.

Le nom de leur hôte était Vince quelque chose, et il avait un visage très remarquable, comme la plupart des personnes réunies sur la terrasse et autour de l'immense piscine où flottaient des fleurs au parfum capiteux.

– Ah, Delight! Quel plaisir!

Vince lui avait présenté tous les invités, tout en papillonnant autour d'elle. Sara ne se souvenait jamais des noms et, quand il s'agissait de noms célèbres, elle était incapable de les accoler au personnage. Tout en sirotant son Perrier citron, elle réussit (du moins l'espérait-elle) à donner l'image d'une jeune ingénue qui s'amusait bien. Grâce à la robe sexy de Delight, elle fut bientôt entourée, sans les avoir recherchés, d'hommes qui offraient de renouveler sa boisson, en faisant des remarques sur ses jambes et ses seins. D'autres hommes ne lui offraient pas un verre, mais se jetaient pour ainsi dire à ses pieds.

Sara se prit à ce nouveau jeu, un peu à contrecœur, et sans se demander où avait disparu son ombrageux cicérone. Elle devait l'oublier et jouer à être Delight jusqu'au bout. Et, bien sûr, c'était la meilleure façon de prouver à tout le monde que Delight Adams aimait simplement flirter et rien de plus.

– Ecoutez, pourquoi ne venez-vous pas faire le tour du propriétaire avec moi? Vince n'y verra pas d'inconvénient.

Des yeux d'un bleu vif qui lui rappelaient ceux de Garon s'attardèrent sur son nombril et elle faillit suivre son regard pour s'assurer qu'elle n'avait pas filé un bas.

– Merci, mais je m'amuse très bien ici en ce moment. Peut-être un peu plus tard?

Elle lui octroya un sourire plein de promesses qui suffit à le garder à ses côtés avec tous les autres.

Etait-ce cela que ressentait une *femme fatale*, une femme sûre de sa fascination sur les hommes? Sara se sentit soudain envahie d'une exaltation qu'elle ne put combattre plus longtemps – qu'elle ne voulait pas combattre. Oh, mais c'était vraiment grisant. Elle se sentait amusante, spirituelle, brillante et bien entendu irrésistible.

– Non merci. Je n'ai pas besoin d'un autre verre. Il m'en reste encore.

– Alors, vous voici. (Son air possessif l'irrita presque autant que le bras qu'il glissa autour de sa taille, frôlant son sein du bout de ses doigts.) Que buvez-vous, *cara*?

– De la vodka, bien sûr! (Elle se tourna vers lui d'un air insouciant, tout en s'arrangeant pour se dégager de son étreinte.) Mon cher Marco, cela vous ennuierait-il de m'en apporter une autre? Glacée, s'il vous plaît.

– Je croyais que vous ne buviez que du Perrier, murmura l'un de ses admirateurs.

– Juste entre deux, mon cher. Sinon, comment garderais-je mes esprits avec tous ces hommes fascinants?

– Mais personne ne reste à jeun dans les soirées de Vince. (C'était l'homme aux yeux bleus qui accompagnait ses paroles d'un regard brûlant, la déshabillant du peu qu'elle avait sur elle.) Marco ne vous a pas prévenue? Il faut vous détendre ici. Ne vous inquiétez pas si vous êtes un peu gaie. C'est vraiment décontracté.

Elle le reconnaissait à présent. C'était un présentateur de télévision, spécialisé dans les nouvelles sensationnelles, et l'un des hommes les mieux payés de son métier.

– Vous voulez vraiment un autre verre? (La voix dure de Marco s'était muée en un ronronnement de panthère.) Ou préférez-vous quelque chose qui fasse plus d'effet que la vodka? Mon ami Glynn a raison. Vous pouvez faire tout ce que vous voulez ici sans vous inquiéter. Pourquoi ne vous détendez-vous pas?

– Tenez, essayez cela! (Un homme, bâti en athlète, aux cheveux brun-roux, lui tendit une petite fiole avec de la poudre blanche.) Allez-y, c'est de la bonne marchandise, dit-il en se trompant sur les causes de son hésitation. C'est vraiment de la bonne qualité. Je la reçois pure et je la rallonge moi-même. Il n'y a pas d'acide.

Le Diable en velours, pensa Sara, sentant la trappe se refermer sur elle. C'était le titre d'un livre qu'elle avait lu il y avait bien longtemps. Comme ce titre lui allait bien, à ce sombre duc sarde qui portait l'emblème d'un loup prêt à bondir. Il ne fallait à aucun prix lui laisser deviner qu'elle l'avait berné avant qu'elle ne soit prête.

Elle improvisa, sentant trop de regards braqués sur elle.

– Allez-y d'abord. De toute façon, je suis déjà assez partie : j'ai commencé bien avant vous.

L'homme aux cheveux roux haussa les épaules et dévissá la capsule de la fiole qu'il porta à l'une de ses narines en aspirant fortement.

– Bon sang, c'est de la bonne camelote.

Il répéta son geste avec l'autre narine. Sara le surveilla attentivement, cependant que Marco lui massait la nuque avec une douceur irritante. Ses longs doigts nerveux descendaient vers ses épaules avec une familiarité désobligeante :

– Tenez, c'est votre tour à présent.

On lui tendit la petite fiole, ne lui laissant aucun choix.

Sara la secoua d'un air initié comme elle le lui avait vu faire. Intérieurement, elle tremblait aussi.

– Eh bien, pour l'amour du ciel, pourquoi me regardez-vous tous ainsi?

– C'est une belle du sud!

Les yeux bleus se penchèrent sur elle dans un paroxysme de rire hystérique. Profitant du moment d'inattention générale qu'il provoquait, Sara fit semblant de prendre une inspiration de la fiole, fière de sa propre ruse.

– Oh, mon Dieu. C'est vraiment raide. Bien plus que ce que je peux me procurer d'habitude. Merci.

– Etes-vous certaine d'en avoir pris assez? Vous n'êtes pas encore détendue.

Pourquoi Marco ne la laissait-il pas en paix? Sara tourna la tête, essayant d'échapper à la douceur fallacieuse de ses doigts.

– Cela va très bien, merci. Inutile de rester tout le

temps à me couver pour vous assurer que je m'amuse bien.

– Quelqu'un a oublié de vous enseigner les bonnes manières.

Heureusement, Sara fut sauvée par une voix féminine qui précéda l'apparition d'une femme splendide.

– Marco, mon amour, où étiez-vous donc caché? Nous devions nous voir la semaine dernière à Marbella. Vous ne l'avez sûrement pas oublié?

De toute évidence, il pouvait être nonchalant quand cela l'arrangeait. Sara les observa avec colère, tandis qu'ils échangeaient un baiser passionné, faisant abstraction des gens qui les entouraient.

– Mon chéri, soupira la femme. Dois-je être jalouse? Pourquoi n'êtes-vous pas venu? Tout le monde se demandait où vous étiez.

Quelle scène dégoûtante. Si cette blonde platinée était sa maîtresse, eh bien – titre ou pas – il n'avait aucune classe.

Se détournant d'eux, Sara posa sa main sur le poignet de l'homme roux. Il s'appelait Cyrus et paraissait s'être retiré dans un monde différent.

– Hé, vous! L'homme à la bouteille magique. Si nous allions danser jusqu'à ce que nous ayons besoin d'une nouvelle dose?

Lui souriant d'un air absent, il la suivit. Son nom était Cyrus Richards et il était spécialisé dans l'accaparement des richesses. Il avait tout ce qu'il voulait avoir. Des puits de pétrole, des terres, une mine d'or et des femmes. Peut-être voudrait-il posséder celle-ci. Si elle ne commençait pas déjà à l'ennuyer.

Une musique sauvage, rythmée par les pulsations d'une batterie et d'un synthétiseur, s'amplifia à mesure qu'ils s'approchaient d'une des pistes de danse – celle-ci située à l'extérieur, près de la piscine. Le sol était ébranlé par le rythme endiablé.

– Allons-y. Laissons-nous aller ma belle. Montrez-moi un peu ce que vous savez faire.

Le rire qui accompagna ses paroles restait incompréhensible à Sara. Puis elle aperçut l'écran plus grand que nature que fixaient, fascinés, quelques-uns des invités de Vince.

Pas étonnant qu'elle ait été accueillie par des sifflements admiratifs à son arrivée sur la piste de danse. Delight Adams, en chair et en os, dans une robe rouge très sexy de Halston... et sur l'écran géant, la même, nue et sans complexes, se livrant à une danse érotique qui ne laissait rien à l'imagination. Mon Dieu, comment avait-elle pu?

– Allons-y! Donnez-nous du spectacle!

L'homme roux avait commencé à danser, faisant bouger ses hanches d'une manière suggestive, les yeux mi-clos.

Qu'arriverait-il si elle s'enfuyait? Sara arracha son regard de l'écran. Elle sentit comme un déclic en elle et son corps se mit à onduler au rythme de la musique. Si elle parvenait à ne pas penser, elle était capable de danser avec autant d'abandon que les autres sur la piste encombrée. Pas question de s'enfuir. Elle allait leur montrer – lui montrer – qu'en fin de compte, elle n'était pas la même que cette fille sur l'écran, faisant toutes ces choses.

Lui... elle aurait dû s'en douter qu'il lui avait préparé une surprise désagréable. Delight Adams – dans la salle et sur l'écran. C'était son idée, et en la conduisant au milieu de ces noceurs internationaux, il avait voulu souligner son mépris pour elle. Une vague de fureur saisit Sara qui se sentit brûler d'indignation, puis envahie par une résolution glaciale. Quoi, ce mâle hypocrite et bien pensant! C'était peut-être la dernière chose qu'elle faisait, mais elle allait lui administrer une leçon. Oui, elle trouverait le moyen de se venger et de le ridiculiser aux yeux de ses amis et de ses relations.

Sara s'avisa soudain que son partenaire était sorti de sa léthargie et lui avait posé une question.

– Je suis désolée, je n'ai pas entendu...

– Pas de mal. Je vais me rapprocher.

Le rythme de la musique avait ralenti. Cyrus mit ses bras autour d'elle et l'attira vers lui ce qui lui fit perdre un peu l'équilibre.

– Hmm! C'est bien mieux. J'avais envie de vous sentir contre moi depuis le début de la soirée.

Cette fois, il était bien trop près, pensa Sara avec indignation tandis qu'il pressait ses hanches contre lui, avec une main d'une force surprenante qu'il posa sur ses reins, tandis que l'autre glissait sur ses fesses. Se trompant sur la signification de son coup de reins et croyant qu'elle l'avait fait exprès pour l'exciter, il lui fit un clin d'œil.

– J'aime vraiment ce que je sens. Dites-moi comme je vous le demandais plus tôt : est-ce que vous aimez vraiment coucher autant que cela? (Il fit un signe de tête vers l'écran, où l'on voyait le derrière nu de Delight dans une pose provocante, tout en gardant les yeux fixés sur Sara. Et avant qu'elle ne puisse répliquer, il poursuivit sur un ton badin :) Parce que dans ce cas, je suis prêt – et équipé – pour vous satisfaire. Peut-être pourrions-nous nous apprendre quelques nouveautés, qu'en dites-vous?

Ce qui empêcha Sara de lui dire ce qu'elle pensait vraiment, ce fut le visage du duc di Cavalieri qu'elle aperçut à moins d'un mètre d'elle. Il levait un sourcil sarcastique, par-dessus l'épaule de sa blonde partenaire. Depuis combien de temps était-il derrière elle à l'espionner? Elle aurait bien aimé lui dire deux mots à lui aussi.

Détournant son regard de ce visage sarcastique, Sara cessa de repousser son partenaire et glissa ses bras autour de ses épaules. Elle espéra que Marco le remarquerait.

– Eh bien? répéta Cyrus avec impatience.

Sara sentit, grâce à la proximité de leurs corps, à quel point il était impatient.

– Eh bien... je pense que l'on devrait en parler là où il y a le moins de monde et où il fait moins chaud tout en buvant un verre.

– Ma chérie, le brave Vince a un bar dans chacune de ses chambres à coucher. Oui, allons donc prendre ce verre.

Elle pourrait se débarrasser de Cyrus une fois à l'intérieur, même si pour ce faire, elle devait s'enfermer dans les toilettes. Mais elle voulait que Marco la voie quitter la piste main dans la main avec Cyrus et lui laisser supposer – comme il ne manquerait de le faire – le pire. Sara pouvait littéralement sentir ses yeux noirs posés sur son dos. Sans avoir à tourner la tête, elle savait qu'il l'observait. Bien.

D'un geste délibérément sensuel, Sara secoua ses cheveux avant de sourire à Cyrus. Elle voulait que Marco sache qu'elle pouvait choisir un autre homme que lui, même quelqu'un qu'elle avait rencontré fortuitement. Elle espérait bien que cela lui ferait mal. Car elle savait qu'il la voulait. Il la méprisait, mais il ne pouvait s'empêcher de la désirer. Cette pensée traversa son esprit comme un éclair, mais son subsconscient devait le savoir depuis le tout début. A présent elle ne jouait plus contre lui pour Delight qui avait eu assez de temps pour se mettre en sécurité, mais pour elle-même, et pour la sauvegarde de sa fierté.

22

Comme Sara détestait le bruit assourdissant des pales de l'hélicoptère qui semblaient déchirer la tranquillité du ciel nocturne! Le jour allait se lever. Elle se cala dans son siège en évitant de regarder son compagnon dont elle sentait la présence menaçante dans la minuscule cabine qui les abritait tous deux.

Comme un loup, il avait perçu le léger mouvement qu'elle venait de faire et sa voix lui parvint dans l'obscurité.

– Nous devrions commencer à descendre dans moins de cinq minutes, à présent. Votre ceinture est-elle toujours attachée?

– Mmm...

Cet assentiment maussade devait suffire. Elle n'avait nulle envie de lui parler quand elle se souvenait de la bribe de conversation qu'elle avait surprise. Comme elle le détestait! Quel triomphe ce serait de pouvoir l'humilier pour changer une fois les rôles. Lui prouver qu'il ne pouvait utiliser et manipuler tous ceux qui croisaient son chemin.

Sara fit un effort pour penser à la réception qu'ils venaient de quitter. Elle revit tout ce qui était arrivé depuis qu'elle avait quitté la piste de danse avec Cyrus. Cyrus je-ne-sais-qui quelle importance son nom avait-il, puisqu'elle ne le reverrait probablement jamais? Cela n'avait pas été trop difficile de se débarrasser de lui, heureusement. L'excuse, vieille comme le monde, qui consiste à prétendre devoir se remaquiller aux toilettes marche toujours. Lorsqu'elle en sortit une demi-heure plus tard, fraîche et pimpante, Cyrus avait disparu – probablement dans une des chambres équipées d'un bar avec une autre partenaire.

Après cela, Sara circula – mais avec plus de prudence. Elle découvrit que les couples étaient partout : à l'extérieur, comme dans toutes les chambres de la villa. Elle souriait beaucoup, flirtait beaucoup, mais changeait de groupe et de pièce dès que les choses commençaient à aller un peu trop loin. Au deuxième étage, il y avait une immense salle de projection avec des sièges capitonnés et inclinables – pour plus de confort, pensa-t-elle cyniquement. Un jeune homme du nom de Barry et qui se prétendait chanteur l'avait amenée là.

– Vince s'arrange toujours pour avoir les tout derniers films, expliqua-t-il.

Il avait paru presque soulagé qu'elle ne sache pas qui il était. Elle aussi avait été ravie que le nom de Delight Adams ne lui dise rien, même si, à l'en croire, le nom lui plaisait.

Puisqu'elle devait passer le temps et faire croire à Marco qu'elle le passait au lit, pourquoi pas? Voir un film pornographique pouvait être instructif et, un simple coup d'œil lui permit de s'assurer que celui-ci, du moins, n'avait pas sa sœur pour vedette.

Sara était restée pendant la première demi-heure de projection sans trop s'agiter. Au début, elle avait été fascinée. Y avait-il vraiment autant de façons de faire la même chose? Puis, comme l'action languissait et que les dialogues consistaient principalement en soupirs, elle découvrit qu'elle s'ennuyait. Barry continuait à regarder l'écran, mais d'un air détaché.

D'autres soupirs s'élevaient des fauteuils. Sara commençait à calculer à quelle distance elle se trouvait de la sortie, quand Barry, qui avait paru ignorer sa présence jusque-là, prit sa main et la posa sur lui. Mon Dieu! pensa Sara avec stupéfaction. Il aurait pu en remontrer à l'homme que l'on voyait sur l'écran. Puis, sans autre préambule, il lui demanda d'un ton détaché:

– Vous ne voulez pas que l'on passe un peu aux choses sérieuses?

Elle retira sa main avec fermeté.

– Pas vraiment. Et je dois m'en aller.

Eh bien, elle espérait ne pas revoir Barry non plus. Ni aucun des trois hommes qu'elle avait vus avec Marco en passant.

Elle se sentit raidir de rage encore une fois au souvenir des paroles qu'elle avait surprises.

– Delight Adams – n'ai-je pas lu quelque part qu'elle était censée être la fiancée de Carlo?

La seule lumière de la pièce se trouvait directement au-dessus de la table de jeux. Autour de celle-ci, quatre hommes, attentifs, auraient pu être issus du même moule. Des playboys italiens, riches et arrogants, bavardaient avec légèreté. Puis sa voix à lui s'éleva, et les propos qu'il tint sur elle la cinglèrent comme un fouet.

– Vous avez dû vous tromper. Ce n'est pas l'amie de Carlo. C'est ma putain. Je la garde – pour le moment.

Elle n'avait pas voulu entendre leurs commentaires – pas après qu'il eut dit cela. Sa putain! Le mot lui restait en travers de la gorge. Ainsi, c'est cela qu'il voulait que tous pensent. C'est pour cela qu'il la prenait. Il l'avait amenée là pour la montrer – sa dernière conquête, sa... putain... Quand ils la regardaient, surtout les hommes, c'est cela qu'ils pensaient. Cette idée rendit Sara malade de dégoût. Puis elle se contraignit, par un effort de sa volonté, à ne ressentir que de la colère. Qu'ils pensent ce qu'ils voudraient d'elle – pour le moment.

– Eh bien, vous êtes-vous amusée? lui demanda-t-il durant le court trajet entre la maison de Vince et son terrain d'atterrissage privé.

– Absolument. J'ai rencontré des hommes merveilleux. Vous ne trouvez pas que Cyrus est adorable. Mais bien sûr, Barry était encore mieux. Oh! lapsus freudien!

Elle avait eu un petit rire et le plaisir insigne de voir son visage se fermer. S'il croyait lui faire peur avec de tels regards, elle allait lui montrer à quel point il se trompait.

– Je suppose qu'on peut dire, en vous voyant, que vous avez été très occupée, dit-il en regardant ses cheveux défaits et son maquillage dans un état lamentable.

Dix minutes aux lavabos avaient permis à Sara de s'arranger ainsi.

– N'est-ce pas pour cela que vous m'avez amenée là-bas? Pour que je m'amuse?

– Bien sûr!

Mais elle vit bien qu'il le disait entre ses dents.

Depuis lors, ils n'avaient soufflé mot. Après lui avoir dit qu'ils atterrissaient, Marco s'était lui aussi renfermé dans un mutisme hostile. Que pensait-il? Sans doute à de nouvelles façons de l'humilier. Mais cette fois, elle avait l'intention de le prendre de vitesse. Sa putain, vraiment! Et que dire de sa blonde? C'était le genre d'homme à avoir plusieurs maîtresses – lui qui appartenait au XIVe siècle!

Sa juste colère aida Sara à franchir la distance qui les séparait du palais. Elle marchait à côté de lui, toute droite, comme s'il n'existait pas. Mais une fois dans le vestibule, quand elle fit un mouvement pour se diriger vers l'escalier, il l'arrêta d'une main sur son bras, la forçant à se tourner vers lui.

– Je vous suggère d'essayer de dormir avant que la chaleur ne rende cela impossible. Mais au cas où vous auriez besoin de quelque chose, une servante restera éveillée pour se tenir à votre disposition.

Malgré la neutralité de sa voix, ses yeux trahissaient la moquerie.

– Merci. Mais comme cela semble médiéval! (Il était indifférent à Sara de paraître mal élevée. Il le lui avait répété assez souvent, n'est-ce pas?) J'ai pitié de cette pauvre fille qui doit rester debout toute la nuit, au cas où quelqu'un aurait besoin de quelque chose.

Elle essaya de se dégager, mais elle sentit son étreinte se resserrer.

– Vous ne me paraissez pourtant pas de caractère très tendre.

– Cela ne m'intéresse pas, dans quelle catégorie vous me classez, si c'est cela que vous avez l'intention de dire maintenant! Si vous voulez bien me laisser partir à présent, je pourrai suivre votre conseil et me mettre au lit comme une petite fille bien sage.

Sous le chandelier qui illuminait le vestibule, sa chevelure avait des reflets d'or. Comme sans passion, car il agissait par pur instinct, Marco libéra sa main et la posa sur la nuque de Sara. Maudite soit cette petite garce gourmande. Elle n'avait pas le droit d'être aussi séduisante, après avoir été au lit avec autant d'hommes qu'elle en trouvait pour la satisfaire. Et elle continuait à se jouer de lui! Pourquoi diable ne faisait-il pas ce qu'il avait envie de faire, pourquoi ne la prenait-il pas – mettant fin à ces jeux? C'est sans doute ce qu'elle attendait. Il connaissait bien ce genre de fille. C'était bien dommage que Carlo n'ait encore rien compris.

– Arrêtez! Je ne peux pas supporter que vous me touchiez.

Comme une pouliche nerveuse, Sara essaya de dégager sa tête de la main qui l'emprisonnait. Elle n'aimait pas la façon dont il avait commencé de la regarder, avec cet air de ne pas la croire.

– Vraiment? Je pense que vous mentez. Vous avez déjà réagi favorablement de par le passé. Je crois que vous réagissez très facilement à quiconque sait employer la bonne méthode.

– Vous vous trompez. Laissez-moi!

Sara essaya de lui griffer le visage, mais il captura sa main sans difficulté. Il lui tordit les deux bras derrière le dos et la maintint serrée contre son corps musclé.

– Voulez-vous que je vous prouve qui de nous deux a raison?

– Vous me dégoûtez. (Sara haletait, furieuse de son impuissance et de sa faiblesse. Les mouvements qu'elle tentait pour essayer de se dégager ne faisaient que renforcer l'emprise de Marco et elle sentait contre elle son corps durci.) N'avez-vous aucune fierté? Cela ne vous dérange pas que je ne vous désire pas? Ou bien êtes-vous incapable de trouver des femmes qui veulent de vous. Je vous déteste et je vous méprise...

– Taisez-vous! (Sa voix était comme le grognement d'un animal – de l'animalité qui se manifestait en lui et dont elle sentait la raideur contre son ventre.) Ce que je veux vous prouver ne prendra pas longtemps, petite menteuse qui prend tant de plaisir à exhiber son corps séduisant. Vous aviez un regard sur l'écran hier au soir qui montrait que la présence des techniciens et de la caméra avait cessé d'avoir de l'importance pour vous. Vous êtes le genre de femme qui n'est guidée que par ses sens, n'est-ce pas?

– Arrêtez, arrêtez! (Sara se débattait pour essayer de lui échapper, haletant de rage.) Vous ne savez rien sur moi, parce que vous ne voyez pas plus loin que...

– En ce moment, je ne vois pas plus loin que vos lèvres.

Malgré son ton moqueur, il n'avait pas l'intention de la relâcher – Sara le sentit avec désespoir, avant que sa bouche n'atteigne la sienne. Il s'approcha avec une lenteur délibérée, étouffant enfin ses dernières protestations sous un baiser. Il l'embrassa si longtemps qu'elle avait l'impression qu'il allait lui briser la nuque. Ses jambes faiblissaient sous elle, sa bouche s'entrouvrait sous la sienne, et elle ressentait une myriade de sensations qui rendaient toute pensée rationnelle impossible. Lui maintenant les bras derrière le dos d'une seule main, il se mit à la caresser de l'autre avec une lenteur calculée, le long de la colonne vertébrale, remontant vers ses épaules, puis emprisonnant ses seins dans sa paume. Il trouva facilement le chemin de sa peau sous la robe légère qui révélait plus qu'elle ne dissimulait. Les pointes de ses seins se dressèrent sous ses caresses, procurant à Sara d'étranges sensations, comme des décharges électriques qui titillaient toutes ses terminaisons nerveuses.

Comment un homme qu'elle détestait tant pouvait-il lui faire une chose pareille? Pleine de dégoût pour elle-même, Sara cambra son corps pour échapper à son contact. Elle s'entendit gémir, tandis que les lèvres de Marco descendaient vers sa poitrine, dénudée par ses doigts impatients.

Comment pouvait-elle aimer le contact de ses

lèvres et de sa langue contre la pointe durcie de ses seins? Comment pouvait-elle souhaiter qu'il continue de faire ce qu'il faisait, même les caresses de sa main qui à présent s'était glissée entre leurs corps et explorait ses parties les plus intimes à travers les replis de sa robe légère. Son visage était brûlant, comme tout son corps, et elle était envahie d'une langueur qui lui faisait accepter tout ce qu'il lui faisait et souhaiter qu'il aille encore plus loin.

Puis, brusquement, elle se trouva libre, vacilla, et serait tombée s'il ne l'avait rattrapée.

– Vous voyez? (Sa voix dure combla la distance qui les sépara à nouveau.) Vous n'avez pas la force de combattre votre sensualité, malgré toutes vos résolutions et votre haine. Je crois que vous coucheriez avec le diable en personne, s'il vous embrassait assez fort. (Comme elle haïssait son rire qui la blessait profondément.) Vous n'avez pas besoin de me regarder comme cela. Vous ne croyez pas que nous avons eu assez d'activité pour ce soir? Montez vous coucher, petite menteuse, je vous rejoindrai plus tard, peut-être.

Tandis qu'elle s'échappait sans un mot, rouge de honte, faisant fi de toute fierté, Sara entendait ses dernières paroles résonner dans sa tête.

Peut-être! avait-il dit. Dernière insulte qu'il lui infligeait.

Elle s'enfuit, comme si le diable en personne était à ses trousses et ne s'arrêta que dans sa chambre. Elle referma la porte sans verrou derrière elle – symbole de son état et rappel d'un autre âge où les femmes étaient considérées comme une propriété dont les hommes usaient selon leur bon plaisir.

23

Lorsqu'elle se fut calmée suffisamment, Sara s'endormit d'un sommeil de plomb. Elle rêva qu'elle était poursuivie par un loup aux mâchoires de fer et aux yeux phosphorescents. Elle savait qu'il pouvait la rattraper d'un seul bond, mais il préférait rester juste derrière elle, qu'elle s'épuise, qu'elle ait l'impression que son cœur allait éclater, retardant le moment où il refermerait ses crocs sur sa gorge – la prenant enfin...

Non! Elle avait dû crier à haute voix, ce qui la réveilla. Il faisait chaud et, dans son lit tout défait, elle était en sueur.

Dieu merci, elle était éveillée. Peu à peu, les battements de son cœur s'apaisèrent et sa respiration reprit un rythme normal. La pièce était plongée dans l'obscurité, les rideaux tirés. Quelle heure était-il? Puis, avec un sanglot, elle se souvint que le temps ne comptait pas dans cette prison. Elle était là, pauvre insecte pris au piège, ou comme une concubine dans le harem d'un sultan maure, attendant avec une impatience mêlée de curiosité le caprice de son maître encore inconnu.

Sara appuya ses mains sur ses tempes. Elle avait eu d'autres cauchemars qu'elle ne voulait pas encore analyser. Elle ne voulait pas non plus se souvenir de ce qui en avait été la cause – la façon dont il l'avait humiliée tout en brisant ses défenses.

Assez! C'était un nouveau jour et hier elle était fatiguée. Trop de sons et d'images avaient dû influencer son esprit malgré elle. S'il venait la trouver aujourd'hui, il verrait qu'elle n'était pas facile. Il ne pourrait pas...

Repoussant cette idée honteuse, Sara se contraignit à se lever. Ses yeux, malgré elle, surveillaient la porte avec appréhension. Viendrait-il la chercher pour concrétiser physiquement sa conquête? Ou attendait-il qu'elle vienne de son propre chef.

Sara appuya rageusement sur le bouton de la sonnette pour appeler soit Sérafina, soit l'une des servantes. Aujourd'hui, il fallait qu'elle se retrouve elle-même pour faire des plans, et elle jouerait le rôle d'une odalisque entourée de serviteurs. S'il envoyait quelqu'un la chercher, elle prétexterait un mal de tête et refuserait de descendre. Qu'il pense ce qu'il voudrait.

Heureusement, ce fut la gouvernante qui répondit à son appel. C'est elle qui annonça à Sara, avec un visage impassible, qu'il était plus de 7 heures du soir, mais qu'elle avait reçu l'ordre de ne pas la réveiller.

– Oh? Comme c'est aimable de la part de mon hôte!

La gouvernante ignora son sarcasme, rappelant ainsi à Sara que sa loyauté allait aux di Cavalieri qu'elle servait depuis deux générations. Pourquoi se préoccuperait-elle du sort d'un stupide papillon qui s'était rapproché étourdiment de la flamme?

– Dois-je faire couler votre bain, signorina? Je vous ai fait préparer un plateau avec du café, du jus d'orange et des croissants, au cas où vous auriez faim. Et si vous me dites quelle robe vous voulez porter pour le dîner...

– Je... je ne me sens pas très bien, dit Sara rapidement pour cacher sa nervosité. J'aimerais bien un bain très chaud, mais après – croyez-vous que je puisse rester ici, en robe de chambre? Je n'ai pas envie de m'habiller et de descendre pour le dîner. Serait-il possible de me faire monter un plateau? Quelque chose de léger – de la soupe et de la salade, par exemple.

– Rien d'autre? La signorina devrait se nourrir plus substantiellement...

Les yeux de Sérafina parcoururent avec réprobation le corps svelte de Sara, son visage fin, et s'attardèrent un court instant sur ses cernes.

– Je n'ai pas faim du tout, mais il y a quelque chose d'autre.. (Elle bafouillait comme une idiote à présent, mais elle ne pouvait s'en empêcher.) Croyez-vous que quelqu'un pourrait me tenir compagnie pendant un moment? Je sais que vous êtes trop occupée, mais peut-être qu'une des servantes... Je... cette étrange expérience de l'autre nuit me fait un peu peur. Je ne veux pas être tentée de sortir et refaire l'expérience d'une nuit sarde trop enivrante.

Elle avait dit exactement ce qu'il fallait, car Sérafina se signa et fit un signe d'assentiment sans plus poser de questions.

– J'enverrai Teresa. Elle s'exprime mieux que les autres et connaît même quelques mots d'anglais. Je suis sûre qu'elle vous posera beaucoup de questions sur l'Amérique, mais c'est une brave fille, très consciencieuse.

Alors, pour ce soir du moins, elle serait protégée...

Immergée dans son bain, ses cheveux flottant autour d'elle, et même plus tard, lorsqu'elle profita de la présence de Teresa pour se laisser bichonner et brosser les cheveux, Sara s'efforça d'éviter la pensée qui flottait juste à la surface de sa conscience : protégée contre quoi?

Teresa resta avec elle et la questionna sans relâche sur l'Amérique, passés les premiers instants de timidité. Exactement comme le lui avait dit Sérafina. Elle avait pris son léger repas et, arpentant la pièce, elle avait aperçu la fille qui bâillait et avait eu pitié d'elle. Elle l'avait renvoyée. Il était tard et la maison était silencieuse. A présent, elle devait pouvoir se rendormir pour s'éveiller fraîche et capable d'affronter n'importe quoi. Elle avait eu le temps de se revigorer et était prête. Il ne découvrirait plus de faiblesse en elle. Il pourrait essayer tant qu'il voudrait de franchir les nouvelles barrières qu'elle avait dressées contre lui. *La Stratégie,* c'est ainsi que s'appelait le jeu auquel ils jouaient.

Stratégie – avantage – armes... les pensées se bousculaient dans sa tête. Elle arpentait toujours la pièce comme un jeune félin en colère, puis, fatiguée de son manège, elle s'arrêta devant la grande glace et croisa son propre regard. *Des armes!* Ses yeux verts se rétrécirent légèrement. Delight, bien sûr, aurait d'instinct su comment le combattre. Tout comme maman Mona. Quant à moi, j'ai tout à apprendre! se dit-elle. Puis, reculant d'un pas, elle s'examina d'un œil critique.

Ses yeux et ses cheveux étaient bien sûr ceux de Mona. Cette teinte était désormais célèbre. Les siens étaient naturels, comme ceux de sa mère. Ils étaient longs à présent, dépassaient ses épaules et arrivaient à la hauteur de ses seins. S'examinant comme elle l'aurait fait avec une étrangère, Sara rougit en se souvenant pourquoi elle avait voulu rester dans sa chambre – pour dormir et trouver un peu de solitude. Tel un lapin effrayé. Avec un profond soupir, Sara poursuivit l'inventaire de ses qualités et de ses défauts. Ses seins étaient passables, mais pas aussi opulents que ceux de Delight. Et, selon toute apparence, les hommes les préféraient les plus volumineux possible. Le reste de son corps était-il trop mince? Elle dénoua les rubans qui maintenaient sa chemise de nuit et la laissa glisser à ses pieds. Elle avait, Dieu merci, la taille fine et le ventre plat. Et si ses hanches comme ses seins manquaient de plénitude, elle avait du moins des jambes fermes et des fesses qui étaient loin d'être plates.

Pas trop mal, Sara, pour un amateur.

Par-dessus son épaule, dans la glace, elle aperçut les yeux souriants de la femme du portrait. Elle se retourna d'un coup tout en saisissant sa chemise. L'instant d'après, elle s'en voulut. Vraiment! Elle devenait comme Sérafina. Elle se souvint de ses paroles étranges.

– Je ne sais pas ce que c'est, signorina, mais certains ressentent des choses que les autres ne perçoivent pas. Mais on dit que les pierres d'ici sont très vieilles et ont absorbé de nombreux sentiments, tout autant que de chaleur et de soleil!

Sara s'était contentée de hausser les épaules, préoccupée qu'elle était par d'autres choses. Mais avec toutes ces recherches en parapsychologie de ces derniers temps, elle supposait que rien n'était vraiment impossible. Des émotions fortes laissaient leur empreinte dans l'air, leurs vibrations s'inscrivaient dans le bois et dans la pierre. Ou peut-être suis-je un peu folle, pensa-t-elle avant de chasser toutes ces idées de son esprit.

Mais, là... ce n'était qu'un portrait, après tout! Et la pauvre femme qui en était le sujet était morte dans la pauvreté et la misère – et tout cela par amour. Sara s'approcha du tableau pour mieux le regarder. Avait-elle, au dernier instant, regretté tout ce qu'elle avait abandonné, cette pauvre jeune duchesse? En s'évadant du château, allait-elle vers son amant, ou fuyait-elle un mari despotique qui la laissait trop seule et l'obligeait à porter son médaillon pour lui rappeler qu'elle était sa propriété? La femme du portrait gardait son sourire et son secret. Elle était la mère de Marco qui n'avait que quelques années quand elle l'avait abandonné, lui, le palais et cette même chambre où elle avait dû pleurer bien souvent avant de s'endormir, en se demandant ce qu'elle devait faire. Les hommes avaient abusé des femmes et les tenaient dépendantes et dans la subordination. Et ils continueraient, si les femmes n'étaient décidées à secouer le joug. Pourtant de nombreux hommes de nos jours agissaient encore comme s'ils vivaient au Moyen Age. Le visage de Sara s'assombrit. L'attitude de Marco envers les femmes était-elle liée à ses problèmes à l'endroit de sa mère? Il était sans doute comme son père qui lui avait appris à traiter les femmes comme des animaux domestiques, ou des jouets – facilement acquis et vite rejetés. Cet homme méprisait l'amour et, s'il se mariait, ce serait pour le *bon* motif, c'est-à-dire pour des tas de raisons, excepté la seule véritable. Il avait pensé que Carlo réagirait de la même manière et n'avait montré aucun scrupule pour satisfaire ses propres désirs.

– Seulement, murmura Sara à haute voix, j'ai déjoué ses plans, même s'il l'ignore encore.

Il y a une sorte de stratégie pour l'amour, une autre pour la guerre. Et puisqu'entre elle et Marco il n'y avait certainement pas d'amour... Sara sourit d'un air cruel. La recherche était son point fort; et elle allait s'y consacrer. Elle allait rechercher tous les points sensibles de Marco, ce qu'il aimait et ce qu'il n'aimait pas, ses goûts en ce qui concernait les femmes... elle fit la grimace en se souvenant de la blonde. Il était peut-être un animal, mais du moins un animal humain, avec des défauts dans la cuirasse. Des défauts qu'elle pouvait trouver. Et qu'elle pouvait utiliser, sans plus de scrupules qu'il n'en avait montré la veille.

Le téléphone à côté de sa table de nuit se mit à sonner, la faisant sursauter. Qui...? Puis elle se souvint que ce n'était qu'une ligne intérieure et elle fronça les sourcils. Etait-ce...? Devait-elle répondre, oui ou non? Mais si c'était lui et qu'elle ne répondait pas, il était probable qu'il ferait irruption dans sa chambre sans prévenir.

Elle décrocha l'appareil en marquant une pause, pour prendre une voix endormie.

– Allô?

Pas mal du tout, pensa-t-elle.

– N'essayez pas de prétendre que vous étiez endormie. Je sais à quelle heure Teresa vous a quittée et j'ai vu la lumière depuis la cour.

Comme elle détestait cette voix âpre et moqueuse. Les doigts de Sara se crispèrent sur le recepteur.

– Est-il donc si rare de dormir avec une veilleuse?

Le silence qui suivit était destiné bien entendu à souligner l'absurdité de ses propos. Enfin il lança avec insolence:

– J'allais justement me baigner dans la piscine intérieure et j'ai pensé que vous voudriez peut-être venir m'y rejoindre.

Sara prit grand soin de paraître moqueuse.

– Seul?

– Cela vous effraie-t-il tant que cela? J'ai bien peur que tous les serviteurs ne soient partis se coucher et, comme leurs chambres se trouvent de l'autre côté de la cour, je crains que nous ne soyons seuls dans cette partie du palais. Je voulais simplement vous rassurer, que vous sachiez que nous n'aurons aucune contrainte extérieure en nageant.

– De quoi parlez-vous donc? Quelle contrainte? Qu'est-ce qui pourrait nous gêner?

– J'aurais dû me douter qu'un bain de minuit – que l'on prend tout nu – ne vous embarrasserait guère, quel que soit le nombre des participants! Mais ici, en Sardaigne, nous sommes plutôt vieux jeu, comme vous avez pu le remarquer.

– Non!

– Que voulez-vous dire par là? Je ne me souviens pas vous avoir posé aucune question.

La colère de Sara était prête à éclater.

– Vous m'avez demandé si je voulais venir nager avec vous et la réponse est non. Je ne suis pas une marionnette dont vous pouvez tirer les ficelles. Et je n'ai confiance ni en vous ni en votre prétendue parole d'honneur.

– Quelle est donc cette promesse que je vous aurais faite et que vous craignez que je ne tienne pas? demanda-t-il d'une voix glaciale.

Ah! pensa-t-elle. Je marque un point! Et à haute voix, elle dit, avec une fausse candeur :

– Vous m'avez promis de – ne jamais me violer et de ne pas employer la force avec moi. Vous préférez ne pas vous en souvenir?

– Je m'en souviens très bien, au contraire. Pourquoi croyez-vous que je vous ai renvoyée à votre chaste lit? Qu'avez vous été imaginer, de ce que je vous ai embrassée par défi?

– Par... défi...!

– Oui. Un défi que je vous ai lancé et que vous avez accepté, petite menteuse. (Son ton ironique mit Sara au comble de la rage.) Je ne vous ai pas violée, n'est-ce pas? Et croyez-moi, je n'ai aucune intention de me fatiguer pour en arriver à de telles extrémités. Pourquoi le ferais-je? Peut-être est-ce de vous-même que vous avez peur, ma chère Delight. Vous n'êtes pas sûre de vos réactions au cas où vous vous baigneriez toute nue avec un homme. Vous pourriez découvrir que vous souhaitez en arriver à l'acte que vous appelez viol en ce moment. (Il eut un grognement de mépris.) Mais tout cela est une perte de temps. Je vais me baigner et vous pouvez venir, ou ne pas venir, à votre guise!

24

Les deux cheminées à chaque extrémité de l'immense salle en marbre avaient été allumées. Sans nécessité, sûrement, mais les flammes bondissantes donnaient une lumière flatteuse et faisaient jouer des reflets dorés sur la peau claire de Sara. Tandis qu'elle descendait, pieds nus, les marches de marbre bordées de balustres ventrus, Sara se rendait compte, à chacun de ses pas, qu'elle agissait comme jamais encore auparavant. Elle prenait des risques qu'elle n'aurait jamais osé courir dans la vie protégée et prosaïque qu'elle avait menée jusque-là. Et pourtant, elle refusa de marquer une hésitation, même lorsque le bruit des éclaboussures cessa dans la piscine et qu'elle sut qu'il l'observait.

Elle n'avait rien à craindre. Il n'y avait rien de mal à se baigner nu et la nudité était bien moins suggestive qu'un corps légèrement voilé qui conservait une partie de son mystère. Sois courageuse, Sara! Pense à la cause pour laquelle tu dénudes ton corps virginal, qui est loin d'être laid, au demeurant!

– Eh bien? A présent que vous êtes ici, vous allez peut-être vous souvenir que vous ne savez pas nager? Allez-vous vous enfuir dans votre chambre, pour vous cacher du vilain méchant loup?

Il avait un aspect différent avec ses épais cheveux noirs plaqués sur la tête. Mais sa voix désagréable et son air sombre n'avaient pas changé. Qu'il aille au diable!

– Qui a peur du grand méchant loup? fit Sara, en rejetant son peignoir et en plongeant dans l'eau.

Celle-ci était délicieuse et elle avait certainement besoin d'exercice. Elle nagea sous l'eau sur la moitié de la longueur de la piscine et remonta un instant pour reprendre sa respiration. Elle fut aveuglée quelques secondes par ses cheveux qui lui collaient au visage.

– Permettez-moi...

De longs doigts bruns dégagèrent sa figure et Sara s'aperçut qu'elle s'était presque jetée contre lui.

– Merci! (Prenant une profonde inspiration, elle nagea le crawl dans la direction opposée. Malheureusement, il était déjà arrivé lorsqu'elle s'agrippa au rebord.)

– Alors vous nagez presque aussi bien que vous jouez au tennis. Je me demande dans quels autres sports vous excellez aussi.

Que pouvait-il voir d'elle dans l'eau? Oh, zut! Elle recommençait à penser selon les préceptes moraux du XIXe siècle. D'un geste provocateur, elle rejeta ses cheveux en arrière.

– C'est à vous de le deviner.

Elle fut récompensée par la crispation de sa

mâchoire. Il la regarda comme s'il voulait la noyer.

Sans attendre pour voir s'il essaierait vraiment, elle repartit cette fois plus lentement, cependant que les habitudes de l'entraînement reprenaient le dessus. Elle savait jouer au tennis, nager et monter à cheval. Elle excellait dans ces trois sports. Elle jouait médiocrement du piano et pouvait faire quelques accords à la guitare s'il le fallait. Son père avait insisté pour qu'elle apprenne tout ce qu'il considérait indispensable à l'éducation d'une « lady ». Que penserait-il, le pauvre, s'il savait ce qu'elle était en train de faire? Elle en eut un frisson, en refaisant surface à l'autre extrémité du bassin.

– Vous n'avez sûrement pas froid? (La voix mordante venait d'un peu plus loin cette fois-ci.) Mais si tel est le cas, je peux rajouter du bois sur le feu.

Cela voulait dire qu'il sortirait de l'eau et il ne portait pas de maillot, de toute évidence.

– Cela va très bien, répondit-elle gaiement.

– *Bene!*

Il avait maintenant décidé de l'ignorer. Sara, agrippée au rebord à faire des battements de jambes, pouvait sentir les remous chaque fois qu'il passait à côté d'elle en nageant rageusement.

– Eh bien, cela suffit.

Lorsque Sara se retourna, il était assis sur le bord du bassin, croisant négligemment les jambes, comme s'il portait un de ses pantalons blancs qui le moulaient si étroitement.

Elle détourna rapidement la tête et demanda d'une voix rauque :

– Est-ce que cela veut dire que je dois sortir aussi? Ce n'est pas juste. Je viens seulement d'arriver.

– Alors, faites ce que vous voulez. Et puisque j'ai

aussi oublié d'apporter une serviette, je vais me sécher devant le feu. Je ne voudrais pas vous laisser toute seule et sans défense dans cette grande baignoire en marbre. Vous pourriez glisser ou attraper une crampe. Je vais vous attendre.

Il annonçait cela calmement. Et bien entendu, il allait le faire. Courage, Sara! Elle fit trois longueurs, avant de pouvoir lui faire face avec nonchalance.

– C'était merveilleux!

Elle se hissa hors de l'eau et s'assit en lui tournant le dos, se demandant s'il s'était endormi ou s'il la regardait. Un léger frisson lui parcourut la peau. Etait-elle vraiment capable de maîtriser la situation?

Le feu derrière elle se raviva soudain, formant des ombres bizarres sur les murs. Elle reconnut celle de Marco, démesurément grandie, et qui semblait se pencher sur elle. Le faisait-il?

Elle se sentit soulagée en entendant sa voix à une distance suffisante.

– Vous avez froid et j'ai rajouté du bois dans le feu. A moins que vous n'ayez l'intention de rester là à regarder fixement dans l'espace de façon à attraper un rhume, je vous suggère de m'imiter et de vous sécher près du feu. Même le sol est chaud à cet endroit et – sa voix devint caustique – vous avez ma parole que je ne vous toucherai pas.

Préférant ignorer tout sous-entendu, Sara dit gaiement :

– Ce feu a vraiment l'air accueillant!

Un silence s'établit derrière elle, tandis qu'elle rassemblait son courage et prenait sa respiration. Il y avait des statues nues, ainsi que des tableaux partout. C'est ce qui la décida. Après tout, n'était-elle pas censée mener le jeu?

– Voulez-vous me passer mon peignoir, s'il vous plaît?

Cela avait dû lui échapper. Le grognement de surprise qu'elle entendit derrière elle la fit se lever d'un bond et se retourner toute droite pour lui faire face. La fierté la fit rester immobile plus longtemps que nécessaire. S'il voulait tant la regarder, qu'il le fasse, et maudit soit-il! Il verrait un être qu'il ne posséderait jamais!

Elle leva les bras lentement pour dégager les cheveux mouillés des ses épaules.

– J'ai bien peur de ne jamais pouvoir sécher mes cheveux, si vous n'êtes pas assez galant pour aller me chercher une serviette.

– Et qu'est-ce qui vous fait croire que je suis galant?

Sa voix l'énervait à tel point qu'elle faillit perdre confiance en elle-même. Elle réussit cependant à éclater de rire.

– Je ne faisais qu'essayer. Je devrais pourtant vous connaître, depuis le temps.

– Oui, vous avez raison. (Le timbre de sa voix changea et devint profond et paresseux.) Mais pourquoi ne venez-vous pas près du feu maintenant? Je crois que vous venez de frissonner encore et je ne voudrais pas que vous attrapiez froid.

Lui, bien sûr, était étendu devant le feu, les bras derrière la tête et une jambe repliée. Sara essaya de ne pas regarder son corps fin et musclé. Lui, tandis qu'elle s'avançait, ne se gênait pas pour la regarder avec un manque total de pudeur et d'embarras. Elle fut soulagée de pouvoir se laisser tomber à genoux et de s'étendre sur le ventre en regardant le feu.

Dans le silence qui s'ensuivit, Sara prit soudain conscience de la musique. Douce, subtile, elle tissait une trame sonore sensuelle autour d'elle. C'était le thème d'amour de *Tristan et Isolde;* uniquement la musique, sans les voix qui lui avaient toujours paru superfétatoires. C'était la musique la plus sensuelle du monde. Une musique à vous faire perdre la tête.

– Je suppose que vous auriez préféré du rock and roll, mais c'est cette musique qui convient à mon humeur de ce soir.

– Vous êtes toujours à faire des suppositions et vous ne savez rien sur moi. Vraiment rien.

– Dans ce cas, me permettrez-vous de découvrir quelque chose?

– Je doute que cela en vaille la peine.

Pourquoi la tourmentait-il sans cesse?

– Mais pourquoi pas? Puisque vous avez réussi à conserver le mystère! Je suis intrigué, je l'admets.

– Hmm!

Sara avait appris à aimer cette expression avec tout son registre de nuances possibles.

– Vous ne me croyez pas? Mais il y a beaucoup de choses que j'aimerais découvrir sur vous, Delight. Par exemple, aimez-vous vous faire masser? Votre dos paraît très rigide et tendu, même à cette distance, et cela n'est pas bon. Allons, puisque je n'ai pas été assez galant pour aller vous chercher une serviette pour vos cheveux, laissez-moi me racheter en vous aidant à décontracter vos muscles si tendus.

– Je ne...

Il lui coupa la parole sans ménagements.

– Restez tranquille. Ce que vous sentez, n'est que de l'huile et elle contient de la vitamine E, substance excellente pour la souplesse de la peau. (Sans attendre de réponse, il commença à masser son dos et sa nuque avec une douceur qui la surprit.) Ne craignez rien, reprit-il d'un ton moqueur. Je n'essaie pas de vous exciter. Simplement de vous réchauffer et de vous détendre un peu.

Sans aucun doute! pensa-t-elle avec ironie. Mais, après avoir soigneusement pesé tous les choix qui s'offraient à elle, elle décida que la discrétion était sa meilleure arme... et elle était certainement plus en sécurité couchée sur le ventre que debout. D'ailleurs, la pression qu'il exerçait avec ses doigts n'avait rien d'intime et ne faisait que la détendre. Tant qu'il restait à sa partie lombaire...

– Est-ce que je vous fais mal ou cela vous soulage-t-il? (Elle ne savait pas jusqu'ici que le loup pouvait ronronner. Espérait-il endormir sa méfiance?) Vous vous raidissez à nouveau. N'avez-vous jamais appris à vous décontracter?

– Je suppose que cela serait plus facile si votre soudaine gentillesse ne me paraissait très suspecte.

– Vous êtes bien cynique. Tournez-vous et je vous montrerai que je peux être gentil, si dans votre vocabulaire cela signifie que je doive rester de marbre. Dois-je prétendre que vous êtes – une de mes nièces préférées, par exemple? Ou la fille vierge d'un de mes amis?

– Que Dieu vienne en aide à vos nièces si vous en avez! Et je doute qu'il vous reste beaucoup d'amis dont les filles soient encore vierges!

Elle poussa un cri, car ses mains s'appuyèrent sur ses épaules, comme pour lui cogner la tête contre le sol de marbre.

– Votre langue est trop acerbe, Delight, et elle pourrait un jour vous attirer des ennuis. Et estimez-vous heureuse de m'avoir arraché une promesse.

Sa voix était assez menaçante pour qu'elle reste immobile et de nouveau tendue sous ses mains qui étaient assez fortes pour la briser s'il en éprouvait le désir.

Il se mit soudain à masser ses pieds, la prenant par surprise. D'abord la plante des pieds, l'une après l'autre, puis ses mollets qu'il enduisit d'huile, rendant la peau aussi souple que de la soie. Il s'attarda assez pour lui redonner confiance. Mais lorsqu'elle sentit la chaleur de sa main à l'intérieur de ses cuisses, Sara protesta avec véhémence.

– Arrêtez-vous. Cela suffit. Je suis tout à fait décontractée maintenant et je crois que j'aimerais retourner dans ma chambre.

– Je ne savais pas que vous étiez aussi lâche.

– Je me moque de ce que vous pensez.

– Bien. Peut-être avais-je tort de croire que vous aviez peur de moi pour une raison quelconque. Vous pouvez vous retourner sans crainte, je vous assure. Puisqu'il est impossible de vous considérer comme timide, je présume que la crainte est la cause de votre réserve!

– Vous ne devriez rien présumer. Pourquoi aurais-je peur de vous?

– Dans ce cas...

Avec une aisance surprenante, il la souleva, la retourna et la reposa sur le dos, comme si elle était un pantin inarticulé.

– Espèce de...!

Elle referma les yeux pour échapper à la flamme qui scintillait dans les siens.

– Cela ne sied pas à une « lady » de jurer – et vous avez essayé de me convaincre durant ces dernières semaines que vous en étiez une. Alors, restez tranquille, à moins que mes mains ne prennent des libertés que vous réprouvez!

– Ne vous ai-je pas dit dernièrement que je ne vous aimais pas?

Sara surprit l'éclat rageur de son regard.

– Vraiment? Comme vous êtes ingrate au moment où j'essaie de vous être agréable. Pourquoi ne pas vous détendre simplement et en profiter, comme dit le proverbe?

Il semblait plus facile de fermer les yeux pour s'isoler de lui. Fermer les yeux et résister à la sensation douce et insidieuse de ses mains sur sa peau.

Il la prit par les épaules, et massa avec une douceur trompeuse ses clavicules, jusqu'à ce qu'il sente qu'elle se détendait à nouveau. Puis, ses mains descendirent plus bas. Sara se raidit et il évita délibérément de toucher la pointe de ses seins. Avec beaucoup de douceur, il suivit les courbes de son corps pour arriver enfin jusqu'à son ventre parfaitement plat, puis il remonta vers ses épaules. Malgré l'expression de profond ennui qu'elle affichait avec ostentation, il sembla à Marco qu'un léger frisson parcourant son corps trahissait ses véritables réactions.

Maudite soit cette petite allumeuse qui choisissait de combattre ses instincts, plutôt que de s'avouer trop facilement vaincue. Et elle avait certainement compris à présent qu'il n'était pas question d'autoriser son mariage avec Carlo. Que croyait-elle gagner avec cette apparence de vertu? Et combien de temps avait-elle l'intention de jouer ce jeu?

25

Que tout ceci lui eût paru incroyable il y a moins de deux ans. Etendue toute nue sur le dos, sous le regard d'un homme qu'elle détestait et méprisait, et qui la caressait comme aucun autre homme ne l'avait fait auparavant.

Pourquoi le laissait-elle faire? S'il s'était permis quelque privauté et avait essayé de rompre l'étrange pacte qu'ils avaient conclu, elle serait partie. Mais il n'avait rien tenté et ne faisait rien qu'elle pût lui reprocher. Il la massait simplement, de la façon la plus impersonnelle qui soit. Etait-ce certain? Ce frôlement de ses doigts entre ses cuisses, il n'y avait qu'un instant, était-ce une illusion? Et c'était elle qui était censée le mener par le bout du nez, afin de le repousser le moment venu. Ses mains parcouraient son corps avec trop de familiarité... et Dieu sait avec combien d'autres femmes il s'était amusé à ce même jeu. Massage, en vérité!

Elle retrouva ses esprits et se souvint de la raison de sa présence ici. Elle se redressa en clignant des yeux, comme si elle avait été sur le point de s'endormir.

– Mmm! C'était très agréable. Mais chacun son tour. Je sais très bien masser, moi aussi, vous savez!

Elle avait lu un livre sur ce sujet et sa mémoire était excellente. Elle tendit le bras pour se saisir de la fiole d'huile et lui sourit d'un air provocant. Elle fut récompensée par l'étonnement qui se lut sur son visage.

– Et maintenant, c'est à votre tour de vous détendre. Eh bien, allongez-vous!

– Comme... c'est gentil de votre part. Je suis flatté.

Mais Sara remarqua qu'il la regardait avec méfiance, tout en s'allongeant sur le ventre comme elle l'avait fait au début.

Contente d'elle, elle lui adressa un sourire charmeur.

– Je suis sûre que bien des femmes doivent rêver de vous masser. Je ferai de mon mieux.

– Merci, dit-il plutôt sèchement. Je vous donnerai une note à la fin. Je n'ai aucune envie que vous m'enfonciez vos griffes dans la peau.

– Oh, mais il se peut que je vous surprenne et que je mérite vingt sur vingt. On ne peut jamais savoir.

– Allez-y!

Il haussa ses larges épaules et reposa la tête sur ses bras, comme résigné à une expérience quelque peu déplaisante.

A genoux au-dessus de lui, Sara dut résister pour ne pas lui faire la grimace. Il avait raison. Elle aurait eu beaucoup de plaisir à lui enfoncer ses ongles dans la chair, mais elle était là pour démontrer quelque chose. Elle entreprit donc de lui masser la nuque avec des doigts qui le surprirent par leur vigueur et leur maîtrise.

L'huile, glissant entre ses paumes et la peau mate de Marco provoquait en elle une étrange sensation d'étonnement devant son aisance et le plaisir manifeste qu'elle prenait à sentir la texture inhabituelle de sa peau et les contours fermes de son dos. Elle sentait sous ses doigts le mouvement de ses muscles, comme s'il se contractait, puis se détendait ensuite. Elle ne savait pas encore très bien ce qu'elle faisait. Elle fit glisser son poing fermé le long de sa colonne vertébrale, puis remonta jusqu'aux épaules, pour redescendre l'instant d'après jusqu'à la taille, passant par-dessus les muscles durs de ses fesses, avant d'abandonner négligemment sa main sur sa cuisse.

– Vous appelez cela un massage?

Le grondement de sa voix ne la fit que sourire cette fois. Elle sentait, à sa nervosité mal contrôlée, qu'il n'était pas insensible à ses gestes.

– Vous vous plaignez?

Sa voix se fit provocante, tandis que ses mains continuaient à parcourir et à découvrir ce corps. Elle ressentit un sentiment de puissance en le voyant réagir malgré lui sous l'attouchement de ses mains.

– Vous... provoquez mon désir. Faites attention!

Les mains de Sara continuèrent à parcourir sa peau avec de plus en plus d'assurance, puis elle répondit avec légèreté :

– Mais pourquoi? Vous m'avez juré que je pouvais accorder foi en votre parole. Voulez-vous que je m'arrête?

Elle était provocante et tentatrice – une garce de premier ordre, pensa Marco. Et, bien entendu, elle voulait se venger de lui et ses réactions typiquement masculines ne lui donnaient pas l'avantage. *Dio!* Comme il aurait aimé tenir son corps sous le sien, pour lui faire avouer qu'elle n'était rien d'autre qu'une petite traînée facile, gouvernée par ses sens, s'offrant au premier mâle qui lui plaisait. Son intention avait été que Carlo découvre cela de son propre chef... Il se reprit sévèrement. Avait été? Etait! Elle était peut-être rusée, mais c'était aussi une femme, faible comme les autres femmes – y compris sa propre mère. Il fit une grimace que Sara ne vit pas. Cela avait été une plaisanterie amère que de faire venir Delight dans cette pièce et dont lui seul pouvait saisir l'ironie. Sa mère, qui s'était enfuie avec un paysan, avait été elle aussi une traînée. Affinité d'esprit! Et il n'y avait qu'une seule façon pour les exorciser toutes deux.

Se réjouissant de sa victoire, fascinée malgré elle,

Sara ne put réprimer un cri de frayeur, lorsqu'il saisit son bras dans sa poigne implacable.

– Assez!

Pourquoi tout ce qu'il lui disait était-il soit un ordre, soit une menace?

– Qu'est-ce qui ne va pas encore? Lâchez-moi, vous me faites mal, et vous avez promis...

– Je ne sais que trop bien ce que j'ai promis, grinça-t-il. Mais vous êtes en train, je crois, de m'inciter à franchir le fossé que vous avez creusé entre nous. Je ne suis pas un jeune homme stupide comme Carlo et d'habitude... (Il laissa ce mot en suspens, prit un air moqueur et se mit à genoux d'un geste souple et rapide, tout en la maintenant devant lui.) D'habitude, poursuivit-il d'une voix acariâtre qui la fit taire, je ne me refuse pas les plaisirs fugitifs, tels que vous pouvez m'en procurer. Alors, faites attention, ou je pourrais choisir de considérer vos provocations comme une invitation!

Il parcourut des yeux sa nudité avec une lenteur calculée, s'attarda à ses seins et à l'ombre qui recouvrait son pubis, faisant naître une rougeur révélatrice dans le sillage de son regard brûlant.

– Oh! (Sara avait le souffle coupé et elle essaya de se libérer.) J'aurais dû savoir que vous étiez un mauvais perdant. D'abord au tennis et maintenant...

– Mais qui de nous deux est le perdant et le gagnant? Vous ne voulez vraiment pas le découvrir?

– Je pense (elle avait du mal à contrôler le tremblement de sa voix), je pense que nous pourrions dire que nous sommes quittes pour ce soir. Nous devrions aller nous coucher. Et cessez de me tordre le poignet, vous me faites mal.

– Oui, dit-il d'un air pensif. Vous ai-je promis

aussi de ne pas vous faire mal? Je n'en ai pas le souvenir.

– Lâchez-moi. Je ne suis pas pour le sado-masochisme, si c'est cela que vous aimez!

– Et si cela était, croyez-vous que vos faibles protestations y changeraient quelque chose? Je crois que vous savez aussi bien que moi, qu'en très peu de temps, je pourrais vous faire désirer tout ce que je choisirais de faire à votre corps élancé, sensuel, et que vous aimez tant montrer.

Une étincelle brillait dans son regard que même Sara, malgré toute son inexpérience, ne comprenait que trop bien.

– Non! (Elle lui jeta le mot au visage, espérant l'avoir blessé. Si elle avait eu un couteau sous la main, elle n'aurait pas hésité à le plonger dans ce corps ferme qui ne la dominait que trop facilement.) Non – quoi que vous fassiez, vous ne me ferez jamais éprouver de désir pour vous! (Elle le regarda avec un air de désespoir qui pouvait facilement passer pour de la haine.) Parce que, voyez-vous, même si vous me preniez, même si vous parveniez à exciter mon corps, je serais obligée de fermer les yeux et de penser à quelqu'un d'autre, qui que ce soit. Vous comprenez, signor duc? Je choisis mes amants, et il se trouve que vous n'êtes pas mon type. Ai-je été suffisamment claire?

Dans le silence tendu qui suivit cette sortie, tout sembla suspendu. Sara ne pouvait arracher son regard des yeux de Marco qui devinrent durs comme de l'acier. Mais son visage gardait son impassibilité. Pourquoi ne disait-il et ne faisait-il rien? Elle eut honte de sentir son cœur battre à se rompre. Elle craignit qu'il ne l'entende et ne découvre à quel point elle était terrorisée.

– N'avez-vous pas entendu ce que je viens de vous dire?

– Bien sûr que si. Comment aurais-je pu ne pas vous entendre, quand nous sommes si près l'un de l'autre? (Sa voix était agréable. Trop agréable!) Et vous savez vraiment vous exprimer clairement et sans détours lorsque vous le voulez. Vous êtes aussi une belle petite garce – le genre qu'on appelle chez vous allumeuse, je crois. Chaude à un moment, froide l'instant d'après. Une vraie petite putain.

Il semblait incroyable qu'il ose dire des choses pareilles, et sur ce ton aimable qu'il avait adopté.

Le visage de Sara s'empourpra. Ne te laisse pas faire, se dit-elle. Utilise toutes les armes possibles, sinon il va te vaincre et te dégrader – c'est ce qu'il essaie de faire en te disant toutes ces choses ignobles, il guette tes réactions, de son œil froid et cruel. Il l'avait appelée putain! Une fois de plus.

– Si j'étais vraiment... ce que vous dites, vous pouvez être sûr, signor, que vous ne pourriez m'acheter à aucun prix. Et je vous assure que je préférerais me donner à n'importe quel homme qui me plairait, même à un vagabond.

– Je commence à m'apercevoir que, en dépit de ce joli corps qui vous a apporté une telle notoriété, la nature vous a gratifiée des pires défauts de la gente féminine. Dois-je les énumérer?

– Je ne veux plus vous entendre. Lâchez-moi, vous dis-je.

Il continua, implacable, ignorant ses protestations.

– Vous avez une langue acerbe et un mauvais caractère que vous feriez bien de domestiquer si vous voulez garder un de vos nombreux amants pour plus d'une nuit ou deux. Vous êtes aussi une petite hypocrite, froidement calculatrice, une...

– Et vous n'êtes rien d'autre qu'un crétin pompeux. Vous prétendez me passer au crible de votre esprit mal tourné, vous portez sur moi des jugements insanes, tandis que... (Sara s'arrêta à temps, effrayée des implications de ce qu'elle avait failli dire.)

– Tandis que... quoi? Vous devriez aussi apprendre à finir vos phrases.

– Quand vous aurez fini de me maintenir de force, m'obligeant à écouter vos insinuations insultantes, j'aimerais pouvoir partir. C'est très inconfortable de rester ainsi à genoux sur ce sol froid et dur – à moins que vous n'ayez l'intention de m'infliger une pénitence pour mes prétendus péchés.

Cette fois, Marco n'essaya pas d'étouffer le juron qui lui échappa. Il la mit debout, brutalement et sans cérémonie, et pensa bien qu'elle allait perdre l'équilibre et se rattraper à lui. Mais elle était souple comme un chat et n'eut aucun mal à se maintenir d'aplomb. Elle le fixait de ses yeux verts d'émeraude qui prenaient un éclat doré à la lumière du feu. Qui pouvait deviner ce qu'il y avait au fond – ou derrière – ces yeux? Un regard de coquette, d'allumeuse-née. Et un corps conséquent, qu'il n'avait pu s'empêcher de remarquer et auquel il réagissait. Calculatrice? C'était certain. La déesse des garces. Elle avait dit pénitence?

– La pénitence est réservée à ceux qui connaissent du repentir, j'en ai bien peur. Mais si cette scène se déroulait au siècle dernier, je vous aurais infligé bien plus qu'une pénitence formelle, croyez-moi!

Elle n'aimait pas son regard ni le ton de sa voix, mais il l'avait relâchée et Sara se massa le poignet en se reculant.

– Vous n'avez pas besoin d'entrer dans les détails,

merci. J'imagine que vous me feriez enfermer dans un donjon ou en quelque lieu aussi médiéval. Et vous me feriez torturer sans merci, pour me faire avouer les prétendus péchés dont vous m'accusez. Tout ce que je puis dire, c'est que je remercie Dieu pour le progrès accompli. Je reviens de loin!

Excellente réplique pour faire une sortie digne – mais si seulement elle pouvait trouver son peignoir!

– Je suis heureux de vous l'entendre dire. (Il ajouta avec une fausse politesse :) Vous cherchez quelque chose? Ceci?

Ceci, c'était le peignoir qu'il avait chiffonné et qu'il lui lança avec tant de désinvolture qu'elle dut faire quelques pas en arrière pour l'attraper. C'était bien entendu exactement ce qu'il voulait.

Elle tomba dans le bassin, fit surface pour prendre son souffle et replongea immédiatement. Cette fois, elle resta sous l'eau. Elle avait appris à retenir sa respiration assez longtemps et il n'y avait pas de lumière pour éclairer le bassin. S'il croyait qu'elle s'était assommée en tombant, viendrait-il la chercher, ou la laisserait-il se noyer?

Elle allait atteindre la limite de sa résistance, quand il plongea. Elle refit immédiatement surface, s'approcha du bord et se hissa promptement hors de l'eau.

Quel ignoble et arrogant individu! Sara espéra qu'il resterait longtemps sous l'eau à sa recherche. Assez longtemps pour qu'il craigne de l'avoir tuée, ou pour qu'il se noie!

Elle fut bientôt sur pied et elle se mit à courir vers les escaliers. Elle n'osa regarder en arrière, mais sa voix irritée lui parvint.

– Vous avez eu raison de courir, espèce de petite garce rusée! Si je vous avais sous la main, vous n'auriez pas besoin de prétendre que vous êtes en train de vous noyer.

Sara ne s'arrêta pas, lui laissant le dernier mot. Tout ce qu'elle put, c'est ne pas se retourner pour voir s'il la poursuivait. Elle monta en courant les marches en marbre et trébucha plusieurs fois avant d'atteindre sa chambre, refuge qui n'en était pas un. Elle s'appuya contre la porte fermée pour reprendre sa respiration et se souvint qu'il n'y avait pas de serrure.

26

Plus tard, Sara ne put se souvenir combien de temps elle était restée, le regard fixé sur la porte, par où il pouvait entrer à n'importe quel moment pour prendre sa revanche. Que ferait-elle dans ce cas? Quand elle eut retrouvé son souffle, elle enfila sa chemise de nuit, puis regarda la porte à nouveau. Voilà pour la *dolce vita!* Prendre un bain toute nue dans une piscine de marbre, avec un duc italien qui croyait pouvoir accommoder les lois selon son désir, cela n'était pas vraiment dans ses cordes! En fait, elle n'aurait jamais dû se laisser entraîner dans pareille aventure.

Une paire de lourds chandeliers en ébène et en argent se trouvait de chaque côté d'une grande psyché. Elle en prit un. S'il osait entrer dans cette pièce, elle le lui jetterait sans hésiter à la tête et serait heureuse de faire face aux conséquences de cet acte. Elle serait une vierge victime d'un enlèvement et défendant son honneur jusqu'à la mort.

Un léger sourire vint enfin détendre son visage.

Elle se sentait un peu ridicule, ainsi dressée, prête au combat. Nanny Staggs l'avait toujours mise en garde contre sa tendance à dramatiser les choses, et elle la connaissait mieux que quiconque!

– En cela, vous ressemblez vraiment à votre mère, je le crains.

Le souvenir de la semonce de Nanny aida Sara à remettre les choses à leur place. S'il l'avait poursuivie, il aurait depuis longtemps franchi cette porte avec fracas. Peut-être lui aussi avait-il retrouvé un peu tard ses esprits!...

Délivrée de cette tension, Sara se sentit soudain envahie par la fatigue. Demain, elle prendrait des mesures pour sortir de cette odieuse situation. S'il ne voulait pas la laisser partir, il y aurait toujours Angelo qui, malgré son ambiguïté, lui paraissait pouvoir être très efficace dans ce qu'il entreprenait. Et elle n'oubliait pas à quel point il avait manifesté son enthousiasme à l'idée de la conduire auprès de sa mère.

Demain, il fallait vraiment qu'elle demande à Sérafina de lui faire un plan du palais. On était sans doute déjà demain – et elle était morte de fatigue. Elle était si épuisée qu'elle croyait que son squelette était en train de se dissoudre et qu'il ne pourrait plus la soutenir très longtemps.

Les lumières éteintes, Sara s'écroula sur son lit. Dans la soirée, elle avait laissé ouverts les volets qui menaient à la terrasse – une légère brise d'air le lui rappela, mais elle était déjà à moitié endormie.

Le sommeil était un refuge bienvenu. Puis vint l'intrusion de rêves qui la firent s'agiter dans son grand lit. Quelqu'un essayait de lui demander quelque chose qu'elle n'arrivait pas à comprendre répétant sans cesse la même question. Comme c'était agaçant. Pourquoi la secourait-on ainsi pour lui faire comprendre?

– Oh, arrêtez! (Le ton de sa propre voix l'éveilla.)

– *Maledizione*! Pourquoi diable portez-vous ce vêtement stupide? Si vous ne m'aidez pas à l'enlever, je jure que je vais l'arracher, ma Delight damnée!

Oh, mon Dieu! Elle connaissait cette voix. Oh, non. Elle poussa un cri de protestation, quand un bras la souleva et qu'une main arracha brutalement sa chemise de nuit. Il la laissa ensuite retomber sur le lit, ce qui la réveilla complètement.

– Que faites-vous? Comment osez-vous?

– Je crois que je vous en ai déjà parlé. Cela s'appelle le droit de cuissage. Nous avons une expression similaire dans le dialecte local, si vous voulez la...

– Sortez d'ici! Vous... vous avez *promis*, souvenez-vous.

– Vous parlez comme une enfant. Qu'est-ce qui vous fait croire que je tiens mes promesses?

Sara s'aperçut avec une terreur croissante qu'il était à moitié étendu sur elle. Son visage était trop près du sien – assez près pour qu'elle puisse sentir l'odeur d'alcool dont était chargée son haleine. Elle frissonna.

– Vous êtes ivre, n'est-ce pas? Il a fallu que vous buviez pour vous donner le courage de monter ici et me violer. Vous n'êtes qu'un rejeton de ces pirates qui venaient ici pour piller, pour violer et pour emmener les femmes en esclavage. Vous...

Je n'ai jamais promis de ne pas essayer de vous séduire, *bella mia*. (Il posa ses lèvres sur la nuque de Sara et elle faillit crier.) Et oui, bien sûr, je suis un peu ivre. Pourquoi pas? J'ai pensé que le vin m'endormirait, mais au contraire, il m'a apporté des images de vous. Vous êtes une sorcière. Vous provoquez mon désir, bien que je vous méprise et que je sois souvent bien près de vous haïr.

Il lui parla en italien et sa voix avait une intonation qui incita Sara à se débattre. Il était venu, déterminé à la prendre. Et maintenant, il lui parlait d'une voix aigre mais douce qui lui mettait les nerfs à vif.

– Allez-vous-en. Je veux que vous... que vous vous arrêtiez et que vous partiez.

Elle se méprisa d'en être réduite à le supplier avec cette note de désespoir dans la voix, mais elle ne put s'empêcher de réagir avec une terreur virginale, quand Marco entreprit de la caresser d'une façon intime.

– Je croyais que vous aimiez que l'on vous masse. Arrêtez de vous tortiller comme cela, *carissima,* à moins que vous ne vouliez me faire croire que vous êtes déjà excitée.

Elle se débattit de plus belle, prise de terreur et de désespoir.

– *Basta!* Qu'est-ce qui ne va pas maintenant? Arrêtez – je n'apprécie pas les coups de griffe comme marque de passion. (Il lui emprisonna les deux poignets.) On croirait que vous êtes une vierge tremblante, au lieu d'une séduisante *cortigiana* qui apprécie ce qu'elle fait.

Il était si fort! Elle n'avait aucune chance de lui résister, à moins de lui dire la vérité – qu'elle n'était pas Delight, mais sa sœur aînée. Elle préférait affronter sa colère que ce qu'il avait l'intention de lui faire.

– Je ne suis pas... je ne... oh, mais arrêtez donc! Vous ne comprenez pas que...

Il étouffa ses protestations sous ses baisers. Sa

bouche explorait la sienne dans une variété infinie de baisers qui se fondaient les uns dans les autres, parfois d'une brutalité sauvage au point de lui faire mal, à d'autres moments d'une douceur étonnante, quand il explorait lentement la texture de ses lèvres, de sa langue et de sa bouche. Et pendant tout ce temps, ses doigts continuaient à la caresser partout où il en éprouvait le désir. Il jouait avec la pointe de ses seins, avec une lenteur affolante, la couvrant tout le temps de baisers, au point qu'elle fut bientôt partagée entre l'envie de céder à l'appel de ses sens et sa peur primitive.

A présent, on n'entendait plus que leurs soupirs et les gémissements de Sara. Oh, mon Dieu! pensa-t-elle, je ne peux croire à ce qui est en train de m'arriver et qu'il me semble pourtant désirer. Ce qu'elle voulait, c'était de ne plus penser et de laisser ses sens prendre le dessus pour la première fois de sa vie. C'était comme tomber d'une grande hauteur en décrivant de lents cercles, ou d'être attirée au centre d'un tourbillon qui l'aspirait en dépit de sa volonté. Ce qu'il provoquait avec la pression sensuelle de ses doigts était diabolique.

A partir d'un certain point, il devint inutile de lui maintenir les poignets et elle s'accrocha à ses épaules au lieu de le repousser. Il la touchait là où elle voulait être caressée et le contact de ses doigts éveillait en elle des sensations dont elle ignorait jusqu'à l'existence. Cédant enfin, elle se sentit emportée par un tourbillon de passion qui la porta à s'arc-bouter contre lui et accueillir presque avec joie la douleur aiguë qui lui fit pousser un cri, bientôt suivie d'une autre douleur qui n'en était pas vraiment une et qui la fit gémir malgré elle.

Encore... encore... et plus encore. Cela ne ressemblait à rien de ce qu'elle avait pu imaginer, ou même expliquer. Tout ce dont elle avait conscience, c'était des mouvements du corps de Marco contre le sien et de la sensation d'une plénitude qui comblait sa vacuité, l'emportant jusqu'aux limites extrêmes du plaisir.

De ce point culminant, la chute dans la réalité fut comme au sortir de transes d'une autre créature qu'elle, passionnée et sensuelle, capable de se donner sans réserve au désir et au plaisir. Soudain, elle prit conscience de tout ce qui venait de se passer. Du lit défait, de la moiteur sous elle, du corps de Marco toujours étendu sur le sien, encore en elle. Dormait-il? S'il disait quelque chose de cruel ou de sarcastique maintenant, elle...

Il s'écarta légèrement pour la soulager de son poids, tandis que sa bouche venait se nicher contre la peau tendre de son cou.

– *Dio mio,* vous êtes une tentatrice. Si étroite et si chaude... c'est incroyable, mais je vous désire encore!

Sa voix qui vibrait contre sa chair provoquait des vibrations de crainte et d'autre chose... qui réveillait en elle un instinct ancestral et primitif, et elle avait envie de le toucher, de le garder en elle. De découvrir son corps et de voir s'il pouvait éveiller à nouveau le même élan de passion chez elle, qui l'emporterait au même aboutissement.

Les mains de Sara glissèrent le long de son dos, puis remontèrent vers ses épaules et sa nuque. De là, une de ses mains explora tout son corps aussi loin qu'elle le put, pour aboutir instinctivement à l'endroit où leurs deux corps n'en faisaient qu'un.

– *Strega!* Sorcière! l'entendit-elle murmurer.

Puis il reprit sa bouche, tandis qu'il se remettait à bouger et à durcir en elle.

Elle avait appris, dans les livres et par ses amies,

que cela ne pouvait pas arriver dans la réalité. Encore? Avec un sentiment de triomphe et de joie, elle découvrait qu'ils avaient tous tort.

Elle se sentait encore flotter, lorsqu'elle l'entendit murmurer quelque chose qu'elle ne comprit pas. Mais cela n'avait pas d'importance, pas à ce moment-là. Elle se tourna vers lui et posa sa tête sur son épaule, en se serrant contre lui et en l'entourant de ses bras.

Il avait parlé en italien et dit quelque chose comme « bonne nuit » ou bien « *domani* », mot que les Italiens ont l'habitude de dire à leurs maîtresses. Sans s'en rendre compte, elle avait esquissé un sourire dans son demi-sommeil. Sa maîtresse! Qui pourrait croire une chose pareille. La maîtresse de Marco, elle qui le haïssait si violemment.

Ce que Sara ressentit ensuite, ce fut la chaleur du soleil sur ses paupières. Puis le sentiment d'une absence.

N'avait-elle fait que rêver? Elle tendit un bras inquisiteur et ne rencontra qu'un oreiller. Elle fronça les sourcils. Etait-ce un rêve? Mais quand elle voulut se lever, une douleur inhabituelle la fit tressaillir. Elle ouvrit les yeux et cligna des paupières à cause du soleil qui envahissait la chambre par le rideau mal fermé. Elle poussa un gémissement et se retourna vers le côté vide du lit.

Elle ne voulait pas encore penser, mais ne put empêcher le flot des souvenirs de la submerger. Elle tendit la main, prit le coussin et le serra contre elle pour se rassurer, tandis que son regard restait dans le vague. Elle était finalement passée à l'acte. Mais pourquoi avec Marco, celui qu'entre tous elle avait juré de détester avant même de l'avoir connu. Marco, le seul homme capable de la séduire avec un baiser, et de faire d'elle ce qu'il voulait. Et il croyait toujours qu'elle était quelqu'un d'autre. Delight, sa sœur, dont il avait murmuré le nom contre son oreille, tandis qu'il faisait l'amour à Sara. Sara l'insignifiante, qui avait toujours une conduite irréprochable et qui n'était pas du tout le genre de femme que les hommes trouvaient excitante, sauf si elle jouait la comédie.

Qu'allait-elle faire à présent?

Un côté de sa nature, qu'elle tenait de son père, lui dictait la raison. Il fallait qu'elle fasse attention. Mais elle avait aussi hérité de la nature de sa mère, de cette passion et de cette insouciance qu'elle avait essayé de surmonter. Pourquoi? Dans quel but?

Sara s'étira et ressentit une délicieuse langueur l'envahir au souvenir de cette nuit. Peut-être était-ce elle et non sa sœur qui méritait tout ce qu'il lui avait dit auparavant. En tout cas, pour l'instant, elle ne ressentait ni remords ni culpabilité. C'est à Sara qu'il avait voulu faire l'amour, même s'il l'ignorait. En revanche elle avait su ce qu'elle faisait de toutes les fibres de son corps et sans aucune honte.

Ce qui est fait est fait. A présent, elle ne pouvait plus reculer. Elle pensa au corps de Marco et à la façon dont ses muscles jouaient sous sa peau... sous la caresse de ses doigts. En rougissant, elle se souvint de la manière dont il avait exploré les endroits les plus intimes de son corps, découvrant des choses qu'elle ignorait elle-même. A présent qu'elle savait, elle ne put s'empêcher de s'agiter nerveusement sous les draps. Bien sûr, il l'avait quittée à cause des serviteurs. Mais quand reviendrait-il?

27

Plus tard, les doutes commencèrent à s'insinuer dans son esprit et, avec eux, le bon sens qu'elle avait perdu durant cette nuit en même temps que sa virginité embarrassante lui revint. Elle avait ressenti de la gêne à l'idée d'affronter Sérafina, sachant que l'austère gouvernante découvrirait tout de suite ce qui s'était passé la veille. Elle avait pensé laver ses draps dans la baignoire et les faire sécher sur la terrasse. Malheureusement, Sérafina était entrée quand la baignoire n'était pas encore pleine et elle avait tout remarqué, y compris la chemise de nuit avec sa bretelle déchirée qui gisait à l'autre bout de la chambre, là où Marco l'avait jetée.

Malgré elle, Sara n'avait pu s'empêcher de rougir, exactement comme une adolescente fautive.

La gouvernante au regard impénétrable changea légèrement d'expression à la vue des draps que Sara était sur le point d'arracher du lit. Mais, quand son regard revint à Sara, elle avait reprit son air habituel. Elle dit sur un ton réprobateur :

– La signorina ne devrait pas s'occuper de telles choses. Je veillerai à changer vos draps moi-même. (En entendant le bruit de l'eau qui coulait dans la salle de bains, elle secoua la tête.) Si vous aviez sonné, signorina, je serais venue vous faire couler votre bain moi-même. A l'avenir, veuillez s'il vous plaît sonner quand vous serez prête le matin et je viendrai en personne.

Ce n'étaient pas tant les paroles de la gouvernante que leur *signification* qui frappaient Sara, tandis qu'elle essayait de se détendre dans la baignoire de marbre. Elle avait voulu dissimuler ses pensées, or

Sérafina lui avait fait comprendre qu'elle acceptait le changement de son statut. A partir de maintenant, Sérafina elle-même prendrait soin de sa chambre, de ses vêtements et s'occuperait de son bain le matin. Sara sourit à son image dans le miroir. Comment l'avait-il appelée une fois durant la nuit? *Cortigiana!* D'une voix grinçante. Eh bien, elle devait certainement ressentir qu'elle en était une, à présent! L'instant d'après, elle se demanda combien d'autres femmes l'avaient précédée dans cet appartement pour assouvir ses désirs. Et il avait dû les renvoyer, lorsqu'il s'en était lassé – sans doute en leur faisant cadeau d'un bijou ou d'une voiture.

Eh bien, pensa Sara avec légèreté, je choisirai la voiture. Puis elle se demanda pourquoi elle ne se sentait pas aussi légère qu'elle l'aurait voulu.

Après tout, où était-il! Il était venu lorsqu'elle était dans sa baignoire, à l'époque où elle le détestait, et maintenant... oh zut! Il fallait qu'elle cesse de rêver ainsi. Il fallait voir les choses froidement, tout comme lui le ferait. Elle lui avait résisté assez longtemps pour l'intriguer. Mais à présent qu'il avait gagné, il était fort possible qu'il ne la désire plus. Ou s'il la désirait encore... Sara se laissa glisser un peu plus sous l'eau, en souhaitant qu'elle parviendrait un jour à s'empêcher de rougir. En tout cas, il l'avait certainement désirée la nuit précédente!

Les nouvelles sensations avec lesquelles elle s'était familiarisée durant cette nuit vinrent exciter ses nerfs... et, cédant à la tentation, Sara explora du bout des doigts les parties les plus secrètes de son corps. Là, à cet endroit... qui restait encore un peu irrité, mais, mon Dieu, comment les livres de vulgarisation pouvaient-ils prétendre vous préparer à la réalité, aux sensations? Cette perte de contrôle, ce désir que l'on vous fasse n'importe quoi...?

Sans s'en rendre compte, elle avait fermé les yeux et se laissait aller à la volupté de ses souvenirs. Elle en fut tirée brutalement par une voix sarcastique qui résonna au-dessus d'elle.

– J'avais espéré vous satisfaire pendant un moment. Mais je vous retrouve plongée dans l'eau avec cet air rêveur et votre seule main pour vous procurer du plaisir. Auquel de vos amants êtes-vous en train de penser en ce moment?

– Oh! (Sara se cacha le visage dans ses mains.) Je n'étais certainement pas...

– Il ne faut surtout pas vous arrêter. J'aime vous regarder quand vous avez cet air langoureux et secret. (Il eut un rire sardonique qui lui fit monter le rouge au visage.) Voyons, vous n'allez pas prétendre que vous ne savez pas qu'il est très excitant, pour la plupart des hommes, de regarder une femme faire ce que vous étiez en train de faire?

Elle avait dû être folle, à la fois de se laisser séduire par lui et de croire qu'elle avait cessé de le haïr. Elle essaya de se composer une attitude, regardant Marco arpenter la salle de bains dans sa tenue de cheval.

– J'espère que je n'ai pas coupé vos élans? Quel qu'ait pu être votre amant de rêve, vous aviez en tout cas l'air d'une femme qui passait un bon moment.

Elle en avait assez. S'il croyait qu'il allait pouvoir satisfaire ses moindres caprices, il découvrirait bientôt qu'il se trompait.

Sara se força à sourire, puis expliqua avec un air aussi ingénu que possible :

– Lorsque je me laisse aller à mes fantasmes, je pense à un homme idéal qui réunit toutes les qualités de mes amants. (Son sourire se fit encore plus éclatant en voyant le visage de Marco s'assombrir.) Mais que faites-vous ici? Je croyais que vous étiez sorti, comme vous le faites toujours durant la journée.

Décidé à ignorer sa riposte, Marco haussa les épaules et la regarda d'un air inquisiteur.

– Je me demande comment vous pouvez en savoir autant sur mes allées et venues. J'espère que les petites servantes ne sont pas trop indiscrètes. Quant à ma présence ici en ce moment, eh bien, qu'en pensez-vous?

Oh! Mais il était odieux! Pourtant, cette fois, il n'allait pas obtenir ce qu'il voulait. Qu'il aille au diable avec ses insultes, ses mots d'amour et avec ses mains trop expertes à éveiller les sens d'une femme pour l'amener à satisfaire ses exigences. Très froidement, elle déclara :

– Je n'ai pas fini de prendre mon bain, ne vous en déplaise. J'ai l'intention d'y rester encore pendant longtemps. Alors, si vous vouliez...

– C'est une idée excellente, dit-il calmement en s'asseyant pour enlever ses bottes. Vous avez beaucoup d'imagination, n'est-ce pas? Et Dieu merci, vous ne prétendez pas être inhibée comme certaines femmes. Vous vivez selon des principes qui sont les vôtres.

Sara se mit en colère. C'était trop. D'abord la tension d'hier soir, et tous ces sentiments contradictoires, et maintenant... après lui avoir fait faire ce qu'il avait fait, il osait revenir pour la tourmenter encore!

– Et vous, vous êtes un individu infâme, s'écria-t-elle.

– Vraiment! (Il avait déjà enlevé ses bottes et sa

chemise et il s'arrêta, la main sur sa ceinture pour lui répondre.) C'est un point discutable.

Sa voix était calme, mais Sara fut effrayée par l'expression de son visage et par la manière dont il dégrafa sa ceinture et la jeta loin de lui avec fureur. Malgré toute sa détermination, Sara se sentit intimidée. Elle baissa instinctivement les yeux, au moment où il baissa son pantalon. Elle sentit des remous dans l'eau, sut qu'il venait de la rejoindre... et fut soudain prise de panique.

– Je crois... que je suis ici depuis trop longtemps. Je commence à me sentir un peu étourdie...

Elle se leva rapidement et se tourna pour s'enfuir, mais il l'attrapa par la cheville et la fit tomber à quatre pattes.

– C'est une position très provocante. Et j'ai l'intention un jour d'explorer les possibilités qu'elle promet. Mais pour l'heure, je veux que vous restiez dans l'eau avec moi. Cela me rappelle les choses que je voulais faire dans la piscine hier soir.

Sara essaya de se libérer.

– Lâchez-moi! Je viens de vous dire que je me sentais étourdie.

– C'est faux. Pourquoi ne cessez-vous ces jeux stupides avec moi? Je vous désire... et vous vous en êtes déjà assurée avec vos provocations. Je vous ai prise et je continue à vous désirer. Alors venez près de moi, car si vous restez dans la position où vous êtes, cela suggère que...

– Cela signifie simplement que j'essaie de vous échapper. Qu'est-ce qui vous fait penser que vous pouvez entrer ici n'importe quand et croire que je serai prête à... vous servir? Je ne suis pas votre propriété, comme ces femmes infortunées que vos ancêtres achetaient sur les marchés.

Sa main se resserra sur sa cheville et Sara comprit qu'il ne lui laissait pas le choix.

– Venez! Vous allez prendre froid comme cela. Est-ce que vous êtes de mauvaise humeur, parce que je ne vous ai pas encore payé le prix de vos faveurs? Je vous imagine très bien sur une place de marché au Maroc ou en Algérie – toute nue, devant vos acheteurs éventuels. Croyez-vous que vous auriez évité leurs regards concupiscents, ou bien seriez-vous restée bien droite, fière de votre beau petit corps?

– Arrêtez de me parler sur ce ton. Et lâchez-moi. Je peux me retourner toute seule.

Elle le regarda avec animosité et ses yeux de jade se voilèrent.

Quelle petite garce têtue! songea Marco. Puis, il se surprit à se demander quelles étaient ses pensées. Agacé, il haussa les épaules. Pourquoi s'inquiéter de ce qui se passait dans sa tête, quand tout ce qui l'intéressait se trouvait entre ses longues cuisses nerveuses qui pouvaient fendre l'eau comme un rasoir et le faire courir d'un bout à l'autre d'un court de tennis pour lui renvoyer ses services les plus vicieux. Le diable l'emporte! Elle n'avait aucune raison de se conduire comme une pucelle effarouchée.

– Alors? Que voulez-vous maintenant? Je suppose qu'il doit y avoir une tâche que vous voudriez me faire faire comme une esclave? Vous frotter le dos, peut-être?

Il l'observait, les yeux mi-clos, imperturbable en apparence. Il songeait à elle, qui était douce, chaude et soumise au lit, mais qui, en dehors, était un véritable dragon.

Il lui sourit méchamment.

– C'est certainement une idée merveilleuse, *cara*,

mais... puisque vous êtes assez aimable pour m'offrir vos services, pourquoi ne continuez-vous pas le massage que vous avez commencé hier soir? Vous vous êtes arrêtée au dos. Maintenant que nous nous connaissons mieux, cela ne vous gênerait sûrement pas!

Elle aurait voulu s'éloigner de lui, fuir ses insinuations qui éveillaient en elle des souvenirs indésirables mais elle savait qu'elle n'en ferait rien. Elle avait l'impression d'être prise au piège. Vivre dans ce palais ducal en Sardaigne la plaçait hors du temps, hors du monde moderne pour lequel tout ce qui se passait ici serait impossible, sauf dans les romans.

Les yeux de Sara se dilatèrent. Il prit sa main avec impatience et la posa sur lui, se demandant ce qui la retenait. *Cristo!* Que voulait-elle? Qu'il la courtise?

– Delight...

Cette note caressante dans sa voix, elle la connaissait déjà.

Il l'avait appelée *Delight.* Sara réagit soudain avec colère et retira sa main d'un geste sec. Pourquoi lui rappelait-il si souvent le nom de cette sœur dévergondée qui se vantait d'avoir tout essayé au moins une fois? Retrouve ton bon sens, Sara!

Elle lui sourit d'un air provocant et mit ses mains sur ses épaules.

– Oh, vous êtes trop pressé. Lorsque je fais un massage, j'aime commencer par le haut.

Il eut un regard soupçonneux, puis se laissa aller contre le montant de la baignoire, tout en lui entourant la taille d'un bras possessif.

– Alors, pourquoi ne commencez-vous pas? Mais souvenez-vous que cette eau ne va pas rester éternellement chaude.

28

Après, oui, après, elle pourrait regretter sa faiblesse et la façon dont elle s'était rendue sans vraiment protester. Mais la baignoire circulaire était encore chaude et parfumée par l'huile que Sérafina y avait généreusement versée. Et la main de Marco était remontée lentement le long de son dos vers sa nuque couverte de cheveux mouillés. Puis de là, toujours en la regardant dans les yeux, il avait caressé ses épaules et le contour de ses seins dont les pointes se dressèrent sous ses doigts.

Les mains de Sara s'agrippèrent à ses épaules. Involontairement, son regard se baissa pour voir le contraste entre ses doigts et sa peau plus claire – ses doigts qui provoquaient en elle des sensations incontrôlables.

– Oh...

Elle se sentit tanguer et s'agrippa encore plus fort.

– Caressez-moi. Caressez-moi comme je vous caresse...

Elle tomba presque contre lui, quand l'autre main de Marco la trouva sous l'eau. Il la caressait avec son pouce, la faisant frissonner, lui ôtant toute raison et toute volonté.

– Caressez-moi, *carissima*. Je vous en prie.

Sa voix était rauque. Elle se rendit compte qu'il l'avait priée. Sara avança la main à tâtons et le trouva, le prit dans sa main. C'était ainsi que Marco manifestait son désir, le besoin qu'il avait d'elle. C'était cela qui lui avait procuré tant de plaisir la veille au soir. A partir d'un certain point, tout ce qu'elle ignorait disparaissait pour ne faire place qu'à l'instinct. La main de Sara se mit à faire un mouvement de va-et-vient. La respiration de Marco se précipita, il murmura un juron puis l'attira contre lui, écrasant sa poitrine contre la sienne. Enfin ses doigts impatients éloignèrent ceux de Sara et il la plaça sur lui.

Animal, animal, animal! Une voix intérieure se moquait d'elle. Mais elle avait dépassé le point de non-retour et rien ne comptait plus au monde que lui et elle. Elle s'accrochait avec ses ongles à ses épaules, comme une femme sur le point de se noyer, s'élevant et redescendant, emportée par la houle du désir. Puis elle s'effondra contre lui en gémissant, goûtant la sueur salée qui couvrait son cou, tandis qu'intérieurement elle continuait à vibrer, spasme après spasme, comme les contre-coups d'un tremblement de terre.

– Sorcière! *Megera!* (Il poussa un juron en anglais et en italien, puis se releva sur un coude pour mieux la regarder.) Je croyais vous avoir dit de faire attention à vos griffes. Comment vais-je expliquer ces cicatrices à mes autres femmes?

Sara se reposait, les yeux clos et savourant toutes sortes de sensations qui la comblaient. Mais comme toujours, les paroles de Marco – non pas le son de sa voix – l'arrachèrent à son bien-être. D'autres femmes! Il osait parler d'autres femmes dans un moment pareil! Et surtout après les paroles passionnées et sensuelles qu'il lui avait murmurées dans le bain, après l'avoir portée (oui, portée! se souvint-elle avec délices) jusqu'au lit, où il lui avait refait l'amour lentement et passionnément.

Sans bouger, elle résista à la tentation de le foudroyer du regard.

– Vous voulez dire qu'aucune d'elles n'est aussi passionnée que moi? Tous mes autres amants sont flattés de ces transports.

– Je devrais donc être flatté de porter les marques d'une passion si facilement éveillée? Pauvre Carlo!

Pauvre Carlo, en effet. Comment osait-il, alors que Delight et Carlo étaient censés être fiancés et amoureux l'un de l'autre!

Ouvrant les yeux, elle affronta son regard et dit avec insouciance :

– Oh, mais Carlo adore cela. Et bien sûr, il peut éveiller en moi bien plus de passion que quiconque. C'est la raison pour laquelle j'ai décidé de sacrifier tous les autres hommes pour lui.

Avec quelle candeur limpide ses yeux pouvaient le regarder en proférant de pareilles énormités. Il dut faire un immense effort pour ne pas l'étrangler et la réduire ainsi au silence une fois pour toutes. Mais il ne put s'empêcher de la molester et ne s'arrêta qu'en voyant la terreur dans son regard.

Il parla les dents serrées.

– Carlo! J'ai bien peur que vous ne deviez renoncer à l'idée de l'épouser, ou même de le revoir – ou qui que ce soit d'autre, d'ailleurs. Je sais quelle petite traînée vous êtes, mais j'ai l'intention de vous garder ici à ma disposition. Vous serez mon joujou – ma putain, jusqu'au jour où je serai las de vous. Mais juqu'à ce jour, vous ne coucherez qu'avec moi et resterez à ma disposition pour mon plaisir quand j'aurai envie de vous. Vous m'entendez?

Sara avait l'impression qu'il allait lui arracher la tête et elle lui griffa le visage dans un réflexe d'auto-défense.

– Non, arrêtez... oh, allez au diable!

L'instant d'après, une douleur fulgurante l'aveugla et lui fit voir trente-six chandelles. Il venait de la gifler de toutes ses forces.

– Je vous ai entendue dire que trop souvent je suis une réplique de mes ancêtres maures. Vous avez sans doute raison. Il ne fallait pas conclure de pacte avec le diable, si vous n'étiez pas prête à en subir les conséquences.

Des bribes de ce qu'il venait de dire parvinrent à son esprit, cependant qu'elle s'insurgeait en sanglotant :

– Vous ne pouvez pas... faire de moi... votre esclave.

– Je ferai ce qui me plaira. Et si vous m'y obligez, je n'hésiterai pas à faire comme mes ancêtres; je vous attacherai sur ce lit, les jambes écartées, pendant que je ferai tout ce qui me plaira avec votre corps. Peut-être est-ce cela que vous voulez?

Sara frissonna. Mon Dieu, il en était capable! Elle essaya de protester entre ses sanglots.

– Non! Tout le monde le saurait... les serviteurs... Que vous gardez une maîtresse prisonnière. Carlo le saura. Je le lui dirai et il vous détestera. Je le dirai à tout le monde, aux journaux... à Interpol... et je...

– Vous ne ferez rien de la sorte et vous le savez bien. Petite hypocrite passionnée. Vous allez aimer chaque minute, chaque instant de votre captivité ici et vous finirez par me supplier de vous garder quand je me serai lassé de vous.

Son jouet... qu'il garderait pour son bon plaisir! Et si elle ne se soumettait pas, il l'attacherait et la réduirait à l'impuissance.

– Je vous hais. Même si vous me contraignez à... je ne cesserai jamais de vous haïr.

– Oui ? Alors prouvez-le, petite menteuse. Prouvez-le, à vous et à moi!

Elle poussa un dernier cri de désespoir, de rage et de frustration, puis il se remit à la caresser avec une douceur feinte, il la couvrit de baisers pour la faire taire, et ses mains explorèrent les parties les plus intimes de sa chair.

– Ah, *cara*. Pourquoi me mettez-vous toujours en colère? Je suis désolé de vous avoir frappée assez fort pour vous faire pleurer. Dois-je faire quelque chose en compensation?

Ses lèvres étaient si près des siennes que Sara percevait son souffle. Comment pouvait-il passer aussi vite de la brutalité à tant de douceur? Elle ne voulait pas de ses caresses, de ses baisers ni de ses attouchements, mais il lui avait déjà montré combien il se moquait de ses désirs. Si elle lui résistait maintenant, il aurait vite fait de la réduire à l'impuissance.

– *Cara... carissima...* c'est bien... laissez-moi vous montrer combien je vous désire... ne vous raidissez pas comme cela!

– Non, non!

Mais ces efforts désespérés se limitaient à une résistance mentale. Pour lui, il se mit à explorer tout son corps de ses lèvres et de sa langue. Exploration lente et affolante, durant laquelle il s'arrêtait parfois pour la mordiller doucement aux endroits les plus secrets et les plus sensibles. Enfin, elle abandonna toute résistance et se livra à lui, répondant à ses moindres stimulations, le laissant explorer de sa bouche tout ce qu'il voulait. Quand sa langue la pénétra, elle s'agrippa à ses cheveux, cependant que sa peau mal rasée venait exciter l'endroit le plus sensible entre tous. Elle arqua son corps et fut saisie de spasmes infinis, puis elle poussa un cri malgré elle, un cri de crainte, d'extase et de jouissance primitive.

Elle resta ensuite allongée, comme morte, revenant lentement de ce tourbillon où il l'avait entraînée, prenant peu à peu la mesure de ce qu'il avait fait d'elle. Mais elle était trop épuisée pour que cela ait de l'importance.

Il revint cependant et la pénétra. Elle sentit son odeur sur la bouche de Marco quand il l'embrassa. Puis il lui murmura des propos sans suite, tandis qu'il accélérait, plus vite et plus fort, jusqu'au moment où il plongea le visage dans ses cheveux. Un frisson parcourut tout son corps, elle avait l'impression qu'il grossissait en elle, elle sentait les spasmes rythmiques de son corps dans le sien...

Elle ne savait pas quand il l'avait quittée. Elle était restée plongée dans une sorte de léthargie, puis, tirant le drap pour la recouvrir, il murmura :

– Je vous reverrai bientôt, ma petite esclave. Soyez sage en attendant.

Il l'avait quittée à nouveau, comme lui seul pouvait le faire. Et son attente commença.

Elle n'avait plus assez d'énergie pour se révolter. Sa joue la faisait souffrir. Ne pense pas, n'essaie pas de penser, se dit-elle, et elle s'abandonna à un sommeil réparateur.

Pourquoi ne pouvait-elle s'endormir pour toujours? Tant de choses la faisaient souffrir! Elle ouvrit les yeux : le soleil inondait la pièce et elle sentit une délicieuse odeur de café.

– Je suis désolée de vous réveiller, signorina, mais le duc a pensé que vous aimeriez prendre un petit déjeuner avant qu'il ne vous emmène pour une promenade à cheval. (Sérafina se tourna ostensiblement vers la terrasse et Sara se redressa, tirant le drap sur elle pour cacher sa nudité.) Si vous voulez vous asseoir bien droit, signorina, j'arrangerai les coussins derrière vous et vous passerai le plateau.

– J'ai dû dormir toute la soirée jusqu'à ce matin, pensa Sara à haute voix.

Son corps était douloureux à certains endroits.

Sérafina feignit de ne pas remarquer la marque sur sa joue et s'affaira avec efficacité autour d'elle.

– Vous avez dormi longtemps. Vous n'avez pas mangé depuis hier matin mais j'ai reçu l'ordre de ne pas vous déranger – pas même pour le dîner. Vous devez avoir faim à présent. Alors, mangez pendant que je vous prépare votre bain. Quel vêtement voulez-vous? Bianca repasse très vite et très bien.

La taciturne Sérafina parlait-elle sans cesse uniquement pour la mettre à l'aise? Que pensait-elle réellement?

Sans doute cela ne la regardait-il pas! se dit Sara avec amertume. Il était clair que, dans son domaine, les ordres du duc faisaient loi. Lorsqu'il parlait, tout le monde se mettait au garde-à-vous. Lorsqu'il donnait un ordre...

– Je n'ai pas de tenue de cheval, dit Sara entre deux gorgées de café.

Puis elle se demanda ce qu'il ferait, s'il avait à faire face à une rébellion ouverte. Il l'emmenait se promener à cheval. Vraiment! Et c'était formulé comme un ordre, non comme une invitation.

– Le duc m'a demandé de vous dire qu'il n'était pas nécessaire d'avoir une tenue formelle, ici. Il a dit que n'importe quel « *pantaloni* » ferait l'affaire. Si vous permettez, signorina?

Rien de tout cela n'était la faute de Sérafina, admit Sara. C'est avec lui qu'elle aurait une explication, et elle en aurait une! A présent, à la lumière du jour, ses menaces semblaient tout simplement ridicules. Il n'était pas un pirate et cet appartement ne ressemblait en rien à un sérail. Autant de preuves de la puissance de l'imagination et des fantasmes! Ils s'étaient tous deux laissés emporter par leurs fantasmes, et lui encore plus qu'elle.

Sara toucha du bout des doigts la marque qu'il avait laissée sur son visage. La brute! Elle était une femme. Comment avait-il osé la frapper si fort, quand elle ne faisait que lui rendre la monnaie de sa pièce? Son esclave! Vraiment! Qu'il trouve une autre fille plus disposée à satisfaire ses fantaisies. Elle avait assez lu pour être informée sur les... elle chercha le mot qui convenait. Les perversions! Tous ces mots qu'il lui avait murmurés, tandis qu'il... Lui expliquant par le menu ce qu'il aimerait lui faire et ce qu'il voulait qu'elle lui fasse. Des choses répugnantes, en les considérant à la lumière du jour et avec un esprit rationnel!

29

Elle se hâta de prendre son bain, insistant pour que Sérafina reste à proximité, au cas où elle aurait besoin de quelque chose. Elle enfila des jeans fraîchement repassés, en espérant qu'elle n'avait pas grossi. C'était le pantalon le plus ajuste qu'elle possédait. Elle l'avait acheté pour céder aux instances de Delight qui avait voulu à tout prix qu'elle achète le dernier modèle sorti chez Giorgie.

– J'aimerais bien venir avec toi, mais... en tout cas, choisis un jean vraiment sexy pour changer, hein? Fais-le pour moi, pour ne pas ternir mon image de marque dans cette ville. Je suis bien contente que la mode des pantalons larges n'ait pas duré.

Ainsi lui avait parlé Delight au téléphone, ignorant que les appréhensions de sa sœur étaient fondées.

Mon Dieu! Si Delight savait ce qu'elle avait fait?

Mais elle ne ferait qu'en rire! Delight trouverait fantastique que sa sœur plutôt prude vive une aventure véritable – se faire enlever par un duc! Tout ce qu'elle avait perdu, c'était sa virginité dont elle était lasse de toutes les façons. Et cela s'était bien passé – il avait été tendre et gentil, la première fois, quand il était ivre.

Mécontente d'elle, Sara virevolta pour faire face à la glace tout en bouclant sa ceinture. Elle prendrait encore sa revanche, d'une façon ou d'une autre. Comment appelaient-ils cela en Italie? Vendetta...

Elle n'avait pas l'air trop mal dans le jean délavé, très serré certes, mais qui lui allait bien. Et le corsage en soie rouge la moulait parfaitement. Sara défit un autre bouton, par provocation. Autant jouer à Delight jusqu'au bout! Une Delight bénéficiant de l'esprit logique et pratique de Sara! Elle lui parlerait sur un ton calme et rationnel, lui faisant remarquer, sans avoir l'air de l'accuser (mon Dieu, quel vilain caractère que le sien!), qu'il avait eu ce qu'il voulait, qu'il avait... couché avec elle plusieurs fois, qu'il pouvait par conséquent la laisser partir. S'il voulait la payer, eh bien, qu'il lui offre une Lamborghini coupé sport! Le modèle le plus chic, qui correspondait à sa classe. Oh, oui, il apprécierait sûrement cette petite subtilité...

Mais bien sûr, il la laisserait partir. Si elle lui avouait qui elle était vraiment, il serait trop heureux d'éviter le scandale. Autrefois, il aurait sans doute été obligé de l'épouser et le père de Sara l'aurait provoqué en duel. A cette idée, Sara sourit involontairement, en finissant de se coiffer. Pauvre papa! Il aurait sans doute une crise cardiaque s'il était au courant. Sa chère petite Sara, si bien protégée, était incapable de faire quelque chose de mal. Ce n'était pas comme sa sœur qui, elle, était une sauvage.

Mais peut-être y avait-il plus de diable en elle que d'ange, après tout. Elle avait eu assez de courage pour affronter le grand méchant loup en personne. Et pourquoi pas? Que pouvait-elle encore craindre? Sara descendit le grand escalier de marbre avec Sérafina sur ses talons.

– Mais, signorina... le duc a dit qu'il vous ferait appeler, dès qu'il serait prêt. Il est inutile...

– Qu'il me ferait appeler, quand il serait prêt! Vraiment! Eh bien, je suis désolée, Sérafina, mais c'est votre duc, pas le mien, même s'il a fait de moi sa maîtresse contre mon gré. Et quand je suis prête, je déteste attendre un paresseux qui m'a fait réveiller et qui traîne ensuite au lit!

Elle n'avait pas voulu en dire autant à la gouvernante, mais cela lui avait échappé. Sérafina paraissait scandalisée, mais elle ne voulut pas se rétracter. Assez d'hypocrisie! Que ses serviteurs découvrent ce qu'était réellement leur seigneur et maître! Elle pensa aux meilleures façons de le décrire. Réprouvé, sadique, dégénéré. Allons, Sara, reviens au XXe siècle et à la franchise américaine. Un crétin, voilà ce qu'il est! Et il ne faudrait pas qu'il la provoque beaucoup pour qu'elle le lui lance à la figure.

– Signorina... je vous en prie. Le duc...

Sara s'arrêta brusquement.

– Sérafina, je suis désolée. Mais j'aimerais que vous cessiez de dire « le duc » en parlant de Marco. En Amérique, nous ne donnons pas de titres. (Papa serait ravi de cette saillie!) Et de toute façon, je ne vois pas ce qu'il y a de mal à ce que je sache où se trouve sa chambre. Après tout, il entre et sort de la mienne quand bon lui semble.

Elle vit que Sérafina s'était résignée à la façon dont elle s'était mise à vider son sac.

– La porte est dans cette direction, signorina. Vers la droite. Vous ne pouvez pas la manquer : le blason de la famille est sur la porte. Mais j'espère que la signorina changera d'avis. Le... le signor n'aimera pas...

– Pourquoi ne serait-il pas flatté de me savoir si pressée de le revoir? (Sara fit un de ses sourires les plus charmeurs.) Merci, Sérafina. Je vous promets que je ne le laisserai vous blâmer en aucun cas. *Grazie.*

– *Prego...* murmura Sérafina, en regardant Sara s'éloigner vers les appartements du duc. *Povera!*

Savait-elle vraiment à quoi elle s'exposait, pauvre petite ex-vierge qui portait déjà la marque du cynisme du duc? Ah, quelles cicatrices sa mère ne lui avait-elle pas laissées! Il semblait haïr toutes les femmes et ne faire confiance à aucune d'elles, et pourtant... Sérafina sentait que quelque chose n'allait pas dans le cas présent. Pour quelle raison l'avait-il amenée ici, une vierge, et de surplus fiancée à son frère Carlo? Et pourquoi l'avait-il violée et en avait-il fait une de ses maîtresses? Cela semblait incroyable. Malgré tous ses défauts, le duc di Cavalieri s'était toujours montré homme d'honneur, résolu à défendre la réputation de sa famille. Des maîtresses, il en avait plusieurs, s'il fallait en croire Bruno, son chauffeur personnel. Mais il était toujours très discret et ne s'affichait jamais en public. Et il ne les amenait jamais ici! Qu'est-ce qui lui arrivait?

Sérafina haussa les épaules. Comment comprendre les caprices de la noblesse? C'est le sang qui parlait. Elle observa la jeune femme qu'elle avait appris à aimer malgré elle. Sara s'arrêta devant la porte bardée de fer, fronça les sourcils, puis saisit le heurtoir et frappa séchement. Pauvre petite! Et de plus, c'était une jeune femme bien élevée, toujours polie et prévenante. Quel dommage!

Au moment où la gouvernante retournait à son travail, la porte s'ouvrit brusquement et Sara qui avait presque perdu son courage, entendit un juron à peine étouffé. Face à ce visage coléreux, à moitié recouvert de mousse à raser, cela devenait une question d'autodéfense.

– *Buon giorno*! J'ai pensé que vous n'aimeriez pas que je sois en retard et je ne voudrais pour rien au monde manquer ma première leçon d'équitation.

Il la regardait comme s'il la vouait aux soins de son maître, le diable!

– Et comment, au nom de l'enfer, êtes-vous arrivée...

– J'ai persuadé Sérafina – mais il ne faut pas lui en vouloir. Je lui ai expliqué ce qu'il y avait entre nous, alors elle a cédé. Puis-je entrer?

Il était à deux doigts de lui claquer la porte au nez, aussi Sara décida de pousser son avantage.

– Vous ne m'avez pas répondu *buon giorno!* Vous pouvez me reprocher mon manque d'éducation...!

– Je vous en prie! (Reprenant le contrôle de

lui-même, il recula d'un pas et lança avec une galanterie exagérée :) *Buon giorno!* Et dès que j'aurai refermé cette porte, il faudra que vous m'expliquiez ces choses qu'il y a entre nous.

Sara entra dans la pièce, les nerfs un peu tendus et elle ne sursauta pas lorsqu'il claqua la porte, cette fois derrière elle.

– Vous m'excuserez d'être en train de me raser?

Ses yeux noirs avaient une expression moqueuse et s'attardaient sur sa poitrine dont son chemisier rouge vif soulignait les contours et sur ses jeans moulants.

Pourquoi se tenait-il là, sans rien de plus qu'une serviette négligemment nouée autour de la taille, alors qu'il l'avait fait réveiller une heure auparavant?

Il devenait trop pénible de sourire quand il la regardait de cette façon, comme s'il pouvait lire dans ses pensées. Sara se détourna et se mit à jouer avec un coupe-papier au manche de jade enchâssé dans de l'or. Encore une vilaine tête de loup, bien sûr.

– Je vous en prie, ne vous occupez pas de moi. Finissez ce que vous étiez en train de faire, pendant ce temps...

Il avait décidé de cesser ce jeu et l'interrompit brutalement.

– Je n'aime pas vous voir ici et je voudrais savoir ce que vous avez raconté à Sérafina. *Per amor di Dio* – on ne vous a jamais appris la discrétion?

– La discrétion? Qu'est-ce que c'est? Vous ne trouvez pas cela amusant, venant de votre part?

Incapable de retenir sa colère, elle lui fit face, et ses yeux lançaient des éclairs.

Pendant un long moment, il sembla réfléchir à ce

qu'il lui restait à faire. La battre? Il n'irait sûrement pas jusque-là.

La marque que la gifle avait laissée sur sa pommette le retint de se laisser aller à un nouvel accès de rage primitive. Oui, primitive, malheureusement. Il y avait en elle quelque chose qui réveillait ses pires instincts.

– Nous parlerons de cela plus tard, répliqua Marco avec un regard qui l'avertissait de ne plus mettre sa patience à l'épreuve. C'est-à-dire – à moins que vous n'ayez en tête un autre sport que le cheval?

Sara ouvrit la bouche et la referma aussitôt. Elle avait vraiment envie de monter et il avait des chevaux magnifiques.

– *Bene!* conclut-il, devant son silence. Je vais finir de me raser et m'habiller – si vous n'y voyez pas d'inconvénient! (De la main, il lui montra un siège en bois, nanti d'un haut dossier et qui avait l'air très inconfortable.) Je vous en prie, asseyez-vous!

Comme il pouvait se montrer cérémonieux quand cela l'arrangeait! pensa Sara avec ressentiment. Elle le regarda s'éloigner et claquer la porte derrière lui.

Encore un exemple de son injustice. Lui possédait des portes avec serrures et il lui reprochait son intrusion. Mais il se permettait d'aller et venir chez elle, car les portes ne fermaient pas. Comme c'était pratique, ainsi ses maîtresses n'avaient jamais la possibilité de se refuser à lui.

Il sortit de la salle de bains de bien meilleure humeur, fraîchement rasé et habillé en tenue de cheval. Cela ne diminua en rien sa colère, mais elle parvint à la dissimuler.

– Alors, *mia diletta!* J'espère ne pas vous avoir fait attendre trop longtemps?

Sara serra les poings derrière son dos et s'efforça d'accorder son humeur à la sienne. Il fallait qu'elle se domine, si elle voulait avoir une chance de s'en aller. Sinon, comment pourrait-elle se venger?

Pour cacher ses vrais sentiments, elle fit un geste vers sa chambre, à l'atmosphère austère avec ses meubles sombres.

– J'ai visité vos appartements et cela me surprend. Je m'attendais à quelque chose de plus luxueux. Mais cette pièce est plutôt lugubre.

Il leva un sourcil d'un air moqueur, avant de lui répondre.

– Alors ceci n'est pas assez luxueux pour vous? Eh bien, vous avez raison, *tesoro mio*, ceci n'est pas la chambre à coucher d'apparat des ducs di Cavalieri, laquelle est vraiment magnifique et satisferait vos goûts de luxe. (Il haussa les épaules.) Cependant elle l'est vraiment trop, avec son immense lit à baldaquin et sa grandeur démesurée. Celle-ci me convient parfaitement en attendant de partager l'autre avec ma femme. Et maintenant, venez. Je croyais que vous étiez impatiente de monter à cheval?

Sa femme, avait-il dit. Sara ne put s'empêcher de lui poser la question.

– Votre femme? Vous êtes marié? (Sara jeta un regard vers le lit sur le portrait.) Votre pauvre femme! C'est son portrait là-bas?

Pour la première fois depuis qu'elle le connaissait, il partit d'un éclat de rire véritable.

– Marié! Mais, *cara* – est-ce que cela vous bouleverse vraiment? N'ayez crainte. Je ne me marierai que pour m'assurer un héritier et ce ne sera pas avant plusieurs années. Quant au portrait, c'est celui de la duchesse actuelle, la deuxième épouse de mon père, pas la mienne. C'est certainement une femme aussi belle au moral qu'au physique. Ma belle-mère est une femme que j'adore et que je respecte.

Sara ouvrit des yeux grand de surprise en entendant le ton étrangement doux sur lequel il avait prononcé ces paroles. Et c'est plus pour couvrir sa propre émotion qu'elle fit un commentaire insolent.

– Oh, c'est donc vrai que tous les Italiens sont amoureux de leur mère – et les belles-mères ne font sans doute pas exception à la règle?

Elle n'avait pas prévu sa violente réaction.

– Et que voulez-vous dire exactement avec vos ignobles insinuations?

– Oh, pour l'amour du ciel! (Elle se méprisa de se rétracter ainsi.) Je ne voulais rien insinuer. Je suis désolée si j'ai fait un impair.

Il la regarda un moment avec le désir manifeste de lui tordre le cou, puis son visage reprit son masque impassible.

– Je vous prie de ne plus vous occuper de ma famille et de son histoire. (Il s'effaça pour la laisser passer en arborant un air glacial.) Et je vous prie également de ne plus échanger de potins avec les serviteurs. Maintenant, allons-y, avant que je ne change d'avis et que je ne vous renvoie dans votre chambre pour y réfléchir.

Une note de menace dans sa voix la fit taire, malgré l'envie qu'elle avait de lui répliquer.

Sara dut serrer la mâchoire pour ne rien dire et songea à sa victoire finale, à sa vengeance. Elle le suivit à contrecœur jusqu'aux écuries, et lui marchait à grandes enjambées, sans aucun égard pour elle. Elle se demanda quelle tête il ferait lorsqu'il apprendrait la vérité. La véritable Delight Adams était maintenant certainement mariée avec son frère malgré tous ses efforts. Il s'était conduit de façon ignoble et s'était ridiculisé en enlevant la sœur aînée de Delight. Et tout cela, en pure perte! Qu'il essaie donc de se justifier, quand le père de Sara apprendrait cette histoire!

30

Une telle tension s'était installée entre eux que même les garçons d'écurie, d'une obséquiosité écœurante, devaient s'en rendre compte. Plusieurs fois, Sara sentit leurs regards se poser sur elle. Elle attendait qu'on lui selle son cheval, tandis que l'étalon de Marco, qui ressemblait bien à son maître, hennissait et piaffait d'impatience. Comme elle aurait aimé monter cette grande brute d'Il Malvagio – qui méritait sans doute son nom de Malfaisant! Mais du moins avait-elle pu choisir son propre cheval. Privilège qui lui avait sans doute été accordé dans le secret espoir de lui voir faire une chute ignominieuse. Eh bien, le duc allait avoir une surprise.

– Croyez-vous pouvoir monter sans tomber aussitôt? (Ses grands yeux noirs la contemplaient avec impatience tandis qu'il retenait sa monture d'une main. Il ne se donnait pas la peine de cacher combien il regrettait à présent son invitation.) Ruggiero vous aidera à monter. Faites bien attention et essayez de tenir les rênes fermement, comme je le fais. Vous apprendrez, si vous persistez à vouloir prendre des leçons d'équitation, que les chevaux sont comme les femmes, ils ont besoin qu'on leur montre qui est le maître. Vous pourriez regretter de ne pas avoir pris l'animal placide que je vous ai proposé de monter en premier. Fiametta est une petite pouliche fringante qui a besoin de discipline.

– Ne vous inquiétez pas, dit Sara. A force de jouer au tennis, j'ai des poignets solides. Et puis, Fiametta est si adorable avec sa robe alezane et son étoile blanche sur le front! Je suis heureuse que vous ne l'ayez pas dressée complètement, lui enlevant ainsi tout caractère. Est-ce que vous appréciez tant que cela les femelles dociles autour de vous?

Ruggiero la mit alors en selle, lui épargnant sans nul doute une réplique caustique. Sara retrouva tout son tonus au contact de la selle et elle oublia complètement Marco. Elle testa la sensibilité de la bouche de sa pouliche, se souvenant juste à temps qu'elle était censée être une novice.

Elle lui sourit d'un air contraint, en prenant une mauvaise position.

– Allons-y, voulez-vous? J'ai regardé beaucoup de westerns et si vous démarrez assez lentement pour que je puisse vous observer, je suis sûre que je me débrouillerai parfaitement.

– C'est bien possible! Selon toute apparence, je suis bien éloigné de connaître toutes vos ressources!

– Oh, mais pourquoi vous donner tant de mal? Ce serait ennuyeux pour vous si vous saviez tout et si j'étais parfaitement docile. Je suis certaine que vous m'échangeriez très vite pour un nouveau modèle.

– Il serait prudent pour vous de bavarder moins et de prendre garde à cette petite pouliche que vous montez et à ce que je fais. C'est-à-dire, si vous tenez à rester sur cette selle où vous êtes si mal installée. Cela pourrait être embarrassant pour vous, si vous vous faisiez vider de votre selle avant même d'être sortie de cette cour. Nous pourrons poursuivre notre passionnante conversation plus tard.

Le grand étalon était aussi impatient que son cavalier. Il cabriolait et piaffait sur place, roulant des yeux vers Fiametta qui s'affola, obligeant Sara à prendre des mesures sévères.

– Je vous en supplie, s'écria Sara, faisant semblant d'avoir peur. (Elle agrippa la crinière de son cheval d'une main.) Vous ne pouvez pas maintenir votre vilaine brute? Si vous pouviez partir...

Il lui jeta un regard qui la vouait très certainement à tous les diables.

– Très bien. A vos risque et périls. *Andiamo*!

Il Malvagio partit comme son homonyme, lançant quelques ruades qui accaparèrent toute l'attention de Marco. Sara, qui avait pris la mesure de Fiametta, passa à côté de lui comme une flèche en lui lançant un magnifique sourire. Elle avait un sentiment grisant de liberté – c'était le paradis. Et elle ne se souciait plus de ce qu'il pouvait penser. Pourquoi en effet? Tôt ou tard, il apprendrait qu'elle s'était moquée de lui. Cela avait même été trop facile.

La cour, entourée de murs, fit place à un sentier qui menait au terrain de polo. Fiametta, habituée aux espaces clos, se mit au petit galop, puis allongea la foulée. Sara était penchée sur son encolure et lui murmurait des encouragements.

Puis, elle entendit un martèlement de sabots derrière elle qui se rapprochait inexorablement, brisant ainsi la magie de cet instant. Une main brutale saisit ses rênes et tira dessus d'un coup sec.

Fiametta se cabra, désarçonnant presque sa cavalière. Furieuse, Sara se retourna vers l'intrus.

– Pourquoi avez-vous fait cela? dit-elle sans réfléchir. Elle a une bouche si sensible et vous lui avez fait mal, sans aucun doute.

– Vraiment! Il faudra que vous m'expliquiez plus tard comment vous avez appris tant de choses sur les chevaux en si peu de temps – et vous trouverez une explication plausible, j'en suis certain. Vous avez regardé beaucoup de films de cow-boys, n'est-ce pas? Et, bien sûr, j'allais oublier, vous apprenez avec une facilité déconcertante. (Il lâcha les rênes de Fiametta en inclinant la tête d'un air ironique.) Et à présent que je suis rassuré et que je sais que ce n'est pas votre cheval qui s'est emballé, nous pouvons peut-être poursuivre notre agréable promenade? Vous aurez ainsi l'occasion de me montrer les talents que vous venez d'acquérir.

La lueur diabolique qui brillait dans ses yeux avertit Sara que ce n'était pas le moment de répondre à ses sarcasmes. Pas maintenant – elle ferait mieux de profiter du répit qu'il lui offrait pour jouir de la promenade, avant qu'il ne lui saute à la gorge!

Elle s'attendait à tout moment à le voir abandonner son masque de politesse. Elle aurait alors l'occasion de... de le détruire, et surtout de ternir son honneur familial auquel il tenait tant. Comment sa belle-mère, qu'il idéalisait tellement, réagirait-elle? Et comment trouverait-il une femme à sa mesure et qui accepterait de porter un nom terni?

Ah! Douce vengeance! Elle aurait dû se sentir plus satisfaite. Il pouvait commencer, elle aurait sa juste colère pour la soutenir. En attendant – le soleil inondait le paysage de ses rayons brûlants et une brise chaude lui caressait le visage, lui apportant le parfum des herbes de la montagne et celui de la liberté. Pourquoi ne pas s'abandonner au plaisir de l'instant?

Sara sentait toujours sa présence et celle de son étalon, tantôt à ses côtés, tantôt galopant devant elle d'une foulée longue et souple que la pauvre Fiametta ne pourrait jamais égaler. Elle savait qu'il la surveillait, mais se refusait à croiser son regard. Pas maintenant – pas encore. Il n'y avait aucune raison de laisser ce conflit latent lui gâcher sa journée et son plaisir. Etait-il possible qu'il ressente la même chose?

Après avoir parcouru le terrain plusieurs fois au galop, ils ralentirent tous deux leurs montures. Les cheveux de Sara s'étaient défaits et flottaient au vent et le peigne de son chignon pendait dans son cou. Sara tendit la main derrière son dos pour le rattraper, mais elle rencontra les doigts de Marco qui se saisirent du peigne et la firent sursauter d'une peur irraisonnée.

– Restez tranquille. Il n'y a aucune raison de sursauter comme cela.

Ses longs doigts s'attardèrent dans sa chevelure sous prétexte de démêler les cheveux qui s'étaient enroulés autour du peigne.

– C'est que... inutile de...

– C'est un joli peigne et il aurait été dommage de le perdre. Mais je préfère vos cheveux comme ceci. (Il passa ses doigts dedans et les fit tomber sur ses épaules, ne tenant aucun compte des protestations de Sara.) Ils sont très beaux, maintenant que votre affreuse permanente a quasiment disparu.

Fiametta devenait de plus en plus difficile à tenir, et requérait toute son attention. Aussi répondit-elle froidement :

– *Grazie*! Je suis flattée que vous l'ayez remarqué.

– *Prego!*

Elle le regarda enfin et vit qu'il arborait ce sourire ironique qu'elle connaissait si bien. Au lieu de lui rendre le peigne, il le mit dans sa poche.

Il observait attentivement : depuis ses jeans serrés, jusqu'à son corsage plaqué à présent par la transpiration sur son corps. Son regard la mit soudain mal à l'aise, éveillant des sentiments confus en elle. Pourquoi lui laissait-elle le pouvoir de l'hypnotiser ainsi, quand un seul mot caustique le remettrait proprement à sa place ? Ce fut lui qui brisa le silence tendu qui venait de s'établir.

– Vous semblez tout à fait capable de tenir Fiametta sans mon aide et j'ai pensé que nous pourrions aller plus loin, mais... (Il la regarda d'un air réprobateur.) Vous n'avez pas de chapeau et notre soleil sarde est bien plus chaud que les étrangers ne se l'imaginent. Peut-être vaudrait-il mieux...

– Oh, je vous en prie. (Sara se pencha vers lui, oubliant sa fierté.) Je vous en prie, je suis habituée au soleil et j'adore monter. Les chevaux sont encore frais. Emmenez-moi !

D'un geste qui lui était inhabituel, il se passa la main dans les cheveux, fronçant toujours les sourcils avec irritation. Pourquoi avait-il cédé au désir de l'emmener avec lui dans la montagne ? Après tout ce qu'elle avait fait pour l'irriter ! Et maintenant elle le regardait avec ses grands yeux verts où toute trace de haine ou de colère avait disparu et elle le suppliait comme une enfant demandant une faveur. Ce qu'il devrait faire...

C'est le besoin de se changer les idées qui le fit acquiescer de la tête, cependant qu'il faisait faire demi-tour à son cheval.

– Très bien. Mais si vous attrapez un coup de soleil, c'est vous qui l'aurez voulu. Et puisque vous semblez en savoir tant sur les chevaux, tâchez de rester près de moi. Certains sentiers sont très étroits et partent dans toutes les directions. Il sera facile de vous perdre.

Elle le suivit humblement (à la distance de dix pas qu'il lui avait prescrite, pensa-t-elle avec rage) et lui tira la langue derrière son dos. Cela manquait de dignité, mais lui apporta une satisfaction. Quel personnage agaçant! Comment une femme pourrait-elle l'épouser, avec ses airs de grand seigneur, sa langue acerbe et son arrogance désuète. Sara fit un effort pour se secouer. Que lui importait qui il épouserait! Cela ne serait plus son problème, dès qu'elle serait partie d'ici.

En attendant, elle ferait mieux de profiter du paysage qui l'entourait. Le sentier déboucha tout à coup dans une clairière, au milieu de laquelle se trouvait une hutte en pierre. Deux hommes étaient allongés sur des chaises longues, mais ils ne dormaient pas, comme Sara l'avait cru tout d'abord. Ils bondirent sur leurs pieds et portèrent la main à leurs armes.

Les gendarmes et les voleurs, pensa-t-elle, incrédule. C'est la fameuse Mafia. Devait-elle hurler, ou bien cela risquait-il de les inciter à tirer? Elle avait dû émettre un son étouffé et lui, avec son ouïe fine, avait entendu, car il se retourna sur sa selle.

– Qu'avez-vous dit?

– Je... rien... bégaya-t-elle. Je toussais. C'est à cause de la poussière, je suppose. Tout va bien maintenant.

Elle retrouva ses esprits en voyant que ces hommes connaissaient Marco. Ils lui donnaient même son titre, *Il Duca*. Peut-être était-ce lui, le chef de la famille locale. Le Parrain!

Elle espéra qu'il ne pouvait lire ses pensées sur

son visage, car il l'observa encore quelques secondes avant de se tourner vers les hommes.

– Vous pouvez rester à cheval, lui lança-t-il.

Puis il sauta à terre avec aisance et murmura quelques mots dans l'oreille de l'étalon qui resta immobile comme s'il avait été attaché.

Encore des ordres, pensa Sara avec ressentiment. Mais elle resta aussi immobile que l'étalon.

– Je ne serai pas long, dit-il avant de disparaître.

Il entra dans la hutte avec un des hommes, tandis que l'autre restait, sans doute pour la surveiller. Que s'imaginait-il? Qu'elle essaierait de s'enfuir avec son cheval? Elle n'était pas bête au point de s'imaginer pouvoir arriver quelque part sans se perdre. Et elle commençait à se sentir peu rassurée avec cet homme à l'allure sinistre qui portait un pistolet à sa ceinture et qui la surveillait attentivement. Comme si elle était un dangereux prisonnier!

Puis, tout à coup, Marco sortit de la hutte, un revolver passé dans sa ceinture. Avec son arme, sa chemise ouverte et ses cheveux ébouriffés, il avait l'air d'appartenir à un autre siècle, où régnaient les brigands et les mercenaires. Aussi dangereux, cruel et dénué de scrupules. Elle eut un frisson de crainte mêlée d'admiration. Le même sentiment qu'elle aurait eu en rencontrant un vrai loup. L'envie de s'enfuir, tout en restant paralysée, sans pouvoir s'empêcher de regarder la bête féroce qui la fixait elle aussi.

– Eh bien, qu'y a-t-il à présent? Le revolver vous fait peur?

– Bien sûr que non. C'est simplement que vous avez l'air d'un brigand avec cette arme.

– Malheureusement, c'est la raison pour laquelle

je suis obligé de prendre un revolver, lorsque je me promène dans les montagnes. De nos jours, on ne sait jamais. Et c'est la raison pour laquelle j'emploie tant de gardes. Ils sont postés partout.

Cette dernière remarque lui était destinée, supposa Sara, et elle ne put s'empêcher de demander avec une fausse candeur :

– Oh, vraiment? Sont-ils là pour empêcher les gens de rentrer ou de sortir?

– Les deux, si nécessaire.

31

Si elle n'avait éprouvé tant de plaisir à se promener à cheval, Sara aurait sans doute fini par lui jeter quelque chose à la figure – de préférence un de ces cailloux éparpillés partout, comme des galets sur la plage. Il était insupportable. Ils quittèrent la clairière et prirent un sentier qu'il lui avait indiqué. Il la fit marcher en tête pour la guider parmi tous les chemins tortueux qu'ils devaient prendre – et aussi pour mieux juger de ses talents de cavalière. Il avait même eu la témérité de lui dire que ses jeans étaient trop serrés – si serrés qu'ils en étaient vulgaires. Et enfin, il lui avait demandé de ne pas tant bavarder...

Sara prit une inspiration d'air pur et parfumé et poussa un soupir. Au moins, il n'avait pas décidé de revenir en arrière.

– Est-ce que nos montagnes aux pentes escarpées vous font peur, *diletta*?

Il marchait juste derrière elle et sa voix ressemblait à ces montagnes qu'il décrivait. Sa présence toute proche la rendit aussi nerveuse que celle d'un chat. Et puis, il avait employé le mot italien signifiant sœur.

– Comment? Je réfléchissais. Je...

– Je vous ai demandé si ces montagnes sauvages vous faisaient peur?

Elle rit nerveusement, puis répondit sans réfléchir.

– Comme vous vous décrivez bien vous-même! Mais puisque je n'ai pas peur de vous, pourquoi aurais-je peur de vos montagnes?

Elle eut un moment de panique. Son cœur s'arrêta de battre et ses yeux se dilatèrent en le voyant saisir son revolver avec une rapidité incroyable. Allait-il la tuer?

Mais, Dieu merci, il visait quelqu'un d'autre. Elle soupira de soulagement, puis se redressa soudain. Quelqu'un d'autre?

Elle regarda dans la direction qu'il visait et aperçut un visage souriant. Puis elle reconnut la voix de l'homme qui levait une main en signe d'apaisement.

– *Olà,* Marco! Vous ne voudriez pas tuer votre propre frère?

Le ferait-il? Sara retint son souffle et ne s'en avisa qu'en voyant Marco rengainer son arme.

– *Olà,* Angelo! (La voix de Marco était aussi inexpressive que son visage.) Vous auriez pu me prévenir plus tôt. Vous auriez pu vous faire tirer dessus!

– Oh, je vois! s'exclama Angelo, les yeux fixés sur le visage de Sara qui rougit.

Sara eut un moment de panique avant de remarquer qu'Angelo la regardait de l'air admiratif d'un homme qui ne l'aurait jamais vue. Dieu merci, il prétendait ne pas la connaître!

– Quelle heureuse coïncidence. Je me dirigeais de ce côté, moi aussi, avec ma motocyclette. Je l'ai laissée plus haut sur la piste et je faisais quelques pas pour me détendre les jambes. Mais la vie est faite de hasards, n'est-ce pas, mon cher frère?

Sara observait les deux hommes avec fascination. Pour une fois, Marco s'était dominé.

– Oui, cela arrive parfois.

– Vous ne me présentez pas à cette apparition? Central Park, New York, ici, en plein milieu de nos montagnes sauvages? Mais j'ai toujours aimé les devinettes. Voyons... Il n'y a pas de doute. C'est une des filles de l'incomparable Mona, bien sûr. Mais laquelle? (Durant la légère pause qu'il fit, Sara retint sa respiration. Elle aurait juré avoir surpris une étincelle de malice dans ses yeux, avant qu'il ne dise d'un air songeur :) Voyons... Mais c'est certainement mademoiselle Delight Adams, bien sûr. Qui d'autre oserait s'aventurer ici. J'ai lu quelque part que l'autre fille était insignifiante et qu'elle s'occupait de religion, ou de quelque chose dans le genre... peut-être des secours au Bangladesh – ai-je raison, mademoiselle Adams?

– Angelo...!

La voix de Marco l'aurait sans doute paralysée de peur, si elle n'avait été si indignée.

– Ce n'est en aucun cas une fille insignifiante! Où avez-vous lu une chose pareille?

– Oh, je suis désolé. Je devrais savoir à quel point les journaux peuvent transformer la vérité. (Il lui sourit un peu à la manière de Marco.) Mais j'abrège, car mon frère a l'air tellement jaloux qu'il serait capable de tirer pour de bon.

– Oh!

Sara se tourna vers Marco. Son visage s'était durci et il avait l'air de jauger Angelo. Puis il haussa les épaules, comme s'il jugeait inutile de se mettre en colère.

– *Che importa*? Si Delight aime bavarder avec vous, ne vous en privez pas. Nos chevaux ont besoin de se reposer avant de faire demi-tour.

– C'est vraiment généreux de votre part, grand frère. N'est-ce pas qu'il est le meilleur, fillette? Et c'est un vrai duc. Lorsque j'étais à New York, je me vantais partout que mon frère était duc, mais personne ne voulait me croire. Je suppose qu'il y a des avantages à être né du premier lit. Mais au cas où vous vous demanderiez qui je suis – je suis la couleur locale, pourrait-on dire! Les touristes adorent cela. Surtout les femmes qui ont peur que je leur propose de faire un tour sur ma nouvelle Honda. Auriez-vous peur, vous? Ah, Marco sait qu'il peut avoir confiance en moi, n'est-ce pas?

Cela devient insupportable, estima Sara. Il y avait tant de tension, de haine et de ressentiment entre les deux hommes que cela devenait presque tangible. Ils se ressemblaient beaucoup, mais étaient aussi différents l'un de l'autre que Delight et elle. Leur hostilité semblait vibrer dans l'air chaud, comme ces vapeurs d'essence prêtes à s'enflammer à la moindre étincelle. Et elle se trouvait entre les deux!

Elle en voulait à Angelo, de son sourire amical et de son accent qui la surprenait toujours. Pourquoi s'amusait-il à ce jeu?

– Je n'avais pas remarqué qu'il y avait des touristes dans la région. Vous allez faire croire à Delight que nous sommes dans une de ces régions touristiques qu'elle essaye de fuir, n'est-ce pas, *cara*?

Et maintenant, il agissait comme son frère. En la prenant à témoin, il en faisait l'enjeu de la bataille. Jamais de la vie! Réprimant un frisson, Sara leur adressa un sourire charmeur à tous les deux et se prépara à jouer le rôle de médiateur, malgré une ultime saillie d'Angelo.

– Vous n'aviez pas remarqué, mon cher frère? Ah, mais je suppose que j'oublie toujours que vous ne venez pas ici très souvent. Cet endroit doit paraître sinistre, quand on peut s'amuser un peu n'importe où dans le monde et rencontrer toutes sortes de gens, comme cette ravissante jeune femme...

– Allons, allons! (Etait-ce vraiment sa voix, si suave et si apaisante?) Vous savez, j'ai l'impression que vous ne vous entendez pas très bien. Et je trouve que c'est bien dommage de la part de deux frères. Ma sœur et moi ne nous disputons jamais et pourtant nous sommes demi-sœurs, nous aussi. Ne pourrions-nous pas nous détendre un peu? Il fait vraiment trop chaud pour se disputer, vous ne trouvez pas? (Elle adressa un sourire enchanteur à Marco.) Voyons, mon chéri, nous devrions rentrer maintenant. Je meurs d'envie de boire quelque chose de frais. (Puis, se tournant vers Angelo qui la regardait attentivement, elle dit d'un air taquin :) Quant à vous, monsieur Couleur Locale, non, je n'ai peur ni des motos ni des motards – vous ne lisez pas bien les articles de journaux! Je serais ravie d'aller faire un tour avec vous un de ces jours. Il faudra m'inviter à l'occasion. Peut-être dans quelques jours – ou quand cela vous conviendra... (Elle se tourna vers Marco.) Est-ce que cela vous conviendrait, chéri? (Evitant ses yeux noirs qui scintillaient comme de la braise, Sara se retourna vers Angelo qui les surveillait attentivement sans se départir de son sourire cordial.) Vous voyez? Marco n'est pas d'un naturel jaloux, il a trop de bon sens. Et d'ailleurs, il a une confiance absolue en moi – n'est-ce pas, *caro*?

Sa dernière remarque resta en suspens, tandis que Sara se disait que, si rien n'arrivait maintenant, les choses étaient en bonne voie.

Ensuite, Sara ne se souvenait plus de rien, hormis leur retour dangereusement rapide, durant lequel ses genoux ne la soutenaient plus, cependant que la sueur collait son chemisier à sa peau. Marco n'avait pas soufflé mot tout le temps de son discours. Puis il se tourna vers Angelo.

– Maintenant que vous avez réussi à vous présenter, je crois qu'il est temps que nous rentrions. Vous nous excuserez?

– Bien entendu. Je n'avais pas l'intention de vous retenir. Eh bien, comme on dit ici – *arrivederci*! A bientôt, mademoiselle Adams!

Cet adieu jovial d'Angelo résonna aux oreilles de Sara durant leur descente rapide. Fiametta suivait le sentier tortueux et abrupte à vive allure, montrant par là son impatience à regagner la fraîcheur de son box.

Ils arrivèrent à la clairière où se trouvait la hutte en pierre et cette fois Marco ne mit pas pied à terre. Il avait débouclé son ceinturon quelques instants plus tôt et le lança à l'un des gardes, puis il poursuivit son chemin avec Sara sur ses talons. Ils parcoururent un long chemin et Marco ne lui adressait toujours pas la parole. Sara pensa qu'il aurait pu au moins se montrer reconnaissant. Après tout, elle l'avait sorti d'une situation qui aurait pu mal se terminer. Le scandale aurait été terrible, s'il avait tué son demi-frère. Les journaux et les périodiques se seraient emparés de l'affaire et auraient exhumé toute l'histoire de la famille. Et si Angelo, qui n'était sûrement pas un ange malgré son nom, avait une arme dissimulée? S'il avait provoqué Marco pour que celui-ci tire son arme, afin de pouvoir plaider la légitime défense? L'esprit logique de Sara la conduisit à une conclusion tout aussi dramatique et à laquelle elle préféra ne pas penser.

Si les choses s'étaient passées ainsi, Angelo aurait fait appel à elle comme témoin. Malgré sa boutade, comme quoi il était né par l'escalier de services, elle se souvenait que Sérafina avait dit que... bien sûr! Il n'y avait pas de divorce en Italie à l'époque où ces événements s'étaient produits. Et si l'on étudiait les choses du point de vue strictement légal, alors Angelo, quel qu'ait pu être son père, restait légalement le fils du précédent duc di Cavalieri et l'héritier légitime du titre, du palais et de toute la fortune, au cas où quelque chose arriverait à Marco...

Elle se mordit la lèvre et se demanda pourquoi elle se souciait de tout cela. Marco avait montré à quel point il était fort et dénué de scrupules. Il était certainement conscient de tout ce qui venait de lui passer par l'esprit. Il était parfaitement capable de s'occuper de ses propres affaires. En fait, c'est plutôt d'Angelo qu'elle devait se soucier. Bien qu'il lui soit apparu dangereux et malgré son sourire et ses manières débonnaires, elle avait senti chez lui une profonde solitude qui lui inspirait de la pitié. Il était seul. Exilé de son pays adoptif et traqué dans son pays natal. Un homme sans foyer, né entre deux mondes et n'appartenant à aucun. Oui, c'est pour Angelo qu'elle devait ressentir de la sympathie, se dit Sara, tandis que Fiametta, fatiguée mais toujours pleine d'ardeur, traversait en trottinant le terrain de polo. L'astucieux, l'agile Angelo, qui lui avait offert la liberté avec panache et qui, elle en était certaine, avait compris son message lorsqu'elle s'était adressée à lui. Il savait qu'elle désirait le rencontrer et il viendrait certainement une nuit pour parler affaires et tactique. Pour ses boucles d'oreilles en diamant et une entrevue avec sa mère, elle était sûre qu'Angelo lui viendrait en aide. Elle serait toujours plus en sécurité avec lui qu'avec son irascible demi-frère!

Le grand étalon et son cavalier étaient déjà arrivés depuis plusieurs minutes aux écuries. Comme il était devenu grossier en quelques instants! Auparavant, il la surveillait sans cesse, et à présent, il semblait indifférent de la perdre. Il était...

Il se tenait là avec cet air sombre qu'elle lui connaissait si bien. Sara perdit le fil de ses idées et s'efforça d'ignorer sa présence. Mais ce n'était pas facile! En effet il donna l'ordre à l'un des garçons d'écurie qui s'était avancé pour l'aider à mettre pied à terre de tenir son cheval, et c'est lui-même qui, ignorant la main qu'elle lui tendait, la saisit à la taille et l'enleva sans douceur de sa selle, la laissant glisser contre lui, avant de la poser à terre.

– Et c'est vous qui parliez de discrétion! Lâchez-moi. Tout le monde nous regarde.

– C'est vous qui avez foulé aux pieds toute discrétion, *giocattolo mio,* en venant visiter la chambre de Barbe-Bleue?

– Ne m'appelez pas votre petit jouet. Je ne le suis pas.

Elle essaya de se dégager de son étreinte, sans toutefois y parvenir.

– Et de qui aimeriez-vous être le jouet, *Diletta mia*?

– Je vous en prie, ne me tourmentez pas. Ce n'est pas ma faute si nous avons rencontré Angelo.

Elle ne voyait pas son expression, mais elle

poussa un soupir de soulagement quand il desserra son étreinte.

– Non, ce n'était pas de votre faute, reconnut-il. Venez, rentrons à la maison.

Il ne lui laissait pas d'autre choix que de le suivre.

32

Elle aurait dû deviner, avant qu'ils n'atteignent la fraîcheur de l'ombre, où il l'emmenait! Sara aperçut son reflet dans une glace, en passant devant un miroir. Elle avait l'air d'une autre femme avec ses cheveux défaits par le vent, son visage rougi par le soleil et son corsage en soie que la sueur plaquait sur elle et qui dessinait les contours de ses seins. Elle avait l'air...

Elle essaya de dégager son poignet de sa main.

– Arrêtez de me tirer comme cela. Vous ne comprenez pas que j'ai envie de... Il faut que je prenne un bain et que je me change. Je suis trempée.

– Oui, je dois avouer qu'il m'a été presque impossible de ne pas le remarquer, d'autant que vous ne portez pas de sous-vêtements. Je suis certain que le souriant Angelo l'a remarqué, lui aussi. Votre présence a paru le distraire et l'a empêché de provoquer une querelle sérieuse entre nous.

Ils étaient arrivés devant sa porte, pas celle de Sara, et elle essaya encore une fois de se libérer.

– Vous m'avez dit que vous ne vouliez pas que je vienne dans vos appartements. J'ai l'impression que c'est vous qui avez attrapé un coup de soleil.

Il s'arrêta dans l'entrebâillement de la porte, se

tourna vers elle et la regarda d'un air qui donna à Sara l'envie de fuir.

– Croyez-vous que la petite femme curieuse de Barbe-Bleue a dit la même chose juste avant qu'il ne l'entraîne dans sa chambre? (Il rit en voyant l'expression du visage de Sara.) *Dio* je commence à croire que vous avez une imagination assez fertile pour inventer n'importe quoi! Vous devriez ajouter à l'image que vous avez à l'esprit celle de sœur Anne qui passait son temps à guetter en haut de la tour dans l'espoir de voir arriver du secours.

Avec une force précise et contrôlée, il la fit entrer dans la pièce et referma la porte derrière lui d'un coup de pied. Barbe-Bleue – qui ne voulait pas que des indiscrets puissent découvrir ses secrets de famille. Oh, comme elle aurait aimé avoir la présence pragmatique et rassurante de Delight en ce moment.

Ne lisait-il pas dans ses pensées? Il la lâcha, ferma la porte à clef et se tourna vers elle en levant un sourcil.

– Et qui, croyez-vous, va venir à votre aide? Angelo, peut-être? Lui qui vous offre de vous emmener faire un tour sur sa motocyclette? Vous semblez vraiment bien vous entendre tous les deux. Comme si vous vous connaissiez déjà. Serait-ce possible?

Il était impossible qu'il sache. Et elle était certaine de ne pas s'être trahie. Il essayait de deviner. Il était jaloux... non, idiote. Cela n'était pas possible. Pas Marco! Et pourtant, une légère exaltation lui monta à la tête, comme suite à une décharge d'adrénaline. Elle se détourna en haussant les épaules avec impatience et se mit à jouer avec un coupe-papier qui se trouvait sur son bureau.

– Oh, Mon Dieu! Comment et où aurais-je pu rencontrer votre adorable frère? Il vous ressemble, vous savez. (Elle lui fit face et observa son air sombre. Mais cette fois elle ne flancherait pas.) Ce que je dis ne devrait pas vous mettre en colère. Après tout, vous êtes frères – enfin, demi-frères, ajouta-t-elle rapidement en voyant son expression.

– Je me demande comment vous avez bien pu apprendre cela. Je ne me souviens pas que votre dernier admirateur m'ait appelé autrement que *frère*.

Il lui jeta ce mot au visage et attendit sa réponse.

– Oh, parce que... c'était facile à deviner, voyez-vous! Je ne suis pas complètement stupide, même si je n'ai pas appris, grâce à vous, à quel point tout est féodal ici. Alors votre père avait une petite amie au village – cela doit être assez courant, j'en suis sûre. Est-ce que cela répond à votre question?

Sara soutint son regard sans frémir, bien que son cœur se soit mis à battre très fort. Alors, il était jaloux! Son instinct le lui disait, bien que sa raison ne voulût pas admettre cette possibilité.

– J'ai pu m'apercevoir que vous mentiez facilement. Et vous avez l'esprit vif et agile, quand il vous arrive de vous en servir. Saurai-je jamais quand vous mentez ou non?

Il baissa la voix et la regarda avec une lenteur calculée; ses yeux s'attardèrent sur le contour de ses seins qui pointaient sous le corsage trempé de sueur.

Sara aurait voulu le supplier de la laisser tranquille. Elle se sentait comme un animal pris au piège et sa langue, comme le reste de son corps, était paralysée. Il se tenait si près d'elle qu'elle pouvait sentir la chaleur de son être. Il avait lâché son poignet et ne l'avait pas touchée depuis. Il savait que cela n'était pas nécessaire, songea-t-elle avec désespoir.

Il la touchait avec ses yeux. Partout où ses mains s'étaient posées auparavant, son regard faisait ressurgir ces moments dans sa mémoire, à un point tel qu'elle se mit à trembler intérieurement.

– *Diletta – Diletta! Tentatrice... maliarda...!*

Elle savait qu'il l'avait appelée tentatrice et enchanteresse. Il l'avait appelée Delight. Mais même cela n'avait plus d'importance. Elle se plaqua contre lui et fit ce qu'elle n'avait jamais fait jusque-là. Elle tendit les mains pour se saisir de ses cheveux et attirer sa tête vers ses lèvres, et l'embrassa avec passion.

Elle ne ressentait ni honte ni fierté. Rien n'avait d'importance à ce moment, hormis *cela*. Il posa enfin les mains sur elle et leurs corps se joignirent étroitement, se cherchant à travers l'obstacle de leurs vêtements. Jusqu'au moment où, tout en proférant un chapelet d'injures à voix basse, il la saisit par les hanches et l'assit sur le bureau, sans tenir compte de ses faibles protestations.

– Je vous veux tout de suite, *Diletta mia, mi desiderio*! Je vous veux! Ne vous défendez pas...

Il mit une main dans le décolleté de son corsage et l'arracha sauvagement pour lui dénuder les seins qu'il se mit à embrasser lentement. Sa bouche emprisonna leurs pointes sensibles et Sara gémit doucement, puis cria bientôt quand il les mordilla. Puis, toujours debout entre ses jambes, il s'impatienta sur la boucle de sa ceinture et sa fermeture Eclair récalcitrante, à laquelle il donna une secousse furieuse, la libérant enfin de ses jeans trop étroits.

Elle ne se rappelait pas très bien ce qui avait suivi. Mais ce fut violent et sauvage comme un orage d'été, noyant tout, hormis cette jouissance intérieure qui grandissait et l'envahissait tout entière, dans l'attente de l'explosion finale qui la libérerait enfin et la laisserait, vibrante des dernières vagues de l'orgasme.

Sara se sentait comme revenant d'un long voyage dans un pays irréel. Elle préférait de toute façon ne pas se préoccuper de la réalité pour l'instant. Surtout pas en ce moment, où la lucidité la ramenait, bien trop vite à son gré, dans le monde rationnel. Ayant épuisé la moindre parcelle de sensations de son corps, elle retrouvait la capacité de penser, et sa première pensée fut de se dire qu'elle préférait ne pas raisonner du tout.

La femme qui venait de provoquer avec fureur et sans pudeur ce qui venait de se passer, ne pouvait pas être elle. Pas Sara, qui voyait toujours tout avec un certain recul et qui avait, par le passé, décidé d'abandonner la partie et de fuir cette situation ridicule et impossible. Tout ce qu'il lui fallait faire...

Tout ce qu'il lui fallait faire était de tourner la tête, pour que ses lèvres rencontrent la joue râpeuse de Marco qui lui rappelait le son de sa voix... Mmm...! soupira-t-elle en se blottissant contre lui. Elle lui entoura le cou de ses bras. A présent qu'elle s'était laissée aller, elle se sentait délicieusement langoureuse et souple. Elle n'était plus tendue et ne ressentait plus de colère comme auparavant.

– Quelle petite catin passionnément amorale vous êtes. Même quand vous vous abandonnez complètement, je ne peux m'empêcher de me demander à qui et à quoi vous pensez, avec vos yeux si obstinément fermés. Je me demande si vous êtes jamais satisfaite? Et comment un seul homme pourrait-il jamais satisfaire une femme telle que vous?

Il l'avait prise, comme elle s'en rendit compte plus tard, sans se donner la peine de se déshabiller. Mais ensuite, il l'avait portée dans sa chambre, l'avait déposée sans façons sur le lit, avant de se déshabiller pour enfin la rejoindre. Il s'était étendu à moitié sur elle, l'attirant à lui et laissant glisser ses mains sur son dos, la caressant avec une douceur presque sauvage.

– Alors, pourquoi ne lancez-vous pas votre pointe habituelle, *Diletta mia*? Ou bien est-ce que vous êtes trop effrayée à l'idée de vous trouver dans le lit de Barbe-Bleue?

Sara fit une légère grimace car il tirait sur ses cheveux et elle fut agacée qu'il vienne troubler sa plaisante lassitude. Elle se raidit avant de répliquer froidement :

– Comment pourrais-je m'empêcher d'être effrayée, après que vous vous êtes donné tant de mal! Mais dois-je vraiment répondre à toutes ces questions que vous me jetez littéralement à la figure? Je le ferai si les réponses vous excitent vraiment, dans le cas contraire... pourquoi perdre notre temps en paroles, comme dirait ma mère?

Bien sûr, il y avait une chance pour qu'il ne la tue pas... Elle s'arrêta de penser et de respirer, quand il lâcha ses cheveux et que ses doigts se posèrent sur sa gorge.

Il suivit le contour d'une veine avec mépris.

– Pourquoi perdre notre temps en effet? Vous avez raison. Qu'offrez-vous comme alternative, ou qu'espérez-vous gagner? Vous me forcez à me poser des questions dont il me faudrait connaître la réponse. Par exemple, pourquoi êtes-vous certaines fois comme du miel, chaude et douce au toucher, et d'autres fois comme du vinaigre, mais deux fois plus acide!

Puis ses doigts entourèrent complètement son cou, sans cependant la toucher. Elle se tenait parfaitement immobile, mais sans crainte, et regardait son visage sans proférer une seule parole.

Elle avait l'impression d'absorber, par une étrange osmose, sa colère et son amertume. De les absorber et, ce faisant, de les apaiser.

– Alors? (Sa voix devint plus dure et il fit un effort pour enlever ses mains et les poser sur ses épaules.) Vous n'avez rien à me dire, et vous restez là, à me regarder avec vos yeux de jade, qui semblent si froids et qui ne trahissent rien de vos pensées? Vous feriez mieux de me répondre cette fois-ci, sinon, *per Dio*...!

– Que voulez-vous que je vous dise?

– La vérité, pour changer. Pourquoi dites-vous tant de mensonges?

– Parce que vous vous attendez à ce que je mente, bien sûr! Si je vous disais la vérité, vous ne me croiriez pas de toute façon, alors...

Sara fut surprise de constater à quel point sa voix était indifférente et elle haussa les épaules malgré les mains qui pesaient sur elle.

– Donc... puisque nous avons cette conversation très honnête et très intime – pour changer – pourquoi ne diriez-vous pas la vérité, une bonne fois? Je peux vous assurer que cela ne me choquera pas. (Il frôla ses lèvres avec sa bouche, avant de poursuivre sur un ton qui se voulait neutre.) Par exemple, il m'a semblé que vous éprouviez beaucoup de sympathie l'un envers l'autre, Angelo et vous.

– Angelo? répondit-elle vaguement, et elle fut

récompensée par un grognement furibond de Marco.

– Oui, l'homme à la motocyclette cachée. De quelle marque a-t-il dit qu'elle était?

– Une Honda, je crois. Oh, oui, il m'a paru très amusant et très gentil, je l'avoue. Il n'arrêtait pas de regarder le bleu que j'ai à la pommette et je me sentais vraiment gênée. Pas vous? Croyez-vous qu'Angelo, lui aussi, frappe ses femmes? Si c'est le cas, je n'ai vraiment pas envie d'aller faire un tour avec lui. Et peut-être Carlo n'approuverait-il pas, lui non plus. Qu'en pensez-vous?

– Vous... (Le juron qu'il proféra résonna longtemps à ses oreilles, puis il reprit :) Carlo! Vous feriez bien de ne plus mentionner son nom. Car nous savons tous deux que Carlo n'est pas pour vous, pas plus que vous n'êtes faite pour Carlo. Il n'a pas encore assez d'expérience pour affronter une petite garce de votre genre. Quant à Angelo... Pourquoi perdre votre temps en vaines spéculations? Vous n'irez pas vous promener sur sa nouvelle Honda et il y a même peu de chances que vous le rencontriez de nouveau à moins que ce ne soit en rêve ou dans vos fantasmes sensuels.

– Que voulez-vous dire? Je ne suis pas... Je crois que c'est vous qui vivez dans un rêve du passé, plusieurs siècles avant nous, quand les hommes étaient entourés de femmes qui étaient des esclaves, soit achetées, soit enlevées de force. Je verrai Angelo si j'en ai envie. Je ne vous ai pas entendu soulever d'objections en sa présence, n'est-ce pas? Peut-être aviez-vous peur de lui et de ce qu'il symbolise, malgré votre revolver et vos airs de bravache. Car, d'une certaine façon, Angelo est votre égal, n'est-ce pas? Sauf que lui a été conçu par amour et non par sens du devoir, comme...

Elle s'arrêta juste à temps pour éviter de déverser le flot de paroles blessantes qui lui venaient aux lèvres.

– Pourquoi vous arrêtez-vous, demanda-t-il doucement d'une voix lourde de menaces. N'abandonnez pas ce sujet qui paraît tant vous intriguer. Angelo, l'enfant de l'amour, que vous trouvez si amusant et qui vous connaissait – assez bien pour avoir l'audace de vous inviter à faire un tour de motocyclette... pour aller où, je me le demande?

– Je crois... je crois que vous vous trompez complètement. (Elle essaya de ne pas montrer, par le tremblement de sa voix, toutes les émotions qu'elle ressentait et qu'elle n'avait pas encore eu le temps d'analyser.) Angelo ne s'intéressait pas vraiment à moi, vous savez. C'est un admirateur de Mona. N'avez-vous pas remarqué qu'il l'avait appelée « L'incomparable » d'une voix positivement caressante? J'y suis habituée. Je peux repérer les admirateurs dévoués de Mona plusieurs lieues à la ronde.

– Ah oui... nous avons tous des mères, n'est-ce pas? Et la vôtre a du moins donné le nom qui convenait à l'enfant qu'elle a eu par amour. Delight. *Diletta mia*... O mon enchantement!... Il parodia une citation, puis roula sur elle et s'étendit entre ses cuisses, malgré ses protestations tardives. Appuyé sur un coude au-dessus d'elle, il gardait cette main dans ses cheveux, pendant que de l'autre il lui caressait le flanc avec une lenteur affolante. Puis il passa la main entre leurs corps et revint caresser ses seins.

– Arrêtez...! (Elle poussa inutilement sur ses épaules.) Je... je... ce n'est pas la peine...

– Pour l'amour du Christ, taisez-vous! (Sa voix la

cingla comme une gifle.) C'est nécessaire, et vous le savez bien, petite hypocrite que vous êtes, *Diletta.*

– J'aimerais... que vous ne m'appeliez pas comme cela.

– Pas par votre nom? Mais je peux trouver d'autres noms qui vous décriraient mieux, si vous préférez. C'est sans doute le genre de choses qui vous excitent!

– Encore moins que le viol!

– Je n'ai pas eu besoin de vous violer! (Il rit soudain d'une façon déplaisante, glissa ses mains le long de ses bras et l'immobilisa par les poignets.) Je ne pense pas qu'aucun homme ait jamais eu du mal à vous rendre consentante. Dois-je vous montrer comment?

C'était inutile, pensa Sara avec désespoir, avant même qu'il n'ait commencé. Elle était déjà devenue une masochiste perverse et son corps réclamait le sien, et elle s'arquait contre lui.

– *Abbracciami, Diletta!* Embrassez-moi comme vous embrasseriez un amant de votre choix... Un homme qui ne saurait pas ce que vous êtes et qui se laisserait prendre à la douceur ensorceleuse de vos lèvres sensuelles...

Elle avait envie de l'embrasser. Pourquoi lutter contre une envie parfaitement normale et naturelle? Il y aurait peut-être un moment, plus tard, où elle se détesterait et se mépriserait d'être devenue ce qu'il attendait qu'elle devienne – et ce qu'il voulait qu'elle soit. Pour l'instant, elle ne pouvait que réagir instinctivement et sans réfléchir. Elle tendit les bras et l'attira à elle pour sentir la tension de son corps, puis elle l'embrassa comme il le désirait.

33

Des jours entiers s'écoulèrent et Sara évitait soigneusement de penser et de rationaliser. Elle était devenue une parfaite hédoniste – l'odalisque pour qui le sérail n'était pas une prison, mais un lieu de plaisir. Pourquoi pas? Question insidieuse et corruptrice entre toutes.

Se laissant aller à ce qui était de la luxure à l'état pur et rien d'autre, Sara passait des heures toute nue au soleil sur sa terrasse privée, ne pensant à rien en particulier et se baignant dans la chaleur et la lumière du soleil que sa peau absorbait. Nulle servante, pas même Sérafina, ne l'approchait durant ces moments-là. Mais parfois elle sentait la fraîcheur de son ombre, puis il se couchait sur elle et entrait en elle, là sous le soleil et le ciel bleu sans limites.

Quelquefois il venait quand elle était dans son bain et parfois c'est lui qui la portait jusque-là. Et maintenant, au lieu de prendre ses repas en grande pompe, il les faisait monter dans sa chambre et les prenait là, avec elle – insistant parfois pour qu'ils parlent et à d'autres moments se contentant de la regarder, avant de l'enlever de sa chaise pour l'emporter vers le lit. Dans ces moments-là, il semblait se délecter à lui arracher ce qu'elle avait sur elle, ne lui laissant que les cadeaux qu'il lui avait offerts : une fine chaîne en or qui lui encerclait la taille, avec un pendentif en rubis de la grosseur de son nombril et une chaînette autour de sa cheville, garnie de fins rubis enchâssés dans le l'or. Symboles d'esclavage? C'est ce qu'elle avait essayé de lui suggérer, en s'efforçant en vain de l'éloigner d'elle tandis que ses yeux brillaient de colère. Hypnotisée par le désir sensuel ou pas, elle conservait assez de bon sens pour ne pas vouloir devenir son *giocatolo*, son jouet.

– Mais c'est exactement ce que vous êtes! lui avait-il dit en se moquant de sa soudaine fureur. (Il l'avait retournée de force sur le ventre et, la maintenant de tout son poids, il accrocha la chaîne autour de sa taille.) Pourquoi ne me joindrais-je pas à ceux qui se sont amusés de vous pendant tout ce temps?

Elle n'avait tenté aucune résistance quand il avait encerclé sa cheville de ses doigts, tirant sa jambe à lui pour y fixer l'autre chaîne.

– Arrêtez! Vous êtes une brute. Me tirer ainsi dans tous les sens – me forcer. Je vous déteste.

– Vraiment? Alors vous ne haïssez pas assez fort, *bimba*.

Ce qualificatif avait une consonance méprisante qui fit grimacer Sara. Elle s'était bien juré pourtant de rester imperturbable. Il fallait qu'elle accepte l'étrange désir qui la poussait vers cet homme impossible, arrogant et détestable. Cela n'impliquait aucun sentiment, bien sûr. Comment serait-ce possible? Et elle le détestait vraiment, cet homme sans cœur et sans scrupules.

Ce n'était pas juste qu'il puisse jouer aussi avec son désir. Elle était réduite à attendre et à espérer la satisfaction physique qu'il lui apportait. Son esprit était devenu comme une éponge, capable d'absorber les seules sensations et rien d'autre. Si au moins elle pouvait juger de la situation sous un angle pragmatique...

Mais il n'y avait rien de pragmatique, ni même de

logique dans ses actes. Pourquoi restait-elle ici dans ces conditions humiliantes? Elle pouvait se libérer à tout moment, il lui suffisait de dire la vérité! Il pourrait se mettre en colère, il la frapperait même sûrement dans sa rage comme il l'avait déjà fait, mais il la laisserait certainement partir et tout serait fini. Ce ne serait plus, avec un certain recul, qu'une histoire amusante, quoique un peu risquée et qu'elle pourrait raconter à ses proches amis ou inclure dans ses mémoires.

Voyons, Sara! Tu sais que tôt ou tard il découvrira la vérité : alors pourquoi ne pas te préparer à passer un sale quart d'heure et lui avouer tout dès à présent? Avant qu'il n'apparaisse de son pas souple et animal... qu'il ne te touche, qu'il ne te détruise et ne te réduise à l'impuissance?

Le soleil était devenu si chaud qu'elle fut contrainte de se mettre à l'ombre. Entrant à nouveau dans sa chambre, elle s'arrêta sur le pas de la porte pour accoutumer ses yeux à l'obscurité. La première chose qu'elle vit, ce fut elle-même dans la glace. Elle avait l'air... d'une princesse polynésienne, avec ses cheveux qui lui retombaient dans le dos et son teint hâlé, presque aussi foncé que celui de Marco. Elle découvrait en elle quelque chose de primitif et qu'elle ignorait, à se contempler ainsi nue dans la glace.

Elle était ici parce qu'elle le voulait. De son propre gré... Sara aurait aimé chasser cette pensée, oublier qu'elle voulait ce qui se transformait peu à peu en un besoin. Il fallait ignorer cette aberration temporaire. Elle s'examina d'un œil critique. Elle pouvait sans doute perdre un peu de poids, au niveau des hanches, mais nulle part ailleurs – certainement pas à la poitrine. Elle avait un corps ferme, souple, agile et résistant. Un corps athlétique, alors que celui de Delight avait toujours été plus voluptueux. Delight était apparue sur l'écran plus grand que nature et personne n'avait remarqué la différence – pas même Marco. Mais c'est mon corps qu'il désire malgré lui et c'est mon esprit qui l'intrigue, se dit-elle avec une profonde satisfaction féminine et elle s'étira comme une chatte. Quoi qu'il puisse penser de moi et, bien qu'il me prenne pour une autre, j'ai, la plupart du temps, été moi-même avec lui et c'est Sara qu'il a prise comme *amante*.

Elle cligna des yeux et se passa nerveusement la main dans les cheveux. Puis elle traversa la pièce pour prendre la robe de soie que Sérafina avait posée sur son lit. Les miroirs... qui la faisaient réfléchir avec son corps plutôt qu'avec sa tête! Elle oubliait ce qu'était la véritable réflexion, car elle ne voulait plus penser, mais se laisser aller, pour changer. Elle devait être folle!

Il y avait un frigidaire dans son salon, avec du vin blanc et de l'eau d'Evian, grâce à la prévenance du duc pour sa maîtresse en titre – celle qui occupait l'appartement de sa mère. La gardait-il vraiment prisonnière? Sara se posait souvent cette question. Elle se versa un verre de liquide glacé dont elle mourait d'envie en ce moment. Puis elle resserra rageusement la ceinture de sa robe avant de se remettre à arpenter la pièce, évitant cette fois de se regarder dans les glaces. Elle entendait l'eau qui coulait dans la salle de bains. Sérafina savait que c'était à peu près à cette heure-ci qu'elle quittait la terrasse pour échapper au soleil et qu'elle aimait prendre un bain avant de s'endormir. A partir de quel moment tout cela était-il devenu une routine?

Il faut que tu t'échappes, lui criait sa voix intérieure et elle se dirigeait vers la porte, lorsque celle-ci s'ouvrit.

– Vous êtes habillée! Enfin presque. Est-ce que vous veniez me chercher, *desiderio mio*?

Il se tenait nonchalamment le dos appuyé contre la porte massive, dans sa tenue de cheval qui lui donnait un air presque animal, avec le médaillon en or qui ressortait sur sa poitrine sombre, les jambes légèrement écartées, et il la regardait avec un sourire ironique.

Pourquoi sa seule présence la privait-elle de toute force? Elle tendit la main instinctivement derrière elle et saisit le dossier d'une chaise. Le fait de toucher quelque chose de solide lui donna du courage.

– En fait, j'espérais plutôt ne pas vous rencontrer, mon chéri. Je pensais aller... me baigner, peut-être. Ou bien faire un tour à cheval pour sentir le vent sur mon visage. Une bouffée de liberté, si vous connaissez la signification de ce terme?

– Vous avez toujours été libre, *Diletta.* (Ses mains, qu'elle avait appris à si bien connaître, pliaient maintenant sa cravache tandis qu'il l'observait attentivement.) Libre de faire vos choix et de saisir vos chances aussi. Quelle genre de promenade avez-vous en vue? Tant que vos désirs n'incluent pas une promenade en motocyclette ou un diamant de dix carats, je puis éventuellement consentir à les satisfaire.

Consentir... Sara eut du mal à garder son sang-froid. Elle attendit un moment et répliqua sur un ton froid.

– Vous ne trouvez pas que la plaisanterie a assez duré? Vous avez montré ce que vous vouliez et vous devez trouver cela aussi ennuyeux que moi, maintenant. Alors, ne pouvons-nous pas en rester là?

Pendant qu'elle expliquait d'une voix détachée ces choses logiques et raisonnables, elle sentait son cœur accélérer ses battements. Pourquoi restait-il là sans rien dire, en la regardant simplement? Pourquoi ne disait-il pas quelque chose qui la ramène à la réalité?

– Alors, vous vous ennuyez, *povera piccina*? vous vous ennuyez avec un seul homme? Vous êtes perdue, parce que vous n'avez pas de musique sauvage, pas d'éclairage nocturne et pas de directeur sympathique ou d'acteur pour vous dicter votre rôle ou motiver vos actes. Heureusement que je sais que vous mentez, sinon vous auriez peut-être réussi à me mettre en colère. Mais cette manière de me regarder en restant là debout dans votre robe vert pâle qui vous moule si bien et qui révèle plus qu'elle ne cache... que croyez-vous que cela me révèle, *Diletta mia*? Avez-vous peur de cette petite cravache et des marques qu'elle pourrait laisser sur votre peau si douce? Ou bien me portez-vous un défi?

Elle se tenait immobile et serrait de plus en plus fort le dossier de la chaise avec ses mains. Elle le regarda, fascinée et horrifiée à la fois, plier la cravache, puis la passer avec une douceur dédaigneuse sur ses épaules et entre ses seins.

– Vous avez sans doute raison de vous taire, *tesoro*! Car vous connaissez déjà les réponses à toutes ces questions, n'est-ce pas?

Il lui souleva le menton avec le manche de la cravache puis il descendit le long de sa gorge pour entrouvrir sa robe. Avant qu'elle n'ait pu l'en empêcher, il la glissa d'un air menaçant entre ses cuisses.

– Vous êtes un menteur et un hypocrite, pas moi. (Elle dut faire un effort pour prononcer ces paroles.) Ne faites pas cela!

– Non? Mais vous m'avez fait comprendre que je ne savais pas suffisamment vous satisfaire, alors je n'ai pu m'empêcher de penser...

– Arrêtez, espèce de sadique!

La pression augmenta, la faisant haleter et puis, tout à coup, avec un affreux juron, il jeta la cravache avec une telle violence qu'elle heurta un vase et le brisa contre le mur. Il lui saisit les cheveux d'une main, tandis que l'autre la fouillait intimement. Il l'attira contre lui et lui lança d'une voix cinglante :

– Vous êtes le genre de femme qui attire les sadiques, *Diletta mia.* Non – tenez-vous tranquille, sinon je pourrais être tenté de me servir de cette cravache. Garce! *Donnaccia!* (Ses doigts se resserrèrent sur elle et elle poussa un cri de protestation.) Vous ne m'avez pas encore incité à vous battre, mais je pourrais le faire facilement et vous le savez très bien. Et au cas où il y aurait quelque chose que vous ne sachiez pas ou que vous prétendiez ne pas savoir, laissez-moi vous dire ceci très clairement. Tant que je le voudrai, vous resterez ici et vous serez exclusivement à moi – que vous vous ennuyiez ou non. Vous êtes à moi, garce, tant que j'en aurai envie – *sei mia, capisce*? Pas de motocyclette entre ces cuisses que vous avez écartées si souvent pour tant d'hommes. Vous allez appartenir à un seul homme, que vous aimiez cela ou non.

– Non! Et vous êtes un...

Il lui ferma la bouche d'un baiser avant qu'elle ne puisse l'insulter. Il maintint son corps contre le sien, et se mit à la caresser tout en continuant à l'embrasser. A la fin elle se détendit et il n'eut plus besoin de la maintenir de force.

Avec quelle douceur traîtresse ne se rendit-elle pas. Elle réagissait trop facilement à la pression presque clinique de ses doigts entre ses cuisses. Il y avait un tapis par terre et il la déposa dessus tout en s'amusant de sa résistance tardive.

– Si vous continuez à me présenter votre dos, je vais prendre cela pour une invitation, *mio desir*! Est-ce ainsi que vous voulez que je vous prenne cet après-midi?

– Non! (La protestation jaillit vivement et elle se retourna d'une pièce.) Je n'aime pas. Vous savez que je n'aime pas les perversions. Vous êtes méprisable.

– Comme vous changez vite d'humeur, dit-il en lui mettant la main sur le ventre et en remontant vers ses seins. Parfois vous êtes prête à tout... et parfois vous êtes prise d'inhibitions stupides. Avez-vous besoin d'une caméra pour vous exciter? Je pourrais peut-être aussi satisfaire ce désir, si vous y tenez.

– Vous oubliez le facteur principal. Vous oubliez le partenaire – pourriez-vous me promettre de me procurer l'homme qu'il me faut pour réaliser tous mes fantasmes?

– Comme Garon Hunt avec qui vous avez été si... accommodante? Ou est-ce Angelo qui est devenu votre partenaire de rêve? Et ne me dites pas que c'est Carlo, je ne le croirais jamais, et si vous dites d'autres mensonges, je serai tenté de vous étrangler.

Il la tenait écartelée à présent et Sara sentait ses doigts resserrer leur étreinte sur ses épaules, tandis qu'il voulait la forcer à répondre.

– Des mensonges? En d'autres mots, vous voulez

que je vous dise ce que vous considérez comme la vérité. Alors, très bien. Je crois que je choisirais Garon. Il est très sexy... mais il est assez sûr de lui pour se montrer doux en même temps. Je le trouve très excitant.

Et maintenant, se dit Sara, il va certainement t'étrangler. Elle avait peur, mais refusait de baisser les yeux.

– Après une seule nuit? Il n'a passé que quelques heures avec vous! Comme je le pensais, vous êtes trop aisément satisfaite, *Diletta.* Et vous ne comblez peut-être pas assez les hommes pour les garder bien longtemps.

Il y avait quelque chose dans le ton de sa voix et dans son regard qui arrêtèrent la réponse qu'elle avait sur les lèvres. Elle ne dit rien et attendit, les yeux fermés.

– *Per Dio!* J'en ai assez de tout ceci. Regardez-vous! Etendue comme une martyre, vos yeux verts hermétiquement fermés, pour ne pas voir l'animal sauvage qui pourrait vous dévorer à tout moment.

Il passa sa main sur tout son corps d'un geste impérieux, comme pour se prouver qu'il l'avait déjà possédé, puis elle sentit qu'il s'éloignait. Elle garda ses yeux obstinément fermés et entendit sa voix qui venait d'au-dessus d'elle.

– Vous pouvez vous rhabiller et aller prendre votre bain en paix, *bimba*! Je ne vous importunerai plus, et vous pouvez vous contenter vous-même si cela vous fait plaisir.

– Est-ce que cela veut dire que vous me laissez finalement partir? demanda-t-elle en gardant les yeux fermés pour ne pas voir son expression.

– Désolé de vous décevoir, *cara mia,* mais j'ai l'intention de vous garder encore un peu, le temps de décider ce que je vais faire de vous. En attendant, vous aurez toujours vos amoureux de rêve pour vous consoler et si vous en avez assez au bout d'un moment... vous pouvez toujours me le faire savoir. Si vous me le demandez très gentiment et si j'ai le temps... alors je pourrai peut-être venir vous rendre visite de nouveau – c'est-à-dire, si j'ai encore envie d'une femme de votre genre.

De son genre! Qu'avait-il voulu dire par là? Il était arrogant, calculateur et avait l'esprit mal placé... Sara s'assit brusquement et contempla la porte qu'il venait de refermer. Il pourrait toujours attendre, pour qu'elle le supplie de revenir! Et elle n'avait pas non plus l'intention de rester ici à sa disposition – il allait bientôt s'en rendre compte!

34

– Je m'aperçois que par quelque malheureux effet du hasard, j'ai encore envie de vous, petite sorcière aux yeux verts et à l'esprit fourbe. Et tant que je vous désirerai, je vous garderai ici dans mon sérail, tout comme l'un de mes ancêtres maures aurait pu le faire avec l'une de ses captives chrétiennes, toute tremblante – uniquement pour mon plaisir. Cette idée vous effraie-t-elle, avec ce qu'elle implique, *bambina mia*? Jusqu'à ce que je me lasse de vous, vous serez à moi seul, pour satisfaire tous mes désirs.

– Comme c'est excitant. Quoi, par exemple? Tant que ce n'est pas trop pervers...

Sara ne se souvenait que trop bien comment il lui avait coupé la parole en l'embrassant brutalement d'abord, pour la soumettre, et comment il avait parcouru son corps avec une lenteur calculée, la soumettant d'abord, puis provoquant son désir, un désir qu'elle n'avait pu contrôler.

Elle ne voulait pas penser dans l'immédiat à toutes les façons dont il lui avait fait l'amour, ni à toutes celles qu'elle avait découvertes instinctivement. Et elle se rebellait à la pensée qu'elle pourrait désirer ce qu'il l'avait contrainte à faire au début. Ridicule! Pourquoi ne se sentait-elle pas soulagée, au lieu d'être déçue qu'il la laisse pour quelques heures tranquille?

Peu de temps après son départ, elle entendit le vrombissement de l'hélicoptère qui décollait et elle sut qu'il était parti... pour rendre visite à l'une ou l'autre de ses maîtresses! Pourquoi s'en soucierait-elle? Il avait sans doute besoin de retrouver sa fierté blessée, mais ce n'était pas son problème. A présent, elle était libre de partir en dehors de sa présence.

Mais pourquoi ne l'avait-elle pas fait? Pourquoi ne le faisait-elle pas?

Son inertie venait peut-être de l'habitude nouvellement acquise qu'elle avait de rationaliser, se dit Sara amèrement, en se méprisant. Il reviendrait, bien sûr, s'était-elle dit, quelques minutes après qu'il l'eut quittée en prononçant ces paroles blessantes. Il ne pouvait pas nier qu'il la désirait, après l'avoir admis tant de fois. Il avait l'intention de la garder prisonnière, à l'instar de quelque duc sarde médiéval qui avait droit de vie et de mort sur tous ses sujets. Le droit de cuissage... ne lui avait-il pas retourné ironiquement ses propres paroles? Mais on était au XXe siècle, grâce à Dieu, et il ne pouvait la garder contre son gré. Mais que voulait-elle réellement?

Il reviendra, bien sûr! Tout arrogant et égoïste qu'il soit, il ne pourra s'en empêcher. Et peut-être lui laisserai-je croire une seule fois avant de partir que je suis à lui. En tout cas, cette mascarade va bientôt finir.

Il y avait toujours Angelo, qui ne demandait qu'à l'aider à senfuir, pour des raisons qu'il était seul à connaître. Un chevalier sur une Honda noire et brillante. Qui attendait son signal pour voler à son secours... signal qu'elle n'avait pas encore fait pour des raisons inexplicables. Et, bien sûr, parce qu'elle savait et espérait qu'en dépit de ses propos désobligeants, Marco reviendrait vers elle comme le loup flairant sa proie... lui donnant le temps de s'affoler, avant de se jeter dessus. Oh, il reviendrait sans aucun doute. Mais rirait bien qui rirait le dernier. C'est la raison pour laquelle elle n'était pas encore partie. Il lui suffisait de savoir qu'elle pouvait le faire à tout instant. Elle attendait qu'il succombe encore une fois, c'est tout. Une seule fois, qui prouverait qu'il la désirait encore, puis elle disparaîtrait définitivement de sa vie.

Ce fut Sérafina en fin de compte qui ramena Sara à la réalité. Sérafina, avec ses commentaires austères; et avant cela, l'apparition mystérieuse de plusieurs revues à scandales de la presse internationale sur son balcon.

Les revues avaient été déposées là par Angelo, bien entendu. Qui d'autre aurait pu le faire? Sur la couverture de l'une d'elles, sa mère lui souriait énigmatiquement, lui rappelant qu'à présent, maman Mona n'était sans doute qu'à quelques kilomètres de là, à Cagliari. Les feuilletant avec impatience, Sara tomba sur des articles concernant Marco. Angelo l'avait sans nul doute fait exprès. Le duc di Cavalieri y était représenté comme un play-boy international, malgré tous ses succès en affaires. Un des articles parlait de sa maîtresse en titre, une couturière française de renom. Un autre évoquait ses maîtresse passées et sa réputation d'insensibilité – il ne gardait jamais une femme plus de six mois et les abandonnait sans crier gare.

Bien sûr, elle avait su, sans besoin qu'on le lui dise, quel genre d'homme il était. Qui était le véritable hypocrite? Pourquoi ne revenait-il pas? Elle pourrait ainsi lui jeter à la face ce qu'elle pensait de lui.

Sara avait entendu l'hélicoptère partir – et durant quarante-huit heures, il resta absent. Que faisait-il? Que croyait-il accomplir? Elle ne serait tout simplement plus ici quand il daignerait revenir. La garder pour son bon plaisir – ça, jamais! Il finirait par découvrir à quel point il avait été berné, et ce ne serait encore qu'une partie de sa revanche. Il serait ridiculisé, s'il n'était pas même envoyé en prison pour l'avoir enlevée. Elle porterait une robe blanche virginale au procès et pleurerait à chaudes larmes... et il ne s'en relèverait jamais. Papa y veillerait, au cas où personne d'autre ne le ferait.

Comme à l'accoutumée, elle prit son bain de soleil sur sa terrasse privée, avec ses seules pensées pour compagnie, dans l'attente de son retour s'il revenait!

Soyons pratique, Sara... Oh oui, il était facile de se tenir de grands discours. Mais elle était impuissante en face d'un danger dont elle ignorait l'existence et qu'elle n'était pas tout à fait prête à affronter encore. Il pouvait ne jamais revenir. Il se pouvait qu'il l'ait déjà oubliée. Une de plus! Et pourtant, certains jours et certaines nuits, il s'était confié à elle; semblant oublier qui il était et ce qu'il la croyait être, pour ne laisser paraître que son amertume. Ils avaient pris des repas ensemble et avaient bavardé et plaisanté. Ils avaient fait l'amour, en dépit de ses propos cyniques et de ses insinuations malveillantes. Il avait comme un besoin de réduire ce qui se passait entre eux en mots cliniques et grossiers qui n'expliquaient et ne signifiaient rien.

C'était tout aussi bien qu'il soit parti, elle avait ainsi le temps de respirer et de réfléchir.

Elle était étendue au soleil, s'offrant de tous ses pores à sa lumière, son esprit restait comme d'habitude froid et détaché, quand Sérafina surgit – brisant son intimité pour la première fois.

– Signorina... réveillez-vous, s'il vous plaît. Il est imprudent de dormir sous notre soleil brûlant.

Mon Dieu, elle avait dû oublier toute pudeur depuis qu'elle était ici! Tout en pensant cela, Sara se retourna paresseusement sur le dos, une main au-dessus de ses yeux pour s'abriter du soleil.

– Qu'y a-t-il? Ce n'est que cela? Le duc a-t-il daigné revenir? (Elle ne put s'empêcher d'employer un ton ironique en prononçant ces derniers mots. Voyant que Sérafina ne répondait pas, elle poursuivit sur le même ton :) S'il est de retour, ne manquez pas de lui dire que je m'ennuie plus que jamais. Je n'aime pas qu'on me garde prisonnière contre mon gré. Ou bien en fait-il autant avec toutes les femmes?

– Signorina, vous êtes la première femme que le duc ait jamais amenée au palais. *Si,* nous connaissons tous par les journaux certaines de ses autres... aventures, mais il n'a jamais amené personne ici. Jamais... Pardonnez-moi signorina, de vous parler si franchement, mais quelquefois cela est préférable. Je suis une vieille femme et j'ai vu beaucoup de choses, mais...

– Je suis désolée, Sérafina.

Sara se redressa en cherchant quelque chose pour se couvrir. Elle accepta avec gratitude le sarong indien en cotonnade imprimée que Sérafina lui tendit sans un mot. Elle était surprise par l'accès de confiance que lui manifestait Sérafina. Qu'essayait-elle de lui dire? Et que devait-elle lui répondre?

Sara eut un moment de répit, le temps de nouer le tissu autour de sa taille. Elle brûlait de curiosité, sans trop savoir pourquoi. Sérafina paraissait accepter sans mot dire ce que faisait son maître. Mais Sara n'accepterait jamais un homme qui entretenait une légion de maîtresses. Et il était assez hypocrite pour s'élever contre son frère qui voulait épouser la femme qu'il aimait, tandis que lui avait pris et abusé de cette femme – du moins le croyait-il – sans se soucier de savoir si elle était consentante, ni se préoccuper des conséquences de son acte.

– Sérafina... qu'êtes-vous en train d'essayer de me dire? Je suis lasse d'avoir toujours des réponses évasives ou de me soumettre sans arrêt à la force brutale. Je crois qu'il me faut partir tôt d'ici, au plus vite! Je suis certaine que vous pouvez comprendre cela?

C'était comme si Sérafina refusait de comprendre et se raccrochait à des détails sans importance.

– Vous êtes restée bien trop longtemps au soleil... qu'étais-je en train de dire? Cela pourrait être dangereux aussi? Je vous en prie, rentrez avec moi, signorina.

Sérafina mit assez longtemps pour en venir au fait, bien qu'elle soit venue dans l'intention de lui confier quelque chose, pensa Sara avec impatience en se laissant entraîner à l'intérieur comme une enfant. Elle se laissa même diriger vers la salle de bains et tout son luxe parfumé. Symbole de décadence, construite pour les odalisques dont la seule fonction était de satisfaire leurs maîtres arrogants.

Pourquoi n'y avait-il pas de douche parmi tous les accessoires luxueux de cette salle de bains? Il y en avait une chez *lui*, après tout!

– Sérafina...?

La vieille dame à l'aspect si sévère aurait normalement laissé Sara seule dans son bain, mais cet après-midi-là, elle semblait chercher des excuses pour rester. Elle vérifia soigneusement la pile de serviettes de bain que l'on tenait toujours prêtes, le niveau des flacons d'huile en cristal et autres accessoires. Elle parut presque soulagée quand Sara lui adressa la parole.

– *Si*, signorina?

– Sérafina, quand a-t-on installé cette baignoire de dimensions inhabituelles ici? Et pourquoi n'y a-t-il pas de douche moderne et pratique?

– C'est, je crois, un des ducs précédents, signorina. Le titre est très ancien et cette partie est la plus ancienne du palais. Quand la première duchesse a vu cet appartement elle l'a voulu pour elle – je me souviens que ma mère me l'a dit et elle remplissait les mêmes fonctions que moi à présent. J'étais jeune à cette époque, mais je suis venue travailler ici à l'âge de quinze ans. Je me souviens de la duchesse – des deux duchesses. Avant l'installation d'un chauffage moderne, je montais de grands récipients d'eau chaude – et il en fallait!

A présent qu'elle s'était mise à parler, la si taciturne gouvernante devenait intarissable et Sara eut du mal à cacher son étonnement. Sérafina avait un côté humain, après tout. Il était cependant difficile de l'imaginer en jeune fille de quinze ans transportant de lourds récipients pleins d'eau chaude. Pauvre femme! Avait-elle jamais eu une enfance insouciante?

– J'ennuie peut-être la signorina... cela c'est passé il y a bien longtemps et il vaut mieux oublier tout cela.

– Non, non, se hâta de dire Sara dont la curiosité était éveillée. Je vous en prie. Il y a tant de choses que j'aimerais savoir, surtout en ce qui concerne la première duchesse, car ceci est son appartement et son portrait s'y trouve toujours, au lieu d'être dans la galerie des portraits. Elle devait être... très belle. Elle était espagnole, n'est-ce pas?

– Oui, espagnole, très belle et très jeune. Le duc, son mari, ne pouvait rien lui refuser. Tout ce qu'elle demandait – des bijoux, des robes – il les lui offrait. Et à l'époque, les temps étaient durs dans notre pays, signorina. Il n'y avait pas autant d'argent dans la famille que maintenant, grâce au précédent duc, et il était parfois difficile... mais la duchesse n'avait qu'à exprimer un souhait et cela suffisait. Elle avait tout.

– En dehors de sa liberté, je suppose. (Sara se sentit obligée de faire cette remarque un peu sèchement. Cette histoire était bien différente de celle que Sérafina lui avait racontée la première fois.) Et qu'en est-il de tous ces moments où il la laissait seule dans ce vaste palais, pendant qu'il voyageait et rendait sans doute visite à ses maîtresses favorites? Peut-être ce palais magnifique était-il devenu comme une prison pour elle, pauvre femme!

Le visage de Sérafina se referma pendant quelques instants et Sara pensa qu'elle ne dirait plus rien. Elle se demanda pourquoi elle retenait son souffle. Mais la vieille femme en avait trop dit pour s'arrêter maintenant. Les paroles qui suivirent ressemblaient à un reproche.

– La signorina ne comprend pas du tout. Cela ne s'est pas passé comme elle le croit. Il est vrai qu'elle est tombée enceinte tout de suite après son mariage. C'est à ce moment-là qu'elle a demandé d'habiter dans cet appartement. C'est aussi à cette époque que son mari a commencé à voyager si souvent pour ses affaires, mais il y avait un *dottore* au palais pendant tout ce temps-là. Il fallait bien gagner de l'argent, signorina. A cette époque, il n'y avait pas de machines bruyantes capables d'atterrir ici. Les voyages par route étaient très longs, très fatigants et dangereux aussi, avec des bandits qui rançonnaient les voyageurs. L'état de la duchesse ne permettait pas...

– Mais après? persista Sara tout en se demandant pourquoi. L'infortunée duchesse était morte – on pouvait presque dire qu'elle avait été assassinée par le refus d'une assistance médicale. S'il l'avait vraiment aimée, il lui aurait pardonné.

– Si vous, vous aviez eu un jeune enfant qui avait besoin de soins et de sa mère, seriez-vous partie en voyage, signorina?

Touché, Sérafina! Presque à contrecœur, Sara secoua la tête.

– Je suppose que non. Mais elle ne l'a pas fait non plus, n'est-ce pas? Et était-il ici lorsque l'enfant est né? Ne pouvait-il pas rester avec elle après cela?

Sérafina secoua la tête et son visage prit une expression sombre.

– Le duc était ici, bien sûr, mais la duchesse ne voulait pas le voir. Elle a hurlé, en dépit des soins du *dottore*. Mais elle n'était pas prête à affronter la douleur et la réalité de l'accouchement et, mon Dieu, ce qu'elle a pu hurler. Je me souviens que je me suis bouché les oreilles pour ne plus entendre ses cris et les mots de haine et de colère qu'elle proférait, à telle enseigne que ma mère m'a renvoyée! Et même après...

– Oui?

– Après, elle ne voulait pas voir son mari, ni son enfant, signorina. Ma mère a eu beaucoup de mal et le *dottore* aussi. Quand sa poitrine a commencé à la faire souffrir à cause de la montée du lait, seulement alors elle a permis qu'on lui amène son fils pour le nourrir. Et même à ce moment-là elle tournait la tête pour ne pas le voir, elle ne le prenait jamais dans ses bras ne voulait pas le toucher. Elle s'emportait tant et tant qu'il a fallu trouver une nourrice, une femme de la montagne dont le frère... (Sérafina prit un air courroucé, mais avant que Sara ait pu l'interrompre, elle poursuivit.) Lorsqu'on s'occupa de son enfant, elle ne voulut pas revenir vers son mari. Elle se détourna de lui, malgré tous ses efforts, et ne voulut plus partager son lit. Elle exigeait de plus en plus, en échange de ce fils qui serait leur héritier et le futur duc. Et il lui donnait tout, car il espérait encore qu'avec le temps elle changerait. C'est à ce moment-là, signorina, qu'il s'est mis à voyager, de plus en plus... Et je l'ai entendu dire un jour à l'un de ses amis en visite qu'il ne supportait plus toute cette haine qu'elle lui manifestait chaque fois qu'il essayait... de la raisonner.

Le bain devenait froid. Sara allongea machinalement la main pour ouvrir le robinet d'eau chaude. Malgré elle, elle avait été fascinée par l'histoire de Sérafina, au point même d'en oublier sa propre situation. Elle ne se demandait plus pourquoi Sérafina avait choisi ce moment pour révéler de tels secrets familiaux à une étrangère comme elle.

– Il restait absent pendant des périodes de plus en plus longues, et elle...

Sara se répétait les paroles de Sérafina à mi-voix, en s'efforçant de se familiariser avec cette nouvelle histoire. C'était tout à fait comme dans un film. Que de facettes à la réalité, selon le point de vue de chacun! Quelqu'un avait-il essayé de comprendre la pauvre petite duchesse espagnole avant de la condamner?

Elle regarda Sérafina qui semblait perdue dans le passé en égrenant son rosaire, le regard dans le vague. Il était sûrement temps de reprendre pied.

– Eh bien, il aurait dû l'emmener avec lui malgré tout. Elle avait peut-être seulement besoin de voir du monde, d'avoir des occasions de porter ses robes et ses bijoux pour aller à l'opéra, aux ballets ou dans des cocktails. Il aurait même pu l'emmener chez... il n'y avait sans doute pas de conseillers matrimoniaux en ce temps-là, mais un psychologue aurait pu l'aider. Si elle était si jeune...

– C'était une période trouble, avec des changements trop rapides, je vous assure, signorina. Et bientôt, la guerre dont tout le monde parlait a éclaté. Tout cela était bien triste. Il y eut cependant une période lors d'une absence du duc où nous avons pensé que tout allait changer. L'enfant n'était plus un nourrisson et la duchesse, peut-être par ennui, lui permettait de venir la voir dans sa chambre. Elle était aussi très gentille avec la nourrice et s'entretenait des heures entières avec cette femme sans instruction qui venait de la montagne et avait perdu son enfant naturel. Ah, mais c'était une mauvaise chose, cette étrange amitié, mauvaise pour tout le monde...

– Ce n'est pas juste! s'écria Sara. Quel mal y a-t-il à ce qu'une pauvre femme solitaire cherche une amie, quelqu'un à qui parler? Et son enfant – vous venez de dire qu'elle commençait à l'accepter...

La voix de Sérafina devint plus sévère et ses doigts se resserrèrent sur le rosaire.

– Elle traitait l'enfant comme un jouet – s'amusant avec lui un instant et le rejetant ensuite. Quant à l'amitié... la femme avait un frère, un des *banditi* sauvages et dangereux qui rançonnaient les faibles et les malheureux. Ils ont eu une entrevue...

– C'était le père d'Angelo?

Les mots échappèrent à Sara avant qu'elle pût les retenir et elle aurait voulu se mordre la langue. Mais Sérafina ne parut pas du tout surprise.

– Oui, Angelo, qui est bien le fils de son père!

– Et celui de sa mère aussi, rétorqua Sara. (Pauvre Angelo! Si quelqu'un était à plaindre, c'était bien lui. Exilé dans son enfance... et maintenant...)

– Angelo est un fauteur de troubles, signorina. Et il profite de la situation, de la générosité du duc et de l'assurance qu'il a de n'être pas puni pour ses exactions. Il est revenu ici, car il s'était mis dans une fâcheuse situation aux Etats-Unis. Quelqu'un l'a-t-il obligé à choisir la mauvaise vie qu'il a menée, je vous le demande? Il n'est pas allé en prison, comme tant d'autres. Non, on s'est arrangé pour qu'il revienne ici et qu'il soit libre. Et depuis lors... signorina, je vous en supplie, soyez prudente. Ne faites pas confiance à cet Angelo qui va et vient la nuit tout à sa guise, parce qu'il profite... J'en ai déjà trop dit, et je le sais, mais seulement parce que – il y avait un autre enfant, signorina. Un autre enfant innocent qui a grandi en sachant que sa mère n'avait jamais voulu de lui et que finalement elle l'avait abandonné sans regret. Ce sont des choses que les enfants n'oublient pas, et qui les marquent, même lorsqu'ils ont atteint l'âge adulte et qu'ils ont appris à cacher leurs sentiments.

35

Sara avait reçu une éducation qui lui avait appris à penser clairement et rationnellement. On lui avait enseigné que les sentiments devaient s'examiner avec beaucoup d'attention et de détachement, comme des micro-organismes sous un microscope. Et surtout, qu'il fallait considérer les choses avec du recul. Jusqu'à une époque toute récente, elle y était très bien parvenue. Elle pouvait s'accorder ce mérite en toute équité, ainsi qu'elle venait de l'expliquer à Sérafina. Quel étrange après-midi elle venait de passer! Du moins avait-elle répondu à la franchise par la franchise. Même si elle ne parvenait pas à s'imaginer Marco petit garçon.

– Sérafina... essayez donc de voir les choses telles qu'elles sont maintenant!

Sara tremblait presque de froid en sortant de son bain et se laissa envelopper dans une immense serviette par la gouvernante. Elle vit son reflet dans le miroir et s'en détourna d'un air décidé.

– J'apprécie beaucoup tout ce que vous m'avez dit mais, voyez-vous, les choses sont différentes aujourd'hui. Je ne suis pas sa... femme, pour commencer. Vous savez aussi bien que moi ce que je suis et ce qu'il fait de moi, encore que tout ce qui est arrivé soit de ma faute. Oh, je ne blâme personne en dehors de moi-même. J'aurais dû... (Sara se mordit les lèvres, elle ne pouvait admettre certaines choses et se frotta vigoureusement les cheveux avant de reprendre.) Il faut vraiment que vous compreniez que je dois m'en aller. La situation est devenue... tout à fait impossible. Je ne veux pas rester ici pour être son jouet et lui refuse de me laisser partir. Vous voyez bien. Cela n'a rien de comparable avec la façon dont sa mère l'a abandonné. Et cela ne veut absolument pas dire que je ressente quoi que ce soit pour Angelo. Mais s'il est le seul à pouvoir m'aider à fuir, alors... il faudra bien que je me serve de lui.

– Mais, signorina! dit Sérafina d'un air suppliant. Il faut me croire, moi, ainsi que les raisons pour lesquelles je vous ai dit ce qui s'est passé autrefois. Le duc... a bien des défauts, mais qui n'en a pas? Il paraît dur, mais il a fallu qu'il le devienne très tôt pour assumer les responsabilités d'un homme. Je vous assure et je le jure sur la Sainte Vierge, je ne l'ai jamais vu agir ainsi auparavant. (Avec une fébrilité inaccoutumée, Sérafina continua sur le même ton pressant:) Il n'a jamais fait venir de femme ici, au palais, oui... je l'ai déjà dit. Et il n'a jamais... on n'a jamais vu le duc montrer ses émotions – ni joie ni colère – on ne pouvait jamais rien lire sur son visage. Et il n'a jamais aimé rester ici très longtemps, surtout ces derniers temps. Mais depuis qu'il vous a amenée ici – oui, il a beaucoup changé. Personne ne peut plus prévoir son humeur. Il a eu de ces colères que même son valet, qui le sert depuis quinze ans, n'en croit pas ses yeux. Et il – le duc – a négligé ses affaires qui ont tant d'importance pour lui, il a annulé la plupart de ses rendez-vous pour passer son temps avec vous. Oui, avec vous, signorina! Il ne faut pas que vous partiez même... même si vous vous êtes disputés. Les disputes naissent des sentiments, n'est-il pas vrai?

Mon Dieu, comment devait-elle réagir devant ce flot inattendu de paroles auquel elle ne s'attendait pas? Et pourtant, elle ne pouvait éternellement se cacher la réalité.

Sara la posa avec un soupir et vit que Sérafina tenait déjà prête sa robe en soie rouge.

– *Grazie.*

Elle remercia machinalement la gouvernante. Elle ne voulait pas montrer les sentiments qui l'agitaient devant Sérafina.

– Puis-je aller vous chercher une boisson fraîche, signorina? De *l'Aqua minerale,* ou un peu de vin glacé? Et ensuite, vous aurez sans doute envie de vous reposer. Je veillerai à ce que vous ne soyez pas dérangée et je vous apporterai le dîner moi-même. Tout ce que vous désirez...

– Et si la seule chose que je désire est la liberté? Même si ce n'est qu'une bouffée de liberté. Une promenade à cheval par exemple, puisqu'il fait encore jour. Ou si je veux déjeuner dans la salle à manger pour changer – n'importe où, sauf dans cet appartement qui est devenu une prison pour moi. Qu'en dites-vous ? Quels ordres vous a-t-il laissés avant de partir dans son hélicoptère qui peut le transporter là où il veut, pendant que moi... je peux moisir ici, sans qu'il s'en soucie le moins du monde.

Sans doute avait-elle besoin de raviver sa juste colère pour s'immuniser et garder un point de vue objectif. L'homme dont elles parlaient n'était après tout qu'un tyran sans scrupules – qu'il ait eu une enfance difficile ou non. Non, il n'y avait pas d'excuses à la manière dont il l'avait traitée, même s'il croyait qu'elle était quelqu'un d'autre. Il fallait qu'elle se raccroche à cette idée et à cette idée seule.

– Je vais vous verser un verre de vin, signorina. Et peut-être qu'un peu de repos pendant que le soleil est encore au zénith... Le duc sera bientôt de retour, j'en suis certaine, et alors... alors, tout sera différent.

Sara fronça les sourcils en voyant Sérafina s'éloigner. Quelle femme rusée! Elle avait dit ce qu'elle avait à dire et semé ce qu'elle voulait dans son esprit. A présent elle se tairait et éviterait de répondre à d'autres questions.

Eh bien, nous verrons! Odalisque... Sérail... Pour qui se prenait-il? Pour un sultan? C'était un monstre, cruel, arrogant et décadent! Il n'était pas capable d'éprouver les sentiments que Sérafina, aveuglée par le dévouement, lui attribuait. Tout ce qu'il voulait, c'était des femmes à ses pieds, à qui il faisait cadeau de chaînes pour leur taille et leurs chevilles. Dans son cas, il les lui avait mises de force. La première chose qu'elle ferait lorsqu'elle serait libre, ce serait de les lui renvoyer avec une lettre acerbe.

Sara accepta le verre de vin que Sérafina venait de lui verser. Il y avait aussi des biscuits et Sérafina ronchonnait, parce qu'elle n'avait pas prit de petit déjeuner et qu'elle devenait bien trop maigre.

Après cela, Sara ne se souvenait plus à quel moment elle s'était endormie. En tout cas, elle fit des rêves agités dont elle préféra ne pas se souvenir.

– Marco...?

Cela faisait-il partie d'un rêve, ou avait-elle crié le nom à voix haute, ce qui l'avait réveillée?

– Non, non! C'est seulement Angelo – et ne criez pas, s'il vous plaît. Je crois que la vieille gouvernante a placé une servante à votre porte pour vous surveiller au cas où vous seriez somnambule, je suppose – ou pour une autre raison. Hé! Réveillez-vous! Je suis désolé de venir comme cela sans y être invité, mais je suis sûr que vous savez maintenant que je ne suis pas très conventionnel. Etes-vous réveillée?

Et soudain, elle s'éveilla. Elle s'assit dans le lit et cligna des yeux pour percer les ténèbres. Elle avait un léger mal de tête qui lui rappelait tout le vin qu'elle avait dû boire.

– Angelo! Que...

– C'est cela! C'est Angelo et pas Marco. Hé, vous n'êtes pas assez bête pour être tombée amoureuse de lui, j'espère? Je suis ici car j'ai bien compris ce que vous vouliez me dire, malgré la présence de Marco, lors de votre promenade à cheval. Et je pensais que vous me feriez signe, surtout depuis que je vous ai laissé ces revues. Les avez-vous lues?

Il était assis sur le lit et Sara, un peu tardivement, remonta les couvertures sur ses épaules nues. Elle entendit Angelo rire doucement.

– Vous êtes toujours timide, n'est-ce pas? Mais vous n'êtes pas non plus une bonne sœur, je crois. Ne craignez rien, je ne dirai à personne laquelle des deux sœurs vous êtes réellement, parce que, comme je vous l'ai déjà dit, je suis un homme de parole. Et aussi le genre d'homme qui ne se laisse pas berner, si vous voyez ce que je veux dire. Je garde tous les articles que j'ai lus concernant Mona – et ses enfants, y compris les photographies... Mais vous pouvez me faire confiance – je ne dirai rien et vous pouvez compter sur moi. Et vous êtes une des filles de Mona Charles, alors, pour abréger, que se passe-t-il? Voulez-vous toujours vous enfuir ou non? Parce que si vous le voulez toujours, c'est le bon moment, et je suis le seul à pouvoir vous aider. Et si vous ne voulez pas...

– Bien sûr que je veux partir.

– Ah oui?

La réponse laconique d'Angelo la mit en colère.

– Mais c'est évident! Je n'ai pas réagi plus tôt, car *il* n'est pas ici et ces jours sont pour moi comme des vacances, vous savez.

Il ne paraissait pas convaincu. Ses yeux s'étaient accoutumés à l'obscurité, et elle crut voir qu'il haussait légèrement les épaules.

– Eh bien, je vais vous dire quelque chose. Je suis assez bon juge du caractère des gens et c'est la raison pour laquelle j'ai sauté le pas, pour ainsi dire. J'ai eu l'impression que vous étiez une fille raisonnable et indépendante, vous comprenez ce que je veux dire? La belle-mère de Marco vient de décider de lui faire une visite surprise pour savoir pourquoi on ne le voyait plus ces derniers temps. Elle a amené avec elle cette très riche jeune fille qui doit devenir sa fiancée, si ce n'est pas déjà fait... eh bien, dites-moi si je me trompe, mais j'ai pensé que c'était peut-être le meilleur moment pour venir vous offrir mes services – gratuits – encore une fois. Cela dépend de vous, bien sûr.

– Sa fiancée...!

Sa langueur disparut tout à coup, cédant la place à une rage froide – tant à cause de sa propre faiblesse qu'en raison de ce qu'elle venait d'apprendre sur Marco. Il avait une fiancée, malgré sa défiance des femmes! Qu'il aille au diable!

– Voyons, voyons, baissez la voix. Elles n'arriveront pas ici avant demain après-midi. Elles doivent venir par la route, car l'hélicoptère n'est pas disponible. Et cela nous donne le temps d'établir nos plans. Il ne faut pas vous inquiéter – bien que je sois content que vous soyez du type sportif. Tout ce que vous aurez à faire, c'est de me suivre de très près et de faire exactement ce que je vous dirai – ainsi, il n'y aura pas de problème. Vous serez en sécurité loin d'ici, avant que mon frère le duc ne s'aperçoive de quelque chose. Et à propos – je ne voudrais pas paraître curieux, mais qu'est-il arrivé à Delight? Je me souviens avoir lu quelque chose...

Emportée par la colère, Sara parvint malgré tout à ne pas élever la voix afin de ne pas mettre Angelo en danger. Elle lui fit un compte rendu à peu près plausible de ce qui l'avait amenée à agir aussi stupidement – omettant pas mal de choses, mais Angelo n'était pas dupe et comprenait à demi-mot.

– Vous êtres sûre que vous ne voulez pas partir tout de suite? demanda-t-il pensivement lorsqu'elle eut terminé son récit. Après tout, pourquoi vous inquiéter? Il y a des chances pour que cela fasse un joli scandale, si elles apprennent que vous êtes ici, et la duchesse – malgré ses airs doucereux – peut se transformer en une vraie furie, d'après ce que je sais! Cependant cette vieille sorcière de Sérafina s'arrangera, dans la mesure du possible, pour que votre présence ici reste inconnue. Ce serait peut-être préférable...

– Oh non, siffla Sara, les poings crispés sur les draps. Vendetta! (Comme elle comprenait la signification de ce mot!)

– Non? Mais sûrement...

Elle respira profondément avant de dire d'une voix plus posée :

– Pas ce soir, mais demain soir, si vous êtes toujours d'accord pour prendre ce risque. Demain après-midi, ou Dieu sait quand elles arriveront, la belle-mère du duc et sa fiancée vont découvrir ce qu'est sa vraie nature. Il... il a été trop odieux, trop inhumain, je vois que je me dois la satisfaction de lui rendre la pareille. Pas seulement pour moi, mais aussi pour Delight. Oh, maman Mona serait ravie d'assister à cela. Elle serait très fière de moi – et de vous, bien sûr, si vous réussissez à me faire fuir!

– Vous croyez? Alors je vais enfin pouvoir rencontrer votre ravissante mère en personne. Eh bien, on dit que la vengeance est un doux plaisir et qu'importent quelques heures perdues?

Sara savait qu'elle aurait dû avoir honte de manipuler ainsi le pauvre Angelo, mais il semblait satisfait et paraissait très sûr de lui.

– Ne vous inquiétez de rien, ma petite. Attendez-moi simplement ici – et faites en sorte qu'il n'y ait personne avec vous. Vous pouvez être certaine que je serai ici à peu près à la même heure. La seule chose que je regrette, c'est de ne pouvoir assister à votre revanche.

Angelo aussi serait fier d'elle, se promit Sara après son départ. Elle allait savourer chaque détail de cette revanche qui serait aussi, en partie, celle d'Angelo. Rirait bien qui rirait le dernier.

Elle se tournait et se retournait dans le grand lit sans pouvoir retrouver le sommeil. Peut-être étaitelle restée trop longtemps au soleil? Dieu merci, Angelo lui avait ouvert les yeux. Elle ne pouvait s'empêcher de se mépriser pour être presque... presque tombée amoureuse de Marco, malgré la façon méprisable dont il la traitait.

Sara sauta hors du lit et se dirigea vers le frigidaire à grandes enjambées. Quelle idée venait donc de lui traverser l'esprit? Idée absurde, ridicule. Amoureuse de lui... vraiment! C'était de la haine et du dégoût qu'elle ressentait pour lui, pas de l'amour. Comment avait-elle pu confondre les deux, ne serait-ce qu'un instant?

Encore furieuse contre elle-même, Sara alluma une cigarette et se versa encore un verre, par défi.

Elle s'aperçut dans une glace, ses longs cheveux tombaient sur ses épaules et effleuraient la pointe de ses seins.

Assez! se dit-elle. Elle aurait peut-être mieux fait de partir avec Angelo ce soir-là, au lieu de prendre le risque d'attendre. Demain, elle aurait la réponse.

36

Le lendemain, qu'elle avait tour à tour souhaité et craint, vint assez tard pour Sara. Elle avait eu du mal à se rendormir après le départ d'Angelo et s'était éveillée encore plus tard, car la rusée Sérafina n'avait pas ouvert les volets de bois qui empêchaient le soleil d'entrer dans la chambre. Mais du moins n'avait-elle pas fait de rêves, cette fois-ci.

A son réveil, elle vit une servante qui la regardait avec appréhension. Dès qu'elle vit qu'elle ouvrait les yeux, elle se dirigea vers la porte.

– *Buon giorno, signorina!* J'ai reçu l'ordre de chercher Sérafina à l'instant où...

Entre les explications embrouillées de Caterina et l'insistance de Sérafina pour que cette journée ne diffère en rien des autres – la signorina avait des cernes sous les yeux, elle avait sûrement encore besoin de sommeil! – Sara réussit à commander un petit déjeuner qu'elle fut incapable de manger. En attendant, rassemblant tous ses moyens, elle prétendit se soumettre, et assura qu'elle allait rester au soleil aussi longtemps que possible

– C'est une bonne idée, signorina. Je vais être assez occupée pendant un certain temps, mais Caterina restera devant votre porte, au cas où vous auriez besoin de quelque chose. Je reviendrai...

– Merci, Serafina. Je me sens très paresseuse aujourd'hui. Vous pouvez cependant venir me réveiller comme vous l'avez fait hier, car il y a de fortes chances pour que je m'endorme au soleil.

Des mots insignifiants, prononcés comme si de rien n'était, destinés à endormir leur méfiance, à les tromper comme elle avait été trompée. La pauvre petite Caterina, tout à fait innocente, serait cependant la plus facile à berner.

Sara l'obligea à s'étendre au soleil comme elle le faisait tous les jours, s'efforçant de calculer l'heure qu'il était. 3 heures, 4 heures? Etaient-elles déjà arrivées? Certainement? A en juger d'après l'activité fébrile des serviteurs qui parfois élevaient la voix, pour la baisser tout aussitôt.

Une heure – avait-elle vraiment réussi à se contenir si longtemps? Mais à présent, elle avait besoin d'agir avant que son courage ne l'abandonne. Elle se leva et marcha doucement vers la porte.

– Caterina? Etes-vous toujours là?

La fille entra en trombe dans la chambre.

– *Si,* signorina. Je suis à votre disposition. S'il y a quelque chose...

– Oui. Je voudrais un bain s'il vous plaît... et encore un peu de vin. Sérafina sait sans doute où il se trouve si vous l'ignorez.

En fin de compte, cela avait été presque trop facile. Sérafina avait disparu et Caterina était trop habituée à obéir, malgré son âge, pour oser discuter un ordre. Après tout, la signorina n'avait rien fait qui puisse laisser croire qu'elle avait l'intention d'aller quelque part. Comment aurait-elle pu savoir? Elle avait fait couler le bain et était descendue chercher un vin d'une marque toute particulière qu'elle aurait été obligée d'apporter. Dans sa hâte de satisfaire Sara, Caterina avait totalement oublié que les portes qu'elle était censée garder n'avaient pas de serrures. Qui aurait pu croire que la signorina aurait l'idée de s'aventurer en bas? Et qu'elle ne porterait rien d'autre sur elle qu'une serviette nouée très négligemment autour de ses reins?

Le sort lui avait été favorable, songea plus tard Sara. Malgré tous ses calculs, elle n'aurait pu mieux minuter ses faits et gestes, ni prévoir que la duchesse aimait prendre son repas *al fresco* au bord du bassin...

Peut-être ressemblait-elle plus à sa mère et à Delight qu'elle ne l'avait cru auparavant! Sans doute aussi est-ce la rage qui l'empêcha de fuir. Elle descendit avec une tranquille impudence le grand escalier de marbre. Ensuite, elle se souvenait seulement de l'air abasourdi des deux personnes pendant son interminable descente. Tout ce qu'elle faisait ou disait paraissait s'accomplir sans le concours de sa volonté, comme si le rôle qu'elle jouait était soudain devenu sa nature.

C'était quelque chose que même les serviteurs, soudain transformés en statues, n'étaient pas près d'oublier! Sérafina et Caterina, toutes deux occupées à chercher le vin rare qu'elle avait demandé, manquèrent la meilleure partie de la plus magistrale prestation de la courte carrière de Sara.

Même sa surprise, qu'elle marqua en voyant les deux femmes et en écarquillant les yeux, était parfaitement jouée. Elle eut le temps de noter avec irritation, que l'une d'elles était jeune et assez jolie – quoique blonde et insipide, bien sûr!

– Oh! Je suis désolée... j'ignorais qu'il y avait quelqu'un d'autre ici. Etes-vous des amies de

Marco? Comme c'est agréable d'avoir de la compagnie, cela me changera. Et quelle bonne idée de prendre vos repas ici, au lieu que ce soit dans votre chambre, comme moi, ou dans cette grande salle à manger si guindée – et si ennuyeuse, n'est-ce pas? (Elle leur sourit à toutes deux, notant avec une vive satisfaction que ni l'une ni l'autre n'était en état de prononcer une parole.) Cela ne vous ennuie pas si je prends mon bain comme j'en avais l'intention? Je n'ai pas nagé depuis le départ de Marco et cela finit par être lassant de faire trempette dans ma petite baignoire.

Elle leur adressa un sourire radieux, puis laissa tomber la serviette et plongea dans le bassin sans faire d'éclaboussures. Deux longueurs de piscine détendirent ses nerfs. Puis elle posa les coudes sur le rebord, écartant les cheveux de son visage.

La première chose qu'elle remarqua, furent de vilaines taches de rouge sur le visage pâle de la blonde à qui elle adressa son plus éclatant sourire.

– Je suppose que j'aurais dû me présenter plus tôt. Je suis Delight et la petite amie en titre de Marco. Qui êtes-vous?

Papa et Nanny Staggs, qui avaient essayé de l'élever convenablement, auraient été horrifiés s'ils avaient vu ce qui s'était passé ensuite. Elle avait été une vraie garce, selon l'expression favorite de Marco – et cela lui était égal. Elle n'avait pas ressenti le moindre remords quand la plus jeune des deux femmes s'était levée d'un bond, renversant sa chaise. Elle avait une voix criarde de poissonnière! décida Sara.

– Oh!... *Madonna mia,* je ne supporterai pas une telle humiliation, pas même pour un titre! J'ai assez de fortune personnelle et d'autres hommes me respectent, qui n'installeraient jamais... une petite traînée de bas étage sous le même toit que moi! (Elle tendit un doigt accusateur vers Sara qui eut du mal à conserver un air confus.) Regardez-là, cette petite traînée américaine sans pudeur, qui se vante de ce qu'elle est pour votre fils et qui nage toute nue devant tout le monde...! J'en ai de la chance d'échapper à tout cela! Je... je...

Elle se mit à bégayer de rage et de confusion, et la duchesse essaya de la calmer. Mais Sara reprit la parole à haute et intelligible voix, pour attirer de nouveau l'attention sur elle.

– Qu'est-ce qui lui prend? Qu'est-ce que j'ai fait pour mériter toutes ces insultes? Ce n'est pas de ma faute si je suis ici. Je devais me marier avec Carlo, quand son grand frère m'a entraînée jusqu'ici – au beau milieu d'un film que je tournais avec Garon Hunt! Et écoutez, je ne suis pas du tout du genre possessif, je ne suis pas jalouse. Je sais que Marco aime faire des choses assez spéciales avec d'autres filles et je ne m'y suis encore jamais opposée.

La voix stridente qu'elle détestait déjà s'éleva encore de plusieurs octaves, et la blonde oublia complètement qu'elle était bien élevée.

– Garce! *Puttana! Sciamannona!* J'espère que vous allez vous noyer là-dedans!

La duchesse, qui avait vraiment l'air d'une grande dame, lui lança un regard autoritaire qui lui rappela la directrice de l'école très huppée qu'il lui avait fallu fréquenter – une femme qui avait littéralement terrorisé Sara.

– Cela suffit, jeune femme. Montez immédiatement dans votre chambre et n'oubliez pas votre serviette. Je m'occuperai de vous plus tard. Et maintenant, Lucia, vous ne devriez pas vous mettre en colère comme cela; cela ne sied pas à votre teint, ma chère. Venez, nous allons trouver un endroit tranquille pour bavarder loin des oreilles indiscrètes.

Sans un regard en arrière pour s'assurer si Sara obtempérait ou non, la duchesse entraîna Lucia loin des regards et des oreilles des serviteurs, et ce, d'un air si noble que Sara fut obligée de l'admirer malgré les préventions qu'elle avait contre cette femme. Avait-elle obtenu une victoire et une revanche bien calculée, ou était-ce une défaite?

Tous les serviteurs avaient disparu comme par enchantement – tous les serviteurs mâles. Sara se hissa hors du bassin et Sérafina lui passa sa serviette. Elle arborait un visage de marbre et la regardait à peu près de la même façon que l'avait fait la duchesse.

– Quelle horrible chose vous avez faite là! J'ai honte pour vous et je suis certaine que votre mère aurait honte aussi, si elle vous avait vue et entendue. Dire des choses pareilles... et tous ces noms dont la signorina Lucia vous a traitée! C'est une insulte à la duchesse sous son propre toit – je ne réponds pas des conséquences, quand le duc l'apprendra. Mais il va être si furieux que vous devriez trembler de peur.

Sara fut immédiatement furieuse contre elle-même d'un léger frisson qu'elle eut bien involontairement et qui n'était dû qu'à la fraîcheur de l'air après l'eau chaude de la piscine.

Ah! Elle se moquait bien de sa rage – c'est en fait ce qu'elle voulait. Il serait furieux et frustré lorsqu'il s'apercevrait qu'elle s'était enfuie avec Angelo.

Elle précéda Sérafina qui arborait toujours un air réprobateur, et se consola à la pensée qu'il ne lui restait plus que quelques heures avant d'être libre. En attendant, elle ne regrettait rien de ce qu'elle avait dit et personne, pas même la duchesse avec son regard glacial, ne pourrait l'obliger à se rétracter.

De retour dans sa chambre, Sérafina ne resta que le temps de la *prier* d'y rester et de bien vouloir s'habiller avant que la duchesse ne la fasse appeler. Si elle avait faim, on lui monterait un plateau...

Du pain et de l'eau? eut envie de demander Sara qui sentait la colère l'envahir à nouveau. Mais elle se domina. Elle n'avait pas l'intention de se laisser manœuvrer. Encore quelques heures – et ce serait fini. Et en attendant, qu'avait-elle à craindre? La duchesse ne pouvait rien lui faire après tout, et elle serait partie depuis longtemps quand Marco reviendrait et découvrirait sa fuite. Et ce ne serait que le premier choc!

Toujours d'humeur rebelle, Sara s'habilla pour se distraire – des jeans qui lui allaient comme une seconde peau (parfaits pour escalader des murs) et un petit corsage en coton qu'elle noua juste au-dessous de sa poitrine et qui la rendait fort provocante. Puis elle se regarda d'un œil critique dans une glace. Fallait-il qu'elle se maquille outrageusement pour avoir l'air vulgaire, ou qu'elle se dispense de tout maquillage? Elle décida de ne rien mettre, de peur qu'Angelo s'imagine qu'elle voulait l'aguicher.

Elle se tressa une natte de chaque côté de la tête et se sourit dans la glace. Si elle le voulait, elle pouvait se faire passer pour une fille de seize ans, quelque peu précoce. La duchesse le croirait peut-être? Mais, après tout, elle pouvait aussi décider d'ignorer sa présence...

Tant pis pour la duchesse et pour son beau-fils arrogant et haineux qui avait grandi dans l'idée que toutes les femmes étaient des catins et des menteuses. Demain, tout cela n'existera plus pour moi, pensa Sara. Demain, elle serait de retour dans un monde civilisé où elle pourrait redevenir ce qu'elle était vraiment, c'est-à-dire une jeune fille pratique et pleine de bon sens. Tout ce qui lui était arrivé, tout ce qu'elle avait consenti à faire, comme sous hypnose, n'était qu'illusion – une duperie. Il fallait qu'elle s'en souvienne.

Presque par habitude, Sara laissa tomber son regard sur le portrait de la duchesse di Cavalieri, la mère de Marco et d'Angelo. Pauvre petite duchesse souriante, qui portait le médaillon au loup, croyant qu'il était apprivoisé! En fin de compte, le loup l'avait dévorée.

– C'était une femme superficielle, égoïste et complètement amorale – pas particulièrement intelligente non plus, même si elle a réussi à ensorceler mon pauvre Giancarlo. Mais cela est à côté de la question. C'est pour vous parler à vous que j'ai monté toutes ces terribles marches!

Sara se retourna d'une pièce et découvrit l'actuelle duchesse qui l'examinait attentivement de ses yeux froids.

– Oh, je serais descendue si j'avais su. Je voulais vous expliquer que je n'avais aucune intention de froisser votre amie... je m'aperçois maintenant qu'il y a un tas de femmes plus âgées qui s'éprennent de Marco...

D'une manière tout à fait inattendue, et qui choqua Sara, la duchesse éclata de rire.

– Comme vous en aviez l'intention, la pauvre Lucia a insisté pour partir. Et vous aviez peut-être l'intention de me berner en vous déguisant en adolescente après ce contretemps malheureux que vous avez soigneusement mis au point cet après-midi? Heureusement pour vous, je n'ai jamais vraiment aimé Lucia... Oui, je vous en prie, asseyez-vous. J'en ferai autant.

Sara n'avait pu s'empêcher de s'asseoir. Elle regarda son formidable adversaire d'un air las, tandis que la duchesse prenait place en face d'elle et croisait les jambes.

– Où en étions-nous? Ah oui. Que signifie tout ceci? Et que faites-vous ici? Vous n'êtes pas le type habituel de Marco... mais vous appréciez la franchise, je crois? Vous avez dit quelque chose aussi à propos de Carlo, mon fils...

Au bout de cinq minutes, Sara eut l'impression que la duchesse et elle avaient réussi à établir une sorte de compromis – sinon une entente. Cela avait commencé par une remarque inattendue de la duchesse.

– Oui, Carlo – qui d'après les dernières nouvelles que j'ai eues de lui est marié à une jeune femme du nom de Delight et qui s'attend à devenir père d'un jour à l'autre. C'est une des raisons pour laquelle je suis venue ici pour avoir une explication avec Marco. Il a tendance à prendre son rôle de chef de famille un peu trop au sérieux. Lui et mon pauvre Carlo sont continuellement à se faire des tracasseries. Mais que signifie cette histoire à propos de Carlo? Et Marco, qui vous aurait enlevée? Je dois vous dire, ma fille, que je connais très bien mon fils et mon beau-fils. Cela ne correspond pas du tout à leur manière habituelle d'agir. Si c'était sérieux entre Carlo et vous, il me l'aurait dit – et cela ne ressemble pas du tout au sérieux et cynique Marco d'amener une jeune femme ici. Alors, si nous parlions un peu de tout cela?

Sara n'avait pas du tout envie de parler de quoi que ce soit. Tout ce qu'elle désirait, c'était échapper à l'interrogatoire en règle que la duchesse lui faisait subir.

– Eh bien... Carlo et moi nous sortions ensemble...

– Vraiment? Quand? Il fréquente sa femme depuis au moins un an, d'après ce qu'il m'a dit – et je sais aussi que Marco n'approuvait pas... Mon Dieu, j'ai l'impression d'avoir servi de tampon entre eux deux depuis des siècles. A quoi ressemble Carlo?

Cette question fut fatale à Sara. Le vide se fit dans son esprit et elle essaya de se souvenir du portrait que Delight lui avait montré un jour. Tout ce qu'elle arrivait à évoquer, c'était l'image de l'homme qu'elle détestait le plus – avec des cheveux noirs, des yeux noirs et une nature noire!

– Eh bien, il a les cheveux noirs, bien sûr...

– C'est bien ce que je pensais! rétorqua la duchesse qui regarda Sara d'une façon qui rappela à cette dernière le regard de Mlle Illingsworth, lorsqu'elle se faisait surprendre avec les doigts tout tachés de cerises.

– Cela élimine Carlo, bien entendu. Alors vous pouvez soit inventer un autre mensonge invraisemblable, soit me dire la vérité, ce qui serait peut-être plus simple. A moins que vous ne fassiez partie de ces malheureux qui en sont incapables pour quelque raison psychologique.

– Je ne suis pas une menteuse pathologique!

Sara avait horreur d'être sur la défensive.

– Merci! C'est exactement l'expression que je recherchais. Vous m'en voyez ravie, ma chère. Je vous en prie, n'hésitez pas à me dire la vérité, comme cela je serai peut-être capable d'empêcher Marco de devenir violent. Il a un très mauvais caractère quand on le provoque... mais peut-être le savez-vous déjà?

En voyant l'expression de la duchesse, Sara décida qu'il valait mieux capituler. Et puis elle attendait Angelo dans quelques heures seulement. De toute façon, elle n'avait jamais su mentir – à moins d'être vraiment en colère. Et, pour toutes sortes de raisons, elle préférait imaginer ce que ferait Marco s'il était en colère. En fait, il serait fou furieux en apprenant tout cela et à quel point il avait été dupé. Elle préférait tout raconter à la duchesse qu'à Marco...

– Eh bien... la vérité est que je suis la sœur de Delight, et elle... j'ai consenti à me faire passer pour elle afin de tromper Marco, pendant qu'elle et Carlo...

La duchesse hocha la tête en signe d'assentiment.

– Enfin! Cette histoire est bien plus plausible. Voulez-vous que nous prenions un peu de vin pendant que vous me racontez la suite? Je dois dire que j'étais très fâchée contre vous, jusqu'à ce que Sérafina prenne votre défense... ce qui est tout à fait surprenant, car c'est une vieille femme très à cheval sur les principes et qui critique tout le monde d'habitude. Mais dans votre cas... je vous en prie, continuez. Même si ce n'est pas l'exacte vérité, je suis certaine que vous en ferez une histoire très intéressante.

37

Cela aurait pu être pire! pensa Sara par la suite. La duchesse aurait pu se montrer réellement méchante, au lieu de la questionner simplement et de lui donner l'impression qu'elle suspendait encore son jugement. Sara ne lui avait pas tout dit, bien sûr – seulement ce qu'elle avait cru indispensable –, mais elle avait vu l'élégante duchesse se lever et partir avec un sentiment de soulagement.

– Je suppose que la solution finale de cette situation devra venir de vous et de Marco, n'est-ce pas?

Mais il faut que je vous prévienne, ma chère. Ce n'est pas le genre d'homme à accepter facilement qu'on se moque de lui. Et vous feriez bien de vous attendre au pire, s'il a lu la presse ces derniers temps. Le mariage de Carlo et de votre sœur – même s'il ne m'en a fait part qu'après qu'il a été célébré par un cardinal indien – a fait l'objet de beaucoup de publicité.

Marco... Marco! Pourquoi devrait-elle craindre ou s'intéresser à ses réactions Il devait déjà savoir... Elle prétendit, à cause de Sérafina, qu'elle voulait se coucher de bonne heure. Sara éteignit les lumières et se coucha tout habillée dans son lit, le corps tendu comme un arc. Il fallait qu'elle reste calme et qu'elle garde tous ses esprits. Il était essentiel qu'elle s'enfuie avant son retour. S'il entrait dans la chambre sans prévenir, s'il la prenait et usait d'elle, elle oublierait toute fierté, toute dignité, et remettrait aux calendes sa haine et sa vengeance – elle ne se soucierait plus que de ce qu'il était capable de lui faire ressentir malgré elle. Il fallait qu'elle parte – il le fallait absolument! Il fallait qu'elle recouvre sa liberté et sa dignité, en un mot qu'elle se retrouve elle-même.

– Hé! Allons-y!

La voix d'Angelo – et quelque part, à l'arrière-plan, un murmure d'abord, puis peu à peu ce vrombissement assourdissant de l'hélicoptère qui revenait.

Sara s'élança presque machinalement comme un automate, poussée par l'instinct de conservation. Et cela n'avait pas été facile de suivre Angelo! Mais elle était heureuse que cela requière toute son attention, sa concentration et son équilibre. Après – mais cela lui avait paru durer des heures – Angelo l'avait félicitée.

– Vous savez que vous êtes vraiment épatante! *Something else,* comme on dirait aux Etats-Unis. Avez-vous déjà grimpé sur une motocyclette?

Elle entendait encore le bruit du rotor. La pensée de la colère de Marco agissait sur elle comme un aiguillon. Elle pouvait faire n'importe quoi pour lui échapper.

– Non, jamais. Mais j'apprends vite. Dites-moi simplement ce que je dois faire.

Vite, vite, vite! lui répétait une voix intérieure avec insistance, cependant qu'elle montait derrière Angelo et qu'elle lui entourait la taille de ses deux bras comme il lui avait dit de faire.

– N'oubliez pas de regarder où vous posez vos pieds, mignonne! Ces pots d'échappement peuvent vous brûler et laisser des cicatrices. Serrez-vous bien contre moi et laissez votre corps pencher souplement du côté où penchera le mien. Vous attraperez le coup rapidement. Et rappelez-vous! Ne vous faites plus de soucis. Je connais chaque route, chaque chemin et la moindre bosse qui s'y trouve, qu'il fasse nuit ou qu'il fasse jour. Il n'a aucune chance de nous rattraper, pas même avec son fichu hélicoptère.

La motocyclette descendit en roue libre pendant un certain temps avant qu'Angelo ne la mette en marche. Après cela, même si l'hélicoptère était descendu sur eux, Sara imagina qu'elle ne l'aurait pas entendu, vu le bruit du puissant moteur et le sifflement du vent dans ses oreilles. En tout cas, elle eut besoin de toute sa concentration pour ne pas se faire éjecter de son siège et elle se cramponnait à Angelo, le visage appuyé contre ses larges épaules et les yeux hermétiquement clos.

Le temps semblait s'écouler aussi vite que les kilomètres qu'ils devaient avoir parcourus. Il lui fut facile de faire le vide dans son esprit, toute aux sensations qu'elle éprouvait durant cette folle équipée à travers la sombre nuit sarde qui paraissait se prolonger éternellement, au rythme de la seule pensée qui lui revenait avec la régularité d'un métronome – oublie! – oublie! – oublie!

– Ecoutez – inutile de vous en faire. Il n'y a aucune chance pour qu'il nous retrouve maintenant. Comment pourrait-il savoir où nous allons, d'ailleurs? Il croit sans doute... (Angelo eut le même rire déplaisant que Marco.) Oui, le connaissant comme je le connais, il doit imaginer que nous sommes au lit ensemble à présent. Non que cette idée soit désagréable – ne m'en veuillez pas, mademoiselle Sara, mais ce serait plutôt difficile en ce moment – seulement mon cher frère ne le sait pas, n'est-ce pas?

Si elle avait répondu, ses paroles auraient été emportées par le vent. Aussi Sara resta silencieuse, contente d'écouter le bavardage interminable d'Angelo qui se prolongea toute la nuit durant, jusqu'à potron-minet. Petit à petit, ils s'éloignaient des montagnes et se dirigeaient vers la mer. Les routes qu'ils empruntaient devenaient de plus en plus larges et la circulation plus intense. Angelo se faufilait entre les voitures à toute allure avec une insouciance qui faisait tellement trembler Sara qu'elle ferma les yeux et les garda ainsi.

Si elle survivait, elle n'accepterait jamais de remonter sur une moto. Si seulement elle ne se tuait pas durant cette course folle, elle serait heureuse de reprendre une vie normale et plus calme, mieux organisée. Elle avait eu son aventure et maman rirait en la serrant dans ses bras, de ce rire plein de chaleur et de vie qui était le sien – heureuse de la voir et de savoir que la petite Sara, si sérieuse, avait enfin rompu les amarres qui la retenaient depuis si longtemps. Il avait fallu la présence de Delight pour l'aider à s'affranchir. Ensuite, elle avait découvert par elle-même le plaisir qu'il y avait de ne plus s'occuper des conventions et de s'émanciper de toute restriction. Que n'avait-elle pas fait! C'était comme si elle avait quitté un monde, pour un autre où la mémoire de ce qu'elle était avant la faisait rougir de confusion.

– Vous vous êtes débrouillée très bien jusque-là, dit Angelo, tout en continuant à rouler comme un fou. Mais c'est inutile de vous cramponner comme cela maintenant, encore que je puisse trouver cela plutôt flatteur. Nous sommes presques arrivés à présent, alors décontractez-vous! Pour une fois, vous êtes en sécurité. Et si mes calculs sont bons, ce qui est généralement le cas, nous devrions arriver à un endroit appelé Castello, environ à l'heure où ils feront la pause café.

Le nombre de kilomètres indiquant Cagliari sur les panneaux routiers semblait diminuer à chaque instant. Sara se sentait tout excitée d'avoir réussi à s'échapper à la dernière minute. Elle ne voulait pas trop y penser cependant. Chaque kilomètre qui les rapprochait de Cagliari l'éloignait aussi du palais et de sa prison dorée – de son geôlier aussi qui à présent devait s'aperçevoir qu'il n'y avait pas qu'au tennis qu'il pouvait être battu. Heureusement, il n'avait pas essayé de la suivre. A présent, il devait la détester. La duchesse serait ennuyée, Sérafina serrerait les lèvres et secouerait la tête – la comparant sans nul doute à la première duchesse. Elle avait dû laisser tous ses vêtements – les lui renverrait-il, ou les détruirait-il personnellement, un par un? Non pas que les vêtements aient beaucoup d'importance – sa remplaçante, qui ne saurait tarder, pourrait très bien les porter. Une nouvelle victime qu'il prendrait plaisir à tourmenter et dont il s'amuserait.

– Nous y voici enfin, sains et saufs, comme je vous l'avais promis. (La voix d'Angelo était très gaie, malgré la distance parcourue.) Ils ont mis toute une série de barrages avec des *carabinieri* attentifs qui visiblement n'aiment pas mon allure. Alors c'est à vous de jouer maintenant pour les persuader.

Le policier n'apprécia pas beaucoup plus l'allure de Sara. Ce n'est que grâce à sa parfaite maîtrise de l'italien, à son insistance, et aussi à sa chevelure qu'Angelo lui avait conseillé de laisser flotter librement au vent, qu'ils purent finalement franchir le barrage sous l'œil soupçonneux des policiers. Deux d'entre eux les accompagnèrent jusqu'à la loge sur laquelle était inscrit en grosses lettres le nom de Mona Charles.

Mona n'était jamais surprise par quoi que ce soit. Pas même de voir sa fille, qu'elle n'avait pas revue depuis plus de deux ans, accompagnée d'un chevalier servant.

– Sara, ma chérie! Comme c'est gentil à vous de venir me rendre visite – et à votre ami aussi, bien entendu. Vous avez l'air en si bonne santé, et votre bronzage est absolument fantastique. Et qui est donc...?

Mona, qui était Mona, avait déjà remarqué Angelo qui ne la quittait pas du regard depuis leur entrée dans la loge. Sara eut l'impression que personne n'écoutait les présentations qu'elle fit.

– Maman, voici Angelo qui a eu la gentillesse de m'amener ici. Angelo voici...

– Vous l'avez amenée ici! Comme c'est gentil de votre part. Je n'ai pas vu Sara depuis des siècles... N'est-ce pas, ma chérie? Votre père était si collet monté ces derniers temps que nous n'avons guère eu de contacts. Savez-vous ce que Delight vient de faire? Angelo... mmm, quel joli nom! Aimez-vous le vin blanc, Angelo? Il y en a dans le frigidaire, là-bas. Voulez-vous nous en verser un peu. Il faut fêter cet événement!

Ils avaient tous besoin de fêter quelque chose, pensa Sara. Elle avala deux verres de vin bien trop vite tout en observant avec fascination la manière dont Mona ensorcelait un homme. Elle s'endormit à moitié et, dans son demi-sommeil, elle crut qu'ils s'étaient mis à parler d'elle comme si elle n'était pas là. Mais l'était-elle vraiment? Elle s'efforçait d'écouter, mais s'enfonçait de plus en plus dans le sommeil. Puis, plus rien ne subsista, que les rêves qui la berçaient comme des vagues. Elle se laissait emporter, quand, soudain, elle s'avisa qu'elle se faisait enlever comme un sac de pommes de terre sur les épaules d'un pirate au visage basané qui portait des anneaux d'or à ses oreilles et qui la laissa choir brutalement sur le pont d'un navire. L'instant d'après, il entreprenait de découper ses vêtements avec son cimeterre incurvé. Bien sûr, elle aurait dû le reconnaître. C'était un pirate maure qui allait la violer avant de la vendre sur le marché des esclaves... à moins qu'elle ne lui convienne!

Jamais... jamais! Son esprit s'insurgeait, mais ses membres n'avaient aucune force – semblaient incapables de résistance, et lui s'avançait tout nu vers elle, lui souriant d'un air familier et méprisant devant sa reddition honteuse. Elle le connaissait et le détestait. Elle aurait voulu effacer son visage de son esprit, le bannir de ses pensées mais, quand elle fermait les yeux, elle continuait à le voir comme si ses paupières étaient devenues transparentes. Il était sombre, la physionomie sinistre et menaçante. Sa voix était rêche comme ses lèvres qu'il avait posées sur celles de Sara. Parfois il riait d'un rire sardonique à la consonance étrange et de petites rides apparaissaient aux commissures de ses lèvres et à ses yeux, sombres comme la nuit.

– *Diletta mia... sei mia...* vous êtes à moi aussi longtemps que je continuerai à vous désirer, vous comprenez? Et je continue à vous désirer, petite sorcière.

Diletta – Delight. Pas Sara. Qui pourrait désirer Sara? Un nom si ordinaire, sans compromis, si puritain. Sans promesses d'excitation ou d'enchantement. Un nom tout à fait terre à terre, pour une fille à qui il seyait bien – tout du moins jusqu'à une période récente.

– Ma chérie... allons, réveillez-vous. Vous avez dormi pendant au moins six heures et il faut que nous partions maintenant. (La voix de Mona lui parvenait comme du fond d'un tunnel.) Angelo *mio!* Vous êtes sûr que vous ne lui avez rien donné? Elle n'a bu que deux verres de vin.

– Je vous jure que non – et comment pourrais-je vous mentir? Non, elle est simplement épuisée, je suppose. Tous ces événements auxquels elle n'est pas habituée... Elle ira bien, je vous le promets. Hé, bébé, c'est moi, Angelo. Il est temps de vous réveiller, vous entendez? Votre merveilleuse maman est prête à partir et il faut vous lever.

– Ma chérie, vous êtes sûre que tout va bien?

– Mais oui, répondit Sara machinalement en s'asseyant et se frottant les yeux pour chasser définitivement le sommeil. Je suis simplement fatiguée, c'est tout. (Elle s'étira, en évitant le regard de Mona qui scrutait son visage et parut tout à coup deviner beaucoup trop de choses.) J'avais vraiment besoin de ce somme. Où allons-nous à présent?

– Où vous voudrez, ma chérie, mais tout de suite nous ferions mieux d'aller à l'hôtel Mediterraneo où nous avons tous nos chambres. Angelo sera mon garde du corps et comme nous avons un week-end de libre, j'ai pensé que nous pourrions visiter la Costa Smeralda – j'ai quelques amis là-bas et on s'y amuse très bien en général. Vous allez rester quelque temps maintenant que vous êtes ici, n'est-ce pas?

– Est-ce qu'ils ont une discothèque à cet hôtel? Et beaucoup d'hommes amusants?

A présent qu'elle s'était remise debout, Sara pensa qu'elle pourrait aussi bien rester ainsi, malgré les courbatures qu'elle ressentait dans tous ses membres.

– Hmm!

Sa mère paraissait sceptique même après le grand sourire que Sara lui adressa pour lui donner le change. Mais une des qualités de Mona était de ne jamais insister.

– Eh bien, maintenant que vous êtes réveillée, ma chérie, coiffez-vous un peu, je vous en supplie – au cas où les *paparazzi* rôderaient au dehors, selon leur habitude. Peut-être pourriez-vous mettre mes lunettes de soleil... qu'en pensez-vous, Angelo?

– Bien sûr! Vous aurez ainsi encore plus l'air de deux sœurs.

– Vous êtes un amour. (En riant, Mona installa une énorme paire de lunettes sur le nez de Sara et se recula pour en juger de l'effet produit.) N'est-il pas adorable? Nous aurions dû faire connaissance plus tôt... Mais honnêtement, ma chérie, vous avez l'air splendide. J'adore votre bronzage et la manière dont vous vous coiffez maintenant. Il faut que nous ayons une conversation très franche à notre retour à l'hôtel – Delight m'a tenue au courant de tout en ce qui la concerne, mais pas vous.

Il était certain que Mona comprendrait tout et expliquerait tout sans la condamner. Sara en souriant lui fit la révérence, ce qui les surprit tous les deux.

– Si vous vouliez vraiment tout savoir, *Mama mia,* cela prendrait beaucoup trop de temps. La petite Sara est finalement devenue une grande fille.

– C'est merveilleux, ma chérie. Nous allons vraiment nous amuser.

Sara étreignit sa mère en évitant le regard cynique d'Angelo, qui lui rappela malencontreusement celui de son demi-frère. Pourquoi n'était-elle pas comme Mona, qui savait faire ramper tous les hommes de la terre ? Mais elle avait toujours admis et accepté le fait que maman Mona et sa demi-sœur – qui s'appelait à juste titre Delight – avaient toutes deux quelque chose qui attirait les hommes. Elles avaient du chien, et aussi étaient pleinement conscientes de leur féminité. C'était une sensation qu'elle aussi avait ressentie, quand, plongée comme Cléopâtre dans un bain parfumé, elle sentait les huiles aromatiques pénétrer dans sa peau. Et plus encore lorsqu'elle plongeait son regard dans les yeux noirs de Marco qui parcouraient son corps et trahissaient son désir, avant même que ses mains ne commencent leur lente exploration. Le désir – c'était quelque chose que toutes les femmes comprenaient, n'est-ce pas ? Quelque chose qu'elle avait appris et accepté un peu trop tard, peut-être !

– Allons-y, mes amours ! J'ai cette immense suite avec deux chambres à coucher – l'une qui ne sert qu'à mes bagages – dans lesquelles vous trouverez certainement quelque chose pour vous habiller, ma chérie. Ces jeans sont amusants et très sexy, mais vous ne pouvez pas les porter tout le temps.

Soulagée par cette diversion, Sara se laissa entraîner par Angelo qui passa un bras autour de sa taille et un autre, moins innocent, autour de celle de Mona.

– Tout le monde va mourir de jalousie en me voyant avec deux beautés comme vous... qui pourrait s'empêcher de m'envier?

Les compliments d'Angelo étaient toujours aussi extravagants, mais ses yeux restaient rivés sur Mona qui riait d'un air charmeur. Bien sûr, Mona pouvait encore séduire n'importe quel homme, si elle le voulait, jeune ou vieux. Delight aussi.

– Hé, Mona! Comment se fait-il que vous ne m'ayez pas dit que vous aviez une doublure – et quelle doublure! Voulez-vous rentrer avec moi, ma jolie? Nous serons moins serrés.

Matt Baker était l'un des metteurs en scène les plus célèbres dans l'industrie du cinéma – il était assez bel homme et avait l'air assez sauvage pour qu'on le prenne aussi souvent en photo que les étoiles qu'il dirigeait.

– Hello! murmura-t-il en les rattrapant et en détachant le bras de Sara de celui d'Angelo... et il lui planta par surprise un baiser expert sur ses lèvres entrouvertes.

– Et où donc vous cachiez-vous, ravissante *bambina?* Vous êtes une femme très séduisante...!

Il embrassait très bien, pensa Sara avec un détachement surprenant. Son baiser ne l'avait pas fait vibrer des pieds à la tête, mais bien sûr, cela n'était qu'une réaction purement physique et rien de plus. Matt Baker avait une réputation qu'elle-même connaissait – celle d'un très grand séducteur. Peut-être était-ce de cela qu'elle avait besoin.

– Vous n'êtes pas mal non plus, *caro.*

Sa voix eut une intonation très sensuelle à la manière de Mona qui fit que cette dernière se retourna et la regarda d'un air ravi. Quant à Angelo, il s'éclaircit la gorge pour cacher sa surprise. Matt Baker sourit de son fameux sourire en plissant des yeux.

– Eh bien...! fit-il.

– Seulement vous avez tendance à aller un peu trop vite et il se trouve que j'aime les hommes qui prennent leur temps, si vous voyez ce que je veux dire? Vous autres Américains...

Comme c'était facile et qu'elle se révélait bonne actrice! Même son accent était italien. Angelo fut forcé de dissimuler un sourire que Matt Baker ne vit pas, car son attention était véritablement éveillée et il l'examinait, depuis ses chaussures de tennis jusqu'à son corsage chiffonné, qui mettait en valeur son teint bronzé et son ventre dénudé.

– Peut-être pourrais-je vous faire changer d'opinion sur les Américains si nous passions du temps ensemble – beaucoup de temps...!

Elle se dégagea de son étreinte impérieuse en feignant d'ignorer le coup d'œil admiratif que lui lança Mona.

– Vous avez vraiment une réputation terrible, vous savez. Quant à moi, je suis assez vieux jeu à ma façon. Tous ces gens qui prennent des photos...

Tandis qu'ils s'éloignaient des barrières de sécurité et des *carabinieri* aux regards féroces, les flashes électroniques devinrent presque aveuglants, et Sara n'eut pas besoin de feindre d'être incommodée. Elle leva instinctivement un bras pour se protéger.

Matt Baker serra son bras autour de ses épaules d'un air protecteur.

– Ecoutez, ma toute belle, une fille comme vous serait capable de changer ma réputation une fois pour toutes si vous vouliez seulement me laisser une chance. Mon Dieu, quelle beauté! Je sais que vous êtes une des filles de Mona – mais comment se fait-il que je n'aie jamais entendu parler de vous auparavant? Ou que je ne vous aie jamais vu tourner dans un film?

– C'est-à-dire que je suis une des erreurs de jeunesse de Mona. Et j'ai été élevée par un père très vieux jeu. (Cela au moins était vrai!) En fait, continua Sara avec brio, tout en se laissant conduire à travers la foule de curieux qui s'était rassemblée autour d'eux, j'étais encore vierge il y a quelques semaines – pouvez-vous imaginer une chose pareille?

– Je ne sais que penser si j'en juge d'après votre allure... (Matt Baker l'examina attentivement dans les moindres détails, puis se pencha vers elle et lui murmura à l'oreille :) Mais j'aimerais certainement m'en assurer personnellement...

Peut-être le laisserait-elle faire! Peut-être était-ce la meilleure manière – la seule, pour mettre fin à cet étrange et involontaire sentiment de regret qu'elle ressentait pour tout ce qu'elle venait de quitter.

Elle permit à Matt de la serrer davantage contre lui. Il la conduisit, à travers la foule avide d'autographes, jusqu'à sa voiture – une Maserati qu'il conduisait avec la même désinvolture qu'Angelo sa motocyclette. Néanmoins il était très attentif, heureusement, vu l'intense circulation.

– Vous allez à l'hôtel, n'est-ce pas?

Il lui jeta un coup d'œil avant de regarder de nouveau la route, et Sara fit un effort pour décrisper ses mains qu'elle avait jointes.

– Oui, je vous en prie. Je vais devoir emprunter des affaires à Mona, voyez-vous, car j'ai dû tout laisser derrière moi en m'enfuyant.

– Mais cela devient de plus en plus passionnant! Vous vous êtes sauvée? Puis-je vous demander d'où?

– De chez un tyran! (N'en était-ce pas un? Et peut-être que si elle continuait à parler, elle ferait moins attention à la manière casse-cou dont Matt conduisait.) Il me gardait enfermée dans son palais comme une esclave. Ce n'est que grâce à Angelo que j'ai pu m'échapper. Je sais que cela paraît mélodramatique et invraisemblable, mais c'est tout de même vrai, ajouta Sara avec raideur, devant l'air incrédule de Matt. Mon père a dû avertir Interpol pour me rechercher.

C'était sans doute la vérité, se dit-elle avec un sentiment de malaise un peu tardif. C'était tout à fait le genre de choses dont son père était capable et il faudrait qu'elle lui envoie un télégramme, sitôt arrivée à l'hôtel.

– En vous regardant, belle petite demoiselle, on comprend qu'un homme puisse être tenté de vous garder pour lui seul.

Matt posa une main sur sa cuisse et elle se raidit instinctivement, ce qui eut pour effet de l'intriguer et aussi d'attirer son attention. Quelle jolie fille, avec sa magnifique chevelure et ce teint doré qui faisait ressortir ses grands yeux verts! Elle parlait de manière provocante et se conduisait de même, mais il connaissait les femmes et il devinait, grâce à un sixième sens, à quel point chacune d'elles désirait être séduite. Et il devinait chez celle-ci une sorte de pudeur qu'il serait sans doute très excitant de vaincre.

Il ôta sa main de la cuisse de Sara avec autant de désinvolture qu'il l'avait posée – au grand soulagement de cette dernière. La voiture fit une embardée pour éviter un scooter et, à ce moment-là, avec un rugissement triomphal, une moto à l'aspect familier les dépassa, en les rasant à un cheveu près.

– Je suppose que c'est Angelo! dit Matt. Mona doit être folle.

C'était en effet Mona, derrière Angelo. Ses cheveux flottaient au vent et ses yeux étaient cachés par d'immenses lunettes de soleil. Elle leur fit un signe en passant et était visiblement plus à l'aise sur une motocyclette que Sara.

– Quelle marque est-ce? Une Honda? Sur une bonne ligne droite, nous pourrions la dépasser sans problème avec cette voiture, dit Matt d'une voix qui remplit Sara d'épouvante.

Il n'allait pas essayer de... La Maserati prit le virage suivant sur ce qui lui sembla n'être que deux roues. Puis elle ferma les yeux et son cerveau parut s'arrêter de fonctionner. Elle sentait son cœur battre à se rompre.

Elle ne les rouvrit qu'en entendant Matt jurer de dépit.

– Zut! Cet animal a dû prendre un raccourci par une de ces allées.

Si elle l'entendait parler, c'est qu'elle était encore en vie! Et elle ne sentait plus le vent contre son visage, elle n'entendait plus le puissant moteur : ils devaient donc être arrivés.

– Tout va bien? Je ne vous ai pas fait peur j'espère?

Matt se préoccupait d'elle un peu tard, ce qui rendit Sara furieuse. Si ses jambes n'avaient été si flageolantes, elle serait sortie de cette voiture qu'il conduisait comme un engin de mort et l'aurait plaqué là sans un mot.

Tandis qu'elle se préparait à lui dire exactement ce qu'elle pensait de sa manière de conduire, elle remarqua qu'il ne s'occupait plus du tout d'elle.

– Oh mon Dieu, encore une émeute, et ce film qui n'est pas encore terminé! Mona semble collectionner plus d'amoureux jaloux que...

Sara suivit la direction de son regard et n'entendit même pas la fin de sa phrase. Une foule de curieux s'était massée devant l'hôtel, regardant avidement Mona. Celle-ci, revêtue d'un pantalon de cuir et de bottes comme un vrai motard, tenait le bras d'Angelo d'un air protecteur. Protecteur, car l'homme qui leur faisait face était certainement le plus dangereux des deux. En fait – et le cœur de Sara se remit à battre la chamade – il avait l'air vraiment menaçant avec ses sourcils joints et ses yeux mi-clos qui démentaient le sourire poli qu'il avait sur ses lèvres.

Mona avait l'allure d'une reine malgré sa tenue et Angelo, qui tenait encore sa moto, avait l'air foudroyé.

– Il n'est pas question que je vous suive quelque part – je ne vous connais même pas! Il se trouve que je suis avec Angelo qui m'adore – n'est-ce pas mon chéri?

Qu'avait donc dit Matt? Mona, qui semble collectionner plus d'amoureux jaloux...

Agissant par pur instinct, Sara se pencha vers Matt et appuya sur le klaxon qui avait fait sursauter tant de piétons. Cette fois, même Matt sursauta puis se tourna vers elle.

– Eh! que faites...

Cette fois encore, Sara l'entendit à peine. A présent, tout le monde la regardait : Angelo, qui se mit à sourire; sa mère, qui n'avait pas l'habitude qu'on lui souffle le premier rôle, les badauds et...

S'étant un peu remise, Sara ouvrit la portière et descendit de voiture d'une façon pour le moins ostentatoire.

– Ce n'est pas un des amoureux de Mona, vous savez. C'est le mien.

Elle se pencha délibérément vers Matt et embrassa sa bouche sensuelle qui devait rendre folles la plupart des femmes. C'est-à-dire les autres femmes. Il eut assez de présence d'esprit pour lui rendre son baiser *malgré* l'amoureux jaloux, mais il avait aussi suffisamment d'expérience pour sentir qu'elle y restait indifférente.

– Merci de m'avoir ramenée, dit Sara en se redressant trop vite. C'était si amusant.

Il fit un signe désabusé de la main.

– *Prego!*

Mais elle s'était déjà retournée et s'éloignait d'un pas décidé.

38

C'était vraiment la grande scène de Sara! Tous les yeux étaient fixés sur elle, tandis qu'elle s'éloignait de la Maserati blanche de Matt Baker, arborant son air le plus insolent, et Mona Charles, qui était une experte en la matière, ne manqua pas de le remarquer.

A ses côtés, elle entendit Angelo balbutier :

– Ah! C'est comme ça! J'avais l'impression depuis le tout début...

Mais Mona, comme les autres, regardait la jeune femme qui était sa fille – et qui portait des lunettes immenses, pour dissimuler son regard.

Sara n'avait jamais été aussi proche d'elle. Car jusqu'alors c'est Delight, l'enfant de l'amour, qui lui ressemblait. A quoi pensait Mona en la regardant s'avancer d'un long pas élastique qui lui faisait penser à une jeune panthère se précipitant sur sa proie? Elle paraissait aussi très capable d'inverser les rôles! Pauvre Sara! Mona eut un frisson et sentit son instinct maternel et protecteur s'éveiller ce qui chez elle était inhabituel. Mais cet homme paraissait capable de violence et même de meurtre, malgré la façon calme et détendue dont il la regardait s'approcher.

Il l'attendait, et tout ce que pouvait faire Sara à présent, c'était de ne pas flancher, et surtout de ne pas faire demi-tour et de s'enfuir! Le visage de l'homme était devenu inexpressif comme un masque. Mais Mona elle-même pouvait sentir la rage froide qui l'avait saisi et qu'il parvenait tout juste à dominer.

Dis vite quelque chose, Sara ma fille, ou tu vas te faire huer! pensa-t-elle, et elle parvint à sourire – un peu artificiellement sans doute.

– Oh, bonjour Marco. Je ne m'attendais pas vraiment à vous revoir. Est-ce que vous me cherchiez, ou bien..

– Vraiment?

Sa voix était un peu trop calme, mais elle pouvait sentir son grondement de bête sauvage.

Elle essaya encore de se montrer insouciante. Elle feignit ne pas remarquer qu'il fixait la veine à la base de son cou, laquelle battait et trahissait son émotion.

– Non, vraiment! Mais puisque vous êtes ici, autant que j'en profite pour vous présenter à ma mère officiellement. D'autant que cette rencontre est due au plus pur hasard. Vous ne m'avez pas rapporté mes vêtements? Je n'ai vraiment pas eu le temps...

Arrivant à sa hauteur, elle essaya de l'éviter en se tournant vers Mona, mais il l'arrêta en lui saisissant le poignet pour faire d'elle encore une fois sa prisonnière. Le regardant dans les yeux, Sara eut la terrible certitude qu'il n'hésiterait pas à lui broyer les os si elle essayait de se dégager.

– Ce n'est pas exactement une coïncidence, j'en ai bien peur. Et il m'arrive aussi de lire les journaux. Parfois aussi je sais résoudre les devinettes. C'est heureux, vous ne croyez pas? J'ai pensé à vous apporter vos vêtements. Vous devez en avoir assez de porter ceux que vous avez sur vous, j'en suis sûr, sachant à quel point vous êtes pointilleuse sur ce plan-là...

Elle plongea son regard dans ces yeux d'un noir de jais et perdit soudain notion de tout ce qui les entourait. Un étrange pouvoir s'empara d'elle, l'emprisonna et la laissa sans voix, incapable de réciter tous les beaux discours qu'elle avait préparés.

Lui, avec cette détestable arrogance qui la ferait sans doute toujours enrager, choisit d'ignorer tout, sauf son propos – et sa victime.

– Voulez-vous que nous ayons une explication en public ou en privé, ma petite comédienne? Vous conviendrez que nous avons un tas de choses à nous dire! (L'instant qu'il lui accorda pour lui permettre de répondre fut très court et il reprit, toujours cette voix impassible et redoutable :) Bien, puisque vous semblez pour une fois d'humeur raisonnable, je suggère que nous rentrions à l'hôtel. (Il parvenait à être poli et alla jusqu'à sourire. Mais ce sourire ne lui était pas destiné. Il s'était tourné vers Mona.) Miss Charles, je dois vous présenter mes excuses pour vous avoir prise pour votre fille – c'est bien Sara qui se trouve ici, n'est-ce pas? J'ignorais à quel point vous vous ressembliez, mais à présent que je vous connais, il est facile de voir qui est la véritable beauté de la famille.

Une simple pression de ses doigts suffit à étouffer l'exclamation indignée de Sara et permit à Mona de reprendre le devant de la scène.

– Vous pouvez donc être charmant, mon cher? Comme c'est agréable. Ne devrions-nous pas tous rentrer pour que cette foule puisse se disperser? Après, vous pourrez emmener Sara pour avoir avec elle la petite conversation que vous désirez...

Comment Mona pouvait-elle l'abandonner ainsi? Mais Sara se laissa entraîner sans protester, la tête haute, les lèvres serrées. Elle était comme quelqu'un qui va monter sur l'échafaud – ce qui d'ailleurs serait sans doute plus rapide et plus humain que ce qui l'attendait.

Elle traversa le vestibule avec l'impression d'être au centre d'un ouragan. Elle était le point de mire de toute le monde, pensa-t-elle en faisant la dernière tentative sérieuse pour échapper à son destin.

– Si cela ne vous dérange pas, il faut vraiment que j'aille aux lavabos. Maman, puis-je me servir des vôtres? Je suis sûre que j'ai l'air d'un épouvantail!

– Il ne vous sera pas nécessaire d'aller jusqu'au deuxième étage, *cara mia.* J'ai pris une suite qui se trouve juste ici. Miss Charles, je serais très heureux de vous revoir bientôt. Angelo? Il est certain que nous nous reverrons dans peu de temps, n'est-ce pas?

Sara eut à peine le temps de se demander pourquoi Angelo avait lui aussi l'air peu rassuré. Elle fut entraînée, avec une politesse exagérée, dans les appartements de Marco. Elle entendit le déclic de la clef dans la serrure et ses craintes se confirmèrent.

Il y avait quelque chose d'inévitable dans tout ceci, pensa-t-elle à moitié étourdie. Puis elle se tourna vers lui et le défia une dernière fois.

– Alors? Maintenant que vous m'avez entraînée ici de force, pourquoi ne dites-vous rien?

Il se tenait le dos appuyé au mur, les jambes écartées et les bras croisés sur la poitrine. Il était en tenue de cheval et elle fut soulagée de constater qu'il n'avait pas sa cravache. Mais peut-être la dissimulait-il quelque part?

Il semblait deviner ses pensées, car il eut un sourire diabolique et déclara d'une voix sarcastique qui fit vibrer tous ses nerfs :

– Si vous cherchez une issue comme un petit lapin affolé devant le grand méchant loup, j'ai bien peur de devoir vous dire qu'il n'y en a pas. Et maintenant, puisque vous n'avez pas d'autre issue que de lui faire face, y a-t-il quelque chose que vous souhaiteriez dire maintenant?

– Allez au diable! (Sara lui jeta ces mots à la face avec toute la fureur qu'il avait éveillée en elle.) Comment osez-vous vous tenir là comme un juge et me traiter comme si j'étais une criminelle? Ou une esclave en fuite? D'autant que tout ce qui est arrivé est de votre faute, avec votre manie de vous mêler de ce qui ne vous regarde pas et votre besoin de manipuler les autres? Comment avez-vous pu avoir l'audace de croire que ma sœur n'était pas assez bien pour se marier avec votre frère? Eh bien, vous avez mérité d'être berné! Vous, votre toute puissante arrogance et votre hypocrisie... votre collection de maîtresses que vous entretenez, tout en vous ménageant une fiancée qui a un teint épouvantable et qui n'est guère capable que de hurler...

Sara s'arrêta pour reprendre son souffle et il en profita pour dire, d'un air caustique :

– En effet! Pauvre Lucia! Et je suppose que vous ne l'avez provoquée en aucune façon pour la décider à rompre nos fiançailles? Vous feriez bien de faire attention aux mensonges que vous dites cette fois-ci, signorina Sara, quels que soient votre goût et votre talent pour jouer la comédie et pour tromper les gens...!

Elle reprit avec colère, en évitant soigneusement son regard :

– Et vous, vous feriez bien de vous rappeler de quoi vous êtes coupable, vous ne croyez pas? Il me semble que l'on considère l'enlèvement comme un crime sérieux, même dans les coins reculés comme la Sardaigne – et je devrais vous avertir qu'à l'heure qu'il est, mon père doit avoir...

– Je suis déjà entré en contact avec sir Eric.

Le détachement avec lequel il lui assena ce dernier coup lui coupa le souffle.

– Vous...!

Il poursuivit de cette même voix inexpressive, comme si elle n'avait pas essayé de parler.

– J'ai informé votre père, qui fait partie de mes relations, que nous nous étions rencontrés à Los Angeles, vous et moi, que nous nous étions pris d'une folle passion l'un pour l'autre – et que nous avions décidé de nous enfuir. Et c'est ce qui est arrivé, n'est-ce pas, *tesoro*?

Elle le regardait d'un air incrédule, incapable de croire ce qu'il disait.

– Comment...!

– Laissez-moi terminer, s'il vous plaît, afin que nous puissions faire ce qui est nécessaire. Et il nous reste... (il jeta un coup d'œil à sa montre) il nous reste environ sept heures avant notre retour. C'est assez pour acheter ce qu'il faut pour vous habiller, à moins que vous ne préfériez prendre l'avion pour Paris?

– Pourriez-vous me dire, au nom du ciel, de quoi vous parlez?

Sara s'aperçut que sa voix s'était élevée et était devenue presque criarde. Mais elle n'arrivait plus à se contrôler. Il était... il était... Et puis, sa réponse la foudroya comme un éclair.

– Je parle de nos noces, bien sûr. Quelle autre chose croyez-vous que je puisse avoir à l'esprit? Ce n'est que justice, je pense. Je perds une fiancée et j'en trouve une autre. Il y a là une sorte de justice intime, vous ne trouvez pas?

La pièce se mit à tourner autour d'elle d'une manière bizarre. Elle n'allait tout de même pas s'évanouir pour la première fois de sa vie! Il fallait qu'elle lui dise exactement ce qu'elle pensait de lui, de ses décisions arbitraires, de son palais ducal et de tout ce qu'elle détestait en lui.

– Je ne... (A son grand désespoir, elle se mit à pleurer et ses sanglots de colère l'étouffaient.) Je ne veux pas me marier de cette façon... calculée de sang-froid! Je ne veux pas... que vous vous serviez de moi et que vous continuiez à me manipuler encore... vous m'entendez? Je n'accepterai jamais votre... harem... vos maîtresses et votre... – Je ne veux pas me marier avec vous, parce que vous connaissez papa et vous... vous savez très bien ce que vous pensiez de moi et de quels noms vous m'avez appelée... et...

Lorsqu'elle s'arrêta de bredouiller ces propos incohérents, Sara s'aperçut qu'elle pleurait sur sa poitrine et que les bras de Marco l'entouraient comme si... comme s'il désirait vraiment qu'elle se trouve là. Et bien sûr, elle avait encore assez de bon sens pour comprendre à quel point cette idée était ridicule. Il ne faisait que prétendre la calmer, pour qu'elle fasse ensuite exactement ce qu'il voulait.

Sara essaya de protester contre ce nouvel affront, d'échapper à ses bras. Mais il la tenait comme dans une prison, celle dont elle avait tenté de s'enfuir plusieurs heures auparavant.

– Oh! Laissez-moi. Je ne suis pas – les Italiens épousent *toujours* des vierges... c'est vous qui me l'avez dit. Et je ne le...

Sa voix, d'une aigreur presque insoutenable, résonna quelque part au-dessus d'elle.

– Ah oui! Sérafina m'a éclairé sur ce point, j'en ai bien peur. Et ma belle-mère aussi – sur qui vous avez fait une forte impression, soit dit en passant!

Sara fut intimidée en entendant le ton sur lequel il avait prononcé ces derniers mots. Puis il reprit d'une voix menaçante et enjôleuse à la fois :

– Avez-vous d'autres arguments, *diletta mia*?

– Ne m'appelez pas comme cela! Oh! Comment osez-vous? Surtout en ce moment? Quand vous... Je ne veux pas me marier avec un homme... qui ne m'aime pas, même si cela paraît très vieux jeu. Et vous ne m'avez jamais... vous êtes si autoritaire qu'il ne vous viendrait même pas à l'esprit... de me demander si je...

– *Per Dio!*

Ces mots éclatèrent comme un coup de tonnerre et elle essaya de se libérer, prise soudain de panique. Mais Marco resserra son étreinte et elle crut qu'il allait lui broyer les os.

– Est-ce que vous vous rendez compte à quel point vous êtes rageuse et têtue? Vous demander, ha! D'abord, vous me narguez et vous m'incitez à vous quitter pour ne plus entendre votre langue de vipère – ensuite, par une heureuse coïncidence, je découvre ce que ma belle-mère m'a confirmé par la suite. Après que je sois rentré avec l'intention de – regardez-moi, vous entendez? (Sara n'eut d'autre choix que d'obéir, car Marco, qui avait passé ses doigts dans ses cheveux, lui tirait la tête en arrière. Il approcha dangereusement ses lèvres des siennes et poursuivit entre ses dents :) Je me demande si vous saviez, dans votre petite cervelle de femme volage et calculatrice, ce que pouvaient être mes réactions et si vous vous en délectiez? Car vous deviez le savoir... *maliarda,* maudite enchanteresse... *mi diletta, mi tormento...* comment auriez-vous pu l'ignorer?

– Marco!

– Non! Allez-vous enfin m'écouter une fois sans

m'interrompre? Vous m'avez rendu à moitié fou! Et tout cela à cause de vous – j'étais prêt à vous tuer, quand je suis venu vous chercher. J'ai vu que vous étiez partie, et tout était si vide et si silencieux... je crois que je suis vraiment devenu fou à ce moment-là, et peut-être le suis-je encore plus maintenant de vous dire tout cela, quand vous me regardez avec vos yeux verts mouillés de larmes et votre bouche qui me donne envie de vous – pourquoi diable croyez-vous que je veuille vous épouser? Faut-il que vous le sachiez? C'est parce que je vous désire et que je vous veux. Quoi que j'aie pu penser de vous et croire que vous étiez, malgré tous mes efforts et ma cruauté, malgré tout ce que j'ai pu dire, j'avais commencé à vous aimer, mon délice, mon tourment, mon cœur – *mio cuore*... cela suffit-il? Dites?

Il prononça ces derniers mots comme en grinçant des dents. Puis son regard aperçut le sourire béat qui s'était formé sur les lèvres de Sara et il entendit le soupir de joie qu'elle poussa.

– Oh, Marco! Pourquoi... ce n'était pas vraiment nécessaire de crier, vous savez. Je veux dire... je ne voulais pas non plus tomber amoureuse de vous – et surtout dans ces circonstances. De toute façon, un amour qui n'est pas partagé est une chose si bête, si stupide... et je ne pouvais pas le supporter plus longtemps. Alors j'ai...

Il ne lui donna pas la moindre chance de finir ce qu'elle avait commencé de dire. Mais cela n'avait pas la moindre importance. Et il continua à l'embrasser de cette façon délicieuse et si impérieuse qui lui ôtait toute force – à tel point qu'il dut tout naturellement la prendre dans ses bras et la porter vers le grand lit damasquiné.

Et quand ils y furent parvenus, il parut tellement

plus simple de remettre les questions, les réponses et les explications à plus tard, et... ne plus penser du tout pendant un moment. Après tout, ils allaient passer le reste de leur vie ensemble. Elle aurait tout le temps de penser aux mille manières de le retenir auprès d'elle. Ainsi ne penserait-il même pas à regarder une autre femme. Uniquement occupé de la *sienne*!

Editions J'ai Lu, 31, rue de Tournon, 75006 Paris

diffusion
France et étranger : Flammarion, Paris
Suisse : Office du Livre, Fribourg
diffusion exclusive
Canada : Éditions Flammarion Ltée, Montréal

Achevé d'imprimer sur les presses de l'imprimerie Brodard et Taupin
7, Bd Romain-Rolland, Montrouge. Usine de La Flèche,
le 12 octobre 1982
1582-5 Dépôt Légal octobre 1982. ISBN : 2 - 277 - 21371 - 3
Imprimé en France